Barbara Bronnen:
Die Tochter
Roman

Deutscher
Taschenbuch
Verlag

dtv

Ungekürzte Ausgabe
April 1982
Deutscher Taschenbuch Verlag GmbH & Co. KG,
München

ISBN 3-492-02545-5
Umschlaggestaltung: Celestino Piatti
Gesamtherstellung: C. H. Beck'sche Buchdruckerei,
Nördlingen
Printed in Germany · ISBN 3-423-01768-6

Das Buch

Katharina Bebra, 40, Dr. phil., Journalistin, geschieden von einem Schriftsteller, erzieht ihren Sohn Jonas ohne den Vater. Mit Hilfe der Mutter und der über neunzigjährigen Großmutter schlägt sie sich durch. Existentielle Sorgen aber hindern sie nicht, ihre eigene Identität am Erbe der Männer zu prüfen, die ihr Frauenleben so lange geprägt haben. Dabei stößt sie auf den Schriftsteller Bebra, ihren Vater, der vor Jahrzehnten die Mutter verließ und den sie nur aus Erzählungen und aus der Literaturgeschichte kennt, die ihm – aus politischen Gründen – nicht eben wohlwill. Sie sichtet Briefe, Nachgelassenes, Erinnerungen und spricht mit alten Freunden des Vaters. Ihre Suche hilft ihr, Verständnis für das beschädigte Leben der Mutter zu finden, bestätigt ihr aber zugleich, daß sie einen anderen, neuen Weg suchen muß ... Man kann nicht umhin, in diesem Buch den autobiographischen Schlüsselroman zu erkennen, seine Bedeutung aber liegt darin, daß es auf dem Umweg über den berühmt-berüchtigten Vater das Schicksal dreier Frauengenerationen in Deutschland erforscht. »Das Buch der Barbara Bronnen«, schrieb Armin Mohler, »bringt uns heißes, zuckendes Leben ins Haus ... Sie hat eben das, was den guten Autor ausmacht: sie sieht dem Privaten auf den Grund, so daß es jeden angeht. Und bei aller Entblößung kennt sie auch Scham.«

Die Autorin

Barbara Bronnen, geboren am 19. August 1938 in Berlin, ist die Tochter des 1959 in Ost-Berlin gestorbenen Schriftstellers Arnolt Bronnen. Sie promovierte in München im Fach Germanistik und war mit dem 1934 in Thüringen geborenen Manfred Grunert verheiratet. Einige Werke: ›Ich bin Bürger der DDR und lebe in der Bundesrepublik‹ (1970), ›Liebe ist deine Liebe nicht. Psychogramm einer Ehe‹ (1972), beide zusammen mit Manfred Grunert, ›Liebe, Ehe, Sexualität in der DDR. Interviews und Dokumente‹ (1975) zusammen mit Franz Henny, ›Wie mein Kind mich bekommen hat‹ (1977), ›Mütter ohne Männer‹ (1978).

Inhalt

I

Erstes Kapitel
Das Mädchen ohne Hände

Katharina erwachte aus dem Traum in jenem Augenblick, in dem sie gerade abgehoben und zu fliegen begonnen hatte, und sie war sich ihrer bodenlos unsicher und sammelte sich zusammen; sie ließ alle Empfindungen einmünden in dem Entschluß, sich hinfort keinen Tag länger leben zu lassen, sondern ihr Leben flügelhafter selbst in Bewegung zu setzen – als Jonas nach ihr und dem Morgenritual verlangte. Katharina zog die luftige Traumflotte hinter sich her, das Märchen von Mann und Frau, die miteinander fliegen, und ging zu Jonas, während der Boden unter ihren Füßen sich noch hob und senkte, daß ihr schwindelte. Sie nahm den hellwachen Jonas zu sich ins Bett, dessen Schulterblätter sie stets so hielt, daß der Flügelansatz sichtbar blieb; sie bewegte und rollte ihn hin und her, mehr sich als ihm die Traumstunden verlängernd, zog genüßlich seinen Milchapfelatem ein und ließ Musik den Raum erfüllen, während ihre Gedanken sich langsam vom Schoß zum Herzen und dann zum Kopf hinaufbewegten.

Sie hielt Jonas nicht fest, als er, ganz gebündelte Morgenenergie, aufstand und sie mitgehen hieß. Sie fand nur einen Schuh und hinkte zur Küche, bereitete die Milch, den Brei, den Kaffee. Sie verteilte die Tassen und Teller auf dem Tisch, und Jonas setzte stolzglänzenden Gesichts die Vase mit der Moosrose zwischen die Gedecke. Er saß ihr gegenüber und aß den Brei, während er die kleine *Windelmühle* vor dem Fenster betrachtete, die sich heftig ostwärts drehte und sein *Lokomokototifel* über den holprigen Löcherkäse lenkte.

Sie lachte mit Jonas über das neue Geschenk zu seinem Geburtstag, ein Blechhuhn, das den Eßtisch nach Körnern absuchte, und Jonas, der nach seinem Vater fragte, hörte aufmerksam zu, als sie Erklärungen abgab, die er mit der knappen Bemerkung »Walta kommt wieda« quittierte – seiner optimistischen Sicht des väterlichen Kommens und Gehens.

Katharina flüchtete an seine Brust und kam sich vor wie eine, die keine Sehnsucht hat, sondern die zufrieden ist mit dem, was sie nicht besitzt; eine suchende Ruhe überkam sie, die vorüberging, als sie feststellte, daß es höchste Zeit war.

Ein Tag war zu planen, sie und das Kind waren aufzuteilen. Sie räumte ab, warf die Eierschalen in den Abfalleimer, wusch das Geschirr ab, das Kind, machte einen Bogen um den Untermieter, der heute endlich auszog, zog an, sich, das Kind, ging zum Telefon, das im gleichen Augenblick schrillte, als sie wählen wollte. »Ich habe Kostümprobe und kann leider erst später kommen«, sagte Susanna. Ihre Stimme klang bedrückt. Katharina fragte rasch: »Ist was? Oder willst du nicht sprechen?«

»Ich muß gleich los«, entgegnete Susanna, »das Übliche. So geht es nicht weiter.«

Katharina hatte Angst um ihre Schwester, deren Ehe seit einem Jahr diffus geworden war. Katharina hatte in den letzten Jahren Susanna lieben gelernt, deren Menschensinn sie immer bewundert hatte, und sie bedauerte, daß sie gerade jetzt, wo es ihr notwendig schien, daß sie miteinander sprachen, meist nur die Zeit aufbrachten, in fliegendem Wechsel einander Jonas weiterzureichen und dazu die notwendigsten Daten – »Frisch gewikkelt!« »Kaum gegessen!« »Alles in Ordnung!« – nachzurufen.

»Könnten wir nicht heute wenigstens eine Stunde?« fragte Katharina, und Susanna rechnete: von vier bis sechs, vielleicht, Zeit für sie beide, mit Jonas, verstand sich. Katharina wählte rasch eine Zwei und legte den Hörer neben das Telefon, um ihren Stundenplan zu korrigieren. Jonas brauchte noch jemanden für die Zeit zwischen drei und fünf Uhr, für die sie eine Verabredung mit einem Verleger getroffen hatte. Da meldete Jonas, daß ein Windelwechsel fällig sei; Katharina, den Notizblock in der Hand, verteidigte ihren Kugelschreiber und warf die verschmutzte Hose in die Waschmaschine, die sie in Gang setzte, wobei es ihr durch den Kopf schoß, wie sie es wohl machten, die Chinesen, die keine Windelmühlen haben. Sie legte den Hörer wieder auf die Gabel und fing an, ihre Haare zu waschen, sie rieb und massierte kräftig ihren Kopf, als würde ihr dabei eher einfallen, wer in den zwei Stunden einspringen könnte. Da schrillte abermals das Telefon, Katharina sprang, den Fön in der Rechten, das bespritzte Notizheft in der Linken, das Handtuch hinter sich herziehend, zum Apparat, beantwortete die Fragen eines Journalisten, während sie sich vorsichtig an der langen Schnur zu Jonas vorrobbte, der sich soeben verdächtig gekrümmt auf dem neugekauften Teppich niedergelassen hatte.

»Nein, keinesfalls«, sagte sie knapp, wie die meisten weiblichen Neinsager verhaltenstherapeutisch trainiert, wobei sie sich beruhigt wieder rückwärts bewegte: Jonas war in ein Zwiegespräch mit seinem Penis vertieft. »Entweder fünfhundert oder wir lassen es.« Sie erschrak beinahe über die Geduld und Liebenswürdigkeit, mit der sie das sagte, und merkte an der Reaktion, daß nur eine barschere Tonart für voll genommen würde. »Nein danke, ich möchte lieber nicht«, sagte sie schnell und legte den Hörer wieder auf, als sei er aus glühendem Eisen. Sie mußte lachen über ihre Reaktion, und Jonas forderte sie auf: noch, und sie lachten gemeinsam: noch, noch, noch. Sie strich den Journalisten auf ihrer Liste der zu erledigenden Dinge durch, sah die Zettelanhäufung an, strich aus, schrieb um, stellte neu zusammen, zerknüllte, wählte rasch nochmals eine Zwei, legte den Hörer neben den Apparat und wickelte gähnend Jonas, der ihr wie ein Hypnotiseur suggerierte »Mamai gut geschlafen«, und war gerade dabei, ihm die Schuhe anzuziehen, als es läutete und sich gleichzeitig der Schlüssel im Loch drehte: Es war Ada, ihre Mutter, wie immer eine Viertelstunde zu früh.

Katharina hatte noch nicht herausgefunden, was Ada zuerst tat: aufsperren oder läuten oder die Wohnung betreten, das alles kam mit seltsamer Gleichzeitigkeit, als versuchte sie jeden Tag aufs neue, einen Blick hinter den Vorhang zu werfen, der Katharinas Leben vor ihr verbarg.

Katharina fühlte sich sofort ungeschützt, wenn Ada sie ansah und mit den üblichen Fragen nach der Nachtruhe und dem Gang der Dinge bedachte. *Sag mir was von dir* war die Forderung, die Katharina aus all den Kümmerungen und Kümmernissen heraushörte, die gleichzeitig auch Adas Angst hörbar machten. Denn was würde geschehen, wenn Katharina wirklich anfinge, von sich zu erzählen, die Frage, wie geht es dir, ernst nähme: Ada wäre zu Tode erschrocken.

»Was macht die Arbeit?« fragte Ada, die nur wissen wollte, daß die Arbeit voranging, und Katharina schmiß unbemerkt einen Pfennig über die Balkonbrüstung, was bei ihr zu den Aufräumarbeiten zählte. »Es ist eine Sünde«, sagte Ada und meinte den Puddingrest, den sie die Toilette hinunterspülte, »überhaupt, du hast dich gestern ja gar nicht mehr gemeldet.«

»Ich bin fortgegangen.«

»Du hast nicht abgehoben«, sagte Ada. »Als ich anrief, hast du doch behauptet, du wärst gerade gekommen und Jonas wäre noch auf der Treppe.«

»Stimmt, so war es: wir sind gekommen und gleich wieder gegangen«, sagte Katharina.

»Aber da war es doch schon halb acht«, entgegnete Ada entrüstet, »du willst mir doch nicht etwa weismachen, daß du mit dem Kind um diese Stunde noch einmal fortgegangen bist.«

»Doch, wir sind.« Katharina holte tief Luft. »Wir sind die Treppen hinaufgestiegen. Auf dem letzten Treppenabsatz habe ich das Telefon gehört. Ich bin vorausgelaufen, weil ich dachte, es sei etwas Berufliches. Ich habe dir gesagt, daß ich in Eile bin und Jonas auf der Treppe steht. Ich habe Jonas gewickelt, und dann sind wir gleich wieder die vier Treppen runtergegangen.« Katharina sprach langsam und mit scheinbarer Nachsicht und spürte, wie die Dinge sich gegen sie wendeten. »Wir sind noch zusammen essen gewesen.«

»Aber Katharina«, sagte Ada anklagend, und Katharina gab es auf. »Gut, ich lüge«, sagte sie müde und spreizte ihre Hände. »Was wolltest du denn eigentlich gestern, was war so wichtig?« schoß sie nun zurück, und Ada bauschte einen Vorwand auf. Es war Katharina bewußt, daß es ihre Schuld war, wenn Ada Vorwände benutzte. Denn was würde sie tun, wenn Ada anriefe und sagte: Ich bin einsam, ich will mit dir sprechen? Wie oft schon hatte sie Ada abgewiesen, vertröstet und sich freigelogen?

Ada ging zur Küche mit Schultern, in denen der Triumph saß wie bei gewissen Marmorengeln auf Friedhöfen, und packte die Milch aus, die sie jeden Tag mitbrachte, um Katharina ein wenig von der Last der täglichen Einkäufe abzunehmen. Katharina dankte wie jeden Tag, doch der Dank nützte heute nichts: Ada behielt Tränen in den Augen, und Katharina spürte, daß das kleine Mädchen in ihr nicht sterben durfte, von dem Ada wußte, daß es log, weil es immer log, und das in jedem Fall beunruhigte, ob es nun log oder nicht.

»Die da unten ist schon zu ihm gezogen«, sagte Ada, die das Leben anderer mit den Lippen nachlebte, »das ging aber rasch.«

Katharina lächelte: »Sie hatten Glück.«

»Du siehst blaß aus«, sagte Ada, »du solltest nicht immer so spät ins Bett gehen.« Katharina zuckte die Achseln, vergrub ihr Gesicht in der Zeitung.

»Ist das Susannas Wäsche?« Ada inspizierte wie zufällig die Kammer, in der Katharinas Wäsche hing (manchmal auch Susannas, seit Katharina eine Waschmaschine besaß). »Nein, nein«, sagte Katharina, die diesmal ihre Wäsche, weil Jonas ihr im Spiel Stück für Stück umständlich zugereicht hatte, mit kurzweiliger Sorgfalt aufgehängt hatte. Ada umarmte, lobte sie: Endlich war Katharina auf ihre Forderung nach mehr Ordnung eingegangen. Katharina war außerstande, daß Mißverständnis aufzuklären, wie es ihr überhaupt immer so vorkam, als spräche ihr Ada jeden Wert ihrer Handlungen ab, wenn sie sie lobte, weil jedes Lob seine Geschichte hatte, und diese Geschichte war vierzigjähriges Mäkeln, Tadeln, Herunterschrauben.

Endlich ging Ada, an der Hand Jonas, der, immer ganz er selbst, ein Tuch Katharinas um die Babylenden geschlungen, mit der Großmutter schäkerte, sie zum Lachen brachte, und so von Tag zu Tag ein wenig mehr die biedermeierlichen Lebensgewohnheiten der Siebzigjährigen untergrub.

Katharina ging auf den Balkon und sah auf das ungleiche Paar herab, das aus der Haustür trat, beide asymmetrisch, was ihre Gangart betraf: Ada, weil die Arthrose in Knie und Hüfte jeden ihrer Schritte schmerzhaft machte, Jonas, weil er die Füße mit den Zehenspitzen aufsetzte, als wollte er zum Fliegen abheben. Sie sah Ada schlank, gut gekleidet, schön, geduldig das blödsinnige meterlange Auto hinter sich herziehen, auf dem Jonas Platz nahm, nachdem er sich (wobei er fast nach hinten fiel) nach oben gewandt und zu Katharina hinaufgewinkt hatte. Nun winkte auch Ada, und das Gewinke, von Katharina bis vor kurzem noch so gehaßt, riß nicht ab, bis beide um die Straßenbiegung verschwanden. Es war offensichtlich, daß Jonas solche zeremoniellen Gesten liebte (und vermutlich hatte auch Katharina sie früher geliebt), ebenso, wie er gerne grinsend Kußhände einstreute (wobei er allerdings den umgekehrten Weg vorzog, nämlich, erst die Hand auszustrecken und sie dann auf den Mund zu legen und zu küssen, den Kuß gewissermaßen bei sich behaltend).

Das Zeremoniell, bei dem es Katharina warm ums Herz wurde, war kaum beendet, als das Telefon schrillte. Es war Martha von Uslar, Katharinas Großmutter, eine immer noch selbständig lebende Dame von bald neunzig Jahren, die, wie jedes Mitglied der Frauenfamilie, separat wohnte, ein paar Straßen von Katharina entfernt, noch selbst ihre Wäsche in den Waschsalon trug und mangelte und eigenhändig ihre Fenster putzte. »Ist Ada noch da?« Sie gab vor, hinter Ada herzutelefonieren, und benutzte dazu ihre hohe Telefonstimme. »Ich habe gestern ein so wunderschön bemaltes Holzkästchen aus meiner Zeit gesehen, aber es ist sehr teuer, und ich wollte sie fragen, ob ich es kaufen soll.« Katharina verstand, daß Martha von ihr unterstützt werden wollte. Sie kannte Marthas Vorliebe für Kästchen, in denen Kästchen lagen und so fort (ihre Schubladen waren voll davon, und alles lag da, ineinander verschachtelt, wohlgeordnet und leserlich etikettiert), und redete Martha zu, dies *seltene Stück* zu erwerben. Doch Martha, die anständig von ihrer Oberstleutnantspension leben konnte, war durch Adas Bevormundungen (»das brauchst du doch nicht mehr«) teils beunruhigt, teils fand sie auch darin dankbar Vorwände für Gespräche.

»Außerdem brauche ich Ada dringend, damit sie mir einen Brief für die Versicherung entwirft. Stell dir vor, von meiner letzten Kur, für die ich sage und schreibe 1200 Mark bar auf den Tisch gelegt habe, wollen die nur 186,63 Mark ersetzen! Es ist eine Unverschämtheit. Da zahlt man seit sechzig Jahren und finanziert diese Glaspaläste, damit da Tausende von Arschhokkern bei Klimaanlage und mit Telefon herumsitzen. Monatlich 245 Mark, und das kommt dabei heraus. Ich werde nun meine letzten Patronen verschießen müssen und einen Brief an die Dachorganisation schreiben, damit die mal eins aufs Dach kriegen.«

Katharina lachte, auch über Marthas unerschütterlichen Glauben, daß jede Institution von einer militärischen Spitze geleitet sei, die ein Brief Marthas persönlich träfe. Marthas zahlreiche *Akten,* die ihre Korrespondenzen mit Zahnärzten (denen es nie gelingen würde, die gleiche Zahnqualität nachzubilden, die Marthas Naturzähne besessen hatten), Versicherungen, Stadtverwaltungen, Friedhofsverwaltungen und dem Offiziersbund enthielten, hatten den vier Frauen schon zu manchem lustigen Nachmittag verholfen.

Doch Martha war mit alldem nicht erfolglos. So hatte sie es kürzlich, nach zahlreichen Eingaben an die Stadtverwaltung, immerhin erreicht, daß ein wackliger Steinsockel am Zaun des nahegelegenen städtischen Kindergartens durch einen neuen ersetzt wurde. In ihrem letzten eingeschriebenen Brief hatte Martha als »Witwe des Generals von Uslar« dem Bürgermeister persönlich gedroht, ihn haftbar zu machen, wenn ein Kind zu Schaden käme.

»Du kannst Gott danken, daß du deine Mutter hast, die dir so aufopfernd hilft«, sagte Martha, »sie tut ja alles für den Kleinen, und das, obwohl sie so schlecht beisammen ist, die Ärmste, und laß dir halt mal auch von ihr etwas sagen.« Katharina begriff, daß dem letzten Satz eine Klage Adas zugrunde lag. Sie kannte die Art, wie Ada und Martha ihren Part mit verteilten Rollen spielten, wobei jede der anderen einen Vorwurf über Katharinas Verhalten übermittelte, mit der stillschweigenden Verpflichtung, ihn Katharina zukommen zu lassen.

»Ja, schon, ich meine, ich glaube schon, sie tut wirklich viel für uns, und Jonas, ja, der hat sie ja auch wirklich gern, aber trotzdem, ich denke, sie soll sich ja auch nicht übernehmen, und außerdem, man muß halt bei ihr doch, ich meine, man muß bei ihr immer ein bißchen achtgeben, du weißt schon, was ich meine, und schließlich sind wir halt jeder sehr verschieden, aber ich bin schon froh . . .«

»Ich habe gestern übrigens für Jonas ein Badehöschen gekauft«, sagte Martha. »Es ist an der Zeit, daß dem Kind das natürliche Schamgefühl eingeimpft wird.« Anders als bei Ada gelang es Katharina bei Martha gelegentlich auch zu schweigen und die Moral, die jene vertrat, nicht anzugreifen. Katharina dankte für das Geschenk und wartete auf den nächsten Vorstoß, der vermutlich das Religiöse betraf. Ihre Erwartung wurde erfüllt: »Was mache ich nun mit dem wertvollen handgestickten Taufkleidchen, das ich noch von meiner Mutter habe?« Katharina überhörte, was dahinter stand, und riet, es aufzuheben, diese Kostbarkeit, und auf keinen Fall der Caritas zu spenden, dankte für die neueste Katastrophensammlung von Zeitungsausschnitten, die Martha ihr geschickt hatte, und lenkte ab auf Ada: War etwas auszurichten?

»Rede ihr zu, daß sie zum Abendessen kommt«, forderte Martha herrisch. »Sie ißt zu wenig, die Frau wird ja klapperdürr. Gestern hat sie mir abgesagt, vorgestern hat sie mir abgesagt. Aber ich weiß ja, daß sie kommen will. Ich brauche ihre Rücksicht nicht. Solange ich kochen kann, koche ich.«

Katharina blätterte in ihrem Notizbuch und rief Ella an, auf der Suche nach einer Freundin, die nicht fest arbeitete und Jonas vielleicht für eine Stunde übernehmen konnte. Ellas träger Tonfall machte deutlich, daß ihre Reise nach innen voranschritt und immer weniger mit ihr zu rechnen war. »Weißt du, was er mir für eine Botschaft zukommen ließ?« sagte Ella.

»Er« war Ellas Guru, den sie seit einem Jahr in regelmäßigen Abständen in Indien aufsuchte und mit dessen Hilfe sie ihr Leben ändern wollte.

»*Follow your feelings*«, antwortete Ella, »das gilt auch für dich.«

Katharina, die in diesem Augenblick keine Zeit hatte, ihren widersprüchlichen Gefühlen zu folgen, lehnte die zweite religiöse Anwerbung an diesem Morgen ab und verschob den Gedanken, wie man es wohl lernen konnte, einen Happen von einer Glaubensnahrung zu bekommen, auf später. Sie rief Gisa an, die Katharina mit einem Wortschwall überschüttete und zwanzig Minuten lang ohne Pause darüber sprach, daß »*dieses*« biologische System ein evolutionärer Irrtum sei, daß es ja auch bei Tieren und Pflanzen zweigeschlechtliche Wesen gebe, daß es immer noch die Männer seien, die über die Erde herrschten, und daß Frauen nie den Gott und den Krieg erfunden hätten, sondern ihre Götter, die seien immer die Kinder geworden, sie sprach von der grauenhaft zunehmenden Anhäufung industriellen Reichtums in Männerhänden und davon, daß das weibliche Prinzip in der harmonischen Unordnung liege, im Gegensatz zum männlichen, das im pedantischen Chaos bestehe. »Wir müssen sofort damit anfangen zu verändern, jedoch, ohne Macht anzustreben; wir müssen einen anderen Weg finden, vielleicht, indem wir verweigern, indem wir damit anfangen, keine elektrischen Eierkocher zu kaufen ...«

Katharina, Spiralnebel im Kopf, legte auf, sah auf die Uhr. Blieb nur noch Lola, bei der ständig belegt war, weil sie, wie sich später herausstellte, bei anderen Frauen Erkundigungen über einen Mann einzog, von dem sie nichts wußte, obwohl sie (wie jene anderen Frauen auch) eine Nacht mit ihm verbracht hatte, und die es nun unerklärlich fand, warum er so plötzlich, während sie das Frühstück zubereitete, verschwunden war.

Es war in der Tat etwas Komisches an ihren Frauenfreundschaften: Die meisten ihrer Freundinnen waren in einem Zustand ständiger Auflösung und Zerfallenheit mit sich selbst. Sie kämpften einen erbitterten, jahrelangen Kampf darum, eine andere zu werden. Manche scheiterten an den zu vielen Worten und manche an den Männern, deren Unveränderbarkeit in der Tat etwas Exotisches anhaftete, manche am Selbstmitleid. Manche liefen Gefahr, sich an Symptome zu verlieren, andere wieder suchten seit Jahren die Veränderung, indem sie sich auf den Grund gingen. Geblieben waren Schrumpffrauen, deren Stimmen einander in fataler Ein-Tönigkeit glichen, und in deren Gesichtern die gleiche uneingestandene Sehnsucht danach, *eine* Hand zu halten; Frauen, deren Kraft, sich täglich neu auseinanderzunehmen und wieder zusammenzusetzen, allmählich abnahm, oder andere, die langsam, auf schleimiger Kriechspur, den Weg zu einem Mann einschlugen, den sie mit jedem Satz verrieten. All das war eine Frage der Energie in einem Leben, wo rundum der Schwung abnahm und wo jeder vor sich hinschlingerte in seiner kleinen Eigendynamik und sich in einen Strudel hineinziehen ließ, um nicht schutzlos einfach fortgeschwemmt zu werden.

Es war eine Frage des Respekts, sich im Spiegel anzusehen ohne allzugroße Verwunderung. Vielleicht hatte sie zu lange Zeit schweigend vor ihrem Bild verharrt, weil jetzt alles über ihr so zusammenschlug. Und sie sah in ihre Augen und kam erst wieder zu sich, als ihr schwindelte, weil sie ineinandergeflossen war mit ihrem Spiegelbild. Vierzig Jahre lang siehst du in den Spiegel und zerbrichst dir den Kopf über dich und versprichst dir dein Paradies, schiebst es auf morgen, und du liebst dich – weil du noch lebst –, obwohl es immer noch vor dir liegt. Du siehst dich in deinen Augen zurück zum Kind und vor zu der alten Frau, die du einmal sein wirst. Du siehst, daß es immer noch in dir schläft, was einmal erwachen wird, und bist froh, daß dein Blick noch nicht aufgegeben hat zu hoffen.

Katharina fand sich vorübergehend ab mit der Unverläßlichkeit ihres äußeren Bildes, die zunahm, je älter sie wurde. Es verging eine Zeit, in der sie unschlüssig ihr Haar und das blasse Gesicht ansah. Dann zog sie sich selbst am Schopf aus dem Spiegelsumpfkabinett und beschloß, das gläserne Bild durch eins aus Beton zu ersetzen und die nächsten zwei Stunden ihre Arbeit für das Allerwichtigste auf der Welt zu halten. Sie schob den dazwischenfahrenden Gedanken, daß das recht arrogant sei, in den hintersten Winkel ihres Gehirns, wählte abermals eine Zwei und legte den Hörer neben den Apparat; sie stopfte Watte in ihre Ohren, um nicht das Baugetöse auf der anderen Straßenseite zu vernehmen, und verschloß die Augen vor dem dörflich anmutenden Kirchturm gegenüber und dem Haus, in dem ein Freund, der Vater eines Pyromanen, und eine Freundin, die Mutter eines weiblichen Clowns, wohnten – Nachbarn, mit denen sie abends Lichtsignale austauschte. Sie wandte ihren Blick von der Straße, auf der gerade Kindergartenzöglinge in Zweierreihen vorbeischritten. Sie verschloß die Nüstern vor dem Abgasgeruch, der durch die undichten Fensterritzen einströmte, zog ihre Poren zusammen, um nicht die Giftpartikel eindringen zu lassen, und nahm ihr einfaches Werkzeug, die Feder, zur Hand.

Katharina hatte ihr Schreibeland, ein großes Zimmer in ihrer Vierzimmerwohnung mit den vier Meter hohen, goldgelb gestrichenen Wänden, die in der Morgensonne aufleuchteten, so eingerichtet, daß sie sich darin wohl fühlte. Ihre Wohnung im obersten Stockwerk eines achtzig Jahre alten Hauses, in der sie acht Jahre lang zusammen mit Hartmann gewohnt hatte, war nach der Scheidung heruntergekommen. Leergeweint, damit beschäftigt, ihr gebrochenes Herz zu heilen und die Fehlschläge ihrer Ehe aus dem Kopf zu verbannen, hatte sie voreilig ihre Wohnung zu einer Wohngemeinschaft umgestaltet. Ein Jahr lang lebte sie mit Ella und Frantz, der ihr an einer U-Bahn-Haltestelle zugelaufen war, zusammen, und auf den Wänden wuchsen Menetekel, wenn sie mit ihren Gästen und Kebsmännern aus Hartmanns Gefäßen trank. Frantz' Hände schrieben an die Wand, gegen die sie anschrieb mit den dickschwarzen Lettern »ich bin ich«, und später, als sie auszog, damit Frantz auszog, und als Iris, die Ärztin, sein Zimmer einnahm, wurden alle Wände zu Steckwänden, gezählt, gewogen und geteilt das weibliche Leid: Ella, Iris, Katharina – bis sie sich durchrangen zur parolenhaften Anerkennung wie »ich mag dich« und dann »ich mag mich«, bis schließlich die Malerkolonne grinsend ihre Vergangenheit mit Spachtelkitt versiegelte und mit Zweifachfarben übermalte.

Seit drei Jahren lebte sie mit einem Untermieter zusammen, der höflich die Entfernung hielt und der nun auszog, da es ihr möglich war, die Wohnung allein zu unterhalten. Sein Zimmer, das auf der anderen Seite des Flurs lag, sollte nun Jonas bekommen. Es hatte lange gebraucht, aber Katharina hatte nun gelernt, die Wohnung zu ihrer eigenen zu machen und sie nicht dafür verantwortlich zu machen, wenn sie nicht fertig geworden war mit ihren Erinnerungen an Hartmann. Sie hatte den Rahmen, den er der Wohnung gegeben hatte, durch ihren eigenen ersetzt, und so war es nun eine andere Wohnung geworden, weil *sie* eine andere geworden war. Sie hatte die Räume, zum erstenmal in ihrem Leben, so eingerichtet, wie sie es liebte, sparsam, mit den schweren, herrenzimmerartigen Möbeln ihrer Urgroßeltern aus schwarzgebeizter Eiche mit dunklem Leder. Sie schlief in dem riesigen Mahagonibett, in dem ihr Vater sie gezeugt hatte. Ihr Schreibtisch, ein großräumiges Möbel mit Rindslederplatte, war der Tisch ihres Urgroßvaters, von dem aus er seine Lederwarenfabrik dirigiert hatte.

Die Wohnung hatte große, leere Flächen, neben denen es

tropisch wucherte, bequeme Plüschplätze und einen riesigen Flur, geeignet für Jonas' Autofahrten. Die Möbel waren gepflegt und gut erhalten, weil die Mütter sie täglich poliert hatten.

Die rechte Hälfte der Schreibtischfächer war angefüllt mit Heften, Tagebüchern, Notizen. Dem Schreibtisch gegenüber stand ein Aktenschrank mit geschliffener Glasfront, hinter der sie ihre Projekte und Exposés aufbewahrte. In einer silbernen Schatulle hatte Katharina alte Zettelchen aufbewahrt, die Liebesbeweise ihrer Freunde enthielten und in denen sie manchmal stöberte.

Die Breitseite des Arbeitszimmers nahm eine vier Meter lange Fotofolge ein, die Katharinas Leben von ihrer Geburt an in Stationen festhielt und weiter zurückführte bis zu ihren Urgroßmüttern. Über ihrem Schreibtischstuhl, der solide und massiv aus einem Stück Eiche geschnitten war, mit Ledersitz und Seitenlehnen, und in dem man Stunden verbringen konnte, ohne gekrümmt zu sitzen, hing eine alte Daguerreotypie, auf der ihre fünfjährige Großmutter Martha und deren weißbärtiger Großvater abgelichtet waren, der einen Totenschädel in der Hand hielt. ›Das Alter, die Jugend und der Tod‹ stand in Kurrentschrift gedruckt darunter.

An der Wand gegenüber die Abbilder ihrer Frauengeschichte: die Großmutter Martha, 89, verwitwet, adelige Hausfrau; die Mutter Ada Bebra, 70, geschieden, Hausfrau, Sekretärin, heute Geschäftsführerin in einem Puppenladen; sie selbst, Katharina Bebra, 40, Dr. phil., Journalistin, Schriftstellerin, geschieden von einem Schriftsteller, ein lediges Kind. Daneben hatte Katharina die regenbogenfarbenen Zelte ihrer Träume und Sehnsüchte aufgeschlagen. Phantastische Gemälde eines Geisteskranken, der seine lüsterne Fracht an andere Ufer übersetzte; Narrenschiffe, auf deren Masten apokalyptische Wesen flüchteten; ein plastisches Planetarium, wo in den Nachthimmel jeder Stern eingeschraubt war, damit er nicht herabfallen konnte; eine ornamentale taoistische Darstellung vom ›Kampf des inneren Gemachs‹ und ein Kupferstich ›Leda und der Schwan‹, den Katharina mit einem Schleier, in den winzige Sterne aus getriebenem Silber eingearbeitet waren, bedeckt hatte.

Katharina, die sich schon als Kind nicht hatte entscheiden können, ob sie Schriftstellerin werden wollte oder Mätresse, spürte ein flutartiges Ansteigen der Lüste beim Anblick des Bildes, doch ebenso stark war der Sog, der von ihrer Arbeit ausging, und sie holte sich Ruhe vom Bild des Eremiten und arbeitete die ihr verbliebenen zwei Stunden, weil hier und jetzt geschehen mußte, was zu keiner anderen Stunde geschehen konnte. Sie hatte Glück und stand fest in ihrer Arbeit, bis es Zeit war für einen längst fälligen Behördengang. Sie kleidete sich rasch an und rannte die hundertvierundvierzig Stufen hinunter und schwang sich aufs Rad, fuhr, sprang ab, wartete den Aufzug nicht ab, sondern nahm die zwei Stockwerke in einem Schwung, betrat das Zimmer eines freundlichen Sozialbeamten, um ihm mitzuteilen, daß sie hinfort, gottlob, nicht mehr die Hilfe des Staates in Anspruch nehmen mußte, dankte, lief, schwang sich aufs Rad, eilte, da es Luxus war, die Treppe mit leeren Händen hochzugehen, in eine Apotheke und schlingerte mit zwei Windelkartons à sechzig Stück heimwärts. Sie sah, daß Jonas' Automobil bereits vor der Haustür parkte, und rannte atemlos die Treppe hinauf, schloß auf, nahm Jonas, der ihr entgegenrannte, in die Arme und ertappte Ada, die über ihren Schreibtisch gebückt stand und zurückprallte.

Oh, wie sie sie gleichzeitig verstand und verabscheute, diese Grenzüberschreitungen, weil sie sehr wohl wußte, daß sie sich Ada vorenthielt, dennoch, diese früheren Versuche, ihre Tagebücher zu lesen, ihre Briefe zu öffnen! Versuche, die ihren Erfindungsgeist mobilisiert hatten: die zahllosen Verstecke, die notwendig gewesen waren, bis sie, die Schülerin, das Tagebuch am Ende ins Ofenrohr einzwängte und geschwärzt wieder hervorzog!

Katharina sagte nichts, doch war es Adas Gesicht und Haltung abzulesen, was sie dachte: Das ist nicht *meine* Katharina, die das geschrieben hat, und Katharina lachte Jonas an und tat, als träfe sie es nicht – da schoß Ada einen neuen Pfeil ab: »Heute sind deine Haare aber schön«, was hieß: zurückhaltend, nicht zu rot und nicht zu dunkel, ganz nach Adas Geschmack frisiert und ganz im Gegensatz zu sonst, zu *immer.* Dennoch mußte in ihrem Blick etwas gelegen haben, das Ada hastig fortfahren ließ: »Ich sage es unumwunden, ob es mir gefällt oder nicht. Du selbst hast mich dazu aufgefordert, nicht einfach zu schlucken, was mir mißfällt, also darf ich doch einmal sagen, was mir gefällt, oder darf ich auch das nicht mehr?« Wie rasch es ging, daß sie einander so unerquicklich wurden – Katharina hatte kaum das Zimmer betreten, und schon nahmen sie sich schlecht miteinander aus.

»Jonas hat wenig gegessen«, klagte Ada. »Wenn *du* schon

nicht zum Kinderarzt gehen willst, so gestatte es wenigstens mir, ich will das gerne übernehmen.« Katharina schüttelte den Kopf und lehnte den Vorschlag ab, obwohl es ein Fortschritt war, daß Ada nicht mehr, wie sie es früher getan hätte, ungefragt mit Jonas den Arzt aufsuchte. Doch welche Furcht es immer wieder in ihr auslöste, dieses ständig besorgte mütterliche Kopfschütteln, als dürfe es nicht so sein (was doch so war), daß es Jonas an nichts fehlte.

Um anders mit Ada umzugehen, lobte Katharina das genähte Höschen, belohnte die Tatsache, daß Ada allein den *extra frisch zubereiteten* Karottenbrei und das *so sündhaft teure* Tatar hatte essen müssen, mit einem ihrer Seidenschals, den sie spontan unter dem Durcheinander hervorzog. Ada übertrumpfte sie mit zwei schönen indischen Armreifen, von denen sich Katharina dankend sogleich einen über den Arm zog, woraufhin Ada vorwurfsvoll feststellte, daß Katharina der andere wohl nicht gefiele. Katharina streifte auch den zweiten Armreif über und lobte Adas Verhalten am Spielplatz, die ihr berichtete, wie sehr das Eigentumsdenken bereits in den Zweijährigen gezüchtet werde durch das falsche Reagieren der Mütter, mit denen sie sich in eine Diskussion über Erziehungsfragen eingelassen hatte. Adas Meinung zu vielem war Katharina einsichtig und erschien ihr richtig, doch jeder Bericht forderte ein so uneingeschränktes Rühmen und Preisen, daß jedes Lob wertlos zu werden schien.

»Ich habe die Zeitungsausschnitte auf den Schreibtisch gelegt«, sagte Ada und lieferte damit beiläufig eine Erklärung für die Haltung nach, in der Katharina sie angetroffen hatte, »ein Artikel handelt von den zunehmenden Verhaltensstörungen bei Kindern, einer von den kindlichen Schäden bei übermäßiger Sonnenzufuhr, und der dritte, den zu lesen ich dir dringlichst rate, mahnt ausdrücklich, den Anfängen zu wehren, wenn ein Kind stottert. Ich lasse Jonas jetzt jeden Satz, den er stotternd vorbringt, nochmals ruhig und langsam nachsprechen und habe mit einer Strichliste begonnen, wie oft er stottert, wenn ich ihn habe.«

Ada holte die Liste hervor, die für heute fünf energische Striche aufwies. Jonas, der vor zwei Wochen eruptiv das Sprechen entdeckt hatte, neigte dazu, sich zu viel vorzunehmen. In rauschhafter Begeisterung über das Neuland Sprache konnte er sich oft nicht entscheiden, was er zuerst sagen wollte, und stotterte, was Katharina erklärlich, keineswegs krankhaft und eher von beabsichtigter Komik erschien. Sie war sicher, daß er sehr wohl wußte, daß es Banane hieß und daß er es vorzog, *Bananane* zu sagen, weil das Wort so länger und schmackhafter auf der Zunge lag. Sie dankte für die Fülle der philiströs zweifarbig angestrichenen Katastrophen-Dokumente – darin war Ada die gelehrige Tochter der Kassandra Martha – und versuchte, Wärme in ihre Worte zu legen.

»Bist du denn vorangekommen«, fragte Ada, »du hast nicht einmal die Waschmaschine abgestellt. Dafür nehme ich dir das Kind nicht ab, daß du nicht einmal dazu kommst . . .« Katharina hörte den Rest nicht mehr, sondern lief zur Waschmaschine und hängte die Wäsche auf, Jonas und Ada im Gefolge. Sie spürte Adas zurückgestaute Räsonierlust, als sie die Wäsche wie immer aufhängte, jedes Stück mit nur einer Wäscheklammer notdürftig und rasch befestigend, und duldete Adas Ellenbogen, der sie beiseite schob: »Laß mich das mal machen«, sagte Ada, deren Stimme vor lustvollem Leiden vibrierte, »bring du das Kind ins Bett. Was ist denn das?« Sie hob den anstößigen Fremdkörper, eine Unterhose Walters, spitzfingrig in die Höhe und hängte sie achselzuckend auf.

Katharina nuschelte etwas vor sich hin, das nicht zu verstehen war, und doch schien es ihr, als wäre es zu verstehen und als hätte sie lauthals herausgeschrien: Ada, das geht dich nichts an. Es war eine stillschweigende Übereinkunft, daß Ada dergleichen nicht immer vernahm, denn so herrisch sie auftrat, so schnell brach sie auch zusammen, zersplitterte wie ein Stück Eis, das man gegen eine Mauer warf, so brüchig war ihre angenommene Härte.

Katharina legte den von Ada sorgfältig präparierten, frisch gewandeten, neu umwundenen, gesäuberten, bestäubten, gesalbten Jonas ins frisch bezogene Bettchen. Sobald er lag, bekam sein Blick etwas Starres, Abwesendes, als sei er schon unterwegs zu seinen Träumen, die keine Alpträume zu sein schienen, denn er hatte bislang im Schlaf noch nie geschrien. Katharina schloß behutsam die Tür hinter dem Kostbarsten, das sie nie sättigen sollte, diesem Sonntagssohn mit wünschlichen Gedanken, der eine Blume in seiner Tasche trug.

Sie ging hinüber ins Zimmer, wo ihre Mutter saß und auf sie wartete, entschlossen, ihr zum Abschluß etwas Freundliches zu sagen. »Ähnlicher wird er dir von Tag zu Tag, das Goldkind« – und Katharina nahm die Liebeserklärung an sie, die auch dahinterstand, entgegen. Sie wußte, wieviel an Jonas Jonas war, und brauchte nicht zu widersprechen. Sie nickte lächelnd und hatte nicht das Gefühl zu lügen; sie küßte Ada und wurde, als Ada die Wohnung verließ, wieder zu jener Frau, die sie sein wollte – eine andere jedenfalls als Adas Tochter.

Katharina hütete sich, länger über sich und Ada nachzudenken, und sprach den letzten Satz des Morgens laut vom Papier. Sie hatte es sich in den zwei Jahren, in denen sie häufig allein mit Jonas an ihrer Arbeit saß (während er seiner nachging), angewöhnt, laut zu sprechen, was sie schrieb, damit er nicht sprachlos aufwuchs, während sie schweigend Sprache zu Papier brachte. Sie erinnerte sich an die Zeit, als sie die Techniken des Alleinseins mit einem Kind mühsam erlernte: auf Lallsprache heruntergekommen, manchmal schreiend im Badezimmer mit den Fäusten gegen die Wände trommelnd, damit Jonas sie nicht hörte, manchmal weinend vor Verzweiflung, dann wieder voll zerschmetterter Ausgelassenheit und schweißgebadeter Heiterkeit. Und immer, jeden Morgen, diese grenzenlose Freude, wenn sie ihn rufen hörte: *Mamajajajajajaja* (und sie empfand die tiefe Bejahung, die in dem verlängernden Singsang lag), dieses nicht enden wollende Staunen, daß es ihn gab. Bis sie es langsam und schwer erübt hatte, sich einzurichten in dieser neuen Form von Alleinsein, und auch wieder ihre Fühler ausstrecken konnte nach jenen, die Unruhe in ihr erzwungenes Gleichmaß hineinbrachten, den Männern.

Katharina schaffte ihre Müdigkeit ab, und ihre Hand wuchs mit der Feder, die sie verlängerte, und sie umarmte glücklich die eng beschriebenen zwei Seiten und dann ihr Kind, das ihr so tiefe Arbeitsruhe geschenkt hatte durch seinen zweistündigen Schlaf. Katharina beneidete sich nicht mehr um die viele Zeit vor Jonas, in der sie sich zeitlos hatte bewegen können, denn sie wußte erst seit Jonas, wie bemessen Zeit war und wie sehr zu nutzen. Es mußte ja alles anders zugehen, seit es Jonas gab, und doch hätte sie mit niemandem auf der Welt tauschen mögen, der über Freiheiten verfügte, die sie nicht mehr hatte.

Sie mußten hinaus, die Zeit drängte, Katharina streichelte Jonas' entspannten Körper, der noch ohne Knoten und Kampfspuren und Verzerrungen der gestreiften Muskeln war, sie umgab ihn mit einer frischen Windel, kämmte sich, zeichnete den Lidstrich, bürstete Jonas. Sie nahm ihn in eine Hand und die üblichen drei Mülltüten in die andere, und sie gingen die Treppe hinunter, wobei Jonas vor jedem Eingang verharrte und nach den Geräuschen horchte, die aus den Räumen kamen.

Aus einer Wohnung erscholl eine wohltönende Baritonstimme mit Schubert-Begleitung vom Plattenspieler: Es war der Besitzer von elf kleinen Abschreibungsfirmen, der eigentlich Opernsänger hatte werden wollen. Aus der anderen kam heiligmachender Giftduft, begleitet von raschem Schreibmaschinengeräusch: der stets braungebrannte und seinen Körper durch Boxübungen löblich mobil haltende Lyriker tippte, »dem Glück des andern immer nah«, ein Gedicht. Jonas verweilte im Sitzstreik einige Minuten vor der Tür eines Professors für Anthropologie, der nicht nur altes Blechspielzeug sammelte (was ihm die Liebe Jonas' eintrug), sondern auch ausgefallene Lustwerkzeuge erfand, die sich der Lyriker manchmal auslieh, so daß Katharina, wenn sie mit dem Lyriker schlief, auf diesem Umweg ebenfalls in den Genuß der Erfindungen gelangte.

Es war ein Haus der Verflechtungen, ein musisches Haus, in dem Katharina und der Lyriker ihre Worte beim Bariton kopierten und der Erfinder seine zulässigen Objekte und Sammelstücke in der Galerie im ersten Stockwerk ausstellte. Ein Haus, in dem Ella zweimal ihr spanisches Bett von Katharina zum Professor und vom Professor wieder zu Katharina die Treppen entlang geschleift hatte; ein Haus mit einem Keller, aus dem Katharina zischend und fluchend die klebrig-weichen Plunderhäufchen, die vier gleichgekleidete Modelle zurückgelassen hatten, mit denen der Lyriker (der keinen Kellerraum besaß) kurzfristig hintereinander zusammengelebt hatte, in den Müll trug. Ein Haus, in dem es noch möglich war, zu läuten und Bedürfnisse, die verschieden sein durften, anzumelden.

Katharina warf die drei Mülltüten in die Tonne und kettete Jonas auf den Kindersitz, hob ab, wobei sie feststellte, daß nun zum drittenmal einer, der es auf die Besitzlosen abgesehen hatte, das Zugseil der Gangschaltung durchgeschnitten hatte. Sie trat mit heftigen Stößen aufs Pedal, wich den nach ihr zielenden Autos aus, in denen die neuen Barbaren saßen. Sie flogen pfeilschnell über die Straßen, Katharinas Rockbüschel und der durchbrochene Schal bildeten eine Parallele zum silberglänzenden Asphalt, und Katharina fühlte sich im herrlichen Gleichgewicht mit sich selbst, ein Werkzeug beherrschend, das sich so unkompliziert fortbewegte und das ihr ähnlich zurückhaltend schien wie ihr Werkzeug, die Feder.

Jonas lachte, als ein Autofahrer die Kurve schnitt und eine Handbreit vor ihnen haltmachte mit einer nachlässig scheuchenden Geste, als vertriebe er eine Fliege. Und Katharina, in der ein sinnlos umfassender Haß aufstieg gegen diese Welt, die nicht traumtanzte, sondern stampfte, die nicht das leichtfüßige Rad nahm, sondern mit ihren Motoren die Luft zur Waffe gegen sie machte, spuckte auf die Windschutzscheibe. »Mörder!« schrie sie außer sich. »Mach das nicht noch einmal mit mir!«

Sie stand mit zitternden Knien auf der Straße, und der Mann, über dessen Kinn der Speichel floß, stieg aus, die Faust gegen sie erhoben. Es war ihm anzusehen, daß er sie nicht nur für dumm und überspannt hielt, sondern auch für einen Polizeifall. Katharina ließ sich auf einen Disput mit ihm ein, in dem sie ihn, ruhiger werdend, darauf aufmerksam machte, daß er im Augenblick, da er ins Auto stieg, nicht mehr allein auf der Welt sei.

»Sie Kommunistin«, sagte er, und Katharina schwieg. Erst jetzt sah sie sich den Mann an, auf den sie in ihrem Schrecken reagiert hatte: Hier stießen Schichten zusammen, die nichts mehr voneinander wußten. Für diesen Mann war nichts geschehen, denn sie lebten ja noch.

Katharina fuhr weiter, zwei Augen hinten, zwei vorne, je eins nach rechts und links gerichtet, stieg ab, als sich unvermutet ein Autoschlag vor ihr öffnete, und zog es vor, weil das Kniezittern, das sie vor Jonas' Geburt nicht gekannt hatte, erneut begann, die Gehsteige zu benutzen und an jeder Querstraße abzusteigen. Sie betraten die Buchfabrik, die größte des Landes, gespeist von Fichtenplantagen, die man früher Wälder nannte, und getränkt von Kopf-Erlebern, Lebensfälschern, die, Talente des intellektuellen Inzests, in der Wartehalle saßen. Sie warteten, und Katharina spürte, wie ihre Haut austrocknete vor Angst, weil sie nicht einhalten konnte, was sie vertraglich zugesichert hatte. Sie ließ sich in ein Gespräch mit einem Autor ein, der sich Gedanken machte wie kein zweiter über die Mechanik der Kulturindustrie, ein Zielgruppenschreiber im Konfirmandenanzug, der auf einem Feldbett schlief und sein Essen im Stehimbiß einnahm.

Ihr Hautjucken nahm zu, und sein sozialpolitisches Rotwelsch bedrohte sie, sie roch die saure Milch der gesetzlichen Denkungsart, die er über Gebühr aus den Brüsten der Alma Mater herausgesaugt hatte, und der Geruch würgte sie im Hals. Er, der mit sämtlichen »Medienhebeln«, also auch den politischen, operierte, bediente sein flinkfreundliches Sprachwerkzeug perfekt und zog, selbst Teil des Gesetzeskörpers, einen Codekreis um sich, der Katharina bannte wie ein Kreidestrich ein Huhn. Wie so oft sagte sie auch jetzt noch »ja« zu Männern, deren Sätze sie nicht verstand, und sie dachte nach und kam nicht dahinter, aber sie wagte nicht zu fragen, da sie die Frage schon nach dem ersten Satz versäumt hatte. Sie griff sich an den Hals und rang nach Luft, bis sich endlich die Spannung entlud, sie spürte es nahen, dieses Kichern, das zunahm und anschwoll. Und sie kicherte in einem fort, während er weitersprach, taktvoll, als sei nichts geschehen. Da, endlich, ertönte über Lautsprecher ihr Name; sie konnte aufstehen, sich ihm und seinen übervielen Worten entziehen.

Katharina, von der die Hysterie abfiel, betrat selbstbewußt (trat sie etwa schon sicherer auf mit Kind?) die Verlegerkoje, ließ sich ein in ein Gespräch über Einstein, in dessen Leben kein Platz gewesen war für Frau und Kind und der sich deshalb scheiden ließ und eine ausgezeichnete und dazu freundliche Köchin heiratete, die ihm das Essen vor die Tür stellte, während er seine Relativitätstheorie vollendete.

»Sie sind eine couragierte Frau«, sagte der väterliche Verleger mit seinem österreichischen Singsang, »aber haben Sie sich nicht etwas übernommen: Kind und Arbeit und Haushalt und am Ende gar noch Privatleben?« Das letztere sagte er leicht spöttisch, neugierig. Ralph Roth war ein intelligenter und sympathischer Mann, der wiederholt Interesse für Katharina gezeigt hatte, aber sie hatte ihn abgewiesen. Nicht zuletzt aus Stolz, denn sie hatte sich immer dagegen gewehrt, beruflich etwas zu erreichen, was auf andere Ursachen als auf ihre Leistungen zurückzuführen war. Ihr Stolz in dieser Hinsicht war enorm und möglicherweise sinnlos und ging so weit, daß sie zwei Jahre lang einem Mann, in den sie verliebt war, aus dem Wege ging, nur weil er damals ihr Vorgesetzter war. Ähnlich war es ihr übrigens auch mit Männern gegangen, die Vermögen besaßen. Ob es nur aus Stolz war oder aus Dünkel oder aus Zufall, Katharina hatte sich noch nie auf einen Mann eingelassen, der zu den Besitzenden zählte, und in ihrem Freundeskreis gab es niemanden, der etwas sein eigen nannte, es sei denn eine Wohnung oder bestenfalls ein Domizil auf dem Lande. (Sie überlegte, ob es noch etwas gab, das mit Sicherheit eine Beziehung ausschloß, und fand heraus, daß es für sie, die sonst keine Rassenvorurteile kannte, keinesfalls ein Amerikaner sein dürfte. Da saßen zu tiefe Vorurteile in ihr gegen alles, was aus Amerika kam, und sie erinnerte sich an die Amerika-Feindlichkeit ihres Vaters, seine schäbig gekleideten Genossen im Salzkammergut, die winzige KP-Zeitungsredaktion in der russisch besetzten Stadt und die redliche Beschränktheit seiner Ostberliner Freunde, sie entsann sich ihrer frühen Abneigung gegen Buschhemden und jene rosa Hautbeschaffenheit und eine bestimmte formlose Art zu gehen, wie sie die Amerikaner der Besatzungszeit gehabt hatten.)

»Ich glaube nicht«, entgegnete Katharina, »daß ich mich falsch eingeschätzt habe, denn es ist zu schaffen, auch ohne Köchin, mit der ich nie werde rechnen können.« Sie war überzeugt, daß sie auf dem Weg war, ihr Leben zu leben und das Kind zu haben. »Ich bitte Sie, mich aus diesem Vertrag zu entlassen«, sagte Katharina, gab ihrer Stimme einen Anlauf und schaltete ihren Mutterblick ab, für den jetzt kein Platz war. »Ich weiß, daß ich mich verpflichtet habe, dieses Buch zu schreiben. Aber ich schaffe es nicht. Es waren nicht die Krankheiten meines Sohnes im ersten Jahr. Ich denke heute einfach anders über das Thema als damals. Meine Vorstellungen sind von denen des Exposés abgekommen. Ich habe mich verändert.«

Katharina hatte ein Sachbuch vorgeschlagen, mit dem sie sich zur Befürworterin der künstlichen Befruchtung im Falle alleinstehender Frauen machen wollte. Heute, nach zwei Jahren eines neuen Lebens mit Kind und Freund, war sie nicht mehr der Meinung, daß es eine richtige Entscheidung wäre, dem Kind den Vater vorzuenthalten. Sie fand, daß das Kind, das man in die Welt setzte, das Recht hatte auf seinen Vater, das Recht hatte, eine Alternative zum Verhalten einer Frau zu erfahren. Denn solange sich Mann und Frau noch verschieden verhielten, würde das Kind in eine Gesellschaft hineinwachsen, in der es Männer und Frauen gab. Es würde es schwer haben, mit Geschöpfen umzugehen, die es nicht oder zu wenig kannte.

»Ich verstehe nicht, warum die Zusammenarbeit mit Frauen niemals sachlich sein kann«, antwortete der Verleger. »Vertrag ist Vertrag. Sie haben sich schriftlich verpflichtet, dieses Buch abzuliefern. Nun kommen Sie mir damit, daß Sie sich verändert haben. Ich will Ihnen einmal etwas sagen«, Katharina sah, wie sich seine Augen verengten, »das interessiert nicht. Mich nicht, das Verlagshaus nicht, die Vertreter nicht, den Leser nicht. Ich will ja zugestehen, daß es Fälle gibt, in denen die Ablieferung eines Buches erschwert oder unmöglich gemacht wird. Wir haben darüber gesprochen. Ich würde es akzeptieren, wenn zum Beispiel Ihr Kind sterben würde. Das wäre selbstverständlich ein Grund, und dann ließe sich darüber reden, inwieweit der Vertrag abgeändert werden könnte und Sie vielleicht einen Roman liefern über den Tod Ihres Kindes. Alles andere halte ich für Ausflüchte.«

Katharina spürte, wie sie erstarrte. Der Satz hatte ihre tiefsten Ängste mobilisiert, mit denen sie sich herumschlug, seit Jonas zweimal beinahe zu Tode gekommen war. Jede Mutter lebt mit dieser Angst ein Leben lang, das wußte sie, aber wie war es denn möglich, das zu einer Geschäftsfrage zu machen?

Eine Antwort blieb ihr im Halse stecken, es war nicht möglich, zu tun, wonach es sie drängte: aufzustehen und das Haus zu verlassen.

»Es ist ja alles gut und schön, die ganze Chose mit der Emanzipation«, sagte Ralph, »aber ich habe es allmählich satt, mit Frauen zusammenzuarbeiten, die unpünktlich, schlampig, gehetzt und vertragsbrüchig sind. Ihr Verhalten ist in höchstem Maße inkorrekt, unsachlich und deshalb für mich inakzeptabel.«

Auch das Dilemma, Dinge zu liefern, mit denen sie sich nicht mehr identifizieren konnte, wenn sie im fertigen Buch standen, war ihr nicht fremd. Katharina, die selbst mit Frauen zusammengearbeitet hatte, kannte die Schwierigkeiten sehr wohl. Da gab es nie eine Gleichzeitigkeit. Einmal hatte die eine, einmal die andere Konflikte, abwechselnd war immer eine deprimiert oder überlastet oder im Kopf mit anderem beschäftigt, immer war eine zu trösten, wenn die andere gerade obenauf war, und so war es ein Gezerre und Getröste, bis die Arbeit vollendet war, wie kein Mann es kannte, dem eine Frau den Weg freischaufelte.

Sie hatte sich dennoch immer an ihre Verträge gehalten und sich damit abgefunden, von Freunden angegriffen zu werden, die es sich leisten konnten, Arbeiten abzubrechen und auf das Geld zu verzichten. Sie erinnerte sich an die 68er Jahre, als sie es aushielt, von denen, deren Achtung sie gebraucht hätte und über die sie aufwertende Artikel schrieb (wogegen diese Leute wiederum nichts einzuwenden hatten), als reaktionär abqualifiziert zu werden, weil sie weiterhin an einer immer mehr nach rechts driftenden Boulevardzeitung ihr Brot verdienen mußte. Sie war sich damals sicher, daß manche ihrer Freunde politische Gründe nur als Vorwand benutzten, um eine Sache aufzugeben, die ihnen über den Kopf wuchs, weil sie ständige Auseinandersetzung forderte. Die Zeit hatte ihr recht gegeben: Viele von ihnen hatte es in den letzten zehn Jahren in andere Berufe getrieben, oder sie waren in den Pferchen Eingeweihter verkümmert, oder sie waren ausgebrochen, und einer von ihnen war aufs Meer hinausgeschwommen und nie mehr zurückgekommen.

Katharina kannte Ralph, der einer von jenen gewesen war, die es *immer gut mit ihr gemeint hatten,* seit der Zeit, als sie für die Zeitung gearbeitet hatte. Ralph, damals noch ein kleiner Redakteur, war halben Herzens für sie eingetreten, wenn sie so gar kein Gespür bewiesen hatte für die *Leser einer Straßenverkaufszeitung,* die der Chefredakteur, ein aufgeschwollener Kneipenhocker, dem jeder Meinungsaustausch zu einem Gebell geriet, so genau zu kennen schien. Dieser wußte, ebenso wie alle Redakteure bei Rundfunk und Fernsehen, genau, wie jener Leser (Zuhörer, Zuschauer) beschaffen war und was *die* wollten und wie *die* zu behandeln waren, und er warf ihr Dünkel vor und Revoluzzertum, wenn sie seine Vorstellungen bezweifelte und mehr Zutrauen äußerte. Oh, wenn sie nur wüßten, jene »Konsumenten«, wie »die da oben« (von denen Katharina wiederum sehr wohl wußte, wie man sie zu unpersönlichen Zielen heranspezialisierte), die mit weingeistigen Hirnen an den Hebeln saßen, von ihnen dachten, mit welcher Verachtung sie sie in der Unmündigkeit hielten, damit sie nicht entdeckten, was sie *nicht* tun durften, damit sie vergaßen, was Verzicht bedeutete und Beschränkung, damit sie verlernten, ihre Hände zu gebrauchen.

Und so hatte Katharina jahrelang ihre verkrüppelten Hände über die Tastatur der Schreibmaschine gleiten lassen, um Artikel zu machen *über* Menschen, die Filme *über* etwas gemacht hatten, und Bücher *über* die Probleme von Menschen, die *unter* etwas litten, und es hatte alles immer weniger mit ihr zu tun, was sie tat. Weil ihre Augen voller Tränen waren, sah sie die Menschen nicht mehr, die sie ausbeutete, um mit einem Zweispalter sechzig Mark an ihnen zu verdienen. Und es endete damit, daß sie mit denen, über die sie Artikel schrieb (die die anderen vervielfältigten), im Bett lag, und ihre Hände strichen über ihre Körper, um zu begreifen, was nicht zu begreifen war in dieser kurzen Zeit. Sie interviewte Körper, die nur deshalb antworteten, weil die Gehirne wollten, daß ihre Worte gedruckt werden würden. Sie ließ sich zuviel ein auf jene Menschen, die sie eigentlich nur eine Stunde hätten kosten dürfen, und ihre Hilflosigkeit kostete sie Geld, und mit jenen Trugbildern von Nähe und Verstehen schwanden auch ihre Zeit und Kraft.

Als man ihr kündigte, weil der Chefredakteur sie als Zumutung für seine Leser empfunden hatte, fing sie an, sich gehenzulassen, und es dauerte eine Zeit, bis sie davon abkam, daß Menschen aufzureißen waren und auszubeuten, bis sie verstand, daß ihre Art, mit Menschen umzugehen, unwürdig war und daß es Grenzen gab.

»Und was haben Sie sich nun gedacht?« Der Verleger wurde ungeduldig.

»Ich könnte Ihnen, wenn auch nur ungern, einen Kompromiß vorschlagen: ein Buch zu schreiben gegen künstliche Befruchtung«, sagte Katharina leise, und sie sah, während sie sich erklärte, jenen angestrengten Zug in seinem Gesicht, den sie bei Männern sehr wohl kannte, wenn eine Frau anderer Meinung war; den Ausdruck jener Chefs, die eine Hand ans Ohr hielten und sagten, sie könnten nichts verstehen, sie hätten sie *akustisch* nicht verstanden, weil sie so leise sprachen, die Frauen, immer zu leise mit ihren Stimmen, die schüchtern bettelten, man möge sie doch anhören. Diese Unhörbarkeiten der Verliererinnen bei allen Konferenzen, wie sie immer unsicher und ängstlich klangen, und wie es in ihnen bröckelte, selbst wenn sie sich Mut machten. Diese Kinderstimmen, die zu schweigen hatten, wenn die Erwachsenen redeten.

»So ein Buch würde nicht gehen. Ihr Buch muß provokant sein. Sie müssen einsehen, daß wir nicht drucken können, was keine Käufer findet. Wir sind kein Wohlfahrtsinstitut. Sie sind doch eine moderne Frau, ledige Mutter« (das klang schon fast nach Vielmännerei), »Sie ernähren sich und Ihr Kind alleine, und es kann doch beileibe nicht Ihr wahres Anliegen sein, die ganze Emanzipationsidee zu verraten. Meine liebe Katharina, also das können Sie wirklich nicht von mir erwarten, daß ich da mitspiele.« Und er wandte alle jene Argumente gegen sie an, die der moderne Hexenhammer, der Ratgeber für ein rationales Leben, enthält, mit dem die Männer, als seien sie mit dem Teufel im Bunde, den Frauen alle weibliche Kraft aus dem Leib hämmern wollen. Er gab sich gynophil wie viele Männer, die die Emanzipation zu ihrer Sache gemacht hatten, weil es Karriere verhieß und private Erleichterung verschaffte. Katharina hatte wiederholt erlebt, wie dieses Prinzip sich gegen sie wandte und wie man (das Rezept der bürgerlichen Linken seit der Französischen Revolution) ihren Kopf forderte, weil sie nicht ins revolutionäre Konzept paßte.

Katharina sah keinen anderen Weg, als ihre Einstellung zur Emanzipation zu klären, und sie verstand aus den Blicken der

Sekretärin, die den Kaffee brachte, daß jene mehr begriff als Ralph, in dessen Haltung etwas lag, das sie warnte. Es war wie früher, als alle möglichen Schicksalsschläge auf das Konto der Frauen gingen, ob es Unwetter waren oder Krankheiten. Für Ralph war es der Ausfall eines Projektes, für das er sich eingesetzt hatte und das von neuzeitlichen Heldinnen handeln sollte, die des Mannes nicht mehr bedurften.

»Ich sagte Ihnen schon, ich habe mich verändert, und ich werde mich weiterhin verändern«, wiederholte sich Katharina, »und ich glaube nicht daran, daß Menschengeist, der Gläsern entsteigt, ein Fortschritt ist. Dazu fehlt nicht nur die Voraussetzung, daß wir nämlich allesamt eine kolossale Umformung erlebt hätten, sondern ich glaube nicht, daß es gut für uns wäre, wenn sie stattfände.«

»Aber Sie können doch nicht so mir nichts dir nichts von heute auf morgen Ihre Meinung ändern«, sagte Ralph vorwurfsvoll, entschlossen, das Holz zu spalten, und Katharina sah, daß es schlimmer war mit ihm, als sie erwartet hatte. Sie spürte, wie die Furcht in ihr hochstieg, da nie und nimmer herauszukommen, weil es unmöglich war, sich zu erklären.

»Von heute auf morgen kann keine Rede sein«, sagte sie. Ihre Stimme bekam jene Hysterie, die immer durchschlug, wenn sie sich behaupten mußte. »Ein Vierteljahr ist viel Zeit, wenn man sich täglich mit einer Sache auseinandersetzt. Ich kann nicht so tun, als wäre nichts geschehen. Gut, ich lebe allein mit dem Kind.« Sie warf einen raschen Blick auf Jonas, der gerade einen Bücherstoß umgeworfen hatte. Eine besänftigende Geste der Sekretärin bewies ihr, daß sie es übernehmen würde, das zu ordnen.

»Gut, ich bin frei. Frei von allen Lasten, frei für die wundersamen Experimente mit neuen Lebensformen.« Sie sagte es leicht höhnisch, als sie in seinen Augen jenes gewisse bedauernde Funkeln entdeckte, als dächte er: Warum habe ich eigentlich geheiratet, wenn es Frauen gibt wie diese, die dir auch ohne Trauschein das Kind frei Haus liefern. »Gut, ich bin frei«, sie wurde zornig. »Aber vielleicht bin ich gar nicht gerne frei. Vielleicht bin ich sehr traurig über soviel Freiheit. Vielleicht habe ich sogar Angst. Vielleicht bin ich nur frei, weil ich niemanden habe – und wäre lieber verheiratet. Ich glaube nicht mehr an die Freuden der Einsamkeit. Da ist man gegenseitig zu Besuch und sitzt dann da wie eingeladen, während zu Hause die bequemen Pantoffeln stehen, und ißt die Suppe, die der andere gekocht hat auf seine Art, und schläft zusammen in einem Bett, das kein gemeinsames ist und nie sein wird.«

Katharina brach ab mit einem unsicheren Lächeln. Sie war zu weit gegangen. Sie hatte zu jenem Ralph gesprochen, der noch der kleine Redakteur war. »Sie haben sich verändert, weiß Gott«, sagte Ralph und hob die Hände, »das kann man wohl sagen. Und Sie haben einmal so getan, als wollten Sie die Gesellschaft verändern. Sie haben sich mit Leuten abgegeben, die man überall dort antrifft, wo politische Unruhen gestiftet werden. Sie bildeten in den Achtundsechzigern eine Art Zelle. Sie haben linkes Zeug geschrieben. Und als es mit den Arbeitern nichts war und Ihre Ehe kaputtging, haben Sie die Frauen aufgehetzt. Und nun kommen Sie mir vielleicht noch damit daher, daß Sie einen vaginalen Orgasmus haben.«

Er wird gemein, dachte Katharina, er rächt sich, weil er sich als Fertiger fühlen möchte und es nicht erträgt, wenn eine kommt und sagt, ich habe mich verändert. Es war an ihr, die Verantwortung für ihre Veränderung nun auch auf sich zu nehmen. »Es war in der Tat sehr verführerisch«, sagte sie, »zu glauben, was wir glaubten: daß unser eigenes Chaos, Hartmanns und meins, das Spiegelbild dessen sei, was uns umgab, daß unser eigenes Leben wegweisend sein würde für eine andere Gesellschaft. Es war ein Irrtum. Wir haben zu wenig getan und zu viel geredet, zu wenig unsere Hände gebraucht. Ja, und wir waren Sympathisanten, wenn Sie das meinen. Wir waren *nur* Sympathisanten.«

Ralph nahm rasch die Brille ab, rieb sich die Augen und setzte sie hastig wieder auf. Da fiel sein Blick auf Jonas, der zwischen seinen Beinen, einen ›Playboy‹ in den Händen, unter den Schreibtisch kroch, auf das Titelblatt wies und sagte: »Sieht aus Frau.« Ralph sagte ärgerlich: »Mußte es denn sein, daß Sie Ihr Kind mitnehmen? Dabei läßt sich doch keine sachliche Unterhaltung führen.«

Katharina schwieg dazu. Sie spürte den zweijährigen Groll im Magen, als sie weitersprach: »Und was den vaginalen Orgasmus betrifft, so will ich Ihnen auch darauf antworten. Sie haben einen Report herausgebracht, der ein Bestseller wurde, und in dem Frauen zu Wort kommen, die sich etwas vormachen. Gut für Sie, und schlecht für die Frauen. Für jene Frauen, die nun von tumben Toren abgetastet werden, die den Apparat Frau per Knopfdruck bedienen, als wenn es da Knöpfe gäbe, auf die irgendeiner nur zu drücken brauchte – und wenn es sie selbst wäre. Aber ihre wirklichen Bedürfnisse wird keine Frau je selbst befriedigen können. Noch gibt es Gefühle, die etwas Umfassendes, Geheimnisvolles haben, das so ist, als würde man im Meer schwimmen oder fliegen, schwerelos und ohne Angst und selbstvergessen. Was nützt Geschicklichkeit, wenn keine Liebe da ist?«

Katharina hielt inne. Sie fühlte sich unbehaglich, weil sie über etwas gesprochen hatte, was diesem in der Buchfabrik zu einem Spezialisten des klitoralen Orgasmus konvertierten Menschen unverständlich bleiben würde. Aber ihr war auch behaglich zumute, weil sie ihre Meinung gesagt hatte. Die Sekretärin lächelte ihr zu, doch Katharina gab das Lächeln nicht zurück.

»Ich finde«, sagte sie, an die Sekretärin gewandt, um ihr die Verweigerung der Komplicenschaft zu erklären, »daß es auch unsere Geschlechtsgenossinnen sind, die daran arbeiten, wenn Männer umgeschult werden auf Akkordarbeit an den Rädchen der Frauenmaschinen. Frauen waren es, die die Klitoris heiliggesprochen und den Lemurentanz der Selbstbefriedigung eröffnet haben.«

Die Sekretärin, zu geräuschlosem Dienst erzogen, wagte es nicht zu antworten. Doch ihr Blick strahlte kurz auf und erstarrte wieder, als die Augen ihres Chefs sie trafen.

»Das wird Ihnen einmal leid tun«, sagte Ralph, und er meinte damit alles, was sie gesagt hatte. »Natürlich wird eine Frau immer ein wenig anders denken. Aber mir scheint, da wirkt sich bei Ihnen eine neue konservative Bewegung aus.« Ralph runzelte die Stirn. Er war weder dumm noch unsensibel. »Vielleicht liegen Sie gar nicht so falsch. Vielleicht sollten wir versuchen, ob Sie mit einem solchen Buch nicht einen neuen Trend propagieren, so etwa unter dem Motto: Die weibliche Frau, zurück zu einer neuen Weiblichkeit, zurück zur Liebe, zurück zur Ehe ...«

Über Katharina kam eine tiefe, hoffnungslose Apathie. Mein Gott, was für ein Mißverständnis!

»Alles, was ich Ihnen liefern könnte, wäre für Sie zu zwiespältig«, entgegnete Katharina. »Ich bringe nicht genug Seelenstärke auf, um für den Markt zu schreiben. Ich kann nicht Dinge, die mich beunruhigen, verschweigen. Ich kann nicht anderen helfen, wenn ich mir selbst nicht helfen kann. Ich kann Mann und Frau nicht sehen, zusammen, Hand in Hand, ich kann es nicht sehen, außer in meinen Träumen.«

Sie schielte den Verleger an, wie immer, wenn sie sich von

jemandem überanstrengt fühlte. Sie konstatierte mit Befriedigung, daß dieser Mann in zwei Bilder zerfiel, die sie voneinander entfernen und ineinander laufen lassen konnte nach Gutdünken.

Ralph gab auf. Er spürte, daß das Gespräch ihn zersetzte. Er sah auf die Uhr, war wieder der Geschäftsmann, der keine Zeit zu vergeuden hatte mit spinnerten Frauenzimmern, diesen gefrorenen Erdschollen, die nicht entzweizuhacken waren. »Also gut«, sagte er endlich.

Jonas' freudiges Lachen galt den bunten Kaugummis, die Autoren ihren Mündern heimlich entnommen hatten, um Widerspruch einlegen zu können, und die sie verlegen unter den Schreibtisch geklebt hatten. Das Lachen kam zur rechten Zeit; Katharina, erleichtert – auch um 12000 Mark –, nahm die Türklinke, verabschiedete sich rasch mit einem freundschaftlich gemeinten Händedruck, wobei der übliche elektrische Schlag, auf den man dennoch nie gefaßt war, ihre Fingerspitzen traf. Sie fand sich wieder vor der Tür aus Scheinglas, die die Außenwelt widerspiegelte, und war mit einemmal das Catherlieschen, das nach langem Schlaf wieder erwachte und halb nackig dastand und zu sich selber sprach: »Bin ich's oder bin ich's nicht? Ach, ich bin's nicht!« Sie stand eine Zeitlang zweifelnd mit Jonas da, schwang sich somnambul aufs Rad. Sie klopfte ans Fenster eines zu ebener Erde hausenden Schriftstellers, der hieß zufällig Frieder, und rief: »Friederchen, sag, bin ich's oder bin ich's nicht?« Und Frieder antwortete: »Du bist's, in Henkers Namen!« Doch sie glaubte es nicht und nahm seinen Ratschlag, ihr Leben als Kunstwerk dem Kulturreferat zur Förderung vorzuschlagen, mit nach Hause. »Ich sehe es vor mir«, sagte Frieder, »›Conceptional Art‹, der Entwurf eines Frauenlebens, die Frau vernichtet, die Hülle bleibt, Maria Magdalena, die sich enthauptet, das Leben als Selbstinszenierung und Selbstentäußerung. Sie werden dir dein Leben bezahlen, prämieren, sie werden es preisen. Oder: eine Kombination von dokumentarischen Fotos mit Lichtaktionen, du, im Zusammenhang mit der Natur, mit Bäumen, dem Kind, die Frau, die sich in Lichtschlaufen und Lichtkreisen und Leuchtspiralen bewegt, den Bewegungen des Kindes angepaßt, geisterhaft beleuchtet und in die Naturlandschaft eingewoben, eine Mischung aus Erdgeist und Mariä Himmelfahrt. Oder: Chrom und Stahl, gebogen und gespannt, Winkeleisen, Spitzkanten, dazwischen Entspanntes, ein Zwiegespräch zwischen Weib als Weib und Manneswerk, das Weiche und das Harte, das Wächserne und das Betonierte, Schmiedeeisen und Weidengerten, dazwischen Watte, kilometerlange Wattewände ein Frauenleben lang, getränkt von Menstruationsblut, weibliche Welterfahrung als Kunstwerk ...«

Frieder erhitzte sich an der Idee und komponierte an ihrem Leben herum, bis Catherlieschen spürte, daß sie's nicht war, die in ihm drinnen war. »Ach Gott, ich bin's doch nicht«, sagte sie erschrocken und schwang sich aufs Rad und fuhr zum Krämerladen um die Ecke.

Zweites Kapitel
Im Spiegel

Katharina, noch angerührt von dem verzehrenden Blick, mit dem Jonas im Krämerladen ein anderes Kind erkannt hatte, fühlte sich wie aus einem Guß mit ihm, den sie mit einem Indiotuch auf den Rücken gebunden hatte, um die Hände frei zu haben. Sie ging hin und her auf dem Weg, der zu ihrer Wohnung führte, und an ihr zerrten rechts und links die schweren Tüten, als wollten sie die formvolle Einheit entzweireißen. Katharinas Anspannung unter der Last der Tüten löste sich, als Jonas bemerkte: »Kommt in Müll.« Sie lachte, denn es war eine Tatsache, daß sie täglich ebenso viele Tüten hinunter- wie hinauftrug, mit dem Unterschied, daß die einen Nahrung, die anderen deren Hüllen enthielten.

Sie ging wie ein Jongleur durch das Stiegenhaus und zwischen den Menschen, die mit kleinen schwarzen Köfferchen aus den vier Büros schnellten; ein Stillehalten hätte Stehenbleiben bedeutet, also stieg sie weiter, öffnete, mit erworbenem Geschick die ausgezerrte Hand mit dem rechten Knie abstützend, das Postkästchen, nahm die Briefe in den Mund, stieg weiter, während Jonas ihr das Auge mit einem pinkfarbenen Luftballon zuhielt und mit der anderen Hand ein schokoladeverklebtes Auto durchs frischgewaschene Haar lenkte (kein Kleid ohne Fleck, kein Buch ohne Kritzelei, kein Schleier ohne Riß). Dennoch war er der Stab, der der Seiltänzerin Katharina die Balance gab, und sie rechnete mit dem Applaus der Geschäftsmenschen, als Jonas' Mund gleichzeitig jene Knatter- und Knallgeräusche entkamen, die den poetischen Namen Weltraumstaub tragen. Hier war noch viel zu lernen für Katharina (und anzukämpfen gegen Abneigungen), die erst allmählich in die Welt der zweihundert *Schlümpfe* und *Bubblegums* und *Spacedusts* hineinwuchs.

Sie erreichten trotz alledem mit der ihr eigenen neuen Beharrlichkeit im kleinen die hundertvierundvierzigste Stufe. »Es regnet schon wieder«, stellte Jonas fest, als sie die ersten Tropfen auf die Dachziegel fallen hörten, und Katharina ärgerte sich, weil die beiden letzten Worte auf das Konto ihrer Mutter gingen, ebenso wie seine darauffolgende Behauptung (die nicht zutraf), daß er (weil es regnete) »kalte Fussi« habe. Zudem quälte Katharina unablässig das Gefühl, irgend etwas vergessen zu haben, etwas, von dem sie nur wußte, daß sie es heute morgen beim Frühstück dem Zettel mit den zu erledigenden Dingen hinzuzufügen vergessen hatte. Sie beruhigte sich nicht und dachte immerfort an diese Leerstellen in ihrem Hirn und starrte einäugig auf die Zeitung in ihrer Hand. Ihr Blick haftete an dem Wort *Wirtschaftsgipfel* so lange, bis sie überhaupt nichts mehr verstand, und sie fühlte wieder jene seltsame Wesenlosigkeit der Worte, die damit angefangen hatte, daß sie lesen lernte und Worte anstarrte bis zur Zersetzung.

Sie schloß die Türe zu ihrer Wohnung auf, glitt mit den Tüten im Jogasitz auf den Boden, öffnete den Mund und ließ drei Briefe fallen, band das Tuch mit dem Kind ab, entdeckte mit dem nun vom Luftballon befreiten Auge eine schwarze Spur, die die Radkette um ihren zu langen Flatterrock gezogen hatte, und räumte resigniert die Einkäufe in den Eisschrank, nahm Platz auf dem Klo, wobei sie die eine verkrampfte Hand schüttelte und in der anderen den Brief hielt, den sie zu lesen hatte.

Dann rief sie aus dem Schatten der Küche, und Jonas antwortete ihr von der anderen Seite der Flurstraße. Sie teilten untereinander einen Becher Milch, wobei sich Katharina zur Ruhe zwang. Sie dachte voll Sehnsucht daran, daß morgen der Tag war, an dem sie wieder den Schleier nehmen und jenes Haus betreten würde und den zügellosen Rätsel-Teil ihrer fünf wunderbaren Talente hervorholen konnte, der quer zur praktischen, standhaltenden, mütterlichen, arbeitsamen Katharina lag, die auf jenen einen Mann wartete, der sie da herausholen würde. Wie wild sie ihn ersehnte, jenen Narren, der die grell geschminkte Buhlin aus dem Meer holte, wo sie sich bloßbrüstig mit den gierschwänzigen Offizieren suhlte; jenen Narren, der sie da herauszog und sich über die Schulter warf und über den scharfsteinigen Strand schleppte, mit blutenden Füßen und ohne die geilen Gaffer zu beachten; jenen kühnen Clown, der von ihrem Gesicht nicht den Schleier reißen würde.

Sie kam mit Jonas überein, daß er alleine in der Wohnung auf sie warten würde, weil ihr nun einfiel, was sie vergessen hatte, und sie keine Kraft hatte, zu zweit den Berg hinab- und abermals hinaufzusteigen. Sie machten ein Spiel daraus, und sie hörte bis zum Krämerladen seinen Ruf »Mamajajajajajajaja, wo bist du, Mamajajajajajaja, wie heißt du« und antwortete: »Ach wie gut, daß niemand weiß, daß ich Rumpelstilzchen heiß!«

Sie kam zurück, und da saß Jonas am Telefon, und beinahe

wäre sie vor Zorn mit dem rechten Fuß bis tief in die Erde gestoßen, so packte sie die Wut, denn es war Ada, in deren Stimme der unterdrückte Vorwurf schwang, daß Jonas alleingelassen wurde in der Wohnung. Doch sie rief an, weil sie sich entschuldigen wollte für die Unterstellung, daß Katharina gelogen habe, und Katharina brachte es deshalb fertig, sich zu entschuldigen für ihren Tonfall am Morgen, und sie entdeckte, daß Ada das gar nicht so empfunden hatte wie sie. Und Katharina dachte, wie sehr sie sich an gegenseitige Undankbarkeiten gewöhnt hatten, weil es ihnen füreinander an Denken mangelte. Und trotzdem, kaum hatten sie einander entschuldigt, da ging es schon wieder los mit jener seltsamen Ungeduld, die Ada in ihr Leben brachte, und Katharina kämpfte gegen Adas Lebensregeln, die jedes Unheil ausschalten wollten. Sie wandte sich schließlich mit Lachen gegen Adas Wichtigmachen von Unwichtigkeiten, gegen jene merkwürdige Wortarmut der Sätze, die immer *immer* und wieder *schon wieder* enthielten, bis sie das Gespräch schließlich barsch beendete, mit jenem alle Gefühle aussparenden Ton, den sie für die Mutter entwickelt hatte.

Katharina lauschte auf den Nachhall des Gesprächs in sich, auf der Suche nach jener Ada, die sich nicht abfinden wollte und die sich doch einmal abgefunden hatte und nun ihre ganze Stärke hineinlegte in Dürres und Formales. Sie sah in sich hinein und versuchte, das Bild herauszuholen von jener Ada, die es doch auch einmal gegeben haben mußte, die noch ohne den Zwang gelebt hatte, beschützen, versorgen, ernähren zu müssen, abzuschirmen, den Mann vor den Kindern, die Kinder vor dem Mann, sich vor dem Mann, sich vor den Kindern. Sie wartete, aber die Zeit war noch nicht da für dieses Bild, und Katharina wußte, daß sie weiter würde warten müssen.

Katharina lebte den Tag weiter, als wäre er neu, gab Jonas und sich ein Stück vom harten *Vielzwack,* entfaltete sich in fieberhaften Einfällen, die sie auf Zettel stenografierte, und leckte Jonas' Wunden, der vom Stuhl gefallen war. Er dankte es ihr, indem er Tränen, die sie noch nicht geweint hatte, unter ihren Augen leckte, aber es war gut in jedem Fall und weise Witterung der kleinen Kreatur, die sie so anrührte, daß sich ein Schlecken nun lohnte.

»Meerwasser«, sagte er gerade jetzt, als das Telefon läutete und der anrief, von dem sie fürchtete, daß er sich aus ihrem Leben herausreden würde. Es klang, als wäre er am Ende seiner Kraft, als er sich ankündigte, vielleicht, für diesen Abend, nein, genau sei es nicht zu sagen, festzulegen sei da nichts, aber wenn möglich, beruflich, dann. Katharina reagierte sofort darauf und lebte den Tag, an dem er kommen würde: Sie wusch sofort das Haar neu, duschte, kleidete sich neu, stieg jetzt mühelos noch einmal mit Jonas die Treppen hinunter, kaufte ein.

Sie kochte mit sinnlicher Freude und flüsterte in Jonas' Ohr, daß Walter ins Haus stand. Sie war voll mit sich im Gleichgewicht, als Jonas eine Schüssel zerschmetterte. Sie fühlte die Wellen der Erwartung, die an ihr Herz trieben, und zugleich auch die Angst, daß er an Wunschwert verlieren würde, wenn er erst einmal da war. Dennoch, sie wartete, wartete und spürte, wie alles, was sie tat, nur auf ihn zulief; jede Bewegung, jeder Gedanke, jede Empfindung.

Es ist grauenhaft, dachte sie, wie sehr ich an der Gewohnheit zu warten seit Jahrzehnten festhalte, wie gestört mein Verhältnis zur Zeit ist, wie unkühn, wie angewiesen; wie schwer ich mich tue, da eine gewisse Technik zu erlernen. Sie merkte erst, wenn er sich ankündigte, daß sie sich zwar eingerichtet hatte im Alleinsein, aber nur dafür, daß er wiederkam.

Wie beneidete sie ihre Großmutter, die diese Zeit am Stickrahmen verbracht hatte! Sie träumte sich weg von ihm, versuchsweise, zurück in die Zeit ohne ihn.

Doch Jonas rief: »Walta kommt wieda! Walta kommt wieda!«, und Katharina überließ sich erleichtert der Erwartung. Katharina machte Musik, sie tanzten, bis sie umfielen, verkleideten sich, und Katharina verhalf sich zu einer neuen Geburt durch einen schleierigen Putz.

Dennoch, sie fühlte sich gleich weniger stark, kleiner, wenn er bevorstand, und dachte: Wenn es ihn nicht gäbe, könnte ich mich immer stark fühlen – oder nicht?

»Schön siehst du aus«, sagte Susanna, die schönere Schwester, die, abgehetzt aber pünktlich, zur Tür hereinkam, mit jener mühelosen Liebenswürdigkeit, die so selten in ihrer Familie war. Sie sah ausgeglichen aus, ohne es zu sein, und Katharina wußte, wieviel an Disziplin, Stärke und Wille zum Positiven alldem zugrunde lag. Sie wußte auch genug von Susannas kritischer Einstellung, was die scheinbaren Äußerlichkeiten an einer Frau betraf, um ernst zu nehmen, was gesagt wurde: daß sie tatsächlich gut aussah; daß die Anerkennung auch der Arbeitsleistung galt, die dahinterstand.

Die Ähnlichkeit der Schwestern fiel ins Auge, je älter sie

wurden. Der Kampf hatte sie einander entgegengeformt, ihre Manieren waren sanfter geworden, ihre Worte nachdenklicher. Beide sträubten sich weniger gegen ihre Natur als früher, sie hatten, bei aller Pflege, etwas Natürliches, standen mehr zu ihren Unregelmäßigkeiten und Irritationen. Beide liebten, und beide taten es angstvoll entschieden, der Angst vor dem Verlust dieser Fähigkeit durch Lieben zu begegnen. Beide waren aus ihren Träumen mit dem gleichen Gefühl aufgewacht: daß sie älter geworden waren und daß es möglich war, daß man *sie* eines Tages nicht mehr lieben könnte. Katharina spürte, wie sehr die Frau, die sie da umarmte, ihre Schwester war, in der sie sich in Abweichungen wiederholte, die geringfügiger wurden.

Katharina wollte nicht mehr, wie früher, das haben, was Susanna hatte. Beide wollten nicht mehr wie die andere sein, die ihnen Ada früher beneidenswert gemacht hatte, indem sie die »Schöne« der »Aparten«, die »Heitere« der »Sentimentalen«, die »Witzige« der »Intellektuellen« gegenüberstellte. Doch es war ihre Natur geblieben, sich vor der anderen als fertiger darzustellen, als sie es waren, sich zu kaschieren, nicht zuzugeben, wenn sie von den Ereignissen überrollt wurden, bis sie zusammenbrachen. Dann, und das war der Punkt, an dem sie ihre Freundschaft jeweils aufs neue erschufen, konnten sie sich am umfassendsten fühlen und begreifen, wie nahe sie sich waren.

Susannas Mann, seit zwei Jahrzehnten angesehener Dirigent des Kammerorchesters der Stadt, lebte für seine Arbeit, und Susanna hatte lange Zeit Rollen abgelehnt, um nur für ihn da zu sein. Nun, nach zehn Jahren des Zurückstauens ihrer Gefühle, hatte sich die Schwester zu einem befristeten Dasein für sich selbst entschlossen. Sie fühlte, daß sie auf dem Weg war, ihr eigenes Ich zu verlieren, doch sie kannte es nicht. So nahm sie einen Anlauf zu einem anderen Leben, in dem sie den Part der Ratgebenden für einen Zwanzigjährigen übernahm. Ihre Existenz heute war zwiespältig. Bestimmt vom Entschluß, die Stricke zu durchschneiden, die sie an ihren Mann fesselten, überließ sie sich ihrem Gefühl. Sie wurde unabhängiger in einem Teil ihres Wesens und litt doch unter den Härten und Verletzungen, die ihrem fordernden Mann zugefügt wurden.

»Ich weiß nicht, wie lange ich noch durchhalte«, sagte Susanna, und Katharina nickte, denn sie hatte noch keine Frau gekannt, die sich nicht zerreißen ließ zwischen zwei Männern.

Sie saßen ratlos schweigend. Katharina, die früher schäbig genug gewesen war, es als Triumph zu verbuchen, wenn andere nicht schafften, was sie selbst nicht geschafft hatte, überließ sich der Trauer. Heute traf es sie wie Todesbotschaften: Jedesmal, wenn sie einen Blick in die Kammer einer Beziehung tat, lagen da Tote, manchmal einer, manchmal zwei.

»Du mußt da hindurch«, sagte Katharina. Ihr Magen spannte, als sie sah, wie Susannas Augen den Schrecken widerspiegelten vor dem Kampf, der vor ihr lag.

»Ich kann nicht mehr«, sagte Susanna, und Katharina nahm sie in den Arm, bis es herausbrach, dieses furchtbare Weinen aller Frauen, die sich verraten fühlen, betrogen um etwas, sie wußte nicht was, das sie auch dann nicht bekamen, wenn sie es sich zu holen versuchten wie die tollkühne Susanna. Katharina war froh, daß Susannas Mut in dieses Weinen mündete. Sie spürte Susannas Vertrauen, ihren Hilferuf, und doch mußte sie beim Glauben bleiben, daß es Susanna allein war, die das Richtige tun mußte, falls es das Richtige gab. Ihre Hilfe lag im Zuhören, im In-den-Arm-Nehmen. Das Schlimme war, daß alles, was die Kraft der Frauen mehrte, die der Männer minderte.

»Ich habe etwas für dich«, sagte Katharina und zog einen silbrigen Lippenglanz aus der Kommode. Susanna lächelte, unter Tränen, und Katharina fühlte sich ihr nahe, als sie vor dem Spiegel stand und den Glanz auftrug.

»Hat sie eigentlich etwas gemerkt?« fragte Susanna. Sie, das war Ada, der sie vorenthielten, was sie zu einer Tragödie gestalten würde (und es war ja auch eine, aber eine andere).

Katharina hob die Handflächen: »Ich weiß es nicht«, sagte sie. »Es war doch recht merkwürdig, als sie fragte: Ist da etwas mit den beiden, da stimmt doch etwas nicht.«

Die Schwestern blickten sich hellsichtig an. Es war in der Tat etwas Sonderbares um die Gleichzeitigkeit der Empfindung bei der Mutter und ihren Töchtern. Im selben Augenblick, in dem eine von ihnen entdeckte, daß der Mann, um den es gerade ging, nicht so bedeutend, nicht so einzigartig oder so intelligent war, begann auch Ada, diesen Mann zu kritisieren, als hätten sie den Weg freigegeben. Aber das galt es aufzuschieben, bis sie wußten, was sie wollten, und sich entschlossen, Ada zu ihrer Genossin zu machen.

Jonas, über den Susanna weniger hinwegsprechen konnte als Katharina, die das erlernt hatte, schaffte es endlich, Susanna voll zu besetzen. Er saß nun auf ihrem Schoß, dem Schoß seiner Zweit- oder Dritt-Mutter, die im ersten Lebensjahr beinahe mehr Zeit mit ihm verbracht hatte als Katharina, zupfte zärtlich in ihrem Haar, machte sich breit in ihrer Liebe. Katharina sah etwas an seinem Blick, das ihn vernünftiger erscheinen ließ, als sie beide es waren, etwas merkwürdig Männliches war an ihm, das er von Anfang an gehabt hatte (nie hatte ihn jemand für ein Mädchen gehalten) und das Katharina beruhigte. Wenigstens wird er kein Sehnsüchtiger, dachte sie, sondern einer, der sich bescheidet mit dem, was er hat, entschlossen wird er sein, kein Träumer, kein Spinner. Er sieht uns an, als wollte er sagen: Dieses Schwanken der Gefühle, das ist nichts für mich, dieses Schlingern und Pendeln der Gefühle, das werde ich einmal ganz anders machen. Katharina sah, wie auch Susanna sich an Jonas festhielt, und dachte: Wie stark er ist, wieviel er schon sein muß für uns alle, alles muß er sein.

Sie hatte die beiden in der Seele lieb und fühlte, wie sein kleines Mondgesicht sich an sie preßte. Wie gerecht er war, wie er es nicht ansehen konnte, daß er die Schwester herzte und sie da alleine saß, welche Sprache von Haut zu Haut, wie er sich auspendelte zwischen ihnen, ein Spiel daraus machte, indem er seine Küsse von der einen zu der anderen trug. Nein, aus ihm wurde kein Krieger, sie würde es zu verhindern wissen, er war gut von der ersten Stunde seines Lebens an, und es lag an ihr, ihn gut bleiben zu lassen.

»Ich hab Dora getroffen«, sagte Susanna. »Sie ist auch eine von jenen, die dich beneiden. Du hast es gut, sagte sie, damit ich es dir sage, lebst alleine mit dem Kind, und niemand, der dir dreinredet, kannst tun und lassen, was du willst.«

Eine Antwort war nicht notwendig, beide wußten es anders. »Vielleicht gibt es für uns gar nicht so viele Möglichkeiten, wie wir einmal geglaubt haben«, sagte Katharina.

»Vielleicht«, stimmte Susanna zu, »trotzdem, ich muß doch einmal auch an mich denken.«

»Die Frage ist nur, wie du an dich denkst und ob es dir so guttut. Sicher, immer hast du dir zuviel von dir nehmen lassen, und es hat dich ausgehöhlt.«

»Beides höhlt aus, das eine wie das andere. Und ich verteile mich so schwer. Ich habe mir die Erlaubnis dazu gegeben, und trotzdem, etwas ist da nicht möglich, von dem ich dachte, daß es möglich sein könnte.«

»Vielleicht brauchst du eine bestimmte Ordnung«, sagte Katharina, »vielleicht ist es das. Vielleicht ist es ein Irrtum, daß du dich jetzt weniger leben läßt als zuvor.«

Katharina dachte daran, wie schwer es war, Susanna zu treffen, zu sprechen, wie gehetzt Susanna war sei einem Jahr, immer auf dem Sprung. Sie fragte sich, ob es nicht ein närrisches Unterfangen war, dieses Haschen nach der Selbstverwirklichung, was immer das sein sollte.

»Was weiß ein Blinder«, sagte Katharina und ließ die Schultern sinken, »geben wir es auf, uns darüber den Kopf zu zerbrechen. Es wird sich alles lösen.«

»Eben«, ging Susanna darauf ein. »Und eins weiß ich auch: Was Besseres kommt nicht nach.« Sie setzte sich zurück und lächelte. Sie wechselten einen Blick, mit dem sie sich gegenseitig etwas vorspielten.

»Schau sie dir doch an«, sagte Katharina, »die Männer um uns herum. Die Auswahl ist nicht groß. Alle sind sie auf der Flucht: vor den Frauen, in die Arbeit, verheiratet, enttäuscht, geschieden. Jeder Ältere: gebrochen. Die Jüngeren: sich gar nicht erst aussetzend. Wer ist schon darunter, der uns wirklich erkennen will? Die Angst ist zu groß. Zwei Jahre lang habe ich sie mir genau angesehen. Und was kam dabei heraus?« Ihr Tonfall wurde herausfordernd.

»Jonas, immerhin. Und ein zuverlässiger Freund, der dir zur Seite steht.«

»Wann steht er mir zur Seite«, sagte Katharina bitter, »wo, wie?«

»Immerhin ist er noch da«, stellte Susanna praktisch fest.

»Gut, gut«, sagte Katharina mühsam, »er ist da, auch wenn er nicht da ist.«

»Ich sage dir immer wieder«, Susanna gab nicht nach, »mehr kannst du von ihm nicht erwarten. So ist er nun einmal. Du mußt ihn nehmen, wie er ist. Entweder du findest dich mit ihm ab, oder du gehst.«

»Das sagst gerade du.« Katharina vermutete hinter Susannas Feststellung eine Kritik und griff an. »Du bist doch auch nicht zufrieden, oder?«

Die Schwestern sahen einander neugierig an. Es war für beide erstaunlich, wie nahe Verständnis und Unverständnis nebeneinander lagen. Wie schnell sie umschlagen konnten im Gefühl füreinander. Wie gut sie es wußten, wenn es um die andere, und wie schlecht, wenn es um sie selbst ging. Die Entfernung, das Dunkel zwischen ihnen waren wieder da. Katharina sprach darüber hinweg.

»Du hast ja recht in gewisser Weise«, sagte sie mit dem Unterton der Überlegenen, weil sie gerade weniger litt als die Schwester. »Ich werde es schon lernen, es ihm nicht nachzutragen, daß er sein Leben weiterführt wie zuvor. Ich werde es schon lernen!« Sie sagte es so, als wollte sie es nie lernen, und Susanna lachte.

»Uns geht's zu gut, das ist es, zu gut.«

»Richtig«, stimmte Katharina zu, »wir haben zuwenig wirkliche Probleme. Sie sind Luxus, diese Gefühle. Die Fließbandarbeiterin hat keine Zeit dafür.«

Sie lachten, weil es immer half, wenn sie die Fließbandarbeiterin heranzogen.

»Es ist besser so, wie du lebst«, sagte Susanna. »Ich bin ein Feigling. Ich habe Angst davor, mich einem Leben auszusetzen, in dem ich alleine für mich aufkommen muß in jeder Hinsicht. Du bist wenigstens finanziell unabhängig.«

»Du schaffst es jetzt«, sagte Katharina, »du bist gerade dabei. Hab ein bißchen Geduld. Sie müssen immer alle so weiterleben, wie sie gerade leben«, Katharina meinte die Männer, »aber wir ändern uns. Du wirst sehen. Wir ändern uns von Tag zu Tag. Du bist an einem guten Punkt, ich weiß es.«

»Wir werden sehen«, sagte Susanna. »Vielleicht ist Arbeit das einzige, das hilft.«

Katharina schwieg und sah Susanna an. Es war etwas Neues an der Schwester, das sie früher nicht gehabt hatte. Susanna hob die Handflächen. Sie wiesen rote Flecke auf.

»Eine Allergie«, sagte sie. Sie litten beide unter Allergien, wenn sie sich unter Zwang fühlten.

»Die Hände diesmal«, sagte Katharina langsam.

»Ja, so sieht es aus«, sagte Susanna abschließend und nahm Jonas an die Hand, und sie verließen die Wohnung.

Katharina arbeitete die eine Stunde, die ihr noch blieb.

Da läutete das Telefon. Es war Walter. Sie tat beiläufig vor sich selbst, indem sie mit ihrem roten Zehennagel spielte, als er absagte. »Es tut mir leid, es hat sich etwas eingestellt, was nicht vorhersehbar war.« Er begründete es lang und ausführlich, als fühlte er sich sicherer, wenn er möglichst verstehbar machte, wogegen sie sich (wie er fühlte) innerlich auflehnte. Katharina, die wußte, daß er nie log, schluckte die vernünftige Medizin und saugte zwischen seinen Beteuerungen an ihrem großen Zeh (sie konnte es noch). Sie fühlte sich getäuscht, Verliererin im Warten, und grollte innerlich, weil sie sicher war, daß sie es an seiner Stelle möglich gemacht hätte, zu kommen. Grollte über die Arbeit, in der er all die Sensibilität aufbrachte, die er ihr so spärlich zukommen ließ. Trotz Arbeit, Krankheit, Jonas: immer war es ihr gelungen, Zeit frei zu halten und, wenn er nicht kam, zu ihm zu kommen, zu kochen, zu lieben. Er konnte sie abstreifen, dieser Alleinseinprofi, der sie allmählich ansteckte mit seinem Wunsch nach Unabhängigkeit.

»Ich fühle mich allein«, sagte sie mit der Stimme des Kindes, »warum soll ich es nicht aussprechen, mir ist ganz schlecht vor Alleinsein . . .«

»Alles im Leben geht vorüber«, sagte er, »auch dies«, und es klang vernünftig, und Katharina fühlte sich sofort mit eingeschlossen und dachte: auch ich.

Sie hatte keine Sprache, zu sagen, daß sie sich gefreut hatte, vielleicht nur darauf, in dieser Nacht ihren linken Fuß auszustrecken und ihn zu fühlen.

»Du klingst so vorwurfsvoll wie deine Mutter«, sagte Walter (im Ton ihrer Mutter), »du weißt, daß ich meine Arbeit liebe und daß dagegen nicht anzukommen ist. Es ist alles schwierig genug.«

Katharina hielt es für das Beste an ihm, daß er kämpfte (und dies schon ein Jahrzehnt länger als sie), im Beruf und auch gegen sie (der er nun schon drei Jahre lang standhielt). Dennoch war es ihr im Augenblick nicht möglich, kampfeslustig auf ihn einzugehen (oder spielerisch, was gutgetan hätte, denn sie liebte den Knaben in ihm, den sie aber verlor, wenn sie den Mann wollte). Sie saß stumm da, die Hand gegen ihren Schoß gepreßt, als gäbe er ihr Halt.

»Du hast es vergessen, das Zettelchen«, sagte sie und krümmte sich zusammen, weil sie sich schämte über ihre Worte. Und weil er nun keine Chance hatte, das Versäumte von sich aus nachzuholen. Sie dachte an ihre silberne Schatulle, die voll war bis zum Rand mit Liebesbeweisen, und daran, wie dumm sie war und wie leicht zufriedenzustellen, und wie einfach es doch für ihn wäre – nur ein kleines Stück Papier.

»Ich schicke dir einen«, sagte er bereitwillig, und sie spürte trotzdem, daß er im Grunde nicht einverstanden war mit der Verantwortung, die sie auf ihn lud, nie einverstanden gewesen war. »Du setzt immer alles so absolut und mißt es an einem Ideal, das es nur in deinem Kopf gibt. Du machst dir etwas vor.« Sie verstand die Warnung.

»Du weißt es doch, Katharina«, sagte er, und seine Stimme

klang mit einemmal zart, »du weißt es, so glaub es mir doch. Wie verschieden du bist. Manchmal ein bißchen zu sehr.« Er klang ein wenig verzweifelt und verwirrt. Katharina weinte schwelgerisch, weil ihr gerade danach war, und fühlte dabei (so absurd es schien), wie sie ihn gleichzeitig als Mann aufbaute. Sie drehte ihre Haare mit dem Zeigefinger, und er tröstete sie mit Worten, die ihren Schmerz vorübergehend aus der Welt schafften, und war plötzlich ganz in der Verantwortlichkeit seiner Gefühle. Katharina spürte, daß sie doch aufeinander abgestimmt geblieben waren über die Entfernung hinweg, und trocknete die Augen und sagte: »Ich bin wohl gerade ein wenig depressiv.«

»Warum sagst du nicht einfach traurig«, sagte er. »Dieses ständige Sich-Erklären, so verzichte doch einmal darauf, damit du mehr erkennen kannst. Zwischen allen Menschen: dieses Geflecht von Erklärungen, niemand nimmt den anderen mehr hin so wie er ist, immer dieses: er ist so weil, ich – ICH! ICH! – bin so, weil ...«

Katharina merkte, wie recht er hatte, und dachte, daß alles gut sein könnte zwischen ihnen, wenn sie den Tausch als Tausch endlich einmal akezptieren könnte. Du bekommst viel, und ich gebe dir viel, und so ist es in Ordnung, und alles andere ist nicht wichtig für uns, was soll das alles. Lobe seine Arme, die dich umfassen, und spüre das bißchen Sicherheit, das dir daraus erwächst. Vergiß nicht, daß du es so magst, mit Wohl und Weh, und daß du auch die Ferne brauchst, die er hat, um dich ihm nah zu fühlen, und daß du besser liebst, wenn du weniger liebst.

»Es ist alles wieder gut«, sagte Katharina, »die Tränenweide richtet sich wieder auf.« Und sie machten Späße und sprachen über Jonas, und Katharina schluckte die Antwort herunter, als er meinte, daß es an der Zeit sei, ihn anzuhalten, seine kleine Öffnung über den Topf zu halten (wie leicht sich das sagte und wieviel Arbeit dahinter lag, Geduld, aufzubringen Tag für Tag, was wußte er schon davon). Sie scherzten, und er war wieder der Knabe, der mit Sand spielte, und jener Mann, der seine Pflanzen streichelte, damit sie ihm entgegenwuchsen, wurde wieder der Mann, der Autos steuerte, in Hotels wohnte und gerne Salat aß.

Katharina blieb zurück, auf der Suche nach dem Knopf, der das Warten abstellte. Sie fand ihn, aber er sprang immer wieder heraus, und um sich abzulenken, sagte sie schließlich zu, als einer anrief, der sie treffen wollte. Sie befahl Ada her, Jonas war vergessen.

Sie wanderte mit ihm in Diskotheken umher und geriet schließlich in sein Haus. Er hieß Herbert und hatte seit jeher ein Auge auf sie, und diesmal sagte er ihr, daß er sie schön fände – und es gab Zeiten, da das genügte.

Er gab ihr mit einer Hand den Drink, mit der Rechten griff er hastig nach ihrem Busen und mit der nun freien Linken an ihren Schoß, küßte sie, wobei sie die Eiswürfel gegen das Glas schlagen hörte, das sie von seiner Schulter abhielt. Sie sah sich in einer Reihe stehen mit jenen halblächelnden Partymädchen und den wackeren Schauspielerinnen, die weiterhin das Weibchen spielten, als wäre in all den Jahren nichts geschehen, und hörte, wie er sie alle »Schatz« und »Chérie« nannte. Sie fühlte, daß es nicht sie war, die er umarmte, sondern eine Figur, die Platz bekommen hatte in seiner Familienchronik, in der Reihe jener Frauen, die eine Rolle spielten in seinem subtilen Kampf gegen seine Frau.

»Ich hätte nie gedacht, daß wir beide einmal zusammen im Bett liegen«, sagte er, als sie es noch gar nicht taten, und wechselte beim Kuß das Standbein. Katharina war verblüfft und staunte ihn an, diesen Mann aus einer versunkenen Welt, der sich so verhielt, wie es die Legenden überlieferten (bis zu diesem Abend hatte sie noch nie einen solchen getroffen). Sie schrumpfte bereitwillig zu jenem Objekt, das er brauchte, und tat, als ob sie sich hingäbe, lag reif auf seinem Bett und überließ sich verzwickten Genüssen, bis er sein beschnittenes Glied in ihren zerzausten Schoß schob. Aber da sprühte kein Funke, und da kamen keine rosa Flutwellen, als ihr Körper es zu Ende brachte, dieses Werk, das sie mit sich vollbringen ließ.

»Das habe ich gewußt, daß du geil bist«, sagte er und wendete sie wie ein Brathähnchen. Sie machte mit und fühlte sich verschlossener denn je in sich selbst. Ich werde verdorren, dachte sie, weil ich es nicht mehr kann – konnte ich es denn je? Mit Moral hat das nichts zu tun, aber ich brauche es, daß einer weiß, nein, wenigstens wissen will, wer ich bin, wenn ich mit ihm schlafe, und was weiß der schon.

»Toll, mit dir zu ficken«, sagte er nach vollbrachtem Werk begeistert und hob und senkte seine Hinterbacken mit tierischer Anmut, die vorausgegangene Gymnastik parodierend. »Schön, schön.« Seine Begeisterung schien echt, weil er Bestätigung durch ihren Körper bekommen hatte. Katharina lachte und sah das Foto seiner Frau auf dem Nachttisch. »Sie ist eine Wucht«, sagte er, »aber das schließt das doch nicht aus, oder?« Er lachte forsch und sah sie dabei prüfend an.

»Was für ein eigenartiges Blau deine Augen haben«, sagte sie. Herbert nahm das Kompliment gelassen hin, und Katharina hatte für einen Augenblick das unbehagliche Gefühl, daß er sie durchschaut hatte. Doch keiner von ihnen sprach es aus, daß alle Ekstase nur Schwindel gewesen war, ebenso wie die Mär von seiner großzügigen Frau. Er räkelte sich gutgelaunt herum, und Katharina merkte, daß sie ihn nicht länger aushalten konnte und wie sie sich nach Walters Unberechenbarkeiten sehnte, weil diese ewige Gutgelauntheit sie mit Überdruß erfüllte.

»Was macht denn deine Arbeit«, sagte er, unvermittelt ins Sachliche umschwenkend, denn das andere war ja nun abgehakt. Die Zeit war da für ein Auseinandergehen in Fairneß und Freundschaftlichkeit, so daß man sich beim nächsten gesellschaftlichen Anlaß wieder beiläufig begegnen konnte wie sonst auch. Katharina sprach über ihre Arbeit und dachte: Wenn ich mich morgen so sehe, dann kommt mir alles hoch, aber da war es schon zu spät. Sie sprang zum Bad und kotzte, kotzte, kotzte alles heraus.

»Es war schön«, sagte sie, »aber der Whisky, den hätte ich nicht trinken sollen.« Sie sah mit Erleichterung, daß er bereits angezogen war und rauchte, das Vorrecht jedes gesunden, normalen Mannes nach dem Genuß.

»Du hast zuviel getrunken«, sagte Tarzan und legte einen sinnlichen Unterton, den er ihr schuldig zu sein glaubte, in sein Stimmorgan. »Auf dich werde ich es noch mal machen, das weiß ich.« Katharina lehnte seine Einladung zu einer multiplen Masturbation unbeeindruckt ab, während sie dachte: Ich bin keinen Deut besser, wahrscheinlich werde ich es auch tun, mir ist nur zu schlecht, also, morgen vielleicht, wenn mir besser ist. Es war in der Tat eines von jenen Erlebnissen, deren Denkwürdigkeit sich im nachhinein eher steigerte, haftender war als im Augenblick des Vollziehens. Wahrscheinlich wäre ich auch genauso mit mir umgegangen, wenn ich der Mann wäre, dachte sie weiter und sah sich mit seinen blauen Augen, wie sie so viel versprach (ohne es einzuhalten); ich hätte mich mit mir ebenso geirrt wie er.

»Aber ich bin bös, wenn wir uns nicht wiedersehen«, sagte er abgedroschen und grinste sie an (sie grinste ihn an), und er umfaßte ihre (sie seine) Brüste, und sie küßten sich noch einmal.

Katharina schickte ihn zum Auto und ließ sich zum Fahrrad bringen, das vor der Diskothek angekettet war. Sie fuhr nach Hause, vor sich hinfluchend, außer Atem, mit dröhnenden Nerven und, wie sie auf dem Sattel spürte, mit erregtem Geschlecht. Dennoch, ihre Hitze entsprang nicht der vulgären Erinnerung an Herbert, sondern galt künftigen Verschlingungen mit Walter, und sie dachte, das ist es wieder, dieses fragwürdige Ausgerichtetsein auf einen Menschen, dagegen kann ich nichts machen, aber was nach solchen Abenteuern zurückbleibt, ist nur ein Widerwillen. Sie fuhr, erfüllt vom Unerfüllbaren, vorbei an Frauen, die mit wehenden Kleidern und ausgestreckten Armen ihren Männern nachliefen, die sich von ihnen mit schwankenden Körpern abgewandt hatten und sie mit ihren Gesten ins Alleinsein zurückstießen. Und sie dachte, eigentlich ist es die ganze Stadt, die voll von Frauen ist, die sich notwendig machen wollen und hinter ihren Männern herlaufen und sich nach ihnen ausstrecken, die ganze Welt. Und sie würde sie genauso hinter sich herlaufen lassen, die Frauen, wenn sie ein Mann wäre, und weitergehen, weil sie diese sehnsüchtige Haltung und diese flehentlichen Gebärden nicht würde ertragen können. Sie kniete innerlich vor Walter und flehte ihn an, kein solcher Mann zu sein, wie sie einer sein würde, und holte sich Ruhe aus der Dunkelheit des Zimmers, in dem Jonas schlief. Dann kotzte sie noch einmal und schlief so tief, wie sie immer schlief, wenn sie sich ausgekotzt hatte.

II

Drittes Kapitel
Eselin im späten Frühjahr

Katharina erwog bei der Abreise in München, den Brief an Walter nicht aufzugeben, und als das Auto das Land auf der Rückseite des Mondes durchquert hatte, das das Land ihrer Kindheit war, und die Grenze zu jenem Land passierte, das das Land ihres Alters werden sollte, beschloß sie, ihn doch abzuschicken. Sie gab ihn auf in Modena, wobei sie Frantz Schrmützls mürrisches Gesicht übersah, als sie die Autobahn verließ und wieder befuhr, sie gab ihn auf, und das tat man sicherer in Italien als anderswo.

Nur ein sichtbar Toter auf achthundert Kilometern, das ging; sie fuhr mit einem Satz daran vorbei, damit Jonas nicht sah, was sie, wie sie erst in der Nacht darauf wußte, mit einem Blick erfaßt hatte: den weinenden Mann, der anklagend mit einer Hand auf eine mit einem Tuch unvollständig bedeckte, auf der Straße liegende Frau wies. Sie begegnete erst acht Minuten später dem von Siena her kommenden Rettungswagen und hatte, wie sie meinte, das Ganze vergessen, als sie Stunden später im schon langgestreckten Schatten des kleinen Automobils rasteten und Jonas den Asphalt nach Ameisen absuchte, während Frantz Schrmützl nach ihr griff. Eigentlich ist das, was jetzt mit Frantz geschieht, schon vorbei, dachte sie, im Gegensatz zu ihrer Vergangenheit mit Hartmann, von dem sie sich hatte scheiden lassen und dessen Geschwister die tausendjährigen Namen Dietrich und Hadumod trugen.

Überhaupt, ihre allergischen Reaktionen gegen die Zufälligkeit der Namen ihrer Männer wurde in der Tat strapaziert – die Kette reichte von Fritz, der ihr die Angst vor der Liebe nahm, indem er sie im Glauben ließ, er hätte sie bereits bei ihrer ersten Begegnung defloriert, über einen Walzer Don Giovanni namens Otto, mit dem sie Fritz betrog, bis zum Verlobten Heinz, an dem sie immer geängstigt hatte, daß sie später einmal den Namen Hirchesch tragen sollte, was er rheinländisch aussprach, als wäre die merkwürdige Konsonantenfolge umgekehrt angeordnet, erst der Zisch- und dann der Rachenlaut; dann folgten einige, deren Namen sie überhaupt vergessen hatte, so beliebig waren sie, bis schließlich eben jener Hartmann da war, ein Jahrzehnt lang der Mann ihrer Träume, wobei die zweite Hälfte die Alpträume einnahmen, und nun, als erneutes Zwischenspiel gewissermaßen oder möglicherweise (die Entscheidung lag allein bei der italienischen Post) als Nachspiel auf den Mann mit dem fraglosen Namen Walter, dieser Frantz Schrmützl, wobei diesmal wirklich beides zusammenkam: der einsilbige Grunzlaut »Frantz« und das wiederum einsilbige »Schrmützl« – kein Italiener würde es je über die Lippen bringen.

Katharina schüttelte Frantz, den sie, wie die meisten ihrer Männer, nie mit Namen ansprach, ab, hob Jonas, der einige Ameisen in den Fond seines kleinen Autos gepreßt hatte, in den Kindersitz und ließ den Motor an, nahm ein Buch aus der Reisetasche, schlug es in zwei Hälften auf und legte es zwischen die Beine, während Frantz Schrmützl sie mit der Hellsichtigkeit des Verschmähten betrachtete. Ihre Vorliebe für Bücher hatte ihre Geschichte: Der Vater, der schrieb und sich schreibend entzog, ein Schreibtischtäter, dem sie ihre ersten Gedichte zueignete und überreichte, atemlos, wobei sie schamvoll das Zimmer verließ, wartete, auf ein Lob wartete. Oder später seine Briefe, als er längst eine andere Familie hatte und ein Brief für die Überquerung der deutsch-deutschen Grenzen zehn Tage brauchte, ehe sie, endlich, das Kuvert aufreißen konnte, um Zeilen zu empfangen wie diese: »danke für dein liebes brieflein mit dem beigelegten büchlein und den hübschen blümchen. daran erkenne ich ganz mein töchterl mit dem zärtlichen, feinen seelchen«, zum Text hingegen sich mit dem Satz abgespeist fühlte: »obzwar ich dich nicht kenne, doch einiges über dich weiß, bist du in alledem nicht kenntlich.« Doch sie apportierte weiter, um seine Liebe bettelnd, hüllte ihre Männergeschichten ein in symbolistische Szenenentwürfe, erntete die Antwort: »das, was du weißt, hat aber keinen sinn, wenn nicht das, was du bist, einen sinn hat, so verfolgt mich, beim lesen deiner epistel, der alpdruck, daß du nun, mit aller deiner reichen begabung, daran gehst, die zahl unserer höheren töchter mit all ihrem oberflächlichen humanismus um ein weiteres exemplar zu vermehren.« Sie aber wollte schreiben, anerkannt werden von ihm, und so, unmerklich, wurde ihre Liebe zur Literatur eine narzißtische, wurden Bücher für sie zu Objekten ihrer Lust.

Frantz Schrmützl, den eine ähnlich unglückliche Neigung an die Schauspielerei band, machte hierzu eine hämische Bemerkung, Katharina öffnete wortlos – was ihr schwerfiel – den Wagenschlag, wobei sie Frantz das Buch (es war ein Italien-Führer) nachwarf, und hieß ihn mit einer Kopfbewegung aussteigen, worauf er sich sofort mit dem Buch als Kopfkissen niederließ und in derselben Haltung entspannt schlief, als sie, nach Irrfahrten, eine halbe Stunde später die Stelle endlich wiederfand und ihn, der dies als selbstverständlich hinnahm, wieder auflud. »Ich hasse es«, sagte Katharina, »wenn einer so passiv ist wie du, was tust du überhaupt, wozu lebst du.« »Was meinst du, warum du mich brauchst«, entgegnete Frantz, den sie vor vier Jahren von einer U-Bahn-Haltestelle, wo ihr zu ihrem Erstaunen und seiner Belustigung die Rolltreppe von unten entgegenkam, mit der sie eigentlich abwärts fahren wollte, mit nach Hause in ihr Bett genommen hatte: »Es ist dir doch recht so, wie ich bin, ich tu doch, was du willst, ich bin immer für dich da oder nicht, wie du willst, meine Liebe.« Katharina verzieh es sich nicht, daß sie ihn brauchte, um fünfzehn Jahre geprägter als damals, als sie nach Heinz zum letztenmal solche Dienste in Anspruch nahm und erst als unwürdig ablehnen konnte, nachdem sie Hartmann begegnet war.

»Du bist schön«, sagte Frantz, als er ihren Zorn sah, »vierzig Jahre schön zornig«, sagte der zwanzig Jahre Hübsche, dessen bäuerliche Züge einem Jahrzehnt der Vergröberung ausgesetzt sein würden, und gab ihr das täglich Brot. Wie auch Hartmann, verklärte er seine kleinbürgerliche Familie, die täglich auf der Couchgarnitur vor dem Fernseher auf Veränderungen wartete, als proletarisch, was ihm, wie er meinte, gestattete, mit den wenigen Kenntnissen, die er schmarotzerhaft erwarb, nachlässig umzugehen. Dennoch, er verstand Katharina insofern, als er ihre Sehnsucht und ihren Trotz liebte, den schon ihre Jugendbilder zeigten, den Trotz, der viele ihrer Sätze, ähnlich wie Bob Dylans wehmütige Liedzeilen, mit einer Aufwärtsbewegung enden ließ: Das könnt ihr nicht mit mir machen, mit mir nicht, niemals. Die Anpassung, die sie diesem fleischfressenden Zeitalter zu verweigern hoffte – Frantz würde sie problemlos für sich in Anspruch nehmen, wenn seine Zeit dafür gekommen war, und das war bald. Und ähnlich wie früher Onkel und Tanten mit der spärlichen Erklärung, mit denen würde man eben nicht mehr verkehren, aus ihrem kindlichen Gesichtsfeld verschwanden, so würde auch eines Tages Frantz für Jonas verschwunden sein. Katharina (warum tat sie es gerade jetzt) löste ihren Gurt, kniete sich rücklings auf den Sitz, wobei sie Frantz' Erwartungen überging, und streichelte Jonas' Wangen, seine Stirne, den gewölbten Bauch. Als fürchte sie von Jonas den scharfsinnigen Blick, mit dem sie einst ihre Eltern abgeurteilt hatte, ließ Katharina plötzlich von ihm ab, öffnete, während sie langsam anfuhr, das Fenster, und warf, mit einer heftigen Bewegung, den Blumenstrauß, Adas sinnlose Beigabe zu einer brauchbaren Toilettengarnitur, aus dem Fenster.

»Wenn du meinst, damit kannst du dich befreien«, sagte Frantz Schrmützl, dessen bekennerhaft-empfindliche Bindung an seine Mutter sie schuldiger machte, und Katharina, jahrelang geschult im Umgang mit Entschuldigungs-Zettelchen, entwarf bereits in Gedanken einen wortreichen Abbittebrief. »So kommst du nicht weiter«, sagte Frantz, der einen gerissenen Instinkt für ihre Wunde entwickelt hatte, in die er stets eindrang, wenn sie sie zu bedecken vergaß. Und diese Vergewaltigungen, das wußte sie, waren es, die ihm Macht über sie gaben. »Da hat«, sagte Katharina, »eine Mutter ihre beiden zwölf- und neunzehnjährigen Töchter von klein auf in der Wohnung eingesperrt, weil die ältere an einer Immun-Schwäche litt und die Mutter eine krankhafte Angst entwickelt hatte vor Bakterien, und als man sie in einer Polizeiaktion herausholte, die einer Geiselbefreiung glich, da waren die zwei nicht imstande, sich allein anzuziehen.«

»Was verstehst du denn schon, du hast Meinungen zu allem und hältst dich aus allem raus.«

Katharina fühlte unzulässigen Jähzorn gegen Frantz, dessen Zugehörigkeit zu irgendeinem Menschen sie bezweifelte und der nachlässig hinwarf, was jene Mutter getan hatte, das sei die Sehnsucht einer jeden Mutter.

Es lag Colle di Val d'Elsa hinter ihnen, als Katharina Frantz, weil er so sensibel war, Abbitte leistete, und doch, es war wieder nichts geklärt, weil es nichts zu klären gab, der Tag vertan, indem sie einen Tag mehr geübt hatte, die Klüfte auszuhalten zwischen ihm und ihr, und Katharina fragte sich, wie es denn kam, daß sie zum zweitenmal sich auf einen Mann eingelassen hatte, der nichts von ihr brauchte und nichts nahm. Und sie sagte sich immer wieder, es komme nicht darauf an, es sei ihr Egoismus, der wollte, daß er nahm, damit auch sie etwas bekam; sie schwieg, wenn er sie verletzte, aus Angst, daß er seinen Unmut zeigen konnte, was meistens dazu führte, daß er ihr mit dem Vorwurf kam, Ursache dafür zu sein, daß er nie zu sich finden könnte. Immer würde er andere dafür verantwortlich machen und an erster Stelle – wozu hatte man schließlich einen »Partner« – eben diesen, dann die Umwelt, die er anklagend »die Gesellschaft« nannte, die ihn nicht werden ließ, was er nicht werden konnte, weil er eigentlich das Nichtstun vorzog und das Warten auf jene große Chance, die nicht kam.

Wie gut war doch für Frantz der modische Gedanke von der Partnerschaft, dessen Richtigkeit gegenüber einer so rückschrittlichen Einrichtung wie der Ehe von Katharina auch nicht in Untertönen bezweifelt werden durfte, sonst reagierte Frantz sofort mit Kopfschmerz und Entzug seiner Person für mindestens einen Tag, und Katharina brauchte ihn doch, wen hatte sie sonst schon im Augenblick, solange sie nicht wußte, wie das mit Walter weiterging, abgesehen davon, daß Walter sich hierin kaum von Frantz unterschied. Was Katharina wiederum bewies, daß sie mit Männern eine schlechte Hand hatte.

Für die Liebe und gegen die Partnerschaft, dieses steril-kumpelhafte Gebilde: Katharinas Anschauungen waren in diesem Punkt und nicht nur hier, sie wußte es wohl, reaktionär, und was die sexuelle Toleranz betraf, so gab sie sich wirklich Mühe, aber es war ihr schwergefallen, Frantz' Eskapaden nicht nur zu übersehen und abzuwarten, bis er davon sprechen wollte, sondern auch die Aufrichtigkeit, zu der er sie disziplinierte, auszuhalten, wobei ihr sein Hauptproblem, daß er sich so schwertäte, die Vorzüge ihrer Möse zu vergessen, wenn er in eine andere eindrang, nur wenig Trost bereitet hatte. Frantz wiederum, unnachsichtiger Lehrer in Sachen Libertinage, hatte sie einem sorgfältigen Prozeß unterzogen, in dem er ihr, die ihm alles gestehen mußte, was sie empfand, wenn er erzählte, nachwies, wie jede ihrer Person getränkt war von Besitzdenken, dessen ekstatische Auswüchse er, wenn Katharinas Leiden ihn genügend aufgerichtet hatte, zum Anlaß für lustvolle Exerzitien nahm, in denen er sich von Katharina stöhnend bestätigen ließ, daß sie in der Tat von gestern sei.

Katharina, die sich dieser Verfallenheit geistig um so intensiver entziehen konnte, je mehr sie ihr physisch nachgab, fuhr abwesend über die gut beschilderten Straßen und wäre geradewegs ins Meer gefahren, wenn die Straße ins Meer geführt hätte; so aber endete die Straße kurz vor dem Pinienwaldstreifen, der die Küste wohlriechend säumte, und Katharina starrte schuldbewußt auf ihre Hände. Frantz jedoch, entschlossen, an der ein für allemal definierten Unwissenheit festzuhalten, was die

Technik im allgemeinen und im besonderen in Haushaltsdingen und Kraftfahrzeugangelegenheiten betraf, verharrte in seiner embryonalen Ruhestellung und verlangte lediglich, mit einer generös vertagenden Geste, nach Fortdauer der köstlich einlullenden Muttertriebwerkbewegungen.

Katharina, in deren Adern das bereits zweimal ausgetauschte Krankenschwesternblut sich schubweise erneuerte, strich mit belebten Fingerspitzen über Frantz' schlafheißes Haar, wendete das Auto und wählte den Weg, der zum Felsendorf führte, dessen dreihundert Steinhäuser aussahen, als wären sie wie Gemmen aus dem Stein herausgeschnitten. Sie bog in die kleine holprige Straße ein, die zu dem Haus führte, lenkte den Wagen unter die Pergola und holte, Frantz außer acht lassend, Jonas heraus, dessen Hintern rosarotgesessen war nach neun Stunden Fahrt. Mit ihm, der rhythmische Wiedererkennungslaute ausstieß, beging sie das Ritual der Inbesitznahme und registrierte dabei, daß sich an ihr äußerte, was sie früher als Walters Ticks gewertet hatte. Gemeinsam schritten sie das Grundstück ab, betrachteten die Olivenbäume, die einjährigen Zypressen, die standhaft geblieben waren, und die zur Erde strebende Pendula, die ihr stets als Symbol Walters erschienen war, denn niemand, auch Frantz nicht, brachte es fertig, sich so hängen zu lassen. Sie bestaunte die Passiflora, von der sie in ihren Träumen befürchtet hatte, sie würde weiter und weiter wuchern, bis sie die Zimmer anfüllte und sie erstickte. Ihr Leben sah anders aus, und ihre Träume waren andere, seit sie vor drei Jahren wiedergefunden hatte, was sie – und sie hatte es nicht einmal gewußt – verloren hatte, als sie, da war sie sechs, das Dorf verließen, um in Städten zu wohnen, deren Bäume gezählt waren. Von jenem regnerischen 31. März an, an dem Walter sie zum erstenmal in sein Haus mitgenommen hatte, handelte ihr Leben auch von der Natur. Und das hatte möglicherweise auch dazu geführt, daß sie, der die Ärzte in zehn Jahren Ehe wiederholt Infertilität bestätigt hatten, gleich übertreiben mußte, weil sie, wie ihre Mutter schon immer wußte, alles übertreiben mußte und ohne Vorwarnung schwanger wurde, was Walter, wie er meinte, zu Recht mißverstehen konnte als vorsätzliche Attacke auf seine behütete Junggesellenschaft.

Katharina, an die sich Jonas äffchenartig klammerte, versuchte erfolglos, die verrosteten Schrauben zu einer Drehung zu bewegen, rüttelte am Eisengestänge, das das Haus zu einer Festung machte. Sie nahm schließlich, während ihr Schweiß auf Jonas' Schultern heruntertropfte, mit Hilfe eines mittelgroßen Baumstammes die feindliche Burg ein, trotzte ihr Licht und Wasser ab, wozu ein Gang durchs abschüssige Terrain zur Pumpe notwendig war, hüllte Jonas, der Durst meldete, in eine neue Windel, während sie seine Milch anwärmte, und machte die Betten.

Sie war zu müde, um Frantz' innere Uhr zu bewundern, die ihn dann auftauchen ließ, als das Essen bereitet und Jonas schon im Bett war, dennoch, sie ging zu ihm, um ihrem Bedürfnis nach rituellen Zuneigungsbeweisen Ausdruck zu geben, was bei Frantz einen Gähnkrampf hervorrief.

»Entschuldige«, flüsterte sie, »wie egozentrisch von mir, nicht daran zu denken, daß dir diese Übergriffe Migräne verursachen, verzeih.«

Frantz stieß sie nicht unliebenswürdig fort, wozu er das Recht hatte, und machte sich über das Essen her, das er unzureichend gewürzt fand. Katharina küßte ihn abermals, was lieb gemeint war, ihn jedoch endgültig und dies allein ins Bett trieb, wo er sofort, ohne auch nur gute Nacht gesagt zu haben, seinen unterbrochenen Schlaf wieder aufnahm.

Anders Katharina, die ruhelos durch das Haus strich und den Spuren Walters folgte, dessen Vergangenheit sie wie Höhlenzeichnungen in die Wände eingeritzt sah und dessen Gegenwart sie in der herausfordernden Ordnung des Mobiliars wahrnahm, und sie kämpfte gegen die Bedeutung an, die er für ihr Leben hatte, weil sie Angst hatte, daß es umgekehrt nicht so sein könnte. Sie hatte Angst, worauf Frantz sie heute wiederum treffsicher aufmerksam gemacht hatte. Angst, ob es für sie je machbar sein würde, sich mit dem Erbe, das sie in sich aufspürte, selbstironisch abzufinden. Angst, ein enges Wort, das engste, was ist das Engste, Nadelöhr, ich Kamel, dachte sie, warum nur habe ich immer Angst. Geh ihr an den Kragen und bleib nicht stehen, laß dich nicht bannen von ihr, hatte ihr einmal ein Zuhälter gesagt, Angst, das ist wie Pokern, und am besten, du stellst dich rechtzeitig darauf ein, daß dir drei Zähne fehlen, da war einmal ein Typ, der hat sein Bein auf die Balustrade gestellt und gesagt, gib mir mal Feuer, und ich hätte mich gern mit ihm geprügelt, wenn ich gewußt hätte, daß ich Gummizähne hab, und er sagte, gib Feuer, ich will rauchen, und da sagte ich nein, und da sagte er, nun gib mir halt Feuer, und da sagte ich, wenn du dich wichsen willst, dann nimm dir doch Feuer, und das ist ein gewisses feeling, das kriegst du im Lauf der Zeit, warum gießt du mir das Cola in den Hals, hab ich gesagt, und er hat gesagt, nun gib mir halt Feuer, und dann hab ich ihn so zusammengeschlagen, daß ihm das Blut aus den Schuhen rauskam, und seitdem weiß ich, daß ich die Sache im Griff habe, und das Beste ist, du wischst dir den Mund ab und verschwindest. Angst, so hatte der Zuhälter gesagt, Angst, das ist auch Erfahrung, oder nicht?

Katharina schluckte alle ihre Hoffnungen mit zwei blauen Kapseln hinunter und wartete auf den Schlaf, der kam und sie an ein Wasser führte, und aus diesem Wasser stieg ein Wassermann, und der war eine Frau, und sie trug Schlingpflanzen um den Hals, dürr, bleich und leblos, und sie sah: Es war ihre Mutter, die streckte die Arme nach ihr aus, an denen lange grüne und weißliche Fäden hingen, und sie wußte nur eins: Sie muß weg, weit weg, sonst zieht sie sie hinein in den Sumpf, aus dem sie kommt, und sie lief fort, atemlos, bis zu einer Wiese, und da saß ein Kapuzenmann, ganz in Schwarz, und die Kapuze bedeckte sein Gesicht, und plötzlich warf er die Kapuze ab, und Katharina sah, es ist ihr Vater, und der macht Brotzeit. In diesem Augenblick verschwand ihre Angst, und sie ging auf ihn zu, und von allen Seiten kamen Nymphchen und aßen Hörnchen.

Katharina, das Kind: Wenn sie alten Leuten begegnet, dann denkt sie immer, daß sie sterben muß, wenn sie nicht sofort tief einatmet, dreimal hintereinander, und dann hebt sie ihr Lieblingsbein, es ist das rechte, nimmt das Kinn hoch und schaut in den Himmel, damit sie einmal hineinkommt, und dann läuft sie schnell vorbei an den alten Leuten. Das tut sie auch, als ihr einmal eine Frau begegnet mit ihrem Sohn, von dem es heißt, er sei verrückt, und der sie immer anlächelt, wie jeden, und sie tut es bei allen Leuten, die Schwarzes anhaben, auch beim Pfarrer und bei der Schwester Theresia, der sie einmal gesagt hat, was die Großmutter ihr heute noch vorhält, Tante, du stinkst, und bei Menschen, denen ein Bein oder ein Arm fehlt und die sie immer anschauen muß, obwohl ihre Mutter gesagt hat, das darfst du nicht tun, tu vielmehr so, als wären sie ganz wie wir und als fehlte ihnen nichts. Aber Katharina ist wie hyponotisiert und kann nicht aufhören mit Anstarren, und um das abzustellen, hebt sie auch bei ihnen ihr Lieblingsbein, und das hilft, hilft wie auch gegen Leichenautos, Kirchen, Kapellen und Friedhöfe. Und insgeheim denkt sie, daß sie verrückt sei, auch weil sie in jeden Schuh hineinsehen muß, ob nicht ein Tausendfüßler drin ist, denn tausend Füße, das ist unheimlich und eigentlich zuviel. Und sie trinkt nicht ums Verrecken aus der Tasse, die sie von Tante Sophia geerbt hat nach deren Tode, und wenn sie die Tasse sieht, dann muß sie sofort dreimal tief einatmen und heimlich ein Kreuz machen, obwohl sie Angst hat, wenn sie ein Kreuz mit dem Gekreuzigten sieht, der ihr nicht helfen kann, weil er ja selber Angst hatte, und sie betet vor dem Kreuz, daß sie davor die Angst verlieren möge, aber es geschieht nichts. Und ihr graut vor dem Gottbuch und den Gottliedern, und wenn sie auf den Friedhof muß, so hat sie Angst, die Toten kämen aus der Erde und zögen sie hinab.

Wieder erwachte Katharina, besetzt von dem Gedanken, sich keinen Tag länger leben zu lassen, sondern ab sofort und für allemal ihr Leben selbst in die Hand zu nehmen, als Jonas nach ihr rief. Sie badeten, frühstückten gemeinsam unter der fünfjährigen Pinie, die sie nun schon drei Jahre lang kannte und die im ersten Jahr zwei, dann vier und nun, wie sie eben feststellte, um siebzehn Zentimeter gewachsen war. Sie räumte das Gedeck für Frantz, das, sie wußte nicht wie, auf den Tisch gekommen war, wieder in den Schrank und trank ihren Kaffee, in dem als Jonas' Morgengabe ein sandiger kleiner Porsche schwamm.

In diesem toskanischen Juni hatte sie zum erstenmal Walters Schutz verlassen, um sich allein der schlamm- und terrakottafarbenen Erde auszusetzen, dem Wildwuchs um die Steinterrassen, der unvermuteten Schlucht neben dem Haus, den Edelbüschen, die auf Walters Verpflanzungen mit Schock reagiert hatten.

Katharinas Skrupel – weil sie Frantz wieder hervorgeholt hatte, um den Auftakt nicht in eremitenhafter Lustlosigkeit zu erleben – schwanden, als Frantz, ihre Fünfzig-Mark-Creme auf seinem Gesicht verteilend und in ihren goldfarbenen, klaffenden Kimono gekleidet, mürrisch nach seinem Gedeck verlangte, wobei sein Lauf auf sie zielte. »Oh, da ist sie ja, die heilige Familie«, sagte Frantz höhnisch. Er deutete Katharinas Kopfbewegung richtig, ging zur Küche und kehrte mit seinem Gedeck, Brot und Butter zurück. »Vielmehr die halbe heilige Familie«, sagte er triumphierend und kam näher, die Butter in der Hand knetend – eine, sie mußte es zugeben, nicht schlechte Kopie eines Hollywood-Helden, der seinen letzten Tango tanzt. »Ich hätte nicht übel Lust, ein wenig an diesem Familienleben teilzunehmen, schließlich könnte ich der Vater sein.«

»Nicht nur ist es ein Wunder, daß ich das Kind von Walter habe, es ist vor allem *kein* Wunder, daß es nicht von dir ist und von keinem der wie-heißen-sie-doch-alle« – und sie schob sich mit einer boshaften Grimasse ein pures Stück Butter in den Mund und ließ es auf der Zungenspitze zerlaufen. Frantz, dem die Zerstörerlust in den Augen stand, hätte seinen Kampf gegen die heilige Familie auch stumm züngelnd ausgetragen, hätte nicht Katharina, mit einem bedrohlichen feministischen Zuschnappen ihres Mundes, ihn wieder gekappt, was zur Folge hatte, daß er sich für den verbalen Kampf entschloß.

»Am eigenen Leib wolltest du's erfahren, gerade du! Größenwahn ist das, und außerdem, eine Gegenseitigkeit ist auch bei euch nicht da, was nicht von ungefähr kommt, denn kein Mann wird sich je auf dich einlassen, so wie du bist!« Und Frantz ließ seinen Haß ab gegen sie, die so wenig dankbar gewesen war für die zwei Jahre Zeit, die er bei ihr verschlief, und so wenig Zutrauen gehabt hatte, daß er nicht am Ende doch mit ihrer Protektion das richtige Bett aufgetan hätte, in dem er, wie auf einem Schiff, zur Insel seines Ruhms geglitten wäre.

Katharina fiel die Dichterin ein, die in einem Interview – und seitdem war alles klar – höchst einfach erklärt hatte, alle Männer seien krank, und als der Interviewer nachfragte, warum, als Begründung schlichtweg gesagt hatte, weil sie eben krank seien. Für einen Augenblick schoß es ihr durch den Kopf, ob sie jetzt nicht besser seine Dankbarkeit auslösen sollte, indem sie seinem Bild von der willfährig-schamlosen Mutter-Schwester entsprach, denn sie wußte nicht, wie sie auf seine Vorwürfe entgegnen sollte, es sei denn mit Gefühlen, von denen sie immer genug hatte, von denen aber auch die Männer, mit denen sie sich abgab, genug hatten, wenn auch in anderem Sinne.

»Ich habe Gründe, mich nicht folgsam zu fügen, und wenn es mich dabei zerreißt, so bin's ich, die es aushält, wenn Zwiespälte bleiben zwischen dem, was ich träume, und dem, was ich lebe. Und außerdem, das, was ich bin, heute, das ist ein wenig näher dran an mir denn je zuvor.« Und Katharina blickte dem Zitronenfalter nach, auf den Jonas sie aufmerksam gemacht hatte.

»Aber du lebst nicht alleine«, sagte Frantz mit Vorwurf in der Stimme. Er fühlte sich als Opfer, seit sie, die Ratte, vor drei Jahren ihre eigene Wohnung nach dem Scheitern der Miniatur-Wohngemeinschaft verlassen hatte, weil Frantz nicht gehen wollte. (Er war seitdem wählerischer geworden in bezug auf

Frauen als in der Zeit vor ihr – Frauen, die er, wenn sie ihm zu hoch hingen, herunterholte, indem er auf seine Beziehung zu Katharina verwies, was merkwürdigerweise Erfolg hatte.) Frantz traf mit seinem Balladenton ins Herz, und da sie nicht einsah, wozu sie sich verstellen sollte, ließ sie ihrem Jähzorn freien Lauf, stampfte mit den Füßen auf den Steinboden, was unerwarteterweise schmerzte, ließ es bleiben und beschränkte sich darauf, den heißen Tee auf Frantz zu schütten. Frantz wiederum – seine Verachtung für sie in Worte zu fassen, wäre zuviel gewesen – langweilte Katharina mit einem Laut aus seinen jugendlichen Eingeweiden, was seit jeher zu seinen Mutproben zählte, zu jeder Zeit und an jedem Ort. Immerhin, Jonas, dem solche Äußerungen näherlagen, hatte seinen Spaß mit Frantz, der sein Erfolgserlebnis auch gleich ein zweitesmal inszenierte.

Katharina überging auch dies. Sie fühlte sich umstellt von sorglosen Kindern und den Monstern unerreichter Ziele. Sie ließ müßige Bilder defilieren und äußerte (da sie bei Frantz keine Angst hatte, nicht geliebt zu werden, da Frantz sie ohnehin nicht liebte) ihre altmodische Sehnsucht nach hermaphroditischer Siamesenzwillingszweisamkeit, von der sie weder ihre Lieblingserzählung (in der eine Frau, von den Göttern begünstigt, Gattenleib und Freundeshaupt, Gattenhaupt und Freundesleib vertauscht, das Ergebnis aber dennoch nicht befriedigend findet) noch komplizierte Operationsberichte abhalten konnten. Nach der Auskunft strahlender Operateure war es gelungen, zum erstenmal an der Hüfte zusammengewachsene, sich gewissermaßen gegenseitig auf dem Schoß sitzende, mit einem gemeinsamen Harnausgang und einer gemeinsamen Leber ausgestattete Zwillinge zu trennen, wobei die Leber und die über Kreuz gewachsenen Harnleiter verlagert wurden, damit sie sich von den Nieren aus in die richtige Blase entleeren konnten. Trotzdem waren die Zwillinge, was Katharina als Bestätigung der Richtigkeit ihrer Empfindungen auffaßte, unzertrennlich geblieben und schliefen, aßen, liefen weiterhin eng aneinandergeschmiegt, wie sie es ihr Leben lang gewöhnt waren.

Katharina und Frantz, vor vier Jahren: Katharina, die dampfend durch die Straßen läuft, *Eselin im späten Frühjahr;* Katharina und Frantz, sie wollen sich lieben, aber sie wissen nicht, wie; Katharinas Versuche, sich aufzugeben, aufzulösen; Katharina, sich selbst unbekannt, wie sie reglos drei Stunden lang zwischen Rosenblättern auf dem Boden liegt, auf ihn, der sich in Kneipen herumtreibt, wartet, die Beine gespreizt, geöffnet den purpurnen Hügel mit der Feuchte dazwischen; Katharina, nackt in einer Buchhandlung tanzend mit zwei umgeschnallten Porzellanbrüsten; Katharina, die, beinahe mit sich identisch, sämtliche Körpersekrete auf Frantz verströmt; Katharina, die unglücklich alles liebt, was transparent ist, Schleier, durchsichtige Kleider und Schuhe mit Absätzen aus Plexiglas, immer auf der Suche nach Enthüllung; Katharina, die Auster, die nicht zu öffnen ist, und eine Auster liebt, die nicht zu öffnen ist; Katharina und Frantz, die eine Pharma-Reise unternehmen, um den tausend Meilen weiten Weg, der vor ihren Füßen beginnt, abzukürzen, die etwas festhalten wollen, doch es lohnt der Mühe nicht und läßt sich nicht bewahren; Katharina, die Scharfe, Frantz, der Esser, der Scharfes liebt. Schließlich, Katharina und Frantz, die Überdrüssigen, Ängstlichen, zwei Kinder, die sich überfressen haben und am Ende nur noch mit Worten Zirkus spielen und sich dabei verirren: Jorinde und Joringel. Katharina, immer außer sich, erst vor Wahnsinnslust und dann vor Wahnsinnsangst, die aus ihrer Achselhöhle sickert, Katharina, der Vampir, der das Blut einer anderen Klasse sich zuführt, die blinde Sechsunddreißigjährige, die einen lahmen Einundzwanzigjährigen liebt und, in der Phase der Auflösung, Angst-Ketten rechnet und Stunden verbringt, in denen sie Tabellen zeichnet, wie:

»Er ist 21, ich bin 36.
Wenn er 31 ist, bin ich 46,
wenn er 40 ist, bin ich 55,
wenn er 50 ist, bin ich 65 ...«

– und diese natürlich, wie es ihrem von Logik gestörten weiblichen Hirn entspricht, in hübscher Ausführlichkeit fortgesetzt, Jahr für Jahr, nicht zurückschreckend vor der Hundertjährigkeit, was nicht nur das Ganze seltsam unglaubwürdig erscheinen läßt, sondern auch vierundsechzig lyrische Zeilen ergibt, auf die sie in nicht unbegründeter Hoffnungslosigkeit zu starren pflegt, wenn ein neuer Angstanfall seine Wehen vorausschickt.

Nun, sie lebte noch, kleiner geworden und weniger scharf, ein Kind mit Kind manchmal, das den Kleidern, die sie sich früher übergestreift hatte, mitunter entwachsen war, indem sie ihr zu groß geworden waren: merkwürdiger Kontrast zu ihrer neuen Mutterrolle.

»Du siehst aus wie Moshe Dayan«, sagte Frantz, und Katharina, Belle de Jour, griff sich ans Auge, während Frantz auf eine Brust wies, die sich aus ihrem Kleid befreit hatte. Und als Frantz kleine elfenbeinerne Schachfiguren (aus Marthas künftiger Hinterlassenschaft) auf dem Steintisch verteilte, schob Katharina die Brust beiläufig ins transparente Kleid zurück und stocherte in der Nase herum, doch Frantz holte die Brust wieder heraus, womit er Katharina in bohrendes Nachdenken darüber versetzte, ob er dazu ein Recht hätte.

Sie wußte es nicht, aber eins stand fest: Sie hatte keine Angst mehr vor Frantz, dem sie einst ihre erogene Kehle hingehalten hatte; er war ihr lieb in diesem Augenblick, als er dusselig seine beige Leiste kratzte. *Tout passé, tout cassé, tout lassé,* ganz war das nicht einzusehen, und sie verspürte Lust, Getrenntes vorübergehend wieder zusammenzufügen. Kaum hatte Jonas, den sie mit einem Ball fortlotste, die angemessene Entfernung erreicht, da erhob sie sich und breitete ihren weitläufigen Zigeunerrock, an dem die Talmipaillettenkettchen wie Girlanden hin und her schwangen, lässig über seinen Schoß, worauf er sie, *ein summender Affe umfängt einen Baum,* ohne Umstände, aber auch ohne unnötige Anstrengung seinerseits, nahm. Sonderbarerweise löste die sympathische Reibung bei Katharina auch später nur geringfügige Schuldreize Walter gegenüber aus, obwohl sie dazu der Typ war, denn etwas Neues entstand aus der ganzen Chose nicht, und jenes narzißtische Paradies, das Frantz und sie einst geteilt hatten, blieb verschlossen. Sie betrachtete sich und ihn und sah, daß sie nicht einmal Anstalten unternahmen, Gefühle wenigstens zu imitieren, sie blieb merkwürdig teilnahmslos, wenn auch nicht unbefriedigt, und fragte sich, wie so oft, wie es denn früher eigentlich möglich gewesen war, daß Frantz für sie oder sie für ihn ein solches Medium gewesen war, und ob nicht Angst die eigentliche Quelle aller Lust gewesen war.

Nun, auch das war abzuhaken, in eine Zeit einzuordnen, die Katharina mit Fug und Recht als vergangen bezeichnen durfte. Katharina spürte, daß sie in der Gegenwart, und fürchtete, daß sie in der Zukunft keine Mund-zu-Mund-Beatmung erwarten durfte, und sie jammerte insgeheim über ihr Los. Das öffentlich zu tun, war verboten, wie es schien: Aus irgendeinem Grund sprachen Freunde, die früher oft darüber geklagt hatten, nicht mehr davon, allein zu sein, sei es, daß sie sich damit abgefunden hatten oder daß der Gedanke unmodern geworden war. Frantz jedenfalls, der für Liebesmodeströmungen ein Seismograph war, benutzte das Wort »allein« nicht mehr, wandelte es um in »einzeln«, was ihn unabhängiger zu machen schien und zugleich eine Zweisamkeit nicht ausschloß, aber auch nicht lebensnotwendig machte. Katharinas Männer existierten in jedem Fall auch ohne sie, und sie lebten, auch wenn sie sie liebten, von ihr getrennt genauso oder unabhängiger, weil ungestörter und ohne erwähnenswerte Mangelzustände. Walter schrieb zwar mitunter, daß er sie auf seinen ausgedehnten Reisen vermißte, doch Katharina wußte, daß er wußte, daß sie solcher Liebesbeweise bedurfte, und sie hielt diese Briefe auch für Liebesbeweise, aber mit der Einschränkung, daß sie vermutlich mehr ihrem als seinem Bedürfnis entsprangen. Die Wahrheit war von keinem Mann zu erwarten; die einzig gültige Wahrheit war, daß sie damit aufhören mußte, ein kalter Planet zu sein, der um eine Sonne kreiste, aus deren Bahn sie durch eine Strömung der Schwerkraft jederzeit herausgeschleudert werden konnte.

Offensichtlich hatte Katharina den Anschluß an neue Gepflogenheiten in Liebesdingen verloren. Die meisten ihrer Freunde lebten eine bestimmte Zeit mit einer Frau zusammen, von der sie sich dann trennten, und sie lebten eine bestimmte Zeit mit einer anderen Frau, und man traf sich gemeinsam oder einzeln mit der vergangenen Frau oder mit den vergangenen Frauen, die wiederum ihre Freunde mitbrachten, und man tat dies alles artig und ohne weitere Komplikationen und enthielt sich eigentlich der Stimme und spielte dies alles nach Spielregeln, die Katharina und Hartmann offensichtlich nicht begriffen hatten oder die damals, zur Zeit ihrer Ehe, noch nicht gültig waren. Denn zwischen ihnen hatte es nie Verbindlichkeiten gegeben, und eine Freundschaftsbeziehung erwies sich als unmöglich. Zwischen ihnen war, wie in alten Romanen, die heute nicht mehr geschrieben werden, von Liebe und Haß und Tod und Teufel die Rede gewesen, keinesfalls jedoch von androgyner Geschwisterlichkeit, wie sie gerade en vogue war. So licht die Liebe und so dunkel der Haß zwischen ihnen gewesen war und so düster der gegenseitige Besitztrieb, alles andere war dennoch für Katharina keine wahre Liebe und barg keine Geheimnisse.

Irgendein Rätsel mußte doch bleiben, irgend etwas konnte, nein durfte man doch nie und nimmer bekommen, eine Sehnsucht, erbarmungslos und wahnsinnig, mußte da sein, sonst war der ganze unerklärliche Reiz weg, und das, was war es bloß, sie wollte es gar nicht wissen, mußte bleiben und war auch nicht von jedem Mann und auch bei den wenigen Auserwählten möglicherweise nur befristet zu bekommen.

Immerhin, Katharina hatte das Gefühl, das gehabt zu haben, was man Leidenschaft nannte, wenigstens einmal in ihrem Leben, und sie bereute nichts, auch wenn es beinahe mit gegenseitigem Mord geendet hatte und sie auf allen vieren gekrochen kam und zwei Jahre lang gebraucht hatte, sich mit Hilfe zu diesem Zweck ausgebildeter Spezialisten Hartmann abzutrainieren.

Zunächst hatte sich Katharina willig einem Programm mit vorgedruckten Punktlisten zu unterwerfen, das ihr ein bärtiger Schönling diktierte, der seine wollüstige Blickkraft einem neuen Gott abgeguckt hatte. In die Liste trug sie jedesmal Punkte ein, wenn sie es fertiggebracht hatte, dem heiligen Pawlow einmal keine Votivgaben darzubringen, und die Behandlung gipfelte darin, daß sie Hartmann in der Wohnung in Schnaps- und Kotschwaden verrecken lassen und dies noch als Erfolgserlebnis (so hieß das) verbuchen konnte. Später mußte sie dann die gelassene Hilfe einer Analytikerin in Anspruch nehmen, um sich die verhaltenstherapeutisch nicht heilbaren Leidensgefühle abzugewöhnen. Soweit das.

Katharina holte ihre Schreibmaschine hervor und machte sich an die Arbeit, während Jonas sich an die seine machte, die darin bestand, daß er, das geschmeidige Rückgrat gekrümmt, Sand in ein Sieb und von diesem in einen Eimer zu transportieren versuchte, was er mit seinen köstlich entspannten Gliedmaßen und mit der ihm eigenen Sorgsamkeit übte, bis er davon abging, vom Sieb Undurchlässigkeit zu verlangen. Sie bewunderte die Anmut, mit der er sich bloßbackig eigenwillig durch die Gräser bewegte, und wunderte sich über ihre neue Fähigkeit, selbstlos, ja voller Stolz zusehen zu können, wie der geliebteste aller Menschen sich von Tag zu Tag mehr von ihr entfernte.

Die Selbstsucht, mit der er immer wieder zu ihr zurückkehrte, war staunenswert, und Katharina merkte, daß sie hier im Freien ihr Revier mit anderen Mitteln abstecken mußte als zu Hause. Sie hielt Jonas immer mürrischer und vergeblicher auf Distanz, bis sie ihm einen unvermutet heftigen Klaps versetzte.

Katharina, die es so gerne fertiggebracht hätte, Jonas gegenüber immerwährende Geduld aufzubringen, zitterte vor Nervosität und Scham, unglücklich über jede Minute, die sie Jonas und sich selbst verdarb. Sie verfluchte ihre Arbeit, die sie zwang, acht Stunden täglich ihre mehlbleichen Wölbungen, die anderes verdient hätten, auf ein geriffeltes Gestühl zu pressen, verfluchte ihre Schwäche, die ihr einen zusätzlichen hilfsbedürftigen Esser eingebrockt hatte, der sich in der Hängematte flezte und Nichthandeln – nicht nur gegenüber dem Kind – für die einzig richtige Erziehungsmethode hielt.

Katharina hatte das schmerzliche Gefühl, sich an einen Menschen zu vergeuden, der es nicht wert war, und sie merkte, daß sie es Jonas nachtrug, der nicht ahnen konnte, welche Unruhe und Stürme in ihr waren, und der ihr den kleinen Klaps immer noch, von Schluchzwellen geschüttelt, vorwarf. In Katharina kam plötzlich der Jähzorn ihrer Kindheit auf, der sich gegen ihre Mutter gerichtet hatte, und sie verstand Jonas, der im Leeren stand, ohne Vertrautheit, voller Schrecken über seine Wehrlosigkeit. Sie hatte ein subtiles System verletzt, zum erstenmal, indem sie Jonas eine Empfindung zumutete, die er noch nicht ertragen konnte: daß er mit einemmal, aufgrund eines Reflexes Katharinas, der eine vierzigjährige Geschichte hatte, bestrafbar war. Jonas' Verstörung hatte ihre Wurzel in Katharinas eigener kindlicher Verstörung, und so schien sich da etwas fortzupflanzen, das die Mütter weitertrugen wie Bienen von Blume zu Blume, von Kind zu Kind, sie befruchtend mit ihren pelzig ansteckenden Ängsten.

Katharina öffnete, was sie die ganze Zeit über aufgeschoben hatte, den traurig anklagenden Brief, den Ada ihrem Reisegeschenk beigelegt hatte. Es gab ihr einen Stich, als sie die getrockneten Blumen und den Fünfzigmarkschein sah, als sie las, was der Mutter an ihr auffiel: ihre Abwehr, ihr Rückzug, ihr Argwohn, ihre Kraft der Verstellung, ihre Verletzlichkeit, spürbar bei jeder Kleinigkeit. Katharina zerkaute die Nagelhaut. ICH WEISS JA, JA, ICH WEISS: »Zeit des Lebens habe ich mich mit dem Ernst des Lebens herumschlagen müssen.« – ICH WEISS JA, DASS DU MICH LIEBST: »Für Eure Zukunft, und es ist ja etwas aus Dir geworden, unter Verzicht auf mein eigenes Leben, immer habe ich für Euch gearbeitet, hätte mir sehr wohl einen Mann nehmen können, statt dessen: Es ging mir immer um Euer Glück, gespart habe ich und mich eingeschränkt.« – VERDAMMT! Ada hatte geweint, Katharina sah es an der gekrausten Tinte, und sie weinte nun auch voll Zorn und Verzweiflung. »Und immer habt Ihr meine Freundschaft abgelehnt, sooft ich sie anbot, weißt Du noch, daß ich Euch anlernte, wie eine Frau sich schminkt, Freundin wollte ich sein und habe alles toleriert, auch Deine Männergeschichten, nur versucht, soweit es ging, schlechte Einflüsse und Enttäuschungen von Dir fernzuhalten, und ich glaube nicht, daß ich als Vorbild so schlecht war, eine richtige Frau aus Dir zu machen.«

Katharina fühlte, wie sich ihr das Schicksal ihrer Mutter aufdrückte, daß es schmerzte, und sah auf Jonas, froh, daß er ein Sohn war und den Schlußpunkt unter einen Clan von Frauen setzte. Wie wenig konnte Katharina in Gedanken Ada in Schutz nehmen, wenn sie dies alles las, und doch, es war immer so entsetzlich gut gemeint gewesen, diese ganze Fürsorge, dieses Sich-nichts-Leisten, dieser Opferaltar, dessen Flämmchen tagtäglich aufs neue genährt werden mußten, dieser aufdringliche Versuch, sie glauben zu machen, daß sie sie in Freiheit liebte – Katharina, die von klein auf die Entdeckung gemacht hatte, daß sie immer dann, wenn sie sich darauf berief, eins auf die Finger bekommen hatte, konnte ihr das nicht mehr abnehmen. Oh, diese Unbarmherzigkeit, mit der Ada auf Liebe aus war – wie hätte da jemals mehr Dankbarkeit Abhilfe schaffen können?

Katharina sah das Bild ihrer Mutter vor sich, die selten lächelte. Eine seltsame Schranke hatte Katharina immer davon abgehalten zu fragen: Warum lächelst du nie, was hast du nur gegen meine, unsere Späße, warum hatte ich so oft Mitleid mit dir, weil unsere Scherze dich ausschlossen?

Du hättest es gern, wenn ich ein ausgefülltes, zufriedenes Alter hätte, das würde dich erleichtern: Ada hatte recht, und sie kreidete sich diese Selbstsucht an, wenn es Selbstsucht war, und fand sie im gleichen Augenblick legitim. Doch ihre Versuche, die Mutter mit Geschenken zur Zufriedenheit zu bestechen, waren heillos gescheitert.

Beim Rattergeräusch einer eigentümlichen Zikadengattung, das wie das Schnarren eines Teufelchens aus der Dose klang und sich in Katharinas Ohr breitmachte, fiel ihr ein, wie sehr sich Ada gegen jene Fotobox gewehrt hatte, mit der sie sich, so Katharinas klares Programm, in Sekundenschnelle selbst die hoch gehandelten Aufnahmen von Jonas anfertigen sollte. Zwei Jahre lang lag nun das Teufelskästchen neuwertig herum, und Ada forderte hartnäckig eine Unterweisung in dessen Gebrauch durch den Schwiegersohn, der wiederum von Susanna gar nicht erst gefragt wurde, nicht nur aus Rücksicht auf seine ständige Zeitnot und weil sie wußten, daß Ada daraus einen Nachmittag mit Kaffee und Kuchen und Kind gestalten würde, sondern auch deshalb, weil Katharina und Susanna sich pädagogisch einig waren: Lernen sollte Ada, mit einer solchen technischen

Bagatelle, der eine wahrhaft idiotensichere Gebrauchsanweisung beilag, zurechtzukommen. Und je fixer die Schwestern ihre Idee formten, desto trotziger entzog sich jene dieser Verfügung, wie sie zu leben hätte: als emanzipierte, keinesfalls einsame Großmutter mit Hobby.

Katharina wehrte sich gegen den Gedanken, daß das Geschenk Adas eine Zumutung war, und starrte auf den Brief. »*Ich erinnere mich nicht, daß Du Dich jemals wirklich für mich interessiert hast. Was weißt Du denn schon von mir? Von meinem Leben?* Meiner Kindheit, die so anders war als Eure, ohne Spiele, ohne Freunde. Was weißt Du, wie Eure ersten Weihnachtsfeste verliefen: Ihr saßt auf Bunkerbänken, in Wolldekken gehüllt – und Eure ersten ›Christbäume‹: Magnesiumbomben, die das Kainszeichen über die zu vernichtenden Stadtviertel setzten? Was weißt Du, welche Ehestreite damals möglich waren wegen einer Kaffeebohne?«

Katharina lebte in anderen Zeiten und empfand sich als verarmt, als sie diese Zeilen las: Unvorstellbar war die Gestalt einer Ada, die in jenen Zeiten Fähigkeiten entwickelt hatte zu leben, unvereinbar mit jener vom leisesten Lufthauch verletzbaren Ada, die nicht einmal mehr auf den Auslöser einer Kamera drücken konnte.

»Vor allem wollte ich immer nur eins: Euch eine gute Mutter sein und Euch glücklich machen.« Katharina grübelte über dem Satz und fand ihre Mutter ein mißverständliches Wesen, deren aufopfernde Lebensgebärde ihr rätselhaft war, übertrieben wie die Gliedmaßen gewisser Fossilien, und sie verstand nicht, warum sie, Katharina, die sich so gern und viel hineindachte und hineinredete in Menschen, sich nie in ihre Mutter hineingedacht hatte und nie ein Verlangen gehabt hatte, ihre Sehnsüchte kennenzulernen. Es gab eine innere Stimme in ihr, die ihr immer kurz davor »Halt« geboten hatte, als hätte sie Angst, dabei zu sehr in sich selbst hineinzuhorchen, doch dieses »Halt!« wiederum hatte sie gestört. Es war eine seltsame Kraft in ihrer Mutter, die sie in ziellose Fluchtbewegungen versetzte. Wahrscheinlich war da etwas, das sie nicht vertragen konnte, es ließ sich nicht einmal fühlen, eine geheimnisvolle Scheu, ein seltsamer Trotz, eine tiefsitzende Auflehnung gegen die Summe aller Dinge, die Ada für sie verkörperte.

Und Katharina, die es nicht ertrug, wenn jemand merkte, wie es um sie stand, summte vor sich hin und legte den Brief ad acta und fühlte doch, während sie Jonas und Frantz das Essen bereitete, daß da, irgendwann, jetzt nicht, bloß nicht jetzt, ein Versprechen einzulösen war. Sie erinnerte sich mit einemmal, daß ihre Mutter, es war wohl schon an die zwanzig Jahre her, gesagt hatte: Er, dein Vater, hat über mich nur wenige Zeilen verloren. Du kannst es schreiben ...

Sie hatte nichts dazu gesagt, vielmehr einen tiefen Widerstand gegen ein solches Ansinnen empfunden. Und jetzt wußte sie, warum: Sie hatte Angst vor ihrer Unnachsichtigkeit, ihrer Kälte, ihrer Unwissenheit, ihren zwiespältigen Gefühlen der Mutter gegenüber. Katharina hatte das Gefühl, überhaupt nichts mehr zu wissen, nicht, wie sie zu sich, zu ihrer Mutter gekommen war, und ihr war mit einemmal klar, daß es ihrer Mutter ähnlich ging mit sich, mit ihr, mit ihrer Mutter. Aber sie, Katharina, sie hätte es in der Hand, etwas zu klären, vielleicht zu ändern, wenn sie sich einlassen wollte auf ihre Mutter, mit der sie nun seit vierzig Jahren zu tun hatte, ohne sie zu kennen.

Es war doch alles recht seltsam: Da war eine Frau von siebzig Jahren, und da war eine von neunzig Jahren, und es waren ihre Mutter und ihre Großmutter, und sie wußte nichts, hatte diese Mütter adoptiert, ohne zu wissen, woher sie kamen, kannte kaum ihren Charakter, ihre Erlebnisse, ihre Verdienste und Unglücke, wußte nicht, warum sie sich gerade jene Männer genommen hatten, die ihr Vater und ihr Großvater waren. Katharina, die mit sechs Jahren das Wort »Tod« eingeübt hatte, die es sich jeden Morgen beim Aufstehen und jeden Abend beim Zubettgehen vorgesagt hatte, um sich an das Unvorstellbare zu gewöhnen wie an das Wort »Unendlichkeit« und später, mit siebzehn, an das Wort »Nichts«, was alles den gleichen Schwindel in ihr auslöste, mußte ein neues Wort lernen, das hieß »Mutter«. Plötzlich erschien ihr das unaufschiebbar, und ihr kam es vor, als wäre sie nur ihr Schein-Ich, das da vierzigjährig herumwandelte, dessen Zufälligkeiten vielleicht ein bißchen weniger zufällig sein würden, wenn sie wußte, was sie war. Beunruhigt und verfolgt von der Angst, dies nie und nimmer zu erfahren, machte Katharina das Essen und vergrub alles in einem künstlich schweren Schlummer, in den sie wie in einen feuchtwarmen Orchideengarten versank.

Viertes Kapitel
Im Puppenladen

Ada, nervös, überprüft sich: ordnet die Frisur, streicht über den Kragen der Seidenbluse unter dem Strickkostüm, mustert ihr Gesicht im Spiegel: siebzig Jahre, man sieht es; vielleicht doch ein wenig Puder, Lidschatten, Lippenrot wie alle Tage? Nein, heute nicht; heute will sie alt sein: Ada fühlt, daß dies ihre einzige Chance ist gegenüber der zwanzig Jahre Jüngeren, der Frau, die ihr den Mann genommen, ihre Familie zerstört hat, achtundzwanzig Jahre ist es her, aber ihr ist, als sei es gestern gewesen.

Sie poliert die Zinntellerchen der winzigen Küche eines englischen Puppenhauses aus dem Jahr 1890 mit grimmiger Kraft, fährt nun zum drittenmal mit dem Miniatur-Staubwedel, verfertigt aus einer Puderquaste, über das geschnitzte Treppenhaus und die wenigen Quadratzentimeter Parkett, reinigt mit Vim das zwei Zentimeter breite Blechgehäuse des Badeofens mit den Tatzenfüßen und die Porzellantoilette des Badezimmers. Zärtlich streichelt sie ihre Lieblingspuppe vom seltenen Motschmann-Typ, um 1860 von Nicholas Steiner in Paris gearbeitet, der sie den Namen ihres Enkelkindes, Jonas, gegeben hat. Der gleiche vertrauensvolle Blick aus den hellblauen Glasaugen, reizend, diese »bouche fermée«, die fein ausgeformten Ohren, der helle Teint mit den Rosenwangen!

Ada fährt mit einem weichen Läppchen über den fein bemalten Kurbelkopf, die wohlgeformten Hände und Füße, die ledernen Bauch-, Oberarm- und Oberschenkel-Partien. Wirst schon noch glänzen, verdammter Zinnsoldat. Sie greift hastig nach dem Samtläppchen, taucht es ein in die zu scharfe Sidollösung, reibt, schabt, schrubbt, bis die Funken sprühen. Das soll ihr Gisela einmal nachmachen mit ihren fünfzig Jahren, wie sie, die Rentnerin, mit ihrem Leben zurechtkommt: achtzehn Jahre Sekretärin in der Kunstakademie, rechte Hand des Professors Hähnlein. Noch heute weint er ihr nach, schenkt ihr Blumen und Konfekt zu Weihnachten, vergißt nie ihren Geburtstag, zwei Jahre lang hat er sie über die Zeit hinaus beschäftigt, eine Ausnahmeregelung durchgesetzt bis zu ihrem Siebenundsechzigsten, dem Zeitpunkt des endgültigen Siegs der Verwaltung. Jetzt, seit nunmehr zwei Jahren, ist sie von der Angestellten zur

Geschäftsführerin des »Trösterleins« avanciert, eines renommierten Puppenladens.

Ada schließt den kleinen Tresor, in dem die wertvolle mechanische Schweinekutschen-Sammlung aus Blech, Leihgabe des Professors H. C. von Meyer, eingeschlossen ist, eine Seltenheit, etwas für Kenner. Sie weiß es, sie beschäftigt sich seit zwei Jahren mit der Materie. Alles, was greifbar war in Literatur über Puppen und mechanisches Spielzeug, hat sie gelesen, sie weiß besser Bescheid als die Besitzerin des Lädchens: Sie kann man nicht täuschen. Auch jener Frau heute mit dem gelbstichigen Haar, um die Sechzig, verarmter Adel, ist das nicht gelungen. Glaubte die doch tatsächlich, von Ada den Wert ihres Puppenstuben-Nippes, eines Miniatur-Porzellanfigürchens, ca. 1920 und ohnehin nur achtzig Mark wert, erfahren zu können, hatte die Stirn, so zu tun, als wollte sie verkaufen! Sie irren, Madame, wir schätzen nicht, da müssen Sie schon dafür bezahlen!

Ada fühlt erneut Ärger beim Gedanken, daß man sie nasführen, ja ausnutzen wollte. Hastig durchmißt sie die sechzehn Quadratmeter des vollgepfropften Lädchens.

Wo Gisela nur bleibt? Zehn Uhr hatten sie ausgemacht, bald ist es halb elf. Seit gestern ist die in Ostberlin lebende Witwe Alfret Bebras in der Stadt. Ada bezieht Posten hinter ihrem zierlich gestalteten Schaufenster: nichts. Sie dreht den Kopf gleich wieder weg, es sähe doch zu dumm aus, wenn Gisela sie hier ertappte. Zum fünftenmal zieht sie die Schublade auf unterm Ladentisch, betrachtet, befühlt das lila Päckchen: Soll sie Gisela das Geschenk gleich geben? Oder lieber etwas warten? An sich wäre es Giselas Sache, ihr ein Geschenk zu machen. Aber wenn Gisela ohne Geschenk kommt?

Ein Problem, das Katharina überhaupt nicht gesehen hatte, als sie Ada danach gefragt hatte: Willst du ihr nun etwas schenken (die Betonung lag auf dem letzten Wort, sie hatte es wohl gehört) oder nicht? Doch, doch, hatte Ada eilig versichert: Dann schenk's! war Katharinas barsch-knappe Antwort. Als wäre es nicht eine ungeheure Blamage, würde sie Gisela (die ihr den Mann genommen hat) etwas schenken, ohne ein Gegengeschenk zu erhalten. Nicht ihr Taktgefühl läßt Ada so empfinden, sondern Schenken und Tauschen sind für sie eins: ein Tausch, bei dem sie besser abschneiden muß als die Beschenkte.

Ada verspürt Hunger, sättigt sich am Anblick des niedlichen kleinen Kaffeeservices, der winzigen Näpfe, kupfernen Kasserollen und Bratpfännchen mit den pupillenkleinen Spiegeleiern, läßt den zweiundzwanzig Zentimeter kleinen Metzgermeister marschieren, der ein Tablett mit einem Schweinskopf, der von der Platte zu rutschen droht, auf dem Kopf balanciert. Sie rückt zurecht, rüscht, befestigt, stellt um: Stark fühlt sie sich unter den Kleinsten wie Gulliver im Zwergenland Lilliput – hier ist sie es, die ganze Flotten hinter sich herziehen, Armeen befehligen kann, hier gilt ihr Kommando! Auch ihre Wohnung, ihr Heim, ihr Schmuckkästchen – immer niedlicher wurden die Dinge, die sie umgeben, im Lauf der Jahre, immer kleiner (Katharina: unbequemer) die Stühle, immer zierlicher, erlesener das Küchengerät, verspielter die Bildchen, Amulettchen und Lämpchen, die ihre Wände zieren.

Ada verspürt tiefe Bewegung beim Anblick von »Jonas«: diese rührende Hilflosigkeit der schwachen Ärmchen, dieses unschuldig geöffnete Mäulchen. Der arme Kleine, sicher ist er heute wieder nicht warm genug angezogen an diesem gewittrig wechselhaften Herbsttag, an dem alles möglich ist; die halbe Nacht hat sie wieder verbracht zwischen Halbtraum und Alptraum, kein Wunder bei diesem Föhn. Überhaupt, immer ist schlechtes Wetter über dieser Stadt für sie, seit Wochen, seit Ewigkeiten, ein gegen sie gerichtetes Wetter, das sie in allen Gliedern spürt.

Adas wetterabhängige Liebeskraft ist heute erloschen, ausgeliefert fühlt sie sich; wenn die Föhnsonne scheint, leuchtet sie grell ihre Ängste aus; ein Gewittersturm läßt ihre Ruhelosigkeit in Panik umschlagen; wenn es regnet, regnet es in ihre Seele. Was sie bräuchte, wäre Gleichmaß, Tag für Tag das gleiche, eine ausgeglichene Temperatur nach ihrem Gusto, keine Umschwünge, Temperaturstürze und Veränderlichkeiten.

Ada dreht sich um: der melodische Gong, temperamentvolles Türenschlagen, weitausladende Bewegungen, kräftiges Lachen – Gisela rudert auf sie zu, scheint die Spielsachen mit ihrer Präsenz beiseite zu schieben, noch winziger zu machen, umarmt, küßt, spricht, bewundert. Ada, alles an ihr bleibt starr, unverbindlich, kein Lächeln, dennoch ein Kuß: kühl höflich auf Giselas Wange plaziert, eine säuberliche Geste. Es ist wahr, daß Gisela sie immer wieder durcheinanderbringt, eine merkwürdige Reizbarkeit in ihr aufkommen läßt. Heimlich wischt sie den Kuß von der Wange, flieht in die Berührung der Seidenbluse, die sie sich geleistet hat für dieses Treffen, leitet ab auf die Unbill des Wetters: »Entsetzlicher Tag heute, wie das stürmt, da hast du ja nichts Gutes mitgebracht, und der ganze Dreck wird durch die Luft gewirbelt – putzt du dir bitte die Schuhe ab?«

Als wär's ihre Wohnung, denkt Gisela, sie dreht sich um, flink gehorsam gegen den Vorwurf ankämpfend, öffnet erneut – welchen Lärm sie dabei veranstaltet – die Tür, schmeißt sie wieder zu: »Kopfschmerzen? Nimm doch eine Tablette.«

Gisela zieht ein Röhrchen aus der Tasche, Ada wehrt ab: Nein, Tabletten machen süchtig, dagegen ist nichts zu machen.

Sie spürt, das Wetter ist für die andere nicht von gleicher Bedeutung, am Ende gar Nebensache? Gisela lächelt sie an, lacht über den trommelnden Blechaffen und den dukatenscheißenden Negerjungen. Ada ist auf der Hut, beginnt mit der beiläufigen Musterung aus den Augenwinkeln. Gut sieht sie aus, wenn auch für ihren Geschmack indezent, kräftig zugenommen hat sie auch und die Haare gefärbt, heller als das letztemal. Lauter ist sie geworden, wie ihr scheint, heftiger sind ihre Gesten, eine Nervensäge war sie immer schon, nur er hat's nicht gemerkt, der Ärmste.

Giselas Blick, rasch, streift Adas voreingenommene Züge, während sie Komplimente heraussprudelt: »Bewundernswert, wie du das machst (*»in deinem Alter«*, versteht Ada), wie aktiv du bist – ich könnte das nicht, mein Kopf wird dumpfer von Tag zu Tag.«

Dennoch, Giselas Welt ist es nicht, diese kleinen Sächelchen, sie braucht Handfestes, Greifbares. Gisela bemerkt Adas Art abzumagern, ihre starre Haltung, die immer ernste Miene, ihre bestimmte Form der Abwesenheit, der Abwehr, ihr Mißtrauen. Sie sah die Vorzeichen schon, als sie kaum anderes im Kopf hatte als das Glück, einen Mann zu haben, der sie liebte, nach ihrer mißglückten ersten Ehe. Dennoch, Ada hätte Alfret halten können, wenn sie nicht so beharrlich gewesen wäre in ihrem Vorsatz, ihm nie und nimmer zu vergeben.

»Furchtbar, dieser Sturm.«

Adas Bemerkung reizt Giselas Widerstand (jeder Mensch baut sich sein Wetter selber, hatte Alfret gesagt): »Schau mal, die Sonne kommt durch!« Gisela blickt zur Ladentür hinaus, wölbt den Brustkorb.

»Aber das Wetter schlägt um«, bestimmt Ada, »ich spüre es in allen Knochen. Es ist eine giftige Sonne«, ihre Brauen ziehen sich zusammen. Sie nimmt Giselas Bemerkung von zuvor auf: »Tatsächlich, du findest, deine Fähigkeiten nehmen ab mit dem Alter?«

»Ein erbitterter Kampf!« Gisela wirft die Arme in nicht nur gespielter Verzweiflung hoch, »entstellender Gedanke, daß mich bald kein Mann mehr ansieht.«

Gisela zählt, von Ada belauert, auf: Gymnastik, Massage, Körperpflege – eine unsägliche Mühe, jeder Tag Arbeit. »Man ist für sich voll verantwortlich, hat Alfret immer gesagt, für sein Gesicht ebenso wie für seinen Erfolg.«

Ada kann sich nicht entsinnen, dies jemals von Alfret gehört zu haben, ihre Erinnerung markiert nur, was er ihr angetan hat: »Aber es gibt doch Schicksalsschläge, für die man nichts kann.«

Gisela stimmt gutwillig zu. Ada blickt sie nicht an, richtet vielmehr ihr Augenmerk auf die eingesetzte Iris einer Babypuppe mit dem »Paperweight-Effekt«. Sie ist reizbar entschlossen, Giselas in modernen Hexenküchen ausgetragenen Kampf von sich fernzuhalten: »Dieser Kult mit dem Körper, eine Illusion; dieses Präparieren, Pflegen, Richten: unnütz, Zeitverschwendung. Gräßlich, diese Mißachtung des Alters in unserer Zeit.«

»Was ist daran so achtenswert?« Ohne ihren Handspiegel zu benutzen, glasiert Gisela die Lippen, sprüht sich eine duftende Essenz hinters Ohrläppchen: »Mich interessiert nur das Morgen, besser Übermorgen, ich sehe keinen Vorzug darin, alt zu werden.«

Gisela glaubt an eine, ihre Zukunft?

»Aber«, Gisela registriert, daß ein Satz wieder mit diesem Wort beginnt, »das Alter ist ein Vorzug, wenn man etwas daraus zu machen versteht. Alter ist ein Wert.«

»Ist es nicht.« Ein Kampf? Gisela möchte ihn schleunigst beenden, sieht sich verstrickt, weiß nicht mehr, wie sie da hineingeraten ist, riskiert ein Lachen in Adas moralischen Ernst hinein: Sie wird sich dreinfinden müssen, sie weiß.

Ada fragt beiläufig: »Übrigens, wie geht's deinem Freund, seht ihr euch noch?«

Giselas südländisch brüchige Stimme bedauert: ein schmerzliches Thema.

Doch so leicht macht es ihr Ada nicht: »Der benutzt dich wohl nur als Durchgangsstation.«

Gisela nimmt die Bemerkung als Scherz, übergeht, lacht: »Kann sein, was hilft es, wenn ich darüber nachdenke. Ist er da, freue ich mich, wenn nicht, muß ich es hinnehmen – aber die Bedürfnisse bestehen, der Mangel bleibt. Was meinst du, meine Liebe, ob das einmal besser wird?«

Ada bleibt starr, als hätte sie nicht gehört. Verbogen bleibt der Finger über dem zurechtzurückenden Medaillon mit dem Bildnis des »Adjutanten Speiser« und der Aufschrift ›Zur Erinnerung an die große Schlacht bei Tannenberg 1914‹.

Mir brauchst du nicht zu sagen, warum du bei der bleibst, ihre Worte, vor achtundzwanzig Jahren Alfret ins Gesicht gespien, gelten noch heute. Ada gähnt, als ginge sie das alles nichts an, rafft die Vorhänge aus Mull an dem goldlackierten Leichenwägelchen, den ein Schimmel in schwarzem Geschirr hinter sich her zieht. Es ist wahr, ihre Art der Oberflächlichkeit gefällt den Menschen, auch ihre Lautheit. Dennoch kann Alfret Gisela nie so geliebt haben wie sie: Der Zeitpunkt für den Beweis ist gekommen, sie trägt ihn bei sich.

»Weißt du, was ich neulich fand, beim Stöbern, ganz per Zufall?« Gepreßte Stimme, leichter Schwindel im Kopf, die Schilddrüse macht ihr zu schaffen.

»Nein, erzähle!« Gisela zeigt einen gespannten Gesichtsausdruck.

»Einen Brief Alfrets aus dem Jahr 1944, geschrieben im Gefängnis – ein wichtiges Dokument.«

Ada versucht, die Bedeutung des Briefes auszuweiten, macht ihn – darin sind sich die beiden gleich – zu einem Dokument der Geschichte, daß sie großzügig aufschlägt vor Gisela, apportiert den Liebesbeweis.

Widerstrebend, schwankend zwischen Taktgefühl, Anteilnahme und Neugierde, nimmt Gisela den Brief, liest mit Bestürzung, in die hysterisches Lachen sich mischen könnte, wenn sie's wagte, den Brief eines ihr fremden Mannes:

meine geliebte,
dies ist mein weihnachts-brief; wenn uns die post gnädig ist, so bekommst du ihn rechtzeitig

wenn ich diesmal mit leeren händen vor dir stehe, so weißt du, daß mein herz um so voller ist. daß ich dir nahe bin. daß unser bund so fest ist, wie menschliches binden sein kann und wie gott es zuläßt

ich bin sonst kein freund von rückblicken, aber da wir im neuen jahr eine schwelle überschreiten werden, die viele von uns in neue räume und andere lebens-bedingungen führen wird, so drängt sich manches alte und vertraute bild mir neu auf. ich sehe dich, meine geliebte, in jener kleinen wein-stube am reichskanzlerplatz, da, wo ich zum ersten mal unsere zusammengehörigkeit, unser zusammen-leben-müssen, wie einen rausch des schicksals empfand. und gleich daneben stehen zwei bräutliche bilder: eines, da du in brüningslinden am klavier saßest und spieltest, ein traum in weiß, an jenem schwankenden und letztlich doch nicht unfreundlichen sommer-tag: ich liebe dich, –

ein anderes, wie du, in jenem silbernen kleid, das ich an dir sehr liebte, mir unterm weihnachtsbaum gestandest, du seiest mutter geworden

wie schön warst du damals, meine geliebte

schön waren auch die tage in cuxhaven, das körperliche quälte, aber du warst so ruhig, so liebebedürftig, daß die seelen, unabhängig vom bewußtsein, ihr eigenes, nachtwandlerisches dasein führten

und dann der tag, wie du in steyr erschienst, bereit, um mich zu kämpfen. du weintest und warst übernächtigt, und doch warst du einer göttin gleich

so sah ich dich, so sehe ich dich. deswegen wird die weihnachtliche trennung zwischen uns nicht schwer sein, eher leicht. wir werden keine reibungen empfinden, nur die größe unseres gefühls. wenn wir um mitternacht zur christ-mette gehen, werden wir hand in hand gehen, schulter an schulter nebeneinander sitzen, in dieselben gottes-augen blicken

ich küsse dich, ada, viele viele male, meine geliebte, streichle dein liebes haar, deinen lieben kopf, sehe in deine tiefen, wissenden augen. ich liebe dich, liebe dich in unsern kindern, denen du so viel gegeben hast

frohe weihnacht

und hoffnung auf glückliche tage

dein alfret

Während Gisela den Brief hinter sich bringt, beobachtet Ada mit feuchten Augen, wie der Wind die ersten Tropfen eines neuen Regengusses gegen die Auslagenscheiben wirft. Spätsommer und Herbst des Jahres 1944 tauchen aus ihrer Erinnerung auf, diese Monate voller Angst, Argwohn, Bespitzelung; jede Regung, sie konnte ausgelegt werden als Zersetzung, jeder Bürger, er konnte ein Putschist sein. Sie denkt an befreundete Familien, die allesamt hinter Schloß und Riegel wanderten, denkt an ihre und Alfrets gemeinsame Angst, als die ersten Hausdurchsuchungen stattfanden, und an den Tag von Alfrets Gefangennahme, denkt an den grausamen Tod des Freundes Erwin von Witzleben. Ein Kollege beim Reichsfunk zu jener Zeit, als sie Pressereferentin Görings war (einer der ersten Cutter war er in Deutschland) – noch heute sieht sie, in ihren Alpträumen, sein entsetztes, fassungsloses Gesicht, als er vom Tod der acht Männer berichtete, die beim mißglückten Attentat am 20. Juli dabeigewesen waren.

»Schöner Brief.« Gisela legt das sorgfältig in Folie eingeschlagene Dokument rasch beiseite: »Schwere Zeiten. Wie oft hat Alfret erzählt, wie du damals die verräterischen Dokumente vor den Schnüfflern im Wasserbehälter der Toilette versenkt hast. Daß du es warst, die ihm und den Wehrmachts-Widerständlern, die auf der Liste standen, das Leben gerettet hat.«

Ada zögert, eine Art entrüsteter Beglückung hat sie erfaßt: Wie soll sie es werten, dieses Lob vor Gisela? Dieses Lob eines Mannes, in dessen Fünfhundert-Seiten-Biographie sie eine knappe Seite einnimmt?

»Ja, schwere Zeiten«, seufzt Ada, ausgeliefert dem Selbstmitleid, dieser Wunde, die nie verheilt: Was hat sie nicht alles für ihn getan, dafür, daß er ihr alles nahm: nicht nur sich, sondern den Mann überhaupt.

»Den besseren Teil hast du dir eingehandelt, Gisela, Zeiten ohne Krieg, gesichert in jeder Hinsicht.« (Gesichert war er ihr auch als Mann, die Hörner hatte er sich abgestoßen.)

Gisela spielt eilfertig ein wenig die Komplizin im Leiden: »Doch einfach war er nie, das weißt du, und viel Streit gab es: Vielleicht ganz gut, daß er so früh gestorben ist – wer weiß, ob es *uns* heute noch gäbe.«

Mit empörtem Ruck stößt Ada gegen das kleine Gewächshaus, so daß die porzellanenen Blumentöpfchen durcheinander gerüttelt werden, das Emailleschild mit der Aufschrift ›Naturblumensalon zum Vergißmeinnicht I Stallburggasse 4‹ zu Boden fällt.

Ada denkt, während sie die Blumentöpfe einordnet, an ihren Traum vom einfachen bürgerlichen Leben, unlebbar in der Götterdämmerung: Liebe, Ehe, Kinder, denkt an die durchwachten Nächte im Luftschutzkeller und endlose Zugfahrten mit zwei weinenden, durstigen, verlausten Kindern; denkt an Einberufungsbefehle und Besuche mit Erlaubnisscheinen, an Bombenlärm, Flammentod und Trümmerfrauen, denkt an die Geburt Katharinas, denkt an ihre Sehnsüchte nach Zärtlichkeit und Schutz. Männer haben ihr Leben zerstört, ihr die Hoffnung genommen, haben sie mißbraucht, ausgenutzt und weggeworfen, als man ihre Kraft nicht mehr benötigte, haben sie ausgetauscht, als man eine Jüngere fand, noch unverbraucht und unverschlissen.

Hin ist hin und fort ist fort, beinahe hätte Gisela gesagt, was sie denkt, doch als sie Adas freudloses Gesicht betrachtet, sagt sie nur: »Heute haben wir beide nichts mehr von ihm.« Eine humorig-richtige, eine logische Bemerkung und gedacht, sie beide gleichzustellen (die Witwe und die *Schiedwe*, wie Alfret Ada nannte, als er ihre klagenden Briefe ungeöffnet dem Papierkorb übergab). Aber Ada rechnet weiter. Die erste Zeit ihrer Liebe fällt ihr ein, als Alfret sie noch nicht angesteckt hatte mit seinem brüchigen Atheismus, der abnahm, je schlechter die Zeiten wurden, als sie ihm jenes Gedicht schrieb, für das er sie damals liebevoll-dankbar in die Arme schloß.

Du bist vom lieben Gott bestellt
als mein Teil Gott dieser Welt
Du bist mein Lachen und mein Weinen
Du bist Verdammen und Verzeihen
Ich lebe, ich atme nur durch dich
nur liebe mich nur liebe mich.

Da fällt es Gisela ein, spät, wie konnte sie nur: ihr Geschenk. »Meine Güte«, sie fuchtelt wild mit ihrer Tasche, »ich habe dir etwas mitgebracht, entschuldige diese Gedankenlosigkeit.«

»Aber du brauchst mir doch wirklich nichts mitzubringen, das ist doch nicht nötig«, rügt Ada schelmisch, während sie längst entschieden hat: die Hand greift zu, wickelt aus, mustert, hält das seidene Tuch hoch: »Oh, wie schön!« Die Begeisterung ist echt, das Tuch ist teuer.

»Aber auch ich habe etwas für dich.« Der Zeitpunkt für den Tausch ist gekommen, über den Ladentisch gleitet das lila Päckchen, Zeichen ihrer Unvoreingenommenheit: die Revanche.

»Ada, ist das schön!« Mit sichtlich gespieltem Entzücken betrachtet Gisela das verschnörkelte Jugendstil-Rähmchen von allen Seiten.

»Ich habe es für ein Foto Alfrets gedacht.«

Adas entschiedener Tonfall verrät die Bedingung, unter der die Übergabe erfolgt: »Sicher hast du sein Foto auf dem Schreibtisch stehen« (Sie weiß längst, daß es nicht so ist.)

»Gute Idee, sehr schön«, Gisela nimmt die Bedingung diplomatisch hin, unbelasteter als Katharina und Susanna, die sich immer gegen Adas verordnete Zwecke wehren, die ihre Überprüfungen (»Wo ist denn eigentlich das kleine Bild geblieben, das ich dir für diese abscheulich leere Wand geschenkt habe«) mit humorloser Empörung aufnehmen.

»Wenn ich heute so über Alfret nachdenke«, sagt Ada, die sich nicht loslösen kann von ihrem Leben durch ihn, mit ihm, »so war er doch ein Opportunist. Heute kann ich's sachlich sehen: seine Kehrtwendungen, links, rechts, links, und nur, weil man ihm mehr bot, die Übersiedlung in die DDR. Immer hat er sein Mäntelchen nach dem Wind gehängt.«

Gisela läßt sich ungern ein auf dieses Gespräch. Sie mußte ihn nehmen, wie er war: ein Mann von fünfzig Jahren, mit Brüchen, die nicht mehr verheilten, mit Konturen, die ihr scharf schienen, was die gemeinsame Zeit, und verschwommen, was die Vergangenheit betraf, mit Lebenslücken, deren sorgfältige Tarnung sie nie übelnahm.

Aber, wie konnte er das nur tun (ihr antun): langjährig eingeübte Gedanken, Ada muß sie aussprechen. »Alle Freunde, Schriftsteller, Schauspieler, sie sind geflohen, aus Anstand, haben die Grenzen überschritten, das schweinische System verlassen.« Sie setzt die kranke Hüfte ein, hinkt zum Papiertheater an der Rückwand des Lädchens und gruppiert die Froschkönig-Akteure neu. Alfrets Kotau vor Goebbels, die schlechte Sprache, in der er Reden hielt in den Akademien, seine mitläuferische Absage an den Marxismus – nie wird sie *ihm* das vergessen. Welche Empörung, als er 1933 Görings Aufruf in der ›Vossischen Zeitung‹ las, daß hinfort der Marxismus nicht nur ausgerottet, sondern auch das Wort vergessen sein sollte, niemand mehr auch nur ahnen sollte, was das sei: »Aber Alfret, er wußte es selbst schon kurz darauf nicht mehr.«

Wie konnte er das nur tun: »Seinen jüdischen Vater verleugnen, seine Mutter zur eidesstattlichen Erklärung zwingen, daß er uneheliches arisches Kind war, seine Eltern entwürdigenden Schädelmessungen aussetzen.« Ada hatte 1945 der schwangeren Freundin Hedi, liiert mit einem jüdischen Kabarettisten, den »arischen Vater« besorgt.

»Du hast ihn geheiratet, nachdem schon manches geschehen war«, erinnert Gisela.

»Weil ich ihn liebte«, sagte Ada, »und ich tat es gegen die Warnung meiner Mutter.«

Gisela will sich heraushalten, will entschuldigen und ausgleichen: »Auch ich war damals begeistertes BDM-Mädel, wie alle in meiner Klasse, keinen Aufmarsch habe ich versäumt, am fleißigsten von allen fürs Winterhilfswerk gesammelt. Was war ich ärgerlich, als ich entdeckte, daß man mir Hosenknöpfe in die Büchse warf: Hosenknöpfe für unsere frierenden Soldaten im russischen Winter! Und was die DDR betrifft«, Gisela meint, noch mehr beschwichtigen zu müssen, bläht sich weibchenhaft auf, »so war meine Bedingung: Ich gehe mit dir, wohin du willst, nur laß mich meine Kleider im Westen besorgen. Ich war immer der Meinung: warum im Kibbuz wohnen, wenn ich im Hilton wohnen kann.«

Ada befriedigt ihren aufwallenden Zorn bei Samt und Seide, greift nach dem selbstgenähten Puppenkleid mit der Schleppe aus alter Spitze, gibt ihm, mit einer ruckartigen Geste, den nötigen lässigen »Fall«, reagiert sich ab mit der Bemerkung: »Es wird immer stürmischer draußen.«

Sie hat recht, ein tückischer Wind fegt durch die Straßen, schleudert Papier, Plastiktüten, Zigarettenstummel durch die Luft: Der Himmel weiß, wie ihr zumute ist.

Der Wind fegt eine atemlose Katharina herein, Jonas auf den Schultern, demonstrativ diese ewigen Jeans, zu offenherzig die Bluse, zu rot das Haar. Und der Kleine, ihr Herzenskind, wie kann es anders sein, mit rotem Näschen, kalten Händchen: »Du kommst spät!«

Küsse hier, Küsse dort, auffressen möchte Ada den Kleinen, drückt, streichelt, ordnet, säubert.

»Wieso?« Katharina, sofort auf dem Sprung, pariert mechanisch: »Wir hatten ein Uhr gesagt.«

»Halb eins«, kommt es kategorisch von Ada, während sie den lächelnden Jonas aus seiner Jacke schält: »Das Kind hat ja wieder eiskalte Händchen.«

»Ich sagte ausdrücklich, daß ich nicht früher ...« Katharina gibt auf, spürt die Aussichtslosigkeit, sich zu behaupten, zuckt, gegen ein zuverlässig sich einstellendes Schuldgefühl ankämpfend, die Achseln. Sie will ihn nicht, diesen Kampf zwischen ihren beiden Müttern: jener Ada, der sie *alles zu verdanken hat*, die sie lieben möchte, liebt, die sie ernährt und erzogen hat, die ihre einzige Instanz war, siebzehn Jahre lang. Und jener Ada, die sie kontrolliert, bemäkelt, entnervt mit ihrer besitzgierigen Liebe, die ständig an ihr zieht, sie zu einem Abbild ihrer selbst machen will mit den gleichen Werten, Wertungen, Beschädigungen und Reaktionen. Einmal muß es ihr doch gelingen, denkt Katharina, diese Zwiespalte in sich zu versöhnen, fertig zu werden mit den Folgen, die sie für ihr Leben haben: ihre Zügellosigkeit und Ungebundenheit einerseits, ihre Sehnsucht nach einer dauerhaft-innigen Beziehung mit *einem* Mann, nach Schutz und Sicherheit andererseits. Sie hatte die Erfahrung machen müssen, daß Ada den einen Teil ihrer gespaltenen Persönlichkeit stets verneinte (während Männer sie rückhaltlos bejahten) und den anderen Teil entschlossen förderte (ohne Aussicht, wie ihr scheint: denn wo ist der Mann?)

Gisela – sie hat Jonas seit einem Jahr nicht gesehen – staunt: Wie groß er geworden ist, besonders groß für seine zwei Jahre, und immer ähnlicher Katharina, ein Prachtkind.

»Gut siehst du aus, Gisela«, sagt Katharina, fährt sich mit den Fingern durchs Haar.

Ada drängt sich an Katharina heran, steht Schenkel an Schenkel mit ihr, als wollte sie ihr den Platz (um Jonas?) streitig machen. Katharina rückt ab. Schon immer hatte sie eine seltsame physische Bedrängnis ergriffen, wenn Ada sie berührte, ihr nahe rückte, bedrohlich, übergreifend: als schnürte es ihr die Luft ab. *Schau mir in die Augen.* Mit Unbehagen tat sie's schon als Kind, wenn Ada überprüfen wollte, ob sie log oder nicht. Sie erinnert das unheimliche Kribbeln, als Ada die Sechzehnjährige bat: »Sieh doch mal, Katharina, unter meinem Kinn!« *Es ist nichts, ich sehe nichts,* Katharina wandte die Augen ab von der angeschwollenen Stelle, »nicht der Rede wert, eine Kleinigkeit«. Sie erinnert sich, wie sie Ada vor einem Jahr wegdrängte, erst unmerklich, dann ihren Arm beinahe wegstoßend, wenn sie den Kinderwagen schob. Bis sie sich freiwillig zurückzog, erst nebenher-, dann hinterherlief, den Wagen kaum mehr einholen konnte, so flink beschleunigte Ada den Schritt, als wollte sie Jonas entführen.

»Wie du wieder aussiehst«, sagt kopfschüttelnd Ada, »diese Bluse, zu ausgeschnitten wieder.«

Ada fingert an Jonas herum, säubert mit Zellstofftüchlein, wischt, kämmt: *Vorsicht, nein, nicht anfassen!*

Dieser ewig drohende Tonfall, dieses Zurechtweisen: Jonas im Paradies, rundherum Püppchen, Wägelchen, Tierchen, doch nicht zum Anfassen.

»Laß sehen, Katharina!« Gisela, voll Neugierde, blickt auf die Bluse, auf das Stückchen Spitzensaum dazwischen, Besatz eines delikaten lachsfarbenen Hemdchens. »Gibt es diese entzückende Wäsche wieder?« plappert Gisela weiter. »Das muß ich sofort kaufen!« Katharina empfindet keine Spur von Unbehagen bei der Berührung der Hand, die kennerisch den Saum befühlt.

»Ich trage nur Baumwolle.« Ada läßt ein besticktes Täschchen zuschnappen, öffnet, schnappt zu, ein entschiedenes Geräusch, das ihren Worten Nachdruck verleiht.

»Soviel ich weiß, ist Baumwolle das Gesündeste, zweifellos«, Gisela, die sorglos das Ungesunde bewundert, wenn es nur schön ist, breitet die Arme in einer hilflosen Geste aus, lächelt Katharina an. »Im Ernst«, sagt Ada und zieht die Schultern zusammen, »Kunstfasern lassen die Haut nicht atmen, Baumwolle saugt auf, ist kochbar, gibt Schutz.«

Ada, immer im Alarmzustand, läßt kein Auge von Jonas, bewegt sich, sein sperriger Schatten, mit ihm durch den Raum: Unnütze Arbeit gilt es zu verhindern. Jeder Sturz Jonas': neuer Schmutz, am Ende gar ein Loch oder eine Verletzung. Katharina schwingt ihren durchsichtigen Schal, schweigt. Altbekannt, diese Fehde zwischen Ada und ihr (sie erinnert sich: Susanna und sie mit vierzehn, sechzehn Jahren, im Kohlenkeller, den sie heimlich, nach dem Nachwinke-Abschiedsritual, durch den Hintereingang betraten, um die »Liebestöter« zurückzulassen und umzusteigen in hautunfreundliche Spitzenhöschen, bevor sie sich harmlosem Kinovergnügen hingaben: bereit sein war alles!).

»Eine Geschichte fällt mir ein«, Gisela, von Adas Blicken verfolgt, kitzelt den wollüstig kichernden Jonas aus der Distanz, als ahnte sie, daß alles Weitere ein Übergriff wäre, »sie liegt zurück, stammt aus der Epoche der Türmchen-Büstenhalter, die abgelöst wurden von diesen strumpfartig haltlosen Gebilden.«

Katharina überspringt kichernd Jahrzehnte, erinnert sich, wie sie, die bislang nur Adas weiße Wäsche kannte, zum erstenmal Giselas sorgfältig auf die Spitze getriebenen rot-schwarzen Büstenhalter entdeckte, der ihren Busen unter den engen Pullovern unübersehbar machte.

»Ich also, sobald ich höre, die Türmchen sind unmodern, eile ins nächste Geschäft, erwerbe den Strumpf, stülpe ihn über den schwankenden Busen.« Giselas Hände bewegen anschaulich ihre Brüste hin und her. Adas Blick gleitet ab, hält sich fest an den wehrhaften Zinnsoldaten – nie hatte Katharina gesehen, daß es Ada Spaß machte, sich zu berühren, immer hatte sie Adas lieblosängstliche Kasteiung im Umgang mit sich selbst gereizt und herausgefordert.

»Ich fahre zu meinem Freund – Ada, damals war ich schon

Witwe –« (das nachlässig eingestreute Aperçu ändert nichts an dem mißbilligenden Ruck, mit dem Ada Jonas an sich zieht), »der sieht das« (Adas Blick: wie weit wird sie noch gehen?), »kurz und gut«, Gisela verkürzt, vielleicht aus Rücksicht, den Vorgang zu Katharinas Bedauern, »er sah und sagte: das Ding da, das ziehst du mir sofort aus!«

Adas Blick scheint Gisela nicht zu erschüttern. Gelächter, Ada lacht mit, halbherzig, knirschend.

Jonas – das Gelächter ist die Chance – fegt mit einer entschlossenen Bewegung den Porzellannippes vom untersten Regalfach: Entsetzensschrei Adas, Hilferuf Giselas, schuldvolles Bedauern Katharinas, zu viert Gekrabbel am Boden, Suchen, Köpfe stoßen aneinander, Gisela verliert, um das Übel voll zu machen, eine Kontaktlinse (Ada: *Warum trägst du auch keine Brille*). Jonas bleibt gefaßt, nutzt die Situation zu seinem Vorteil, macht ein Spiel daraus; bellt: Vierbeiner, endlich, diese Bäuche, Brüste, Nasen, sichtbar, endlich, die Gesichter, auf einer Ebene mit ihm: *Wauwau spielen!*

Spiel, Jonas zuliebe, Gebelle, Katharina spürt Giselas Biß in einer Wade, Gejapse, Adas Hüfte knirscht, der kleine Köter, der flinkste von allen. Voll Bewunderung folgen die drei Frauen dem kleinen, überlegen hin und her wedelnden Hintern: So lange ist es noch nicht her, daß er so durch die Zimmer robbte. Die vier bilden eine hübsche niedrige Gruppe, als der Blick einer Kundin irritiert von der Höhe herab auf sie trifft. Ada, ächzend, richtet sich auf, erfolglos bemüht, die Rolle der Geschäftsführerin wiederaufzunehmen, bricht in hysterisches Gekichere aus, das Katharina an ihre von Ada mit dem neckischen Wort »Backfischzeit« bezeichnete Pubertät erinnert, an Adas Sticheleien, als der Busen wuchs, an zwanghaftes Gelächter bei Konzertbesuchen, das die kleinsten Pausen füllte; an das gräßliche Magenknurren, das einsetzte, sobald es ihr gelang, das Lachen einzudämmen, an nasse Höschen, endlich, himmlisches Produkt der Erschöpfung und Zeichen dafür, daß der Anfall vorüber war.

Taktvoll-überheblich murmelt die Besucherin etwas von Einandermal und verschwindet.

»O nein«, japst Ada schamvoll, liebenswert mit einemmal in ihrer kindlichen Unkontrolliertheit, doch sie fängt sich rasch, zu rasch, klagt über den Hüftschmerz. Ada sammelt ein, säubert die Nippes, stellt alles an den ihm zugewiesenen Platz, droht schelmisch dem Kind: Wirst schon noch lernen von der

Oma, kleiner Liebling, wie man mit solch wertvollen Sachen umgeht, noch hast du Schonzeit, doch warte, wenn du größer bist.

Katharina, mit einemmal das Kind, das bettelt (nur noch ein Viertelstündchen, bitte, bitte), das den starren Zeitplan überziehen möchte, das *nie genug kriegen kann,* diese Katharina will nicht wahrhaben, ebensowenig übrigens wie Jonas, daß der Spaß schon vorbei sein soll: »Wir wollten ihn feiern, diesen Tag. – Champagner!«

Ada wehrt ab, Verschwendung, *das können wir uns nicht leisten* (wie Katharina es haßt, dieses Wort!). Sich eine mühsam-humorige Bemerkung abringend, springt Katharina fort, mutig gemacht durch Giselas Begeisterung – ein Zeitraum, den Ada nützt für ein Gespräch über Katharina: heiraten sollte sie wieder, Ordnung in ihr Leben hineinbringen. Jonas, das Opfer. Katharina, nach Alfret Hauptgegenstand von Adas Besorgnissen, Hauptthema all ihrer Gespräche: Katharina, die Ausschweifende, ins Frauenfamiliengefüge nicht Einzuordnende, hat eine beängstigende Ähnlichkeit mit Alfret. Katharinas Leben, Ersatz für ungelebtes Leben Adas, ersetzbar nur durch Jonas. Katharina, deren Lebenswandel es nicht zuläßt, daß die Wunden, die Alfret aufriß, je verheilen können.

»Sei doch stolz auf ihre Selbständigkeit«, sagt Gisela zu Ada, die nicht wahrhaben will, daß Katharina seit zwei Jahren das Kind allein aufzieht und ernährt, »was heißt allein sein? Ist sie etwa allein? Oder besser: wer ist nicht allein?«

Ada rafft Jonas an sich, nimmt ihn hoch, wiegt ihn, der sich sträubt, als wisse er, was ihm in diesem Augenblick aufgebürdet wird, im Arm: »Er ist heute quengelig«, entschuldigt sie seine Widerspenstigkeit. »Kein Wunder, auch die Kinder, sie spüren das Wetter.«

»Stolz, ja.« Ada renommiert, zählt auf: Katharinas Erfolge, die lobenden Erwähnungen ihrer jüngsten Arbeit in der Presse, selbst Professor Hähnlein hat sie kürzlich darauf angesprochen. Apropos Hähnlein: diese Schreibtisch-Garnitur, sein letztes Geschenk zu ihrem Neunundsechzigsten, und hier, wie *liebevoll ausgesucht, dazupassend,* jener kleine Papierkorb, überzogen mit dem gleichen rosa-weiß geblümten Samt: *Ist es nicht reizend von ihm?*

Katharina tut, als sähe sie nicht Jonas' Sträuben, der Adas Klammergriff entkommen will. »Dreiundzwanzigmarkfünfzig!« Adas Entsetzensschrei geht unter, als der Korken gegen die Decke hüpft, Katharina drei Gläser mit dem kostbaren Champagner füllt.

»Auf Jonas!« schreit Gisela, »er soll leben! Wir haben wieder einen kleinen Bebra! Auf daß die Linie der Bebras nicht aussterbe!«

Katharina war unzufrieden, als sie las, wie kalt, wie sehr von außen sie ihre Mutter angesehen hatte. Warum trug sie das Gefühl einer Entstellung der Mutter in sich? Katharina saß vor dem Papier und dachte: Ist Ada für mich eher zu verstehen, wenn ich ihre Jugend kenne – ihre Mutter? Vielleicht konnte sie dieses Bild, das sie von Ada hatte und das sie erschreckte, abstreifen wie ein Kleid, wenn sie sich Martha ansah. Mit einemmal erschien ihr die Großmutter leichter zu fassen, weil sie ferner war und deshalb die Nähe leichter wurde.

Fünftes Kapitel
Bei den Marmorengeln

An einem beinahe herbstlich-dunstigen Karfreitag – die Apfel- und Pfirsichbäume des engen Passertals öffnen erst zögernd ihre rosaweißen Blüten, während das Korn schon zwanzig Zentimeter hoch steht – fährt Martha von Uslar, Katharinas Großmutter, der Kurstadt Meran entgegen. Martha blickt auf die Armbanduhr: dreizehn Uhr siebenundvierzig, der Zug ist pünktlich, ausnahmsweise, wohl eher ein Versehen der sonst säumigen italienischen Fahrdienstleitung. *Ein Glück und ein Segen Gottes ist es,* daß sie es wieder einmal geschafft hat: das Osterfest in Meran zur Zeit der Baumblüte, nichts kann sie davon abhalten, seit neunundvierzig Jahren.

Der Schaffner, den sie schon in München in ihren Dienst genommen hat, während der üblichen einstündigen Wartezeit auf dem Bahnsteig, auf der sie mit kindlichem Trotz besteht (zweimal im Jahr: zur Baumblüte und zur Weinernte), betritt diensteifrig das Coupé. Martha, mit einer herrisch dankenden Geste, winkt ab, als verscheuche sie ein Ungeziefer: Ihre Reisebekanntschaft, Major a. D. von Roßkopf, Kavalier alter Schule, ist dazu ausersehen, das Gepäck hinauszubefördern. Achselzuckend zieht sich der Schaffner zurück.

Die Kunst der Koketterie beherrscht Martha noch immer (wenn sie will): sie schäkert mit hoher Stimme (ihre Besuchsstimme, so nennen das die Enkelkinder) mit dem Begünstigten, füllt zwei silberne Becherchen mit Kognak aus der silbern eingefaßten kleinen Flasche (aus dem Reisenecessaire ihres Vaters), um ihren von den Reiseaufregungen angegriffenen Kreislauf zu heben: »Prosit, Herr von Roßkopf, auf ein baldiges Wiedersehen beim Dämmerschoppen!«

Herr von Roßkopf lacht, klopft die Asche seiner Zigarre ab, blinzelt, ganz Charmeur, seine Reisebekanntschaft mit rötlich angelaufenen Augen an. Würde man Martha statt in ihr graues Reisekostüm mit der unauffällig gemusterten Bluse in ein langes, schwarzes Taftkleid mit rahmfarbenem Spitzeneinsatz um Hals und Handgelenke kleiden, den kleinen, grausilbrigen Haarknoten umwandeln in jene Frisur mit den umfangreichen Haarkuchen über Stirn und Schläfen, man würde sie vor sich sehen, jene herrschsüchtige, zigarrenrauchende, Schnaps und derbe Ausdrücke liebende Dame jenes unverwüstlichen alten Schlages um die Jahrhundertwende. Anerkennend mustert von Roßkopf die kritisch, mitunter böse blickenden graublauen Augen, über denen sich die Brauen manchmal mißbilligend zusammenziehen, den ein wenig harten Zug um den Mund, den gepflegten, nur am Hals und um die Augen gefältelten rosa Teint, zieht genüßlich den altbekannten, spröden Lavendelgeruch durch die Nase ein.

Martha holt, eine knappe Entschuldigung murmelnd, eine bereits adressierte und mit der von der Oktoberreise aufgehobenen Briefmarke frankierte Postkarte an Ada heraus, schreibt:

Karfreitag, 1978

Meine lb. Ada!
Es ist 13^{49}, ich sitze noch im Abteil. Mir gegenüber Major a. D. v. Roßkopf, der, stell' Dir vor, weitläufig mit den v. Purzelius verwandt ist und damit *beinahe* auch mit uns. Ein gutaussehender Herr, erst achtzig, fährt auch jedes Jahr 2 x hierher. Seine Frau, die schwer an Parkinsonismus leidet, bleibt mit der Gesellschafterin in Bayreuth. Viele Deutsche sind im Zug. Nun ist K. mit J. schon in der Toskana. Der kl. Kerl wird mal ein Zigeuner. Nütze die Zeit, wo K. weg ist, u. räume d. Bücher a. d. Kinderzimmer, sind Staubfänger, u. J. atmet den Dreck ein. Am Sonntag ist bei R. Konfirmation. Bitte Gratulation nicht vergessen!! Dir gz. bes. herzl. Gr. Deine Mutti

Und weil die eng beschriebene Karte an den Breitseiten noch Platz aufweist, kritzelt Martha auf die linke Seite: »Herr v. R. hat übr. Susanna im Film gesehen.« Auf die rechte Seite: »P.S. Wetter dunstig und kühl. Friedhof nicht vergessen! Schluß! D. Mutti.«

»So«, Martha öffnet die altmodische Handtasche, deren Inhalt oft genug Anlaß für frotzelnde Bemerkungen der Kinder war – neben dem Üblichen: eine Trillerpfeife und ein Schlagring für den, wie sie spöttisch sagten, erhofften Fall der Vergewaltigung (Marthas stereotype, drastische Antwort: *Aber Kinder,* das wäre doch Leichenschändung), Taschenlampe, Gebetbuch, Rosenkranz, das Marienbild von der ersten Kommunion, ein auf fünf Quadratzentimeter zusammengefaltetes Regencape und ein selbstverfertigter Plastik-Toiletten-Brillen-Schutz –, entnimmt den Merkzettel »Ada schreiben«, zerknüllt ihn geräuschvoll und wendet sich mit ihrer hohen Stimme wieder ihrem Gegenüber zu: »Dann weiß, so Gott will, meine Tochter schon morgen, daß ich gut angekommen bin.«

Martha, den Mund vor dem Taschenspiegel zu einem O formend, trägt Rouge auf die Lippen auf, wischt mit der rötlichen Zeigefingerkuppe unmerklich auch über die Wangen, ordnet die zwei dünnen Stirnlöckchen, Überbleibsel der Frisur ihrer Jugend, nimmt das winzige Hütchen, das sie während der langen Zugfahrt abgelegt hat, zieht den grauen, mit kleinen Punkten durchsetzten Schleier über die Augen.

»Wie reizend, dieser Schleier, Baronin«, Roßkopf spricht Martha, die geschmeichelt kichert, aus der Seele, als er fortfährt: »Es ist kein Geheimnis mehr um die Frauen von heute, es ist etwas Grob-Unfeines, ja, ich möchte sagen, Oberflächliches um sie.«

Martha, flink, damit Roßkopf ihre Gebrechlichkeit nicht bemerkt, stößt sich vom Sitz ab, erhebt sich, blickt auf ihre Beine hinab, dreht den Fuß so, daß sie die Nähte der perlgrauen Stützstrümpfe mit eingearbeiteter Ferse sehen kann: In gerader Linie folgen sie den altersgekrümmten Waden. »Schrecklich schrecklich«, stimmt Martha zu, »und diese Amihosen, Schiens heißen sie ja wohl, Männer wie Frauen, phantasielos. Wie schön, unsere Toiletten damals, was für eine schöne junge Frau ich war, vor bald fünfzig Jahren, als ich zum erstenmal nach Meran fuhr, mit meinem Mann, im samtenen, lindgrünen Reisekostüm, die Koffer samtüberzogen, Ton in Ton zum Kleid passend.«

»Ich sehe Sie vor mir, gnädige Frau«, Roßkopf neigt galant den Kopf, als wolle er eine kleine Verbeugung andeuten.

»Was bin ich froh, endlich diesem schmutzigen München entkommen zu sein«, sagt Martha und pudert sich grimmig die Nase, »auf Meran!«

»Ach wissen Sie«, Roßkopf kann dem dritten Kognak nicht widerstehen, »leider, auch Meran ist nicht mehr das, was es war.«

»Sie haben recht«, sagt Martha und denkt an die erschreckende Zunahme der Häufchen Hundekots, an die Autoabgase *(jeder Bauer muß ja heute seinen Mercedes haben),* an das sinkende Niveau der Kurgäste.

»Das Publikum«, sagt Martha und schiebt geschwind ein hochmütig beiläufiges »Danke« dazwischen, als Roßkopf ihre Zigarette anzündet, »miserabel, unsereiner sollte Meran bald meiden.« Sie zieht an der Zigarette. Die Wangen sind vom Kognakgenuß gerötet, der schmale Mund ist verächtlich gekräuselt: »Lauter alte Leute, das war früher anders.«

Herr von Roßkopf verschluckt, was ihm auf der Zunge liegt: die Bemerkung, daß auch sie beide nicht anders als alt zu nennen seien. »Neunundachtzig!« hatte die Baronin mit ihrem Alter kokettiert.

Martha denkt zurück, sieht die kapriziöse Frau vor sich, die sie einst gewesen war (noch ist), die zweimal jährlich die Kurmittel Merans in Anspruch nimmt: das wegen der vollkommen geschützten Lage am Südabhang der Alpen gleichmäßig milde Klima, die außerordentliche, fast absolute Windstille, die (früher beständige) Heiterkeit des Himmels selbst in den Wintermonaten, die vorzüglichen Einrichtungen für Rheumakranke, die pneumatischen Bäder und Kaltwasseranstalten, die entschlackende Wirkung der herbstlichen Traubenkur.

»Dennoch bleibt nur Meran.« Martha vertauscht die Lesebrille mit der Fernbrille, blickt aus dem Fenster: »Immerhin, das sind ja noch halbe Deutsche. Je südlicher man kommt, desto mehr Dreck.« Sie schüttelt sich. »Wenn ich an die Toiletten denke, damals, in Sizilien! Und doch, selbst in Meran, am Tisch neben mir, im Herbst: lauter Neger! Nicht einmal davor machen sie halt.«

Martha faltet ordentlich die letzte Ausgabe der ›Soldatenzeitung‹ zusammen, ihr wird wehmütig ums Herz. Roßkopf, inzwischen ein wenig beschwipst, taumelt zum anderen Ende des Coupés, nimmt einen Zeitungsausschnitt vom Boden, den Martha für Ada aufbewahren möchte: »Wissen Sie, Baronin, was aus dem kleinen Lebensmittelladen geworden ist, Sie kannten ihn sicher, in dem kleinen Sträßchen hinter dem Sanatorium ›Martinsbrunn‹? Ein Pornoladen!«

Entrüstet schnaufend kühlt Herr von Roßkopf seine Nase am leicht geöffneten Fensterspalt, schließt das Fenster, wobei er ungeschickt über Marthas ausgestreckte Beine stolpert, und nimmt wieder auf dem harten Sitz Platz. Martha schält zwei harte Eier, ihre bevorzugte Reisenahrung *(weil sie so gut vorhalten)*, und schnaubt: »Nicht möglich, ein Pornoladen!« Das Wort kommt ihr geläufig über die Lippen, wenn auch mit fränkisch weichem »P«.

»Oh, da muß ich Ihnen eine Geschichte erzählen, Herr von Roßkopf.« Martha schlägt mit der flachen rechten Hand nach einer Motte, wehrt mit der linken Roßkopfs Hilfestellung ab, tötet das Tier auf Anhieb: »Meine Erfahrungen mit Pornos, auch ich habe da etwas aufzuweisen. Vor zehn oder zwanzig Jahren, länger ist es jedenfalls nicht her, da waren die Zeitungen voll Sensationsmeldungen über den Film irgend so eines Norwegers: ›Das Schweigen.‹ Roßkopf kennt den Film, er nickt, sieht Martha überrascht an, weiß nicht, welche Miene sie von ihm erwartet.

»Meine Freundin Effi von Graßmohn und ich, wir beide sagten uns: Das müssen wir sehen. Empörend übrigens, wahrhaftig. Und als wir an der Kassiererin vorbeigingen, da sagte ich zu ihr: ›Wie können Sie nur ein solches Produkt in Ihr Programm aufnehmen, es ist eine Sünde und eine Schande.‹«

Martha macht eine kleine Kunstpause. »›Aber reingehen müßt's, ihr alten Schicksen‹, war die Antwort.«

Martha klopft sich auf die Schenkel, kichert, während Roßkopfs unschlüssige Züge sich entspannen: Beide schütten sich aus vor Lachen. Ein alter Herr tapst am Coupé vorbei, Martha winkt ihn herrisch herbei: Sie hat seine Bekanntschaft bereits im Speisewagen gemacht. »Fröhliche Runde, was«, nuschelt der Herr, nimmt, Marthas barscher Aufforderung nachkommend, vorsichtig Platz, als habe er Angst, etwas zu verschütten, wikkelt ein sorgfältig in Papier eingeschlagenes Brot aus, kaut, während er Marthas zum zweitenmal vorgetragener Geschichte lauscht. Von ihrer Wirkung erregt, hat Martha längst die echte Empörung vergessen, mit der sie das Erlebnis damals Katharina und Susanna vorgetragen hatte. Erst deren prustendes Gelächter ließ Martha hurtig umdenken, die Entrüstung umwandeln in das Paradebeispiel einer selbstironischen Geschichte, einsetzbar als Einleitung für eine Anzahl drastischer Witze, die Martha beherrscht.

Martha, die ihre Rolle genießt, fährt fort, erzählt, gegen die wachsende Konkurrenz Roßkopfs ankämpfend, immer gewagtere Witze. »Woher nur, Gnädigste«, Roßkopfs Interesse ist echt, merken muß er sich diese Geschichten, »woher nur diese Fülle erlesener Späße?« Martha blickt ihn schelmisch von unten herauf an und verrät: Sie stammen allesamt aus dem reichen Anekdotenschatz des Bruders Irenäus, eines Kapuziners, ein Freund seit Jahrzehnten.

Der kleine Herr stürzt zur Tür hinaus, offensichtlich von einem heftigen Drang überfallen. »Der sabbert sich ja schon aufs Kinn, wenn er nur ein Brot ißt«, bemerkt Martha abfällig, »wie wenig sich doch manche Menschen unter Kontrolle haben. Disziplin ist alles. So haben wir's gelernt. Und ich muß Ihnen sagen: Meine Erziehung hat mir Halt und Sicherheit gegeben mein Leben lang.« Martha, die sitzt, ohne sich anzulehnen, strafft den Rücken.

Die Melodie von ›Ich bin ein Preuße, kennst du meine Farben‹ vor sich hinsummend, erinnert sie sich mit dem warmen Gefühl der Dankbarkeit ihres beschützenden Elternhauses mit den meterdicken Außenwänden und der einhüllenden Fülle der Obstbäume, der Büsche mit roten und schwarzen Johannisbeeren rundherum, denkt an kerzendämmrige Weihnachtsfeste und die feststehenden Zeremonien der Geburtstage. Gerade tritt eine Begebenheit, die sich ihr bis ins kleinste eingeprägt hat, aus dem wohligen Dunkel ihrer Erinnerungen hervor, erzählen muß sie vom jährlichen Ritual der Geburtstage des preußischen Gutsbesitzer-Onkels Achim, der während seiner Leutnantszeit Adjutant und damit persönlicher Sekretär des fürstlichen Reichskanzlers Bismarck gewesen war, des Kaisermachers und größten Staatsmannes aller Zeiten, der nicht nur das deutsche Reich mit Blut und Eisen zusammengeschmiedet, sondern auch die Gesetze gegen die inzwischen eingerissene Sozialdemokratisierung durchgesetzt hatte. »Dieses Lied, Sie kennen die Melodie, wir sangen es immer an Onkel Achims Geburtstag. Ich sehe uns, als wäre es heute, wie wir um sieben Uhr morgens – eine Stunde schlief er länger an jenem Tag – uns vor seiner Schlafzimmertür versammelten, antraten in der gehörigen Reihenfolge: zuerst der älteste Sohn, dann seine vier weiteren Söhne bis hinab zum Fünfjährigen, danach die älteste, hinter ihr die zweitälteste Tochter, schließlich ich, als sein Patenkind zugelassen, und zuletzt Erna, seine Frau. Onkel Achim hieß uns eintreten, wir gratulierten ihm der Reihe nach, ihm, der es sich leistete, noch im weißen Nachthemd im Bett zu liegen. Der älteste Sohn erzählte dann eine vorbereitete, wohlgesetzte Episode aus Bismarcks Leben – jedes Jahr eine andere, sein Geburtstagsgeschenk für den Vater und Bismarck-Verehrer. Und jedes Jahr, regelmäßig, das Lob Onkel Achims: *Wie bezeichnend für den Charakter dieser eindrucksvollen Persönlichkeit, diese Anekdote – das habe ich ja noch gar nicht gewußt.«*

Martha winkt flüchtig dem Störenfried, jenem alten Herrn *(ein gewöhnlicher Mensch)*, zu, der durch den Spalt der Coupétür unsicher seinen Abschiedsgruß murmelt: Immerhin, er hat gemerkt, daß er hier nicht bestehen kann. Martha fährt fort: »Natürlich wußten wir alle ganz genau, daß Onkel Achim jedes Detail aus dem Leben Bismarcks bekannt war.«

»Ach, seien Sie bitte so freundlich«, Martha findet, daß sie nun genug investiert hat zur Unterhaltung von Roßkopf, der Zeitpunkt für Gegenleistungen ist gekommen, »heben Sie die zwei Koffer herunter, Meran ist in Sicht.«

Roßkopf hebt die schweren, mit merkwürdigem, aber unerläßlichem Inhalt (u. a. ein Plastik-Nachttopf, Besteck und Serviettentasche, ein kiloschwerer Leitz-Ordner, die sogenannte »Grab-Akte«, eine kleine Waschschüssel und zwei Flaschen übermangansaures Kalium zur Desinfektion des Körpers) gefüllten Koffer herunter.

Martha streicht sorgfältig ihren Rock glatt und plaudert, um die Zeit bis zur Ankunft zu verkürzen, über den neuesten Sensationsmord und über Franz Josef Strauß *(ein kluger Kopf)*, die mangelnde Arbeitsmoral der Jugend *(wer soll uns denn einmal ernähren)*, holt ihr verschüttetes Französisch hervor *(Voulez-vous permettre de vous baiser)*.

Roßkopfs Erschöpfung bemerkend *(doch ein Lahmarsch)* gräbt sie sich weiter durch ihre Erinnerungen, erzählt von ihrem Vater, dem Farbrikbesitzer Max Staub, der vom Tapezierer zum Schäftefabrikanten und schließlich zum millionenschweren Fabrikanten für Lederwaren und Sportartikel avancierte, bis er nach jenem »schwarzen Freitag« des Jahres 1929 einen Großteil des Vermögens verlor. Jede Zugfahrt erinnert sie an seine epochenmachende Erfindung, die er sich 1913 patentieren ließ und vertrieb: den *Reisefreund*, eine speziell für die dritte und vierte »Holzklasse« der unkomfortablen, ohne gepolsterte Armstützen ausgestatteten Coupés entwickelte und auf zwanzig Quadratzentimeter zusammenklappbare Segeltuchvorrichtung mit einem Haken, der an der Stange anzubringen war, die die Gepäcknetze hielt. »Ich erinnere mich sehr wohl an unsere erste Zugfahrt mit Papas Erfindung, wie stolz wir, die fünf Geschwister, waren, als wir zur Verwunderung der anderen Zuggäste das Patent befestigten, unser Kinn in die Schlinge legten und schnarchend demonstrierten, wie bequem man mit Hilfe des ›Reisefreunds‹, den Kopf ins winzige Kissen gepreßt, ruhen konnte!«

Roßkopf gähnt, ermüdet von der schlechten Luft, hinter der vorgehaltenen Hand, doch Martha läßt nicht locker, erzählt, mit gewinnendem Stimmchen, weiter: »Und sozial eingestellt war Papa, denken Sie nur: Am Tag der Geburt meiner Tochter Ada rief er eine Sonder-Urlaubsstiftung ins Leben! Selbst das ›Bayreuther Tagblatt‹ hat damals darüber berichtet, und der

Schreiber gab seiner Hoffnung Ausdruck, daß dieser soziale Gedanke sich weiterpflanzen möge.« Martha erinnert sich jedes Wortes der ausgeklügelten Urlaubsregelung, nach der alljährlich zehn Arbeiter oder Arbeiterinnen der väterlichen Fabrik einen achttägigen Sonderurlaub bewilligt bekamen unter der Bedingung, daß dieser außerhalb Bayreuths zugebracht werden sollte: *Denn es ist bekannt,* ließ der Vater am Schwarzen Brett wissen, *daß selbst bei besten Vorsätzen niemand sich wirklich der Erholung hingeben kann, wenn er in der Familie oder in deren Nähe verbleibt.*

Roßkopf nickt beifällig, als Martha seine Zustimmung fordert – *wie progressiv er schon damals gedacht habe, ihr Papa* –, blickt auf die Uhr – Anlaß für Martha, ihn nun endgültig fallenzulassen. Sie beschließt, mit ihm keinen festen Termin für den Dämmerschoppen zu vereinbaren: Aus anderem Holz geschnitzt sind die Freunde, mit denen sie sich abgibt.

Meran! Der Zug fährt in den Bahnhof ein. Aufgeregt kommandiert Martha den säumigen Roßkopf mit den Koffern zum Ausgang, vorbei an schlaftrunkenen Passagieren, die aus den Abteilen taumeln. Martha ist ärgerlich: Ihre Zuggewohnheiten sind durch Roßkopfs Lässigkeit gestört, längst schon müßten die Koffer an der Türe bereitstehen, auch sie selbst, nicht einmal Zeit bleibt ihr, aus dem Fenster zu sehen und somit den Abholenden ihren Standort zu bezeichnen. Flüchtig, während der Zug sein Tempo verlangsamt, sieht sie ein Bild: Ada, beim Abschied in München, wie sie selbst eine alte Frau, die immer winziger wird, ihr gehorsam-töchterlich nachwinkt, länger, als sie einander noch sehen können.

Der Zug hält. Martha, besetzt von der tiefsitzenden Angst, im Zug zurückzubleiben, stupst Roßkopf, der sich nur widerstrebend zur Unhöflichkeit gegenüber den anderen älteren Passagieren bewegen läßt, voran, fordert ihn auf, indem sie mit den Augen zwinkert und den Kopf ruckartig aufwärts bewegt, sich vorzudrängen. Roßkopf, nun der erste, öffnet die Coupétür, trägt, das eigene Gepäck vernachlässigend, Marthas schwere Koffer hinaus, stellt sie auf den hastig herbeigeschafften kleinen Wagen, verabschiedet sich aufatmend, von Martha mit charmantem Lächeln bedankt. Martha blickt forschend um sich: Wo, um alles in der Welt, stecken nur Mucki und Fonso? Da kommen sie schon, wie jährlich zweimal; wie immer ausgerüstet mit dem kleinen Wägelchen, dem gleichen, auf dem Marthas Koffer längst schon stehen, wie immer abgehetzt, den ganzen Zug haben sie abgesucht, und leicht enttäuscht: zu spät, die Opfer von Marthas Ungeduld. Hinter ihnen herlaufend, außer Atem, einen Strauß Veilchen in der Hand: Hochwürden Pater Willibrod, Gastpfarrer der kleinen Pfarrei St. Peter in Gratsch – welch schöne Überraschung! Martha strahlt, versucht, die alten Freunde Mucki und Fonso – Mucki, sie kennt sie schon von Kindesbeinen an, ihre Mutter, Marthas Meraner Wirtin über Jahrzehnte, ist längst verstorben – über dem Pater nicht allzusehr zu vernachlässigen. Sie fühlt sich hin und her gerissen: Wem die Gunst erweisen, das angebotene Auto in Anspruch zu nehmen? Das Problem löst sich von selbst – Pater Willibrod bietet mehr: Er will sie nach Einquartierung in die Pension zum traditionellen Karfreitags-Friedhofs-Besuch nach St. Peter fahren. Mucki und Fonso treten zurück.

Entzückt *(was für ein schöner Mann er doch ist)* lehnt Martha sich im Fond seines kleinen Fiat entspannt zurück, genießt den Ausblick auf die vorwiegend älteren »unter den Lauben« promenierenden Besucher. Siebentausend hat das Fremdenverkehrsamt dieses Jahr allein über Ostern gezählt, berichtet der Pater, eine astronomische Zahl, gemessen an Marthas ersten Besuchen vor fünfzig Jahren, als die Zahl der Gäste im ganzen Jahr nicht höher war.

Martha fühlt sich wohl beim Anblick der lustwandelnden älteren Herrschaften. Wie gut sie es doch hat! Ostern in Meran, *ihr* Zimmer, *ihr* Osterspaziergang, *ihr* Achtele beim Haißrainer, *ihre* Bank und nun, als Anfang, *ihr* Friedhofsbesuch.

»Spät sind Sie gekommen, dieses Jahr«, bemerkt Pater Willibrod, als er in die Via Galileo Galilei einbiegt.

Martha bedauert: Es sei einzig und allein Schuld ihrer Schwägerin, dieser *Kanaille*, die ihr zur Unzeit mit Schwierigkeiten, die Unterhaltung der Grabstätte der Familie Max Staub betreffend, gekommen sei: »Ich habe es, nach den vielen notwendigen Beratungen mit meinem Bruder über die Grabgeschichte, nicht einmal geschafft, ihr noch rechtzeitig zu Ostern zu schreiben, auf ihre letzte Unverschämtheit hin.«

Marthas Wangen werden rot vor Empörung, jedesmal wenn sie an die Schwägerin denkt, die Alleinerbin der väterlichen Fabrik, des Elternhauses und damit auch der einzigen Verpflichtung, der nachzukommen sie sich allerdings weigert: der Wartung des Familiengrabes.

»Ich bedaure die Verspätung um so mehr, als ich nicht sicher bin, ob ich die Weinernte dieses Jahr noch erlebe.« Das Wissen um die Unabwendbarkeit des Todes verbindet sie beide, Pater Willibrod wie Martha, sie leben damit. Der Pater nickt. Er nimmt Marthas Bemerkung, die erstmals nicht kokett klingt, ernst, ohne den üblichen beschwichtigenden Trost zu spenden: Bei Martha ist es, wie er weiß, nicht nötig, der Tod ist für sie ein längst eingeplantes Ereignis ohne Schrecken. Vernünftiger reagiert er als Katharina und Susanna, die Marthas Ankündigung, daß sie einer Sterbekasse beigetreten sei *(wenn ich sterbe, kriegt ihr noch was raus)*, mit Unbehagen aufgenommen hatten. »Ich denke, nun werden Sie ein wenig Zeit brauchen, um sich schön, ich will sagen: noch schöner zu machen«, sagt Willibrod, der Marthas Eitelkeit kennt. »Ich werde inzwischen Frau Winzerer besuchen.«

»Wie geht es dem alten Winzerer?« fragt Martha neugierig. Wie oft hat sie ihn beim Dämmerschoppen getroffen!

»Stellen Sie sich vor«, entgegnet der Pater, während das Auto vor Marthas Pension hält, »der alte Herr ist verschwunden, seit drei Tagen. Die Tochter hatte gerade alles vorbereitet, um ihn ins Altersheim zu schaffen – nein, nicht hier, in Trient. Seine Flucht, wie sich jetzt herausstellt, war von langer Hand vorbereitet, seine ganze spärliche Habe hatte er bereits weggeschmuggelt.«

Martha ist verblüfft. Nie hätte sie ihm das zugetraut. Sie kann eine leise Schadenfreude nicht verbergen: »Recht geschieht der Tochter. Sie dachte doch, sie könnte alles mit ihm machen.«

Pater Willibrod hilft Martha aus dem Auto, trägt ihr Gepäck zur Tür, als bereits Frau Zeisig mit allen Anzeichen der Freude auf Martha zugeht: »Pünktlich auf den Glockenschlag, Frau Baronin, und dennoch, spät sind Sie dran, dieses Jahr.«

Martha, deren Beine nach dem vielen Sitzen wiederholt einknicken, was sie mit Unwillen zur Kenntnis nimmt, erklärt, während sie der Wirtin in ihr Zimmer folgt: »Nicht einmal zum Osterputz bin ich gekommen, dieses Jahr.«

»Post ist bereits eingetroffen«, sagt Frau Zeisig, »von Ihrer Tochter.« Die Schürze über dem fülligen Körper raffend, wartet sie ab, bis Martha den Brief mit gerunzelter Stirn überflogen hat. Er steckt voll Ermahnungen Adas: »Du läßt Dir ja nichts sagen, diese überhastete Abreise, die ich schon wieder voraussehe, und fünf Tage davor neue Zähne, wenig wundern würde es mich, wenn Du nun Beschwerden hast, außerdem, meine Gelenkschmerzen sagen mir: da ist noch ein Rückfall zu erwarten, der Winter ist noch nicht ausgestanden, und dann wirst Du am Ende wieder krank, wie letztes Jahr.«

Mit einer ärgerlichen Geste legt Martha den Brief beiseite, sieht sich um, bemerkt mit Freude, daß Frau Zeisig, endlich, dem Sofa ein Spitzendeckchen appliziert hat: Die Gefahr war zu groß, daß männlicher Besuch *(die mit ihren Pomadeköpfen)* die Sofalehne verunstaltete. Auch sonst ist alles wunschgemäß vorbereitet: jedes Ding an seinem Platz, auf dem Tisch, der überzogen ist mit einer frischgestärkten Spitzendecke, ein Strauß Frühlingsblumen, eine Schale mit frischem Obst, drei Flaschen »Küchelberger«, eine Abendzeitung, ein Camembert, den Martha flink abtastet, ob er auch weich genug ist.

»Das Bier ist auch besorgt, Frau Baronin«, Frau Zeisig freut sich über Marthas Lächeln, erwartet die prompte Frage: »Ich hoffe sehr, wie üblich, *vom hintersten Eis?«*

»Natürlich, wie immer, Frau Baronin«, versichert sie.

»Was haben Sie die ganze Zeit über gemacht?« Martha fragt nur aus Höflichkeit, hört kaum hin beim Bericht über die inzwischen auf fünf Stück angewachsene Katzenbrut, reagiert erst auf das Stichwort »Frau Weinstein«.

»Stellen Sie sich vor, dieses Jahr trägt sie einen Pelz, sie, die sonst immer Geldmangel vortäuscht! Man munkelt etwas von einer Beziehung zu Herrn Braun – Sie kennen ihn.«

Martha ist voller Hochachtung. Was, diese alte Scharteke hat sich noch einen Mann aufgetan!

Sie öffnet die Weinflasche mit geübtem Griff und wehrt Frau Zeisigs Hilfestellung – sie läßt sich nun einmal nichts abnehmen – ab: »Trinken wir erst mal einen Schluck.« Das Gespräch kommt auf Liesl, die Kellnerin im »Köschtbamer Hof«, dessen Wirt Toni Ladurner, ein Freund Marthas und im gleichen Alter, vor zwei Jahren verstorben ist. »Heiraten will sie, und zwar den Renzo vom Lahnerhof, einen Porsche fährt er jetzt. Früher, sein Vater, der hat noch Holz ausgefahren. Und die Liesl, nicht wiedererkennen würden Sie sie: rotes Haar hat sie, trägt seidene Blusen.«

»Die jungen Leute wollen alle nicht mehr arbeiten«, seufzt Martha, während sie hurtig das Rouleau halb herunterzieht, um das Licht zu dämpfen und die Erzfeinde Dreck und Lärm auszusperren. »Wenn die Kellnerinnen schon rotlackierte Fingernägel haben und beim Abwaschen Gummihandschuhe tragen, wo kommen wir denn da hin! Wie kann man *richtig* abwaschen und putzen mit Gummihandschuhen? Meine Mutter hat früher weiße Handschuhe angezogen, um sicher zu sein, daß das Personal kein unsichtbares Stäubchen auf den Möbeln übersehen hatte.« Beruhigt denkt Martha an ihre abgedeckten Möbel zu Hause, an die verdunkelten Räume: Erfahren ist sie im lebenslänglichen Kampf gegen den Schmutz.

»Wenn das Geld nichts mehr gilt, geht alles zugrunde, hat meine Mutter immer gesagt. Die Leute heute haben ja keine Ehrfurcht mehr vor dem Erworbenen. Wenn ich der Liesl dreißig Pfennige Trinkgeld gebe, dann guckt sie nur noch hochmütig.« Martha wirft verächtlich ihr Kinn hoch.

Entschlossen, an ihrer Art zu wohnen festzuhalten, plaziert sie zwei Filetdeckchen, die sie aus dem »Hebammentäschchen« hervorzaubert, auf dem Tisch, lauscht weiter dem neuesten Klatsch: Das Lehrerehepaar, das im Haus nebenan wohnte, hat ein halbverfallenes Bauernhaus am Schlern gekauft: »Ganz abgelegen, ohne Strom, Wasser aus der Zisterne, hinterm Haus steht der Backofen. Und wissen Sie, was sie sagten? Überdrüssig sind sie des Lebens mit Dingen, die wir alle nicht bräuchten. Sie pflanzen selber Gemüse an und essen nur so Körner. Sie halten sich Schafe, und Mira fängt an, selbst zu weben. Dabei sehen sie aus, als spritzten sie Hasch!«

Martha packt aus und betrachtet enttäuscht ihre Wäsche: Da ist nichts zu flicken, nichts zu stopfen. Sie ist skeptisch: Das soll ein besseres Leben sein?

Kein Zweifel, daß dieser menschenfressende Verkehr mörderisch ist, kein Zweifel an der Häßlichkeit dieser Reihensiedlungen und Betonfassaden. Zwar schätzt Martha den Wert des Alten, das seine Geschichte hat, über alles, doch abgenutzt soll es nicht sein – seinen Komfort muß man schließlich haben.

»Quatsch, romantischer Unsinn ist das.«

Martha holt ihre Saftmaschine, den elektrischen Massageapparat, den gesteppten Perlon-Morgenrock hervor, nimmt eine Birne aus der Schale: »Dennoch, geschmacklos, diese gespritzten Kunstprodukte, schön zwar, doch als wären sie aus Wasser. Nun, heute züchten sie ja bereits viereckige Tomaten.« Martha denkt an den Gärtner Füßl in Bayreuth, seine Körbe voller Obst und den Geschmack *echter* Birnen, *echter* Zwetschgen, *echter* Milch *(kein Wunder, daß die jungen Leute immer größer werden und immer dünner, bald in den Himmel wachsen bei dem Kunstdünger).*

Doch nun drängt die Zeit. Martha bricht das Gespräch mit der Wirtin abrupt ab, geht ins Bad, beginnt mit dem sorgfältigen Ritual des Waschens, besonders dringlich nach diesem italienisch verdreckten Zug. Mit beinahe bösen Bewegungen schrubbt, bürstet sie ihren Unterleib, seift ihn ab, taucht ihn schließlich in die mit »Übermang« rötlich getönte Waschschüssel, als wollte sie ihn ertränken. Sie weicht ihre Wäsche ein, die sie auf der Fahrt getragen hat, zieht die frische, sorgfältig in der Reihenfolge des Anziehens ausgebreitete Wäsche an, präpariert einen handlicheren Auszug aus der »Grab-Akte« für Pater Willibrod zur Einsichtnahme, legt schließlich, für ein Viertelstündchen, die Beine hoch, bis der Pater kommt: Ein wenig angestrengt ist sie doch von den Strapazen der Reise. Wie wohlig es jetzt wäre, wenn eins der Enkelkinder zur Stelle wäre, ihr die Fußsohlen zu kitzeln: ein merkwürdig wollüstig-entspannendes Gefühl, das ihr zu verschaffen sie sich neuerdings weigern.

Sie hält es kaum fünf Minuten aus, da erhebt sie sich schon wieder vom Sofa: Noch fehlt ihr die völlige Erschöpfung, die nur erreichbar ist durch den stets aufs neue zu erringenden Sieg gegen den Schmutz. Kaum einen Tag ist sie von zu Hause weg, da denkt sie schon sehnsüchtig an Abseifen und Ablaugen, schon vermißt Martha ihr Kupfer und Silber. Sie nimmt den Besen, fegt das peinlich saubere Zimmer, wütet gegen sich selbst, wenn sie mit dem Holz gegen die Wand stößt, staubt schließlich gar die Papierblumen ab. Nun fühlt sie sich wohler, verschwunden ist die übellaunige Gereiztheit, geglättet die Haut an der Nasenwurzel. Sie hat das Zimmer in ihr Heim verwandelt, kann nun beruhigt für ein Viertelstündchen einnicken.

Eine halbe Stunde später halten Martha und Pater Willibrod mit dem Auto an der Steinmetzerei »Arnold«, um die neusten Kreationen des Eigenbrötlers zu bewundern, der seine schöpferischen Kräfte ganz in den Dienst des Jenseitigen gestellt hat.

»Ein einfacher Mensch, was seine Herkunft betrifft, dennoch ein Mann mit Würde, ein Mann von Ehre, und diese Tiefe des Gemüts!« Martha betrachtet anerkennend die verkäuflichen marmornen Engel und Mariengestalten. Plaudernd, wobei Martha nicht versäumt, auf den neuesten Stand der Familienforschung, eifrig betrieben von einem Vetter, hinzuweisen *(demnach sind wir, wie sich nun herausstellt, sogar mit dem englischen Königshaus verwandt)*, absolvieren sie den traditionellen Spaziergang, am Mäuerl und an Wallfahrts-Bildstöcken vorbei zum Friedhof von St. Peter. Für Martha ist dieser Gang, der früher einmal ein »Sprung« von zehn Minuten war, inzwischen auf fünfundzwanzig Minuten angewachsen.

»Wie gut, Sie sprechen zu können«, sagt Martha und setzt ein mitgenommenes Gesicht auf, »denn ich brauche in der Grabangelegenheit Ihren Rat.« Pater Willibrod antwortet mit seinem Beichtvater-Gesicht und fordert Martha auf, im einzelnen von dieser *blamablen Chose* zu sprechen. Die Stationen des Leidensweges ihrer Eltern *post mortem* nachempfindend, spielt Martha ihre pietätvolle Haltung, die im Gegensatz zu jener der religionsfeindlichen Schwägerin steht, voll aus, dieser Nutznießerin des elterlichen Vermögens, die sich hartnäckig weigert, die seit dem Jahr 1826 bestehende, bis zum Jahre 2001 gepachtete sogenannte »Ewigkeitsgruft« zu unterhalten.

Martha zieht die eigenhändig in Kurrent-Schrift verfertigten Kopien der wesentlichsten Stadien dieser Affäre aus dem angeschwollenen Hebammentäschchen, während der Pater seinen Regenmantel ausbreitet, damit sie darauf Platz nehmen können. Zuerst die amtliche Feststellung aus dem Jahr 1945, wonach Rosa Staub allein das Recht hat zu bestimmen, wer in die »Gruft XI 278 Fabrikbesitzer Max Staub« aufgenommen werden kann.

»Ein Schicksalsschlag, das Ganze«, klagt Martha, »denn mein Vater wollte das Testament umändern, als am letzten Kriegstag 1945 mein ältester Bruder versehentlich erschossen wurde und das ganze Erbe an Rosa fiel.«

Der Pater streichelt sein *wunderschönes* Haar und geht spielerisch auf Marthas Entrüstung ein. Geduldig vertieft er sich in die endlosen Korrespondenzen über die unvollkommene Wartung des Grabes und die Forderung, die Sicherheit des Gruftdeckels kontrollieren zu lassen. Er überfliegt die Kostenangaben Rosas für die Überschleifung der Gruftplatte und das Nachfassen der Inschrift in Steinfarbe, denen Martha Protokolle ihrer Erkundigungen bei Inspektor Lösch von der Bayreuther Friedhofsverwaltung gegenübergestellt hat, wonach Rosas Angaben sich als doppelt so hoch wie notwendig erwiesen. Pater Willibrod nickt verständnisvoll, als sie ihm schließlich jenen Brief zeigt, der noch nicht einmal den Gipfel der Unverschämtheit darstellt: den lakonischen Bescheid des Steuerberaters, daß Rosa Staub eine »Umbettung der Familienangehörigen Muhr in die Gruft Max Staub aus Kostengründen« beabsichtige, woraufhin, per Einschreiben, versteht sich, die drei verbliebenen Geschwister (Elise, seit jeher »schwarzes

Schaf«, wollte sich zunächst nicht beteiligen) Einspruch erhoben gegen eine Maßnahme, die »aus Traditionsgründen nicht im Sinne Deiner Eltern und Ahnen wäre«.

Doch das sei noch nicht alles: Marthas Stimme wird spitz und schrill; nun kam als Antwort auf den geschwisterlichen Appell, fünf Tage vor Marthas geplanter Osterreise, die Auskunft des Steuerberaters, daß Rosa hinfort wegen »Hüftleidens« die Grabpflege nicht mehr übernehmen könne.

»Ich habe nun«, sagt Martha abschließend, erschöpft von der inneren Auflehnung gegen die Schwägerin, während sie ihren silbrigen Haarknoten ordnet und dabei die Nadeln schmerzhaft gegen die Kopfhaut stößt, »gestern, auf Rat meines Bruders, zur Sicherheit beim Münchener Nordfriedhof Informationen eingeholt, was die eventuelle Überführung unserer lieben Eltern in das Grab von Uslar betrifft. Denn dies scheint mir, falls Rosa auf ihrer Haltung beharrt, die einzige Lösung.«

Martha blättert, findet rasch die von der Städtischen Bestattungsstelle errechneten Kosten:

Leichen oder Gebeine 1926 der Verstorbenen Max u. Rea Staub.

Exhumierung Bayreuth	DM 90,–
Behälter	DM 66,–
Transport Bahn	DM 10,–

Fracht zahlt der Empfänger.

Nervös fährt Martha über ihr Haar (dringend muß sie zum einzigen Friseur, der in Meran noch onduliert), unsicher, was der Pater von dieser Idee wohl halten mag. Pater Willibrod antwortet nach längerem Schweigen: »Überlegen würde ich mir diese Angelegenheit, Baronin. Es ist unüblich, die Gebeine Verstorbener auszugraben und zu transportieren.« Martha errötet ob der kleinen Rüge, die sie hinter seinen Worten spürt. Auch ihr, die ihre Frömmigkeit immer offen zur Schau trägt, ist diese Angelegenheit peinlich. »Ich spüre, daß auch Sie gewisse Skrupel haben«, sagt der Pater, »deshalb mein Vorschlag: Wir beide, gemeinsam, entwerfen einen Brief an Ihre Schwägerin, der sie zur Besinnung bringt.«

Martha ist erleichtert, atmet auf: eine gute Idee. Doch wie wäre es, wenn sie das in aller Ruhe auf *ihrer* Bank täten, auf der sie immer mit dem alten Toni Ladurner gesessen ist und dabei auf die seltene Mondfinsternis warteten?

»Ihre Bank«, kommt es zögernd vom Pater, »Baronin, steht nicht mehr.«

Martha trifft die Nachricht von der neuen Baustelle schmerzlich. Sie fühlt sich schon aus Meran herausgedrängt. Und die Weinberge um jene Bank, auch sie? Der Pater nickt: »Toni Ladurners Sohn hat das Land verkauft. Wenn das der Alte wüßte!«

»In der Welt siegt doch immer das Schlechte«, meint Martha. Der Pater, was soll er tun, widerspricht. Unbequem auf Willibrods Regencape kauernd, entwerfen sie den Brief.

Liebe Schwägerin!
Wir alle gedenken heute, am Karfreitag, ganz im besonderen unserer verstorbenen lieben Angehörigen und Freunde, und ich meine, über ihren Gräbern sollten Liebe, Treue, Pietät und Ehrfurcht sich die Hände reichen. In diesem Sinne habe ich das Bild meiner Eltern vor mir, und entsprechend meiner christlichen Auffassung möchte ich zu ihrem Angedenken und zu dem Deiner Eltern zu der leidigen Gräber-Angelegenheit folgendes sagen:

Ich bin überzeugt, daß Dein Gedanke, die Familiengräber Staub und Muhr zu vereinigen, ein übereilter, in seiner Tragweite von Dir nicht überlegter Einfall war und Du sicher längst zu der Erkenntnis gekommen bist, daß ein solches Tun doch eigentlich ein Eingriff in den Gottesfrieden ist, den unsere teuren Verstorbenen in der Ruhe ihrer Gräber gefunden haben.

Es ist mir eine Herzensangelegenheit, die Trennung, die durch die Verschiedenheit der Auffassung von Totenehrung zwischen uns eingetreten ist, zum Tag des Todes Christi beizulegen.

Ich würde mich freuen, wenn Du den beiderseits Verstorbenen zuliebe Dich zu meinem Vorschlag nicht ablehnend verhalten würdest; unser Karfreitags-Gedenken im besonderen würde damit Sinn und Krönung finden, wenn Du weiterhin die Wartung des Grabes übernähmest. Martha

»Ein Wunderwerk an Diplomatie, dieser Brief«, lobt Martha den Pater, während sie mit Stolz zum zweitenmal mit ihrer »Vorlesestimme«, Relikt aus der Schulzeit, die schönen Zeilen nachspricht. Sie stehen auf. Der Pater faltet sein Regencape zusammen, verstaut es in seiner Neuerwerbung, einer modischen Umhängetasche, und nimmt Marthas Arm.

»Schwester Donatilla«, sagt Martha stirnrunzelnd beim Anblick des weibischen Accessoires, »sah ich letztesmal auf einem Motorrad. Und Schwester Eurelia erwirbt gerade den Führerschein!«

Mit heftigen Worten verurteilt sie die päpstliche Freizügigkeit bei Ehegenehmigungen für Priester, schmiegt sich – der Weg ist steil – eng an den Pater und läßt ihren gründlichen Blick über die sich verdunkelnde Landschaft schweifen. Sie registriert die baulichen Entstellungen (mit dem Vorsatz, sofort einen Beschwerdebrief an den Bürgermeister zu schreiben) ebenso wie die verbliebene Schönheit der Natur.

»Inneren Frieden kann sie vermitteln«, sagt Martha, »und die beginnende Baumblüte: ein Gedicht. Hören Sie, Pater, wie schön die Vögel singen?« Einschmeichelnd, verführerisch ist Marthas Stimme, sie fühlt sich ganz in Einklang mit der kreatürlichen Welt. »Und diese Frische der jungen Birken, die mich an unsere Osterruten erinnern, an unsere grünen Osterfeste, an bunte Eier in hohlen Baumstümpfen und in den Astgabelungen des großen Walnußbaumes!«

Katharina war verblüfft, wie verfügbar ihr diese altmodischen Versatzstücke deutscher Idylle waren, und erinnerte sich der seltsamen Dokumente, in denen Natur und Tod, Mondlicht und Mord auf ähnliche Weise verwoben schienen (mit dem geringfügigen Unterschied, daß Martha mit dem Umbetten, von Uslar mit dem Umbringen von Menschen beschäftigt war): Katharina hatte früher gelegentlich im Tagebuch von Uslars und in Marthas Briefen blättern dürfen.

Ein Offizier springt auf den Dicksten und wirft eine Handgranate ins Turmluk, die die Besatzung zur Strecke bringt. Einen andern verläßt die Besatzung, zeigt weiße Tücher und schießt dann auf die herankommenden Deutschen. Werden umgelegt. Ein Offizier bleibt im Panzer, feuert weiter, als dieser schon hell brennt. Als ich hinkam, der Marktplatz schwarz von Menschen. Bevölkerung und Soldaten. Ein grausiges Bild. Die 3 toten Biester, ein schwarzer verkohlter Haufen geborstenes Eisen, daneben 2 schwarze Leichen und ein *halber* Russe, untere Hälfte. In den andern wohl die verkohlten Leichen. *Sehr* eindrucksvoll, so abgebrüht man auch ist. Jedenfalls Helden, diese Russen, mit dem sicheren Tode vor Augen auf dem Posten bleibend und bis zuletzt kämpfend. Hut ab vor ihnen!

Dann noch Fahrt weiter vor. Kriege die V. A. aber nicht mehr, da es dunkel wird. Herrlicher Blick über das weite Dnjestr-Tal, unglaublich schön, Berge auf beiden Seiten, 10 km breites Tal. Viel hübsche Dörfer, fruchtbares Land. Riesiger Wald auf unserer Seite. Großräumig, wie nur in Rußland. Darüber der Sonnenuntergang. Ein richtiges Schloß, in das wir morgen mit dem H. Q. gehen.

3. 7. 41 Vorm. – Sitze in Muße (!) in einem gräflichen Schloß (!!), allerdings früher mal, aber Spuren alter Kultur und Pracht, wie Säulen-Kapitell mit Bourbon-Lilien, schöner Ofen, kurz, was man nicht wegschleppen kann. Besitzer in Rumänien im Exil. Seit 39 Sowjet-Erholungsheim, mit Bildern Stalin, Molotow p.p. Asiatische Seele aus allem sprechend. Schöner Blick in den Park. Z. Z. nichts zu tun, da alles läuft und keine Berührung mit Russki. Irgendwann mal wieder Anlaufen auf höchste Touren.

Gestern mittag schnell los vom alten H. Q., weil Aussicht, eine russ. Div. noch zu kriegen, die parallel marschierte. Faßten leider nur den Schwanz und fischten einige Kolonnen, schwerste Panzer, beschossen sie mit Artl. Schade! Meine Nase hatte mir tagszuvor das Richtige gesagt, aber die andern glaubten nicht daran, und ich ließ mich abbringen.

Wundervolle Gegend, herrliche Fernblicke, malerische, lange Höhenzüge, Ortschaften in Flußtälern, Gewitterstimmung darüber. In 10 km Entfernung Artl. Feuer auf den Waldbergen.

Fahrt auf teils guten, teils »russischen« Wegen. Knietiefer Lehm, zäh festhaltend Tier und Auto. Steckengebliebene Fahrzeuge, im Regen stehende Kolonnen in der Nacht, darüber dann *Mondlicht*. Kriegsmäßig, romantisch, resigniert, schauderhaft, hilflos. Brauche 4 Stunden für 20 km!!! Nur Dank Goldans Energie kommen wir durch. Schlafe wie tot 5 Stunden, dann wie neu. Bleibe heut zu Hause. Brief an Frauchen.

Katharina zog aus der Schublade einen Brief Marthas an ihre Mutter, von dem sie sich heimlich eine Fotokopie gemacht hatte.

Mein Herzensmütterchen! 17. 8. 1907

Schade, daß ich an Deinem Geburtstag diesmal nicht in B. sein kann. Aber Du weißt ja, wenn v. Uslar sich etwas in den Kopf gesetzt hat, so ist dagegen nicht aufzukommen. Er sagt, ich gehöre nun an seine Seite für immer, und ich wäre doch so gerne bei Dir! Ach, was traure ich manchmal doch meiner schönen Jugend- und Kinderzeit nach, und wie schwer ist es, eine gute Ehefrau zu sein.

v. Uslar ist mit mir meist recht zufrieden und sagt, daß ich nicht nur gut kochen kann, sondern daß ich sein Sonnenschein bin. Was hast Du mich doch gründlich ausgebildet, liebes Mütterchen, eine gute Frau zu sein, wenn ich es nur will. Manchmal ist er allerdings sehr streng und sehr genau und traktiert mich, aber das ist sein gutes Recht, und ich versuche, ihm immer aufrichtige christliche Liebe darzubringen, wenn ich auch manchmal Tränen habe. Sein Weihnachtsgeschenk ›Des Weibes Einfalt‹ konnte ich nur mit tiefer Beschämung lesen. Wenn ich da an meine endlosen immerwiederkehrenden Fehler und Schwächen denke, sinkt mir oft der Mut.

Martha zieht den tröstlichen Geruch der Kirschblüten ein, pflückt ein Sträußchen aus kleinen Zyklamen für das Grab Toni Ladurners. Die Sonne ist untergegangen, ein Mond nicht zu erwarten: ein seltsamer Tag, dieser Karfreitag mit Mondfinsternis.

»Sehen Sie, Pater«, Martha weist auf den östlichen Himmelsrand, wo soeben die noch gut halb verfinsterte Mondscheibe auftaucht, »in einer Viertelstunde ist das seltene Schauspiel beendet.« Wie der Scherenschnitt zweier Liebender nehmen sich Willibrod und Martha vor der Kulisse des mit Kerzen und Lichtern geschmückten Friedhofs aus. Die Schatten der schmiedeeisernen Grabkreuze flackern auf der Friedhofsmauer, an deren Stirnseite einige marmorne Gedächtnistafeln und kostspielige Monumente überheblich auf Dahingeschiedene aus den besseren Familien hinweisen.

»Ein schöner Tod«, sagt Martha in Erinnerung an den Herzschlag des Neunzigjährigen. »Toni Ladurner hat es verdient. In wenigen Wochen werde auch ich neunzig. Ich hoffe, meine Familie gestaltet es zu einer würdigen Feier.«

Sie schlagen den gewohnten Weg ein zu seinem Grab; zum wiederholten Male, während sie den vertrauten Weihrauch-

und Zypressengeruch des Todes einsaugt, liest Martha die in Goldlettern geprägten Inschriften, kann sich nicht satt sehen an den »schönen Worten«: *Das ewige Licht leuchte ihnen* oder *Der Herr hat gegeben, der Herr hat genommen.*

Wie immer ärgert sie sich über einen Etzel Weinstein, dem hier zu liegen man gestattete, freut sich an kuriosen Berufsbezeichnungen – wobei sie das Grab mit dem »Weinhändlerskind«, das der »Weinhändlersgattin« und dem »Weinhändler« innerhalb weniger Wochen nachstarb, besonders liebt. Ehrfürchtig liest sie die Formeln unter dem eingelassenen Schwarzweißfoto Toni Ladurners: Ein *Herr* war er, trotz seines Bauernstandes, für den sie, Privileg des Adels, immer schon eine Vorliebe hegte; ein gütiger Mensch, der ihr – nur ihr – sechsundvierzig Jahre lang gestattete, den Weinberg, dessen Tor aus Stein und Eisen keinen Touristen einließ, zu betreten und mit ihm auf seiner *(ihrer)* Bank zu plaudern – während der junge Toni arbeitete und der alte neben ihr saß, eine Flasche Wein hatte er ins Erdloch geklemmt, und immer trug er ein Stück Weißbrot und Schafskäse im Beutel.

Martha, ein *stellvertretendes Vaterunser* vor sich hinmurmelnd, denkt *(das ist sie ihm schuldig)* an das Grab ihres verstorbenen Gatten, des Generals a. D. von Uslar, und hofft, daß Ada ihrem Wunsch, das Grab zu Ostern mit Schweizer Stiefmütterchen in Blau und Gelb zu bepflanzen, entsprochen hat. Die Kinder werden sicher wieder keinen Anstandsbesuch am Grab machen. Martha schickt ein paar Gebete für sie nach, denkt an den grauenhaft schmucklosen Findling, Grabstein Alfret Bebras in Ostberlin, dessen Schuld es ist, daß die Kinder Katharina und Susanna so gottlos aufwuchsen, denkt, einen »vollkommenen Ablaß« gelobend, an den schuldlos heidnischen, ungetauften kleinen Jonas, an seine uneheliche Abstammung: Verflucht hatte sie Katharina damals, wofür sie inzwischen Abbuße tun mußte, und dennoch: zum Teufel mit dem Kerl, der Katharina schwängerte, ohne die Heiratspapiere – zumindest – nachzuliefern!

»Wie wäre es, Baronin«, Pater Willibrod reißt sie aus ihren Gedanken, »wenn wir uns auf den Heimweg machten?«

Martha reißt ihre Tasche, die sie am Grabrand abgestellt hat, an sich, schneuzt sich, stößt einen ungeduldigen Laut aus: »Sie haben recht! Viel ist noch zu tun, und an morgen darf ich gar nicht denken: Kurkonzert, Mittagessen bei Mucki und Fonso, Kaffee bei der Liesl – die Saison hat angefangen.«

Sechstes Kapitel
Von Mund zu Mund

Katharina brachte es dennoch fertig, noch zehn Tage mit Frantz dahinzudämmern. Sie verharrte vor ihm und vor sich in sicherem Abstand, als hätte man ihnen einen Grenzpflock gesteckt, sie ging dramhappert durch das Land, das sie liebte, hinter sich ihren kleinen Schatten. Ihre Krüppelgefühle für Frantz, der in der Landschaft herumstand wie miteingeladen, empfand sie von Tag zu Tag als unerträglicher, die Nähe zu ihm machte sie kleinlich und liederlich, jene Katharina kam zum Vorschein, die Gläser auf den Boden stellte, um darüber zu stolpern, die Suppe heiß machte, um Jonas' gebräuntes Bein beinahe zu verbrühen, und es mußte erst so weit kommen, daß es sich unter Ameisenheeren herumsprach und sie eine Straße mit Rechts- und Linksverkehr zur Küche einrichteten, ehe sie endlich zum Scheuerlappen griff. Sie gefiel sich selbst nicht, wie sie die Oberfläche herausputzte mit Blumen und Sträuchern in den Zimmern und Spitzentüchern an den Wänden, während es in den Schränken moderte, was schnell ging im Juni. So schlampte sie ihr Leben vor sich her. Gemeinsam besuchten sie die in der Gegend ansässigen Deutschlandflüchtigen, allesamt nicht sehr schöne Paar-Menschen, in hären Wollenes gekleidet, die Tiefsinn in ihre einfachen Häuser einmauerten, italophile Kleingärtner mit Biedermeiersekretär, Klingelzug und verkümmernden Träumen, von denen am Ende nur ein etwas besserer Schinken, den man einander neidete, übrigblieb.

Frantz jedoch, anpassungsfähig aus Not und Überzeugung, genoß dieses Milieu, hier konnte man unbedacht reden von Schauspielkunst und Kunst überhaupt, über das glückliche italienische Volk, von dem ihm jede Kenntnis fehlte, hier hatte jeder – was zum toskanischen Rüstzeug gehörte – eine Lebensphilosophie, und Frantz faselte Verschüttetes aus seiner Ewigen-Studenten-Zeit, ein Status übrigens, den er nicht nur aus Versicherungs- und Steuergründen aufrechterhielt, sondern auch, weil er sonst nirgendwohin gehörte. Er bekam seinen Belladonnablick, als er eine Frau dieser Art namens Ingrid, geschieden, ein Haus mit Landwirtschaft, Journalistin und im sinnvollen Alter von 43, traf. »Du solltest da weitermachen«, sagte Katharina liebenswürdig, und es kostete Frantz keine große Anstrengung, daß sie seinen kümmerlichen Kofferinhalt zusammentrug, und er legte noch einmal höflich einen Finger auf ihre Muschi, als gemütlichen Abschiedsgruß gewissermaßen, und sagte ihr etwas von Sternen in den Augen, nur sie, und Katharina fuhr ihn erleichtert am nächsten Morgen an Ingrids hysterischen und für seine Mutproben bereiten Körper heran.

Nervös schweifte Katharina durch das Haus, konnte noch nichts anfangen mit dem köstlichen Frieden ringsum, sie begann zu säubern und wusch die Böden ab und reinigte und räumte, putzte den Frantz hinaus, was sie seltsamerweise immer tat, ob sie den Mann nun liebte oder nicht, in jedem Fall mußte das Haus wieder ihren Stempel aufgedrückt bekommen, und sie schleuderte das Wischwasser über die Böden und dachte: wie ein Hund, der das Bein hebt, dieser Baum gehört mir; selbst den Garten jätete sie und kehrte den steinernen Hof, beseitigte überall Frantz' Spuren mit einer Art Empörung über seine Einmischung in ihr Leben, das sie alleine und nur sie etwas anging.

Katharina versuchte, ihre Enttäuschung loszuwerden über sich und diese Flachheit, die sie so lange ertragen hatte, wo sie sich doch eine Erschütterung erhofft hatte von Frantz, um wieder spüren zu können, daß sie lebte. Sie hatte wieder einmal sich feilgehalten für nichts und wieder nichts. Katharina machte einen neuen Kopfsprung aus sich heraus und in den Tag hinein, sie lag mit Jonas auf einer Wiese und aß mit ihm Ricotta und Kirschen aus einer Riesenschüssel, sie tanzten nach ›Bella ciao‹ (und dabei schoß es ihr für Sekunden durch den Kopf, wo er nur war, dieser wahnsinnige Traumtänzer, den sie suchte, und warum sie immer allein auf magischen silbernen Flächen tanzen mußte, weil es niemanden gab, der ihren Entäußerungen folgen konnte) und klatschten, stampften: zwei Kinder, deren Eltern, endlich, Ausgang hatten. Sie gingen, Hand in Hand, von Blume zu Blume, von Strauch zu Strauch. Jonas sang unmelodiös, aber er sang ›Bella ciao‹, und Katharina konnte endlich, vorübergehend zumindest, auch mal Gedankenstriche machen in ihrem ewigen Dialogisieren mit Männern, von denen sie Unmögliches verlangte, konnte sich einrichten im Jetzt, soeben Möglichen, wobei sie Jonas zum glanzvollen Vorbild hatte, der, nach gemeinsamem Drehen, Stolzieren und Tollen, wieder – als hätte es nie einen anderen Gegenstand seines Interesses gegeben – zu seinem *Mokototifel* zurückkehrte und es, ohne die anderen magnetisch miteinander verbundenen Bestandteile, die einen Zug ausmachten, in einen imaginierten Bahnhof leitete. Er vermochte, was für sie ein ewiges Gefrett war: zu zweit trotzdem allein zu sein und aus jeder Pore zu leben, ohne Gespaltensein und Zerrissenheiten. Katharina streckte die Arme aus nach Liebe, was Jonas zu einem »Komm komm komm«-Spiel umgestaltete, und sie fühlte seine seidig-nackte Haut, verglich seine Fußsohlen, die noch ohne Hornhaut waren, mit den ihren, rissigen, fühlte mit Schaudern die Bleischwere ihrer Glieder, die Härten, die sie entwickelt hatte, um vor dem Leiden davonzulaufen, wo es doch viel besser gewesen wäre zu leiden, statt Leder anzusetzen, sie spürte die Widersprüchlichkeit ihrer Körperhülle, die teils dickfellig, teils blutig hautlos und bei jeder Berührung schmerzend schien.

Sie sah die Ebene der Maremma vor sich: Hier unten lag ein Stück von ihrem Leben, neben ihr war ein Stück von ihrem Leben, und all das zog und zerrte an ihr, daß sie, endlich, Wurzeln schlagen sollte, stark werden sollte, daß sie, diese Vagabundin, endlich einmal ganz sie selbst sein sollte – ohne jene Halbheiten, die ihr Leben ausmachten: halbe Talente, halbe Lüste, halbe Kräfte. Wie verspätet sie in allem war! Sie ging sich zuwenig und zuviel an, beides zur gleichen Zeit, was bei ihr kein Widerspruch war, da Widerspruch ihre Lebensform war. Sie gehörte einem zuviel und gleichzeitig zuwenig, weil sie allen gehörte, und dabei schrie sie innerlich: Mach, daß ich ganz dir gehöre, und sie kapierte nicht, daß es nicht an den anderen, sondern an ihr lag.

Vorrei morire klang es aus dem Radio, und Katharina, die immer haben wollte, was gerade nicht da war, sehnte sich wie wahnsinnig nach Walter, der wieder einmal von ihr weggewachsen war, und sie vermißte seinen Eigensinn, der es immer so wendete, daß sie die Eigensinnige war, was ja stimmte, aber er war es auch, und der in seinem Eigensinn nicht merkte, daß er es war, der verlangte, daß man sich auf seine Vielschichtigkeiten einstimmte, sondern vielmehr ihr vorwarf, daß sie's allein war, die das forderte.

Wie war das gewesen? In einer Zeit, da sie nicht die geringste Erschütterung vertragen kann – und doch die größte ertragen muß: daß er sagt, ich will das Kind nicht, mag sie sich nicht, weil sie sich auf Gespräche einläßt, in denen er rational argumentiert, und es gibt gegen nichts mehr Verstandesgründe als gegen ein Kind und kein Argument dafür, außer daß sie immer wieder sagt: Ich will es und ich kann es. Sie weiß nicht, daß ein Kind heutzutage nichts anderes ist als ein Produkt und Instrument männlicher Macht, nein, sie kann es nicht begreifen, und sie steht starr da mit dem Gefühl, ihm in jedem Fall die Ruhe geraubt zu haben, ob sie nun bleibt oder geht. Sie geht aus dem Zimmer und fühlt Tränen aufsteigen, keinen Ton bringt sie heraus, sie hält sich fest und bleibt stehen, geht noch ein paar Schritte und beschwichtigt sich selbst, daß es bei ihm nur preußisches Pflichtbewußtsein sei, und er will vielleicht nur alles gesagt haben, damit sie ihm später nicht kommen kann, wenn es so kommt, wie er sagt, und es ist nicht so, daß er dich nicht liebt. Und sie läuft, schlägt hin, läuft weiter, fällt wieder hin in ihrer Liebe, und wartet ab, wartet, wartet, das erstemal in ihrem Leben, während er voll Unrast herumreist, ohne Ziel, sich mit Menschen schmückt und sie allein bleibt mit dem Nachdenken und Wiederdenken. Mit Susanna geht sie in Kurse und übt das Atmen, denn Katharina atmet schlecht vor Angst, und erst, als es ihr gelingt, nach Monaten, über die ersten Seufzer hinaus zu weinen und dann ihren Jähzorn herauszulassen und zu lachen, kann sie wieder atmen. Susanna geht mit ihr spazieren, kauft ihr Schals und Ringe und rote Stifte für die Lippen, um sie zu erfreuen, schmückt ihr die Wohnung mit Blumen. Sie kaufen gemeinsam das Körbchen und bereiten das Zimmer fürs Kind, und auch er ist wieder dabei und streicht die Wohnung goldgelb, in der Farbe des Sommers, fürs Maikind. Trotzdem ist eine seltsame Fremdheit zwischen ihnen beiden, als hätten sie sich jahrelang nicht gesehen, sie erkennen mit einemmal: Wie anders ist der andere als ich selbst. Er hält die Ferne, und Katharina denkt, es gibt nur zwei Möglichkeiten für die Zukunft, entweder diese Ferne oder wieder die ganze Nähe. Sie übt sich darin, nicht zu bohren und zu wühlen, denn es gibt ja kein Mittel gegen Mauern in den Menschen und zwischen ihnen, und das Gerede erschöpft nur und macht hart. Innen spürt sie die Weichheit, die heranwächst, und sie hält das Auf und Ab der Mutter- und Geliebtengefühle aus, sie pendelt sich ein auf sich selbst und schließt die Augen, um sich besser auf die Freude konzentrieren zu können. Er geht fort und kommt doch immer wieder, und sie denkt, es ist, als ob er nichts anderes zu tun hätte als ihr zu fehlen, und er bringt doch jedesmal ein schmales Stück Holz mit für den Zaun, den sie um sich braucht. Und sie sagt sich, es ist falsch zu meinen, ich bekomme zuwenig, es ist richtiger zu sagen, ich bekomme das Äußerste, das er geben kann – vielleicht besteht Liebe aus Übungen im Nachgeben.

Dann kommen Zeiten, in denen sie vor jeder Berührung zurückschreckt, und bei jeder Bewegung fürchtet sie, es könne ihr wehtun; die Angst vor jedem Besuch bei den Ärzten, die ihr früher wehgetan hatten, als sie sagten, sie würde nie ein Kind bekommen, und die ihr nun wieder wehtun, indem sie in ihr herumbohren mit Gesichtern, die weder Gutes noch Schlechtes, also Schlechtes, verheißen; die Gettoempfindungen während der wöchentlich zweimal verordneten Gymnastik unter freudlosen Frauen. Und dann wieder die Euphorie: Radfahren in gefährlich schlingernden langen Flattergewändern, das Aufblühen unter seinen liebevollen Versuchen, ihr zu beweisen, daß er nicht unglücklich ist, und dabei muß er doch fühlen, wie anders ihr inzwischen ist ihm gegenüber, aber er fühlt es lieber nicht. Beide verschieben ihre Gefühle auf später und sind freundlich zueinander, weil eine Klärung jetzt Trennung bedeuten würde, und sie tun recht daran. Dann, endlich, der Sonntag im Mai – drei Tage vor seiner Abreise und drei Wochen vor der Zeit, als wollte sie, daß er bei ihr ist –, die Sonne, die Wiesen voller Butterblumen, an denen sie vorbeirasen, während sie Handtücher zwischen ihre Beine stopft, um das Wasser abzufangen, das aus ihr läuft; die Angst, als sie aussteigt und er weiterfährt, warum eigentlich fährt er, Susanna kommt und hält ihre Hand, und alles ist sonderbar. Man setzt ihr eine Maske auf, es ist eine Operation und keine Geburt. Sie kommt kaum zur Freude vor Schmerzen drei Wochen danach und weiß doch ganz dunkel, daß es geschehen ist, und sie glaubt sehr lange nicht, daß das Kind auch wirklich gesund ist. Ada, die ihr unter Tränen dankt – was Katharina als Widersinn empfindet –, Susanna, die strahlend neben ihr steht, welche Angst müssen sie gehabt haben, Walter, auch er ist da, Rosen, wenig Worte, er steht vor einem Abenteuer wie sie.

Katharina fühlt sich wie verzaubert. Noch kann sie es sich nicht vorstellen, da hat Jonas schon von selbst seinen Platz in ihrem Leben gefunden, dennoch, es wird ihm zuviel zugemutet, ausgeliefert ist er allzu geschickten Händen, einem ungeduldigen Stundenplan, sie kennen sich kaum, bei einer Stunde Zeit füreinander täglich, und Mutter ist sie noch lange nicht, als sie endlich das Bündel mit nach Hause nimmt. Jedesmal, wenn sie kurz eingenickt ist in den ersten Tagen und Nächten, empfindet sie Verwunderung und Freude darüber, daß das Kind da ist, daß es schreit, Katharina und Susanna stoßen nachts im Dunkeln mit den Köpfen vor seinem Bett aneinander, um Jonas tröstend zu wiegen, während Walter wieder einmal – und diesmal für länger – fort ist.

Sie beißt sich durch, mit Hilfe Susannas und Adas, ein zerrissenes Jahr lang, in dem sie vier Monate in anderen Städten arbeiten muß, angewiesen auf Susannas liebevolle Telefonate, die ihr von dem Kind berichtet, damit sie durchhalten kann.

Dann die schwärzeste Zeit ihres Lebens: Jonas, sieben Monate alt, erkrankt an Keuchhusten. Einen Monat lang ist es Susanna, die durchhält, weil Katharina in einer anderen Stadt arbeitet, dann Katharina. Sie lebt mit der Angst, daß er einmal nicht wieder zu atmen beginnen wird, denn jeder Anfall beginnt mit einem Husten-Stakkato und endet in einem mühsamen »Hi«-Laut und schließlich in schrecklicher Lautlosigkeit. Der Anfall kommt jede Stunde, schließlich jede halbe Stunde. Jedesmal wartet Katharina darauf, daß die verkrampfte Stimmritze sich wieder entkrampft und Jonas wieder atmet. Kurze Erleichterung, doch jedesmal dieses Weinen und Erbrechen nachher, sein rotes Gesicht. Er ist noch zu klein, um das zu tun, was die Ärzte fordern: abhusten soll er. Der Arzt rät zur Fahrt auf die Zugspitze. Sie tun es. Walter und Katharina verpacken das vertrauensvolle Kind. Nie wieder wird Katharina auf die Zugspitze fahren: Schon während der Fahrt mit der Bahn hinauf fällt Jonas zum erstenmal in Ohnmacht. Oben beziehen sie die öde Kaserne, deren einzige Attraktion es ist, daß sie da steht, wo Deutschland am höchsten ist. Im übrigen fleckige Kombüsen, verwahrloste Toiletten und der ungastlichste Gastraum, den Katharina je gesehen hat, mit Postkartenständern und lustlos herumlatschenden Kellnern in verrotteten Fräcken, die wissen, daß man hier auf sie angewiesen ist wie sonst nirgendwo auf einen Kellner. Dohlen fliegen an den Fenstern vorbei, sie werden von Böen aus der Flugbahn geworfen, verschwinden im Schneegenebel. Gräuliches Weiß rundum, man sieht eigentlich gar nichts, hört nur, hört nur das Zerren des Windes.

Da kommt ein zweiter, stärkerer Anfall, es wird ihnen bewußt, daß hier ja weit und breit kein Arzt ist. Dieser Idiot von Arzt, wie konnte er dazu raten. Der Wirt sagt, das ist normal, das geht vorüber, das haben sie alle, nun beginnt die Besserung. Walter und Katharina tragen das Kind heraus aus dem verwahrlosten bayerischen Zimmer mit seinen Kreuzen und dem Bierkrug-Humbug und dem Totenblumenstrauß und dem blödsinnigen Berggipfel-Bild inmitten der Berge. Sie tragen Jonas hinaus in die rasenden Schneeschwaden, zwischen Menschen, die herumstehen wie auf einem Bahnhof, denn das Plateau ist die einzige begehbare Fläche. Katharina kann die Menschen im Schnee kaum erkennen, und sie kommen ihr vor wie Henker mit ihren roten Zipfelmützen, in ihren Kapuzen und Kutten. Da kommt der dritte Anfall. Es klingt fast wie ein Juchzen, dann hört Katharina ein winziges Gehüstel und dann nichts mehr. Nichts mehr. Nichts mehr. Atemstillstand.

Katharina kann nichts tun, sie steht da, sie tut nichts, weiß nichts, denkt nichts.

Walter beatmet das Kind – lange, lange Zeit. Katharina hört das hysterische Geschrei des Wirts: »Das Kind stirbt, schaun S', daß Sie davonkommen.« Er treibt sie vor sich her zur Bahn. Es ist der letzte Zug. Das Kind soll ihm da heroben nicht sterben, schreit er und setzt sie in die Bahn, das Gepäck schickt er nach, und den Notarzt verständigt er. Nur weg.

Wie benommen sitzen sie in der Bahn. Walter hält das Kind in zitternden Händen, streichelt es, streichelt aus Versehen seinen eigenen Arm. Jonas beginnt wieder zu atmen, er lächelt. Walters Gesicht: nie wird Katharina es vergessen. Erst viel später erzählt er ihr, daß das Kind, das ihm vor vielen Jahren starb, auch einen roten Anorak getragen hatte wie Jonas.

Der Notarzt findet, daß das Kind gut aussieht, für die Hysterie der Eltern hat er nur ein nachsichtiges Lächeln. Im Krankenhaus Aufnahmezeremonien. Katharina besteht auf einem Mutter-Kind-Zimmer. »Aber das bezahlt Ihnen die Kasse nicht«, sagt der Arzt.

Sie liegt die Nacht wach neben Jonas, ein Computer steht herum, und über der Tür ist ein Mikrofon angebracht. Sie könne alles hören, versichert die Schwester, beim ersten Huster sei sie zur Stelle, Katharina könne ruhig schlafen. Katharina liegt neben Jonas. Nach Stunden hört sie ein kleines Fiepen, ein unhörbares, dann ist es aus. Jonas atmet nicht mehr. Sie rennt hinaus. Die Schwester hat nichts gehört, das Kind hat schließlich nicht gehustet.

Es ist nichts vorbereitet. Der Arzt stürzt herein, kalkweiß. Künstliche Beatmung. Und nun geht es los, vier Wochen lang: Anfall, Sauerstoffmaske, Schleimabsauger in den Rachen gestoßen, Gewürge, Gekotze. Lächeln, Jonas lächelt, wenn es vorbei ist.

Katharina kann nicht mehr. Ada liegt nun neben Jonas. Auch

sie kann nicht mehr, aber sie sagt es nicht, und man weiß am Ende nicht mehr, wer mehr Angst hat vor dem Anfall, Jonas oder Ada. Die Ärzte des Kreiskrankenhauses werden unsicher, die Sache ist ihnen zu brenzlig. Jonas wird in eine Großstadtklinik übergeführt. Hier liegt er abermals vier Wochen in der Intensivstation unter Keuchhustenkindern, er weint hinter dem Glasfenster, wenn er Katharina sieht. Die Ärzte geben zu, daß sie an einer Statistik arbeiten, seitdem nicht mehr geimpft wird. Sie sind sich nicht klar, ob mehr Todesfälle durch Nichtimpfen eintreten als Gehirnhautentzündungen durch Impfen. Es gibt da einen Streit unter Wissenschaftlern.

Nach vier Monaten ist Jonas gesund. Katharina versucht zu vertuschen, daß Blutströme aus ihr kommen. Sie will nicht abermals von Jonas getrennt werden. Sie fährt Rad mit Jonas im Körbchen, sie sitzt in Restaurants und Gärten in diesem heißen Sommer, den winzigen Jonas neben sich oder um den Bauch gebunden, sie geht tanzen.

Dann: Recherchierarbeit für einen Film über Frauenärzte. Katharina testet, besucht Praxen, läßt sich untersuchen, und sie hört es dreimal: Das Myom ist riesengroß, wir müssen operieren, und zwar sofort. Sie geht zu einem Arzt, dem sie glaubt und der es sich nicht ausreden läßt: doch, es muß sein. Katharina hätte nicht gedacht, daß ihr es so viel ausmacht, den Uterus entfernen zu lassen, und es gibt Freunde, die sagen, was regst du dich so auf, du brauchst ihn ja nicht mehr. Nach der Operation fühlt sie sich lange Zeit verrückt, gespalten in Kopf und Bauch, und ihre Seele ist wie zerhauen. Dennoch, der Film wird gemacht; sie reist hin und her, sieht Jonas an den Wochenenden und bricht beinahe zusammen, aber nur beinahe, und es ist gut, daß sie arbeiten muß.

Da fällt Jonas, während sie in einer anderen Stadt ist, vom Tisch. Schädelbasisbruch, das Trommelfell ist geplatzt, Gehirnerschütterung. Er liegt drei Wochen angeschnallt im Krankenhaus, während Katharina den Film schneidet. Was für ein Jahr. Es geht vorüber, und sie fangen wieder an zu leben. Sie lebt überspannt, freudig, wehmütig, und sie lernt sich schätzen, weil sie allem, auch sich selbst, trotzt, weil sie es schafft und weil es vorangeht.

Sie hat nie das Talent gehabt, Schutz von Männern zu bekommen, und sie beneidet jene Frauen nicht mehr, die das zuwege bringen. Doch wie schön wäre es, auch einmal von einem Mann umsorgt zu werden, das Frühstück ans Bett zu bekommen und eine Decke um die Füße. Sie redet viel Unsinniges und spinnt sich was zusammen, um ihre Enttäuschung zu verbergen, und sieht dann wieder Walters ruppige Zärtlichkeit, und es gelingt ihr, ihn nicht merken zu lassen, wie ihr zumute ist.

Sie hat Schmerzen, die sie zurückwerfen, und geht krumm und ist ungeduldig mit sich, aber es geht vorbei, und allmählich spürt sie wieder das Begehren der Männer, das sie braucht und das größer geworden ist mit dem Kind, da ist wohl – seit sie Jonas hat – etwas an ihr, das solche Affekte hervorruft. Sie beschäftigt sich wieder mit anderen Menschen, die Freundschaften verschieben sich und bekommen ein anderes Fundament; sie findet Freunde wieder, die sie vergessen hatte. Sie lernt, harmonischer zu leben. Alles geht nach Stundenplan mit Adas und Susannas Hilfe. Sie sitzt an der Arbeit zu Uhrzeiten, die früher Unzeiten waren, und weiß, daß ein Großteil der Arbeit geschehen muß, wenn Jonas schläft. Jonas macht Riesensprünge, er lacht und scherzt, woher hat er nur die Kraft!

Vorrei morire, das konnte ja ruhig ein bißchen gespielt sein, aber es war doch bittersüß zu hören. Katharina hoffte, daß Walter ein Versprechen auf Dauer geben würde (die sie dann vielleicht gar nicht ertragen konnte), während Jonas, als der Abend kam, »fällt herab Träumelein« murmelte. Sie hüllte das Kind in die Flügel, die ihr plötzlich wuchsen, und nahm es zu sich in die regenbogenfarbene Hängematte, wo sie eine schwebende Stunde verbrachten. Sie konnten es beinahe verfolgen, wie die zu kunstvoller Fertilität angehaltene samtene *Soraya* anspruchsvoll sich öffnete, und Katharina zog, als Jonas machtvoll nach einer neuen Beschäftigung verlangte, eine Comic-Version des Werther hervor, aus der sie gemeinsam Italienisch lernten, bis er das erste *Glühmäulchen,* sein Sphinxwesen zwischen Glühwürmchen und Löwenmäulchen, entdeckte.

Da kam – der Wind hatte es ihm wohl hingeweht, daß Frantz verschwunden war – der leichtfüßig-argusäugige Silvano durch die bebuschte Einfahrt, und Katharina wickelte mit routinierter Bewegung ihren gebräunten Körper mit der Quernaht in den undurchsichtigen Tschador. Sie sprang aus der Hängematte, befreite ihre Hand aus Silvanos pumpendem Griff und schob ihm als Ersatz Jonas entgegen, der den *amico* erfreut anlächelte. Sie eröffnete, indem sie in möglichst neutraler Gangart den Weg zur Küche einschlug, um einen Campari zu holen, jenen wedelnden Reigen, dessen Choreographie von Silvano bestimmt wurde, der seine beiläufigen Vorschläge zu einem Bagatell-Beischlaf in trickreiche Gesten und Gänge kleidete. Und obwohl sie meinte, ihm entgehen zu können, gelang es ihm doch jedesmal aufs neue, eine Überraschungsattacke zu reiten. So auch diesmal, als Katharina, spielerisch auf der Hut, in die falsche, d.h. richtige Richtung absprang, und sie beide dann (sie, um ihm auszuweichen, er, um sie erneut anzugehen) die abermals gleiche Richtung einschlugen, ähnlich wie es ihr manchmal in der Stadt geschehen war, wenn es darum ging, sich ohne Anzuecken durch die Straßen zu lavieren. Katharina ließ sich ihre Belustigung nicht anmerken und wehrte, temperamentvoll mit dem Campari wedelnd, sein Anrecht heischendes Knie ab; sie ließen sich nieder, nachdem Katharina seinen Stuhl in gebührendem Abstand unter der Pergola plaziert hatte, und sprachen über den Zustand der vom vielen Regen bräunlichen Traubenblüten, über die fehlenden Bienenheere und den vielleicht doch günstigen Olivenertrag: Themen, denen Katharinas Italienisch dank der vielen Gespräche mit dem mit Zweiundfünfzig pensionierten Minenarbeiter, der von einer winzigen Rente und seinem kleinen, den Steinen abgetrotzten Land lebte, gewachsen war.

Die Gespräche erinnerten sie an ihre Kinderzeit im Dorf, der sie jahrelang nachgeweint hatte, wenn sie Blasmusik hörte. Ihre Gänge durch die Straßen des Felsendorfs, in denen zu siebzig Prozent Kommunisten wohnten und wo die Menschen, denen sie begegnete, feste Aufgaben hatten (*der* Bäcker, *der* Lehrer, *der* Apotheker, *der* Schuster, *der* Wirt), glichen ihren Wegen mit dem Vater, der damals Bürgermeister war und den Hut hob und sagte: *Habe die Ehre, Genosse,* was sie mit ihren fünf Jahren ihm nachplapperte. Der Geruch, trotz Pinien und Zypressen und Ginster, war der Geruch ihrer Kindheit, und die Menschen lebten wie die Menschen damals mit besserem Gewissen ihr Leben als jene, die sie in den Städten kennengelernt hatte, und waren weniger leichenhaft. Hier gab es wieder Unmittelbares – Sonne und Regen, oder Unwetter, Hagel und Trockenheit. Das wurde erlebt und war nicht loszulösen von den Menschen, denn es bedeutete Wein oder Öl oder Früchte oder nichts von alledem, und das bewegte die Menschen, betraf ihr Leben. Katharina lernte, wenn sie hier sprach und um sich blickte, anderes, als wenn sie in der Stadt sprach und um sich sah. Vierunddreißig Jahre lang hatte sie nicht mehr daran gedacht, woher die Milch eigentlich kam und wieviel das Brot kostete. Unwetter und Erdbeben hatten für sie in den Zeitungen und im Fernsehen stattgefunden.

Sie kamen von den Feld- und Wiesendingen ab und wandten sich der Reprise eines Liebesfilms zu, den man im rauchigen, überfüllten Kinosaal am Sonntag sehen konnte, während der Raum samstags für ausgelassene familiäre Tanzabende mit ordentlicher kleiner Band zur Verfügung stand, wo die Großmutter mit dem Enkel tanzte und der Vater mit der Tochter. Sie berührten den neuesten Klatsch über den *Sizilianer*, der in Deutschland Pampelmusen-Verkäufer gewesen war und hier immer der Sizilianer bleiben würde und der eine von den Toskanern verachtete Pizzeria im Felsendorf erfolglos zu installieren versucht hatte. Nun, nach seinem Ruin, gab er sein schrullig verwursteltes Haus mit den Türmchen aus farbigen Flaschensplittern und schmiedeeisernen Sonnen und Schiffen an den Fenstern zum Verkauf frei. Recht teuer übrigens, da der Sizilianer, der wiederholt römische Frauen probeweise in sein Haus eingefahren hatte, das jene nach einem Tag wieder per Anhalter verließen, das einzige, was er besaß, das Haus, nicht zu Unrecht als sein Kostbarstes veranschlagte.

Das Gespräch rückte Katharinas Heimatgefühle wieder zurecht. Sie würde hier immer eine Deutsche bleiben, ein wohlgelittener und auch geachteter Devisengast, dessen Haus immerhin nicht, wie das anderer Deutscher, in den Tagen der Terrorakte Roter Brigaden und der Entführung eines DC-Politikers durchsucht worden war; vertrauenswürdig also, jedoch nicht eingemeindet, solange sie nicht Steuern zahlte und am kommunalpolitischen Leben teilnahm. Darin irrten sich viele romantische Toskanadeutsche, daß sie hier nicht auch Fremde blieben, und sie bewegten sich, das galt es ein für allemal zu erkennen, wenn man hier leben wollte, stets auf schwierigem Terrain, sobald es um Hitler und das Dritte Reich ging.

Da tat sich sofort eine tiefe Kluft auf. Katharina verfiel nicht dem Fehler einer Freundin, die nicht einsehen wollte, daß es hier unmöglich war zu sagen: Wir waren es nicht, und mit uns hat das nichts zu tun, es war eine andere Generation. Hier konnte man sich nicht so herausmogeln. Hier mußte man einsehen, daß für andere auch unser Leben nicht ausreichte, den Berg abzutragen. Hier hatte es schon vor fünfzig Jahren Deutsche gegeben, die als freundliche Urlauber auftraten, und auf einmal waren es Offiziere und gar nicht mehr so freundliche. Hier ging es nicht an, so zu tun, als wäre uns nicht auch eine andere Geste eingefallen als der römische Gruß. Sie gingen die kranken Olivenbäume ab, und Silvano, der jedes Jahr das Ernten übernahm, wofür er fünfzig Prozent des Öls und eine Grüne-Plan-Prämie von einer Mark fünfunddreißig pro Liter erhielt, taxierte den Ertrag auf fünfzig Quintale. Weniger als die Hälfte der Ernte des Vorjahres also, als Katharina zum erstenmal mit dabei war und als sie die Oliven mit dem Lastwagen zur staatlich konzessionierten Ölpresse fuhren und am nächsten Morgen das Öl abholten.

Katharina liebte die Zeit, in der die Oliven reiften, und sie hätte den Freunden aus der Stadt, die das Leben hier für den reinen Urlaub hielten, manches erzählen können, was jene aber so genau wiederum gar nicht interessierte. So zum Beispiel, wie raffiniert das Lebenssystem eines Silvano war, der dreißig Jahre lang gespart und unter Tage gearbeitet hatte, ein Jahrzehnt mit der Hand, zwei Jahrzehnte mit Maschinen. Nach dem großen Einsturz der Grube von Bocchegiano, bei dem vierundfünfzig Menschen des Felsendorfs, in dem fast ausschließlich Bergarbeiter wohnten, auch sein Schwiegervater, zu Tode kamen, hatte er jene knapp zwei Hektar Land geerbt, die er seit seiner Pensionierung fachgerecht bestellte; sein Vater war früher täglich drei Stunden zu Fuß marschiert und hatte dann, als die Minen von Ribolla für ein Jahrzehnt stillgelegt wurden, einen Weg von sieben Stunden zu Fuß zurückzulegen, um von der Schlaf- zur Arbeitsstätte und zurück zu gelangen, so daß Silvano ihn nur am Wochenende und da schlafend zu Hause vorfand. Heute, wo ein Minenarbeiter nicht mehr als tausend Mark verdiente, lebte Silvano von den achtzig Prozent Rente und erntete das Gemüse, Obst, Öl und den Wein für die Familie, während seine Frau in einem nahegelegenen Gut in der Landwirtschaft arbeitete. Mittags, wenn Katharina an seinen Feldern vorbeiging, zog er sich eine Zwiebel aus dem Boden und tunkte sie mit Brot in sein Öl und trank ein Glas Wein dazu, abends nahm er in einer Plastiktüte, von denen er immer zwei in der Hosentasche trug, Gemüse mit nach Hause, und Katharina verließ ihn nie, ohne nicht einen ebensolchen wohlgefüllten Plastikbeutel bei sich zu tragen.

Hie und da verdingte sich Silvano – sie schätzte achtzig, vielleicht hundert Arbeitstage pro Jahr – und schlug Holz und pflügte die Äcker, wofür er 4000 Lire Stundenlohn plus Benzin- oder Ölkosten und die Miete von 1000 Lire pro Tag fürs Gerät erhielt. Er lebte vom Tausch: Öl oder Wein oder Früchte tauschte er gegen Ersatzteile, die Ziege gegen ein Stück Maschendrahtzaun, und er war gerade einmal nach Rom gekommen und zweimal in ein nahegelegenes Bad, weil die Kasse die Kur zahlte gegen die Bergarbeiterkrankheit, die vom Pyritstaub herrührte, die hartnäckige Silikose, mit der sie lebten und starben. Silvano trug das ganze Jahr über Jeans und ein T-Shirt und eine Mütze, deren Schild für Coca-Cola warb, und sagte: Wie gut wir es heute haben, mein Vater, der wurde erst pensioniert, als er bereits mit einem Fuß im Grabe stand. Und in seinen zwei Fertig-Blechgaragen für 4000 Mark standen zwei Traktoren, die auch ihre 10000 Mark gekostet hatten, und es war eigentlich ein glücklicher und reicher Mann, der sich ihr da näherte mit einer Körpersprache, als wollte er ihr zusetzen wie zwei Säbeltürken (wobei es Katharina durch ihren Kopf schoß, was er wohl tun würde, der Ärmste, wenn sie sich einmal unerwartet gefügig zeigen würde), und Katharina rieb freundschaftlich Silvanos Schulter und räumte die Gläser hinaus, während er sich auf sein Mofa schwang und den steilen Weg zum Dorf hinaufbrummte.

Es war Zeit, ins verflixte Bett zu gehen, das Katharina als Schlafort nicht liebte, sondern nur als Lustpfühl mit Schleierhimmeln und lukullischem Frühstück ans Bett. Sie nahm Jonas, der, wie sie hoffte, später als Einheimischer angesehen würde, bei der Hand und ging mit ihm die steinernen Treppen zu ihren Schlafzimmern hinauf. Jonas sollte nie Mangel an Liebe fühlen, das schwor sie sich, und hier war von den Italienern zu lernen, die ihren Kindern das gaben, was sie brauchten. Sie gingen durch die Zimmer, die eingerichtet waren, wie sie es liebte, luftig, sparsam, mit Möbeln aus dunklem Holz. Und sie dachte, daß es doch schön sein könnte, wenn Walter wiederkäme, der von Dächern und Bäumen auf Jonas herabblickte und Äste schälte und Zementtürme mischte und Steine schleppte und dessen Mauern nach einem Tagwerk sichtbar höher wuchsen, während man bei ihrer Arbeit den Fortschritt nur in schmalen Wort-Zeilen messen konnte; daß es schön sein könnte, seine rauhen Hände zu spüren, auch wenn es nach zwei Stunden so war wie immer, was seine guten wie schlechten Seiten hatte.

»Komm zu dir«, sagte Jonas bettelnd, der mein und dein immerfort verwechselte, und Katharina fand, daß es eine Mahnung war zur rechten Zeit. Es war eine neue Erfahrung, daß es ihr bei Jonas leichtfiel zu geben und daß sie nie ihre Hand zurückzog, wenn er sie brauchte. Geduld kam in ihr auf, sie war da für ihn wie noch nie für einen Menschen zuvor, und sie badeten gemeinsam, und sie wusch voll leidenschaftlicher Aufmerksamkeit seinen Körper und berührte ihn in den Schlaf.

Sie trank rasch zwei Gläser Wein, um sich blöde zu machen, und schloß die Läden, um nicht die Äolsharfe im Wind zu hören und nicht die Sterne kreisen zu sehen: Vor ihr lagen reiche, sonnige Tage.

III

Siebentes Kapitel
Der Wanderer

Die sonnigen Tage waren vorbei, Katharina und Jonas waren in die Stadt mit ihrem bleigrauen Dunst, vermehrten Lärm und ihren Boutique-Straßen zurückgekehrt. Walter, wie stets verreist, telefonierte nach zehn, weil es billiger war, Susanna rotierte in Drehtagen, Ada war bei Martha in Walz, wohin Martha jedes Jahr zu Besuch fuhr.

Katharina, allein mit Jonas, lebte Jonas vor, was Arbeit war, und dachte, ich zerspringe vor Nervenunruhe, kaum daß ich in dieser Stadt bin. Wenn er jetzt nicht aufhört mit dem Gezerre und mich arbeiten läßt (und die Schwarzen, die haben ja auch ihre Kinder mit auf dem Feld), komme ich nicht weiter. Ich muß mich jetzt auf preußisch zusammenreißen, wie man es mir zum österreichischen Sich-Gehenlassen beigebracht hat. Die Arbeit schickte sie ins Niemandsland, sie wußte nicht, wo anfangen. Da waren Gedanken, die mußten noch wachsen, und um sich abzulenken, massierte sie mit der rechten ihre linke Hand und haftete am Ringfinger und zupfte hin und her, fuhr auf und ab über die Wölbung über dem Nagelbett. Katharina führte den Finger vors Auge und empfand die Entstellung als dazugehörig.

Sie dachte an ihren Vater, für den die Frauen den Gong zu schlagen hatten, wenn das Mittagessen bereitet war, und der keine Anrede duldete, ehe er nicht das Wort an die Frau gerichtet hatte, und wie sie das nicht begriff und nicht begreifen wollte, Katharinakind, und immer wieder die Treppe des Einfamilienhäuschens in Berlin hochlief, kaum daß sie laufen konnte, auf der Suche nach dem Vater, wie sie nicht abzuhalten war von der vorwurfsvoll bemühten Mutter. Bis der Vater, der zum Jähzorn neigte, eines Tages die Türe zuwarf und ihren Finger verkrüppelte, und hinfort blieb das Zimmer verschlossen.

So war es ein Leben lang geblieben, bis er starb: daß sie ihm nachlief und nachschrieb und die Spur nicht fand, die zu seinem Zimmer führte. Und ihr Vater, der war anderswo und hatte sein Gesicht mit einem Tuch bedeckt.

So blieb es vierzig Jahre lang, und Katharina erneuerte den Verband um ihren Finger, wenn er schwarz geworden war, und haßte und vergötterte den Mann, der sie zwischen Tür und Angel eingeklemmt hielt, bis die Mutter sie befreite, weil er es gar nicht merkte, und Katharina hatte Angst vor dem, was sich enthüllte, wenn sie das Tuch wegzog. Er war ein Fremder, der Mann, den Ada geliebt und der sie gezeugt hatte, der sie krank machte vor Erinnerungen, und sie war nicht bereit, die Schatten zu überspringen, die sein Bild warf. Sie verharrte wehrlos davor, auch wenn sie den nicht unberechtigten Verdacht hatte, daß der Held ein eher angstvoller, wenn auch entfesselter Kleinbürger gewesen war. Sie wollte ihn für ihre Träume, sie, die Bebra-Tochter, und er blieb Erroll Flynn, Pirat der Liebe, dessen Silberhaar im Seewind flatterte und der seine Frauenbeute im Sturzflug nahm; er war Parzival, der ohne Rücksicht auf sich selbst Grenzen überschritt, auf der Suche nach dem eigenen Dasein; er war Kazantzakis, der auf dem Berge Athos lebte und an die Kraft des einzelnen glaubte. Er war der Mann, der fünfzehn Sprachen perfekt beherrschte und mit Worten spielen konnte wie kein zweiter, der alles wußte und alles schaffte, und was er tat, das war wohlgetan.

Daß Katharina ihn nun jedoch in Zweifel zu ziehen hatte, war nicht nur der Auftrag eines Theaters, den sie zuerst ablehnte und dann doch annahm, nachdem sie ihre Versuche, sich in Adas und Marthas Leben hineinzumogeln, nicht ohne Schuldbewußtsein beiseitegelegt hatte. Jahrelang hatte sie einen erbitterten Kampf mit dem Schatten Alfrets geführt, dem sie hadernd verkündet hatte: Jetzt kommst du mir nicht wieder in die Quere, jetzt bin ich dran und schreibe ein Buch, du hast deine Bücher geschrieben, du hast gelebt. Jetzt ging sie von vorn auf ihn zu, nahm den Gegner direkt an.

Sie schlug seine Lebensgeschichte erneut auf und blieb gleich am Beginn haften: »Es erscheint vor Ihnen, hoher und richtender Leser, der Angeklagte Alfret Bebra, geboren am 19. 8. 1895 zu Wien. Er ist laut seinem Personalausweis 1,80 Meter groß, wiegt 74 Kilo, hat schütteres graumeliertes Haar und trägt Brillen, die er oft absetzt. Die Augen sind grau mit wechselnden Farbtönen. Die Hände wirken unmännlich, eher kindlich. Seine Haltung ist nachlässig. Das Gesicht scheint mehr Maske als Ausdruck. Sie, hoher und richtender Leser, dem es aufgegeben ist, hinter diese Maske zu blicken, stellen daher dem Angeklagten die Frage nach dessen Werdegang.« Katharina las das Buch durch, doch, wie immer, ohne Ergebnis: Sie entdeckte den Vater hinter seinen Verkleidungen nicht. Je größer ihre Verwirrung wurde, desto stärker wurde auch der Wunsch, ihn aufzuspüren. Katharina begann, als sei sie Studentin, und schlug das Lexikon auf:

> Bebra, Alfret, *19. 8. 1895 Wien, †12. 10. 1959 Berlin. B., Sohn des Gymnasialprofessors und Schriftstellers August Bebra, hatte schon als Schüler in Wien Kontakte zu deutschnationalen und zionistischen Verbindungen. Er zog 1920 nach Berlin. Unter dem Einfluß von F. Nietzsche und H. St. Chamberlain entwickelte er eine dynamistische Lebensphilosophie, die z. Z. seiner Freundschaft mit dem Dramatiker Bancart Baal, 1922/23, anarchistische Züge trug und die er seit 1923/24 mit nationalistischen antisemitischen Zielen verband. Diese »Tendenz der rechten Hand« führte zur Freundschaft mit J. Goebbels, 1929/33, der den faschistischen Tendenzen des Romans »S.O.S.« (1929) zustimmte. Seit 1926 war B. Mitarbeiter, 1928/33 Dramaturg des Berliner Rundfunks, 1936/40 Programmleiter des Deutschen Fernsehsenders. 1937 erfolgten Berufsverbot und Ausschluß aus der Reichsschrifttumskammer. Seit 1943 lebte er in Gamsern, Österreich, dessen Bürgermeister er 1945 wurde. B. übersiedelte 1954 nach Berlin (Ost). Seine frühe Tragödie ›Uranos‹ (1922, das Drama einer Vater-Entmannung, mit den Regieanweisungen Baals), die Dramen ›Österreichische Rebellen‹ und ›Anarchie zu zweit‹ zeigen, bei naturalistisch-psychologischer Motivierung, den transformierenden, pathetischen Sprachstil des Expressionismus. In seinem erzählerischen Werk entwickelte sich B. vom expressionistischen Pathetiker zum Realisten. A. B. schrieb 1954 seine Biographie unter dem Titel ›Niemand. Beiträge zur Geschichte des modernen Schriftstellers‹.

Katharina dachte: Hier hilft nur die Wiederaufnahme des Verfahrens. Sie beschäftigte Jonas mit Bauklötzchen, die sie im Zimmer verstreute, um Zeit zu gewinnen, während er sie einsammelte, und ging zum Telefon. Sie rief die »Schiache Mariann« an, einst die Freundin Bancart Baals, nun eine betagte, skurrile alte Dame, die Katharina ins Herz geschlossen hatte.

»Mariann, sag mir, hat Alfret jemals mit dir darüber gesprochen – war er der Sohn seines Vaters oder nicht? Wer weiß, wohin mich das führt, Mariann, aber sag es mir, einmal muß ich es doch wissen.«

Die Mariann klang weit weg, und sie sagte es: »Ich bin weit weg, weit weg, ganz weit weg, von wem sprichst du?«

Katharina wiederholte: »Alfret Bebra, mein Vater, der sagte, Adamus Bebra wäre nicht sein Vater gewesen. Alfret Bebra, der Freund deines ersten Mannes Bancart Baal, weißt du noch?«

»Bancart Baal, Bancart, ach ja, Bancart«, Mariann alte Stimme belebte sich. »Ach der. Die beiden mit ihren Kappen und steifen Hüten, die zwei mit der frechen Fotze. Mich habens immer abgeschoben, und von Alfret hab ich diesen Namen ›Schiache Mariann‹, der ist mir geblieben, naja, schön war ich nie, dafür nannten die sich bombastisch ›der Herr des Südmeers‹ und ›der Herr des Nordmeers‹, und meiner war der aus dem Norden. Jaja, mich haben s' abgeschoben, wenn sie ihre Salonstückchen trieben, denn da war was zwischen den beiden, das kann mir keiner ausreden, auch wenn sie sich in ihren Briefen ironisch ›o du augenwonne seligkeit nabel rauchfleisch‹ titulierten. Ich weiß noch, wie der Alfret schrieb: ›wirf doch eigenhändig die schiachwanzen aus den kammern, denn natürlich brauch ich die wohnung.‹ Oder ›wenns nicht geht, wisch ihr das ärschchen mit dem reibeisen‹, ›beschäme sie durch güte und bescheiße sie durch list, auf daß sie abgehe wie bandwürmer‹; oh, ich werde das nie vergessen, aber was haben sie für eine Sprache gehabt, auch wenn sie geschlottert haben vor Kälte und nichts zu essen, und schließlich, als sie in der Charité lagen und sich verköstigen ließen und Alfret schrieb ›Die Sodomie‹ und Bancart ›Die Becken‹, im Dämmerlicht, zwischen Schwerkranken, die Luft zum Ersticken, Geschnarche, um sie die mannsgeilen Mädchen, manchmal auch ich.« Die Schiache Mariann schwieg, als sei sie erschöpft, aber sie holte nur Luft: »Die ›Becken‹ wären die Becken, wenn dies alles drin wäre, sagte Bebra. ›Das ist gut, das ist gut, sehr gut‹, sagte der Baal, ›ich tu es hinein.‹ ›Wann‹, fragte Bebra. ›Jetzt ist es schon drin‹, sagte Baal. Und solche Scherze. Doch gleich darauf mußte ich Leine ziehen, weil der Bebra mich ausgetrickst hatte und der Baal dem Bebra die ›säuerliche alte Jumpfer‹, die der am Halse hatte, ausredete, naja, da konnten sie endlich mehr allein sein, die zwei Schnorrer. Aber sie hat doch lange gedauert, diese Freundschaft, trotz der Unterbrechungen, weißt du, daß sie noch dreiundfünfzig ein Stück konzipierten ›Warten – aber nicht auf Godot‹? Kindsköpfe, die zwei, ach ja ... «

Mariann versank in ihre Ferne, doch Katharina zwang sie zurück.

»Ich will wissen, ob Alfret dir jemals was über seinen Vater gesagt hat«, forderte sie.

»Da brauchte er mir nicht viel zu erzählen«, sagte Mariann, »das weiß ich von seiner Mutter. Das war schon eine schlimme Sache, daß Alfret Bebra seine Mutter dazu brachte zu gestehen, daß sie Ehebruch getrieben habe und habe ein Kind Alfret nicht erzeugt mit dem Studienrat Dr. August Bebra, jüdischer Abstammung, sondern mit irgendeinem anderen mit einwandfreiem Ariernachweis, was Bebra dann ja unsinnigerweise in der ganzen Zeit des Dritten Reiches wieder nachweisen sollte. Das Ganze war ja nicht nur eine Komödie, die Bebra, der Theatraliker, sich da unfreiwillig geleistet hat, es war vor allem eine üble Sauerei: zunächst einmal nachweisen zu wollen, daß er nicht der Sohn Augusts, des Juden, sei, dann versucht der August begreiflicherweise zu beweisen, daß er kein Jude sei, und dann ist wahrscheinlich der August ja doch Jude gewesen und, soviel ich weiß, mit Sicherheit der Vater.«

Katharina fand sich bebraferner denn je nach diesem Telefonat, und in ihrem Kopf verschwammen die Grenzen zwischen dem realen Vater und dem seines Bühnenseins.

Es war gut, daß es Ralph Roth gab, denn sie schätzte sein literarisches Wissen, und Ralph hatte einmal eine Arbeit über Alfret Bebra geschrieben (die Katharina jedoch in irgendeiner Schublade ungelesen abgelegt hatte). Ralph schniefte, Schnupfen, aber er freute sich über ihren Anruf, wobei eine Hoffnung mitschwang.

»Nein, Ralph, zum Essengehen habe ich keine Zeit«, sagte Katharina, »aber helfen Sie mir, ich verstehe nichts mehr, ich bin auf der Suche, ich habe den Auftrag übernommen, ein Stück über Bebra zu schreiben ... «

Ralph – sie hörte, wie er es genoß, gefragt zu werden – holte aus:

»Ich persönlich habe immer die Meinung vertreten: es gibt eine Theaterfigur von Alois Grübler in seinem Stück ›Das Kaninchen im Rucksack‹, das ist jener Martin Eichkopf, der die ganzen Wandlungen der deutschen politischen Geschichte, Weimarer Republik, Drittes Reich, Antifaschismus, Restauration, mitmacht, jedesmal aber ein bißchen im Rückstand ist, also immer Ideen vertritt zu einem Zeitpunkt, an dem man sie längst nicht mehr trägt. Er ist mitten im Dritten Reich noch

Antifaschist, da wird er so gründlich in einem Erziehungslager umgeschult, daß er noch Nazi ist zur Zeit nach 45 usw.«

»Ralph, ich kenne das Buch«, sagte Katharina, »was aber ist mit Bebra?«

»Bebra ist der umgekehrte Fall. Bebra kam immer zu früh, er hatte Ideen vertreten, die dann eine bestimmte Entwicklung nahmen, und als er nun die Möglichkeit gehabt hätte, sich opportunistisch zu verhalten – aber merkwürdigerweise war A. B. eben gar kein Opportunist vom Charakter her und als Schriftsteller –, da war er schon wieder in einer anderen Position: Er war Freund von Goebbels, als man am Ende der Weimarer Republik unter allen Umständen eine Gegenposition einnehmen mußte, ist dann im Dritten Reich, wo alle geglaubt haben, jetzt wird er aufsteigen und Kultusminister werden, mit Schimpf und Schande verfolgt worden. Dann hat man ihn eingezogen als kranken Mann, und er geht nach Österreich 1943, und was tut er, in Österreich unter dem Staatsvertrag ist er plötzlich Kommunist. Also genau das, was man nicht sein konnte – Grund genug für die Leute zu sagen, mit diesem will ich nichts zu tun haben.«

Katharina verdarb sich den Magen an diesen Auskünften und saß wie gelähmt vor ihren Recherchen und dachte: Das muß ich anders machen. Sie legte erst mal alles beiseite und spielte mit Jonas, bis es Zeit war, ihn ins Bett zu legen. Erst dann begann sie ihre Wanderung durchs Zimmer, setzte sich endlich ermattet hin, überließ sich ihren Erinnerungen.

Ein Glück, daß du so faul bist, sonst würdest du eine Hure werden, hatte der Vater gesagt, und Katharina mußte lachen, als sie daran dachte, und wie er ihr das Schreiben auszureden versuchte, diesen Beruf, der sie an ihm so faszinierte. Sie wollte sein wie er, weil sie zuwenig Kenntnis hatte von ihm, und sie wollte auch einer werden, der über die Kosakenfrauen Schränke stülpen mußte (wie Alfret es von Vera erzählt hatte), damit sie nicht seinetwegen aus dem Fenster heraussprangen, während der Verleger Sturm läutete und ihm, endlich eingelassen, die Tausender auf den Knien ins Zimmer robbend hinhielt; wollte der sein, für den die Frauen Scheren drohend über ihre Schöße hielten, um sie sich aufzuschlitzen, wenn er es nicht tat; jener, der es fertigbrachte, zu leben, was er schrieb (oder lebte er es, um es zu schreiben?).

Sie sah ihn vor sich, den weichen Wilden, der weinte, wenn er

Filme sah, in denen eine feierliche Kamera österreichische Berggipfel abtastete und die er dann zwei Stunden später in seinen Kritiken ungerührt verriß; den Eigensinnigen, der nicht ruhte, als bis die Frauen sagten: Ja, dieser Tisch ist schwarz, auch wenn er weiß war. Den hinterhältig dunklen Gott, dessen erste Frau sich mit Gas das Leben nahm und der zur zweiten, als sie todkrank war, sagte, das kannst du mir nicht antun und einfach sterben, wo ich dich brauche, und der sie dann doch mitsamt den Kindern verließ wegen der dritten; und als es diesmal er war, der todkrank war, und sie, die dasaß mit zwei Kindern, zu ihm sagte: Das kannst du doch nicht machen, da sagte er nur, ich kann nicht mehr, und starb (und so sind die Männer).

Und so war er auch der Tochter gegenüber: Er verließ sie, als sie zwölf Jahre alt war, und starb ab, als sie beinahe die Nähe zu ihm gefunden hätte. Er hatte sie sich als Geschenk zu seinem 43. Geburtstag gewünscht, und Ada und Katharina brachten das zuwege, und dennoch behielt Katharina später das Gefühl, daß er in einem Sohn weniger einen stummen Vorwurf gesehen hätte als in ihr, deren Mätressensehnsüchte er schürte durch seine Werke.

Alles, was er gelebt hatte, gab er an sie weiter, und das war viel und Unlebbares und Unvereinbares. Dazu all das, das er nicht gelebt hatte, und das war ebenso Unlebbares und Unvereinbares. Sie konnte deshalb kein Vertrauen zu ihm fassen, weil der Saldo des Unmöglichen zu groß war. Er band sie durch eine Kette illusionärer Vorstellungen von dem, was eine Frau alles zu sein habe: Die Königin und die Hure und das unschuldige Mädchen und die Hexe – und was nicht: am allerwenigsten die Intellektuelle. Ihr Vater war ein Lebewesen, das für sich keine Frau wollte, die etwas von sich hermachte. Nie hätte er, wie sein Freund, der Nachttrommler, eine Frau zur Ehefrau genommen, die die Hauptrolle spielte, und Katharina hatte es noch im Ohr, wie Gisela, die Dritte, es eines Tages zu ihm sagte: Warum hast du nie eine Jüdin geheiratet, da wärst du aus allem herausgewesen für die Zeit nach dem Krieg, und dein Freund Bancart, der hat genau gewußt, warum er das getan hat.

Nein, Alfret Bebras Frauen waren immer jene gewesen, die den Gong mächtig anschlagen durften, doch nur dafür, daß sie der Vorspann waren zu dem Metro-Goldwyn-Mayer-Film, den der Löwe Alfret einbrüllte und der sein Leben war. Ihr Vater, dieser zurechtgeschminkte Löwe, wirkte stets ein wenig peinlich, wenn er brüllte, denn das konnte er nicht: Seine Stimme war im Oktober 1916, da war er einundzwanzig Jahre alt, gestorben. Später behauptete er, wobei er sich selbst der Mystifizierung bezichtigte, daß er selber es war, der damals gestorben war und der seitdem lebte als ein anderer und nicht diesen Vater hatte, den er haßte.

Seit jenem Tag, an dem ihm ein Italiener am Monte Coltello durch die Luftröhre schoß, pfiff und fauchte Alfret Bebra, wenn er schreien wollte, und seine Stimme blieb gebrochen. Der laut klagende Ton der Stimme ihrer Mutter war die Antwort auf sein durch Türenzuschlagen überhöhtes Geröchel, und Katharina, die weder das eine noch das andere Muster übernehmen wollte, schwieg oder blieb unhörbar, wenn sie nach außen ging mit Worten.

Ihre Sache war es nie gewesen, sich mit Gesprochenem zu behaupten, denn sie empfand dann sogleich etwas Undifferenziertes darin. Sie konnte das Verschiedenartige, das ihr durch den Kopf schoß, nicht formulieren, und sie glaubte es nicht, daß Gesprochenes sich gut an ihr ausnahm. Sie hatte zwei Jahrzehnte lang im Schweigen verbracht und schlief ein über ihrem Schweigen beim Studium, das sie schriftlich hinter sich brachte, ohne sich ein einziges Mal zu Wort zu melden. Ihre Worte formte ihr Körper inwendig, die erst dann zur Sprache erwachten, wenn einer kam, der sie begriff. Sie las seit ihrer Kinderwelt immer wieder die Geschichte vom Kaspar Hauser und litt mit ihm, dem die Welt durch ihre Worte seine Unschuld genommen hatte.

So hatte Katharina, wenn sie an den Vater dachte, immer jenes Erlebte im Ohr, das er aufschrieb, und sie beneidete ihn darum und wollte sich beschreiben können wie er, obwohl sie sehr bald durchschaute, daß für ihn die Sprache eher ein Mittel war, sich zu verbergen als zu offenbaren.

Doch auch das war beneidenswert, und bei einigem Nachdenken kam sie dahinter, daß dies das Schönste sein müßte auf Erden, die Welt mit einer Vielzahl verwirrender Kennzeichen zu täuschen, sich ab und zu treffen zu lassen und dabei zu tun, als wäre man's nicht, und unvertraut zu machen, was den Menschen vertraut schien.

Sie spürte ihren Vater in Verkleidungen mal da, mal dort auf, und sie war froh, daß er ihr nie wirklich in die Arme gelaufen war, denn das hätte ihr eine Verwundung zugefügt, wie Ada sie für ihr weiteres Leben davongetragen hatte. Katharina konnte sich nur deshalb so lange an den Vater lehnen (obwohl er ihr wahrlich keine Stütze war), weil sie ihn nicht kannte und weil sie nie den Alltag mit ihm gelebt hatte. Denn darin stimmten die Anschauungen der Witwen überein, daß Alfret Bebra als Alltäglichkeit eine glatte Zumutung war. Es waren Reptilienjahre, die sie mit ihm als seine Ehefrauen verbrachten, und trotzdem, was blieb, war eine tiefe Sehnsucht nach ihm, wenn er sich aufmachte von der einen zur anderen und schließlich in den Tod.

Die Kleinigkeiten, die Katharina für ihr Bildnis Alfrets aus dem Weg räumte, das waren das Genörgel um ein zu hartes oder zu weiches Ei und der Streit um ein anderes Ei, ein Ei vom Jahre 1945, das ein von Martha bestochener Grenzler über den Inn von Simbach nach Braunau gerudert hatte und das für die Kinder und nur für die Kinder gedacht war und nicht für Alfret, der es schließlich verspeist hatte; das waren ein gewisser Junggesellengeruch, der ihrem Vater beständig anzuhaften schien, und sein ruchbarer Glaube, daß die Zähne besser mit Salz zu putzen seien als mit Creme; die Emphase, mit der er seine vegetarische Lebensweise verteidigte, und der nebelhafte Eindruck, den der erste Anblick seines Glieds in ihr hinterließ; seine dem Vater, der nicht sein Vater gewesen sein sollte, entlehnte Angewohnheit, die Spelzchen der damals noch ungeschälten Haferflocken sorgfältig um den Tellerrand zu gruppieren; seine Seßhaftigkeit, was die Toilette betraf, und die bewundernswerte Einrichtung einer Bibliothek dort, wo sie, wie Ada meinte, nichts zu suchen hatte; seine ausgesuchte Mundartelei und gebückte Körperhaltung; seine zum Geruch im Widerspruch stehende sonstige Gepflegtheit, die sie danach bei keinem Mann mehr entdeckt hatte, seine Hände, die sie weder streichelten noch Nägel in die Wand schlugen; sein Haarkranz um die sich verlängernde Stirn, den sie, wenn er guter Laune war, zu Zöpfchen flechten durfte.

Bewundernswert war die Disziplin, mit der er seine gelebten Undiszipliniertheiten aufschrieb, seine Ordnungsliebe aus Faulheit, seine pingelige Beständigkeit, die ihn täglich zehn Stunden an die Schreibmaschine bannte. Seine zufälligen Ansätze zu einer Erziehung, von der sie hauptsächlich körperliche Gewaltakte in Erinnerung hatte, sei es, daß er sie als Kleinkind nach jeder Mahlzeit durch seine gegrätschten Beine schwenkte, worauf ihr das Essen regelmäßig aufstieß, oder daß er eine Riesentour auf den Dreitausender Göschen mit ihr unternahm und sagte, als sich Katharina nach drei Stunden verweigerte: Es ist gut für dich, wenn wir weitergehen. Sie blieb zurück, allein, voll Angst und Trotz und Zorn über ihren Vater, der sie später wieder auflas, als er erfüllt vom Berggipfel zurückkam. Aber so war er: Entweder er war nicht da, oder er war da als einer, der vom Olymp kam, Übermächtiges forderte, und es war seinetwegen, daß sie die Männer nicht einschätzen lernte. Er war immer nicht dazugehörig, und wenn sie zurücksieht in ihre Kindereinsamkeit, so sieht sie Ada, die für Speise sorgt, die beiden Töchter an sich geschmiegt, und auf der anderen Seite der Straße wanderte ihr Vater, einsam, fremd und auf der Suche, voll Mißtrauen und Verletztheit und voll Gesten der Abwehr, die Verantwortung für die Familie von sich weisend.

Sie hört sein Klagen, weil immer zuwenig Geld da war, und sieht Ada, Susanna, Katharina auf den Feldern Brennesseln sammeln und die Wälder nach Bucheckern absuchen, sie pflükken Sauerampfer und Hollunder und lesen die Ähren zusammen, die auf den Feldern liegen und die ihnen der Bauer überläßt.

Katharina sieht einen Baum, und auf dem sind Birnen, und die sind alle gezählt. Da tritt sie hinzu und ißt eine ab, um ihren Hunger zu stillen, eine, aber nicht mehr, und als sie die Birne gegessen hat, ist sie gesättigt und geht und versteckt sich im Gebüsch. Der Mann, dem der Garten gehört, kommt am anderen Morgen herab, da zählt er und sieht, daß eine der Birnen fehlt, und Katharina bekommt von Alfret eine Ohrfeige.

»Das ist ein alter Nazi«, sagte der Vater, »und ich wünsche es nicht, daß du dir von einem solchen etwas stiehlst.« Und sie erinnerte sich, wie Alfret die Birnen, die der Bauer kurz darauf, nachdem Alfret Bürgermeister geworden war, ins Haus schickte, heimlich selbst aufaß, denn keine von den Frauen hatte sie angerührt.

Und immer wieder kamen ihr Menschen unter, von denen Alfret sagte, daß mit ihnen nicht zu verkehren sei, und eine Frau, die Ada viel Arbeit abgenommen hatte, wurde verbannt. Andere tauchten auf, von denen es hieß, daß sie im Widerstand stünden, womit Katharina wenig anzufangen wußte, denn meist standen sie bei ihnen zu Hause herum. Die Überzeugung ihres Vaters, daß sie bessere Menschen seien als jener Onkel Bobby, der mit einem Panzer vor dem Dorf steckengeblieben war und mit dem Ada manchmal ›Lili Marleen‹ auf der Laute spielte und der rote und schwarze Cadbury-Schokolade mitbrachte und Care-Pakete aus seiner Heimat einfliegen ließ – das war nicht einzusehen. Ebensowenig wie die Behauptung, daß es sinnvoll sei, in ihrem Haus ein Lazarett einzurichten mit fünf käsbleichen, hüstelnden Männern, bei denen inwendig und außen etwas fehlte.

Katharina hatte es noch im Ohr, wie Ada kreischte und schrie, das machst du mir nicht mit meinen Kindern, daß sie sich anstecken mit der Tbc, und von mir aus können sie herkommen, wo sie wollen, und wenn sie zehnmal aus dem KZ Ebensee sind, du schmeißt sie mir hinaus, und wie Alfret zurückflüsterte und dabei eine Suppenterrine gegen Adas Bauch schleuderte: Sie sterben zu Hunderten, wenn wir nicht helfen, und Ada, die zurückschrie, wer hat denn die Arbeit mit den Siechen, das bin doch ich, und du schleichst dich davon, du machst deinen Widerstand auf unsere Kosten, und die Kinder werden krank fürs ganze Leben, schau lieber, daß wir was zu essen haben. Dann kamen Gefepo-Patrouillen und durchsuchten das Haus, und Alfret wurde krank, wie er immer krank wurde, wenn es ihm über den Kopf wuchs. Meist war es der Magen, der dann eine schonende Kost verlangte, und das war immer schon besonders schwer zu bekommen. Und da half es auch nicht, daß er Sprüche klopfte wie *jede Krankheit ist eine Flucht*, solange er immer die Flucht antrat. Ada mußte ihn pflegen und ihm den Nacken streichen, in dem die Angst saß, und Katharina fand im nachhinein, daß es zuviel war.

Menschen traten auf, die Katharina hochzuschätzen hatte, weil sie, wie Alfret sagte, waschechte Proletarier waren, und Katharina hatte Ehrfurcht vor ihnen und wagte nicht, das Wort an Hias zu richten, mit dem sie früher manchmal im Wald spazierengegangen war, seit sie wußte, daß auch er etwas anderes war. Sie sah ihn mit anderen Augen an. Auch er war übergelaufen zu den Menschen, die sie ängstigten, nicht anders als die Freunde ihrer Großmutter, die die Adelstitel untereinander aufteilten.

Dennoch, eine mußte wachen, daß Alfret, vor allem, zu Brot kam, aber auch die Kinder und die Schwindsüchtigen und die Proletarier, und das war Ada, die am Auseinanderfallen war, denn sie kam aus Berlin und war von heute auf morgen ein Flüchtling. Sie wurde immer darauf gestoßen, daß sie eine andere war und eine andere Sprache sprach, und mußte trotzdem so tun, als wäre sie ihresgleichen und als gehörte sie zur Gemeinschaft. Ada hatte nie gelernt, wie man mit Bauersleuten umgeht, wie es Martha von jeher wußte, deshalb brauchte sie ihre Mutter.

Oft fuhren Ada und Katharina auf dem Rad nach Braunau, und Katharina stand mutterseelenallein in dem Boot auf dem Inn, auf der einen Seite Ada, auf der anderen Seite Martha, und beide streckten weinend die Hände nach ihr aus. Martha nahm sie auf der deutschen Seite in Empfang, und sie wurde geatzt und gepflegt und dann mit vollem Bauch und prallen Taschen und kleinen Zettelchen und Rechnungen vom Grenzbeamten wieder zurückgerudert zu Ada.

Vielleicht hätte sie das gar nicht als eine solche Tragödie in Erinnerung, wenn es nicht von beiden Seiten zu so vielen Tränen gekommen wäre, denn sie war das Bindeglied zwischen den beiden Müttern und hatte Küsse zu übermitteln und Nähe. Dann fuhren sie stolz zurück, Katharina auf den Sitz gezwängt zwischen den Nahrungsmitteln, Ada, mit anschwellender Schilddrüse – nicht nur vom Radfahren: die Bergenge machte ihr zu schaffen, denn sie liebte die Weite des Nordens und haßte dieses Gefühl des Eingepferchtseins. Sie brachten alles nach Hause, was Alfret liebte: Milch und Butter und Eier und Gemüse und Obst und Brot. Und Alfret, der sich immer wunderte, warum Ada das nicht im Dorf erhielt, fragte nicht, woher es kam, und aß davon mit dem Vorrecht desjenigen, der anschaffte, und sie warteten auf das, was übrigblieb.

Für Katharina trug Alfret eine Tarnkappe, wenn er den Bürgermeister spielte mit Seidenkrawatten, die Ada aus Marthas Hochzeitskleid genäht hatte, denn sie spürte, daß er die Genossen, all diese waschechten Proletarier, nicht so liebte, wie er es sich zum Programm gemacht hatte; er war nicht ihresgleichen, sosehr er auch so tat. Sie merkte seine verbissene Leutseligkeit, mit der er ihnen begegnete. Sie verstand im nachhinein, welche Bedeutung es für ihn hatte, daß sie ihn zum Bürgermeister des Dorfes wählten, aber sie bezweifelte, daß er in der Reihe der kämpferischen Arbeiter stand, wie er behauptete. Er stand außerhalb.

Doch was sie miteinander verband, das war seine Liebe zur Umgebung, die er Heimat nannte. Alfret kannte jeden Berg und wußte seine Höhe, und manches, was er sagte, klang nicht anders als die Dialoge aus jenen Heimatfilmen, die er später schlechtmachte, doch das merkte sie damals nicht.

Für Ada war damals kein Platz in seinem Leben. Sie konnte ihm nicht helfen bei seinem Amt, denn sie war ein Problem, für das auch die Genossen, die einheimischen, keinen Sinn hatten. In Gamsern war man eben Gamserer oder Österreicher in jedem Fall, doch keinesfalls aus Berlin. Katharina sah, wie Ada die Fensterläden mit den gesägten Herzlöchern schloß und allein in der Stube blieb. Wie grausam sie waren, Katharina und Susanna, die nach Hause kamen mit Worten, die Ada nicht verstand, und die, um selbst eingemeindet zu werden, alles taten, um Ada in der Familie auszugemeinden. Sie schäkerten österreichisch mit dem Vater und brachten Ada zur Weißglut.

Alfret sprach mit großen Worten von der berauschenden Symphonie seiner Heimat, die überragt sei von der dreizackigen Krone des ewig eisichten Dachsteins und von den blauen Felsen der Ewigen Wand, für die er eine Vorliebe hatte, weil sie eben ewig war, und Ada hielt sich die Ohren zu und duckte sich zusammen, weil sie Angst hatte, von den ewigen Felsbrocken erschlagen zu werden. Es war merkwürdig, wie sehr so ein Mann eine Frau entwurzeln konnte, wenn er das Gewicht seiner Worte und seiner Ortsveränderungen für die anderen verkannte. Er machte sie zum Fußvolk seiner selbst, und Katharina begriff, daß ein Schriftsteller so etwas wie Heimat brauchte, um Worte darum zu machen, und daß er da wenig Rücksicht nahm auf seine Frau und sie verkümmern ließ, wenn ihre Ableger nicht angingen, und dann eine andere nehmen mußte, die die Wurzeln dort anlegte, wo er sie gerade haben wollte.

Da konnte eine zehnmal sagen, wo du hingehst, da will auch ich hingehen, das half nichts, wenn sie nicht bereit war, dort auch Wurzeln zu schlagen, wie es Katharina damals tat, die gerade im richtigen Alter dafür war. Aber auch ihr nützte es wenig in der Zeit danach, als sie zwei Jahre lang heulte, wenn sie Blasmusik hörte, denn da hatte Alfret ihr die Heimat genommen und sein Lager in Fahrn aufgeschlagen, das war in der russisch besetzten Hälfte einer dreckigen Großstadt auf der anderen Seite der Donau.

Und so war Ada letztlich die Getäuschte, weil er sie zurückließ und ihr nicht die Hand reichte, um sie auf seinem Hochweg mitzunehmen. Er vergaß, daß sie in Berlin Bunkernächte geteilt hatten und daß Ada ihren Beruf aufgegeben hatte, um die Kinder aufzuziehen, und sich die Rente hatte ausbezahlen lassen, um Möbel und Teppiche und Hausrat anzuschaffen für das gemeinsame Haus. Er fand es nicht recht, wenn sich die Frau in das Leben des Mannes anders einmischte als durch Rettung desselben, wie damals, als Ada bei der Hausdurchsuchung die

Liste der Widerständler vor den Gendarmen verschwinden ließ. Das war erwähnenswert.

Aber alles andere war seine Sache, und er konnte nun mal ohne Heimat nicht leben, damals, konnte nicht leben ohne diese bewaldeten Hügel und verträumten Seen, *ohne diese männerstirnen und frauen-augen, ohne diese melodie der worte,* und als er die Heimat und die Frau wechselte, da schrieb er von der *sächsischen kulisse* und vom *weißen hirsch* und vom *Blick hinunter auf die eisrosenbedeckte schwarze elbe und dahinter das sonnenglitzernde hügelland,* er schrieb von zuversichtlich wimmelndem Menschentreiben in kleinen Städten und von der politisch notwendigen Architektur der Stalinallee, von *offenen, klaren, klugen arbeiter-gesichtern* und von Tiefsttemperaturen seit 200 Jahren: *aber gerade in der naturkatastrophe bewährte sich die kraft des sozialismus; schnee fiel auf alle gemeinsam, und niemand konnte an –30 grad profitieren.*

Nun, Ada konnte damals wenig anfangen mit der Eiseskälte, die ihr ans Herz kroch. Katharina merkte, daß sie nach wie vor Partei war, wenn sie an jene Zeit dachte, weil sie sich ebenso getäuscht fühlte wie Ada, betrogen um den Vater, auf den sie ein Recht gehabt hätte. Damals im Gamsern begann es, daß sie erbrach und spuckte und kein Essen behielt, und niemand kam je dahinter, was es eigentlich war.

Sosehr sie es auch suchte, sie fand es nicht, in keiner Zeit, das Bild ihrer Eltern, Hand in Hand. Sie sah den Vater mit den Töchtern, in Knickerbockern und Wollstutzen, auf Wanderungen und auf Gängen durchs Dorf, Alfret in Amt und Würden und Lederhose, den Steirerhut mit dem Gamsbart, der in Gamsern erfunden worden war, im Gemeindeamt, wohin er sie mitgenommen hatte, in einem kleinen, engen Haus, eingepfercht zwischen anderen Häusern. Er arbeitete mit Papierstößen und empfing Leute, die Sorgen hatten, und sagte zu ihr, das wäre es, nun hätte er eine Aufgabe und den Weg gefunden, er sei angelangt.

Sein Schatten wurde immer schmaler für die Familie, und schließlich hatte er sich abgewandt. Katharina sah ihn nicht mehr, wenn sie zurückblickte. Sie bemerkte nur noch Ada, die sich innerlich steif gemacht hatte und morgens um sechs Uhr das Holz hackte, die Zimmer heizte, dann den Umzug ins Bauernhaus allein bewerkstelligte, weg von jenem Fleischhauershaus, in dem es Katharina grauste wegen des Geruchs nach warmem Blut und getötetem Tier und über dessen Treppen sie geeilt war, die Hand vor Mund und Nase gepreßt, um zu behalten, was nach außen wollte; in dem sie meist vor einem Buch gesessen war, mit Stoffstückchen in den Ohren, um nicht das Gebrüll der Tiere zu vernehmen, die hingerichtet wurden, und mit einem Taschentuch, getränkt mit Marthas Lavendelwasserresten, vor der Nase, und sie wurde siebzehn Jahre, bis sie zum erstenmal Fleisch aß in Form von Faschiertem oder Würstchen.

Sie sieht Ada, in endlose Korrespondenzen mit Martha verwickelt, worin es um eine neue Gummiunterlage für Susanna geht, die immer ins Bett näßt, oder um einen Fetzen Stoff; Ada, die dreißig Kilometer mit dem Rad fährt, um reine Schafwolle aufzutreiben, aus der sie ihnen dann Strumpfhosen strickt, die beide nicht aushalten, so sehr kratzen sie, und sie wagen es nicht zu sagen, weil sie wissen, wieviel Mühe sie gekostet haben; Katharina, die ein Quadrätchen Schokolade in vier Teile teilt, damit sie alle vier etwas davon haben – und das wird eine der Geschichten, die Ada erzählen wird bis an ihr Lebensende: wie selbstlos sie waren, die beiden Kinder (ein Lied, in das Martha auch immer mit einstimmte), wie sie sich nie etwas gewünscht hätten, weil sie so bescheiden waren und ihre Mütter sie so bescheiden erzogen hatten.

Doch das stimmte gar nicht, und Susanna und Katharina waren randvoll von Wünschen und konnten mit nichts zu Ada kommen, weil es sie gekränkt hätte. Die Erbsensuppe der amerikanischen Besatzer in der ersten Klasse Volksschule (die Katharina wiederholt, weil sie die Zeit hauptsächlich im Bunker verbringt, wo sie anderes lernt, nämlich Angst); der baumleere Schulweg, auf dem sie sich hinwirft, wenn ein Flugzeug zu sehen ist, so daß sie die Erbsensuppe erbricht.

Ada weint; Alfret, vorläufig aus dem Wehrmachtsgefängnis entlassen, von Ada mit einem gefälschten Urlaubsschein gerettet, kehrt zurück, doch die Anklage der Wehrkraftzersetzung läßt man Ada entgelten. Ein ehemaliger Ortsgruppenleiter hat sie vom Fahrrad geworfen und beschimpft sie als Saboteurin. Alfret versteckt sich im Haus und simuliert eine schwere Krankheit. Trotzdem saß der Kranke am Schreibtisch im Dachboden und bohrte in der Nase; und sie liest zehn Jahre später, daß er damals an einem Basis-Bühnenwerk über das Kraftwerk Kaprun gearbeitet hat, in dem die Arbeiter vor der Baracke mit dem Personal-Büro im Chor sprechen:

Wir kommen her,
Die mägen leer,
Im hals die not,
In keinem sack ein stück brot –
Gebt uns zu tun
In kaprun!

Er schrieb und schrieb, während Ada mit dem Rad die Bauernhäuser aufsuchte, um Brot aufzutreiben:

Erste Schicht
Die ham gut spotten
Die faulen Falotten
Die Arbeit tut weh
Auf der Höh'.
Zweite Schicht
Wer soll da mehr klagen?
Uns alle tuns jagen!
Wir sind ja schon eh
Auf der Höh'.
Erste Schicht
Schnallts euch die Wampen
Und nehmts die Krampen!
Du kommst und ich geh
Von der Höh'.
Zweite Schicht
An Meter Beton
Und paar Schillinge Lohn
Das is die Idee
In der Höh'.–
Adieu!

Katharina ist jahrelang irritiert und weiß nicht, ist das nun ehrlich gemeint oder ist das eine Parodie, und diese Österreichsimpelei und dieser Mythos, als seien alle Arbeitermassen Marxistenchöre, ist das nicht ein schlechter Stil oder was, damit kam sie nicht zu Rande, außerdem klang alles so verdammt ähnlich nach seinem ersten Gedicht, das er mit acht Jahren geschrieben hatte:

Auf der grünen Wiese
Wo die Lamperln sin'
Und die Blumen sprießen
Das ist eine Freud.

Das Gedicht hatte für Katharina immer etwas Aufmunterndes, wenn sie es las, ebenso wie dieses Spiel für Arbeiter, weil sie dachte, wenn er mit Fünfzig noch so schrieb und hatte doch diesen Ruf, dann kann aus mir auch noch was werden. Trotzdem, es mußte doch etwas dran sein, oder war es so, daß der gute Zweck die Mittel heiligte?

Sie hatte den Eindruck, daß Alfret für sehr vieles Tränen hatte, für Berggipfel und Genossenantlitze und deutsche Volkskörper, doch weniger für seine Frauen, mit einer Ausnahme, und das war seine Mutter, die seit dem Jahre 1918 erblindet war, und mit seinem Vater, den er verleugnete, der in einem Pflegeheim in Gamsern wohnte. Er hätte ihre Hand gesucht, diese trockene, runzlige Greisinnenhand, von der doch für ihn alle Liebe und Zärtlichkeit dieser Welt ausstrahlte, sagte er, als der Krieg zu Ende ging, und hielt sich an ihr fest, als er, auf der Suche nach seinen Wurzeln, sich endgültig vom Nationalsozialismus ablöste.

Es stand zwar auf dem Papier, doch Katharina glaubte es nicht so recht, das mit der Sohnesliebe, und sie dachte damals, daß Alfret sicherlich nicht anders gewesen wäre als sein Vater, der die Blindheit der Frau ausnutzte und vor ihren Augen aus dem Marmeladetopf aß, den er auf den Schrank ganz oben hingestellt hatte, damit sie ihn nicht fand. So sind sie wohl, die Menschen, aber warum nur taten sie immer so, als wären sie anders?

Sie hatte nie Angst gehabt um ihre Stimme, denn die Stimmen taten einem meistens weh, schon wenn sie laut waren, aber sie hatte immer Angst gehabt davor, blind zu werden wie ihre Großmutter, denn dann wurde man betrogen. Der gleichgültige Verkehr zwischen den Menschen, um den war es nicht schade, besser war es, wenn man ihn nicht auch noch vernahm, aber das Allerwichtigste war doch der Anblick, hie und da, wenn man Augen sah, die sich aufgehoben hatten, Menschen, in deren Blick es lag, daß sie das Glück der anderen vertragen konnten. Einen solchen Blick hatte jener kleine Nachbarsjunge damals, mit dem sie *Oascherln* spielte, vor dem sie sofort das Röckchen hochschob, kaum daß sie alleine waren, und der ein Bügeleisen auf ihren Hintern legen durfte und ein Brett, auf dem er auf- und abhutschte; wie er sie ansah, als sie eines Tages Glasstäbchen von einer zerstörten Jugendstillampe mitbrachte, damit er sie ihr hineinsteckte, und er tat es, behutsam, und da schauten sie sich an und liebten sich voraus, wie es leider so selten kam, später, als sie hätten tun können, was sie wollten. Es war ein glückseliger Rausch, der sich ihnen da mitteilte, und sie sprachen nie miteinander, aber sie trieben mit heißen Köpfen ihre Spiele weiter in jenem Holzschuppen, dessen oberer Raum nur mit einer Leiter zu erreichen war, und einmal sahen sie herunter und bemerkten den steinalten Bromberger, wie er ein Blechbüchslein hervorholte und seinen Stummel hineinsteckte, auch er ein stummer Besessener.

Es waren Tage, in denen sie sich auf ihr nächstes wortloses Treffen freuten und darauf, was der andere wohl diesmal in den Händen hielt, es war ein seltsamer Reiz in all dem und in den Nächten, in denen Susanna und Katharina sich aneinander festhielten, bis Ada hereintrat und sie dabei erwischte.

Ada hatte wohl Angst, daß sie herunterkam, und zog Katharina hinter sich her zu einem Arzt, der ihr eine Salbe verschrieb für unten, die wie Höllfeuer brannte.

Sie waren kleine Mädchen mit gestrickten Wollröcken und Gretelfrisuren, beide gleich gekleidet, wenn das ging, und manchmal traten sie auf Gamserer Volksabenden auf und sangen zweistimmig »Wo i geh und steh, tuat mir mei Herz so weh«, und dann schuhplattelten und jodelten sie, und sie waren tatsächlich gut, wie es hieß, doch Katharina war jedesmal fertig mit den Nerven, weil Susanna, die den Sopran hatte, kräftig falsch sang und sie ihr nachzufolgen hatte in der Terz, damit es nicht auffiel. Dann gingen sie aufeinander los, wenn der Vorhang herunterfiel, und zogen sich an den Haaren, und Susanna sagte später, daß Katharina immer gemein gewesen sei und sie gequält hätte ohne Rücksicht darauf, daß sie die Kleinere war. Katharina hätte einen flinken, harten Griff gehabt und ihr büschelweise das Blondhaar ausgerissen und ihr einmal sogar einen Stoß mit dem Knie gegeben, wie es die Männer untereinander taten, deren *Buamabrunzen* sie nachübten, und das hätte auch bei einer Frau saumäßig weh getan.

Katharina erinnert sich daran nicht mehr, sondern sie sieht sich als ein verträumtes, großäugiges Mädchen, das in der Droschke durch den grünglitzernden Laubwald nach Bad Ischl fährt, bräutlich gekleidet, den Bauch voll himmlischer Speise, das Haar in Zuckerwasserlocken gelegt. Oder sie sieht sich mit der Milchkanne im Wald, das Gerät ist nur pro forma dabei, sie verkriecht sich im Blättergeflecht eines Haselbusches, wo sie sich eingerichtet hat mit Decke und Glasperlen und Hobellokken, die sie dem Schreiner abgebettelt hat und die sie dort trägt, mit Klammern befestigt, und sie findet, daß sie aussieht wie die Kaiserin Sissy.

Sie hatte Ringe unter den Augen, und wenn sie angstträumte, so handelte es von Augenausstechen und Blindwerden, und einmal, das war bereits in Fahrn, hatte Ada Schuhe gekauft, und die Kinder bekamen einen Luftballon mit dem Aufdruck des Schuhgeschäfts, der an einen Draht gesteckt war, und plötzlich stand der Luftballon von ihrem Auge ab, und es blutete, und alle dachten, das Auge wäre hin. Doch Ada zog den Drahthaken vom Augenlid, und sie war nicht blind geworden, aber sie träumte es und haßte das Lied ›Kauf mir einen bunten Luftballon‹, das damals modern war.

Ihr erstes erotisches Erlebnis hatte sie mit Zwölf, sie war lang und dürr, hatte aber schon große Brüste, deretwegen sie sich nachts von der einen auf die andere Seite wenden mußte, weil sie auf dem Bauch schlief, und sie verdankte dieses Ereignis Marthas christlichem Rat, jedem Gebrechlichen zu helfen.

Es war im Parkbad zu Walz, da ging ein Blinder mit seinem Stock hin und her – wie sollte er sonst auch seine Kabine finden. Katharina sprang, die Brüste säuberlich verpackt, hinzu und geleitete ihn, der sich sofort an sie klammerte, zur Kabine, die er mit überraschender Behendigkeit abschloß. Katharina verharrte in schreckensvoller Starre, als er anfing, sie zu berühren. Sieh ein, daß ich dich nicht sehe und dich deshalb betasten muß, flüsterte er, und Katharina spürte, zitternd, wie er seine Hände über ihr Haar, ihr Gesicht führte, wie er durch den Baumwollstoff die Brüste berührte, und er war gerade dabei, nach Prüfung der Hals- und Schulterlinien und des Bauchs, vom Nabel mit seinem Finger abwärts zu fahren, als sie ihn wegstieß und den Schlüssel herumdrehte und schamerfüllt nach Hause lief. Sie konnte sich lange nicht entscheiden, ob sie diese Viertelstunde geliebt hatte, erst fand sie, daß kein Schatten einer Schuld auf sie gefallen war, weil sie ihm ja nur hatte helfen wollen, später bedauerte sie ihre Flucht, da das Erlebnis in seiner köstlichen Passivität in jeder Hinsicht unwiderbringlich war und die vielleicht schönste Einführung in die Liebe gewesen wäre, die sie aus ihrer schläfrigen Selbstgenügsamkeit erlöst hätte. Schade, daß sie so einen plumpen Bikini getragen hatte, der sie allzu zugänglich gemacht hatte, und nicht ein Musselin-Kleid mit hundert Knöpfen oder eine jener Spitzenblusen mit Stuartkragen und einem geschlitzten Rock.

Ihre ersten erotischen und politischen Erlebnisse formten sich um den Vater herum. Katharinas Erinnerung teilte ihr Leben sorgfältig in ein hauptsächliches mit der Mutter und ein schubhaftes mit dem Vater. Sie vermutete inzwischen, daß er damals allein war und daß seine beliebten Versuche, ein von den Kindern umgekehrtes leeres Ei mit allen Anzeichen der Erwartung und dann der Enttäuschung zu öffnen, ein hilfloser Versuch zur Väterlichkeit war, weil sie ihm in der Tat Leeres vorsetzten, ein Trostpflästerchen für sich selbst, der er in Wahrheit ausgeschlossen war.

Von ihren Spaziergängen mit Ada waren es Bildungsspiele, an die sie sich erinnerte: Rate mal, einen Komponisten mit B, oder ›Ich sehe was, was du nicht siehst‹, und dabei ging es immer um etwas Reales, einen Gegenstand, ein Tier. Es kam ihr vor, als wären es immer kleine, kurze Spaziergänge in einem abgesteckten Umfeld gewesen, ähnlich den Spaziergängen mit Martha, die Orte des Wiedererkennens mit Denkmälern und Grabsokkeln bevorzugte.

Anders die Wanderungen mit Alfret, die Suchbewegungen waren und die nichts zu tun hatten mit dem, was sie bereits zurückgelegt hatten. Kein Bildungsgut wurde da abgefragt, da war etwas dynamisch Unzufriedenes, Herausforderndes bei seinen Wanderungen, und sie konnte sich erinnern, wie er die dösige Katharina herausforderte und sie kritisierte, daß sie nur glotze anstatt zu sehen, und dann nicht dahintersah, wenn sie es sah, wobei er mit dem Sämischläppchen seine Brille putzte. Er schüchterte sie ein, wenn er die Selbstverständlichkeit, mit der sie die Beichte absolvierte, schlecht hieß oder wenn er sie fragte, inwiefern denn jener Franziskus, den sie Bruder nannte, tatsächlich Brüderlichkeit übe. Katharina wußte darauf keine Antwort, als daß er nett sei, und Alfret entgegnete, nett seien insofern alle Menschen und auch der Papst. Aber er hielt nicht damit hinterm Berg, wie so ein Papst lebte, woher er sein Einkommen bezog, nämlich von Menschen, die so bewußtlos daherwuchsen wie Katharina, und daß er auf Kosten der Ärmsten einer der reichsten Menschen war auf der Welt und so ganz und gar nicht brüderlich teilte.

Solche Äußerungen wiederum standen im Widerspruch zu der Tatsache, daß Alfret Adas wegen vom evangelischen zum katholischen Glauben übergetreten war und auch als österreichischer Katholik in die DDR zog – während Katharina immerhin austrat, als sie dreißig Jahre alt war – oder daß Alfret ganz gekränkt den Weihnachtsbaum zu Unzeiten forderte, wo kein Faserchen Lametta und kein Bonbon aufzutreiben war, und es nach der Flucht aus Berlin zu einem heftigen Krach kam, weil Ada nur einen Teil des Weihnachtsschmucks mitgenommen hatte; und daß sie jeden Adventssonntag auf seinen Wunsch ›Maria sei gegrüßet‹ sangen und er heiser mit einstimmte und jedes Weihnachtsfest zu einem Tränenfest geriet, auch bei ihm.

Besonders, wenn sie dreistimmig vor dem Christbaum sein Lieblingslied anstimmten:

> Bei ihrem schwer erkrankten Kinde
> Saß die Mutter still und weint:
> »Woaßt du Muaattal wos mir traamt hod
> I hob in Hümmi einigschaut . . .
> Do woren tausend klaane Engal . . .«

Offenbar war es so, daß er manchmal den gleichen Traum träumte wie Ada und es dann fertigbrachte, ihn von einer Stunde zur anderen plötzlich aufzugeben, und Katharina wurde später, als er ihr von Dialektik erzählte, klar, daß es nur das sein konnte, was ihren Vater so verschieden gemacht hatte. Er brachte einem Holzknecht bei, wie man Worte pflanzte und schlug, und Katharina saß dabei und hörte zu, wie Alfret dem Hias das genaue Schreiben beibrachte und ihn auf jede Phrase hetzte, und dann kam noch der Sepp hinzu, und sie saßen zu dritt da, und Alfret nannte es eine Werkstatt. Und den beiden Holzknechten half es, und sie sagten später, daß sie dem Alfret alles verdankten, und ihre Werke wurden in Verlagen gedruckt und hießen ›Die Föhnlawine‹ oder ›Wenn das Eis einbricht‹ oder ›Der Gosausee‹.

Dennoch bekam Katharina um so mehr Angst vor den Worten, weil sie den Terror fürchtete, den Alfret ausübte, wenn sie ein Wort ungenau anwandte oder etwas gegen einen guten Gamserer sagte. Sowenig Alfret zum Volk gehörte in Katharinas Augen, sosehr hielt er doch zu ihm mit den Worten; dazwischen lagen die Abgründe. Mit Alfret betrat Katharina das erstemal eine Mine und ein Kraftwerk und erfuhr, wie sie zu dem kamen, was sie jeden Tag brauchten; die Dialektik daran wiederum war, daß Ada, und nicht Alfret, die Kohlen erschlich und hinaufschleppte aus dem Keller und die Öfen anheizte und daß Ada tagtäglich das Wasser vom Brunnen holte, damit sie zu trinken hatten, und mit den Bauersfrauen im eiskalten Bach die Wäsche wusch, damit sie nicht verkamen.

Doch das stand auf einem anderen Blatt, und Katharina begriff, daß Alfret keinen Brotberuf hatte für damalige Zeiten und daß Ada deshalb geistig nicht mithalten konnte, weil sie ins Joch gespannt war, und daß es trotzdem allerhand war, wie sie so einigermaßen auf dem laufenden blieb und las und bei den Gesprächen folgte. Ada tat vieles für Alfret, um mit ihm leben zu können, doch was er anderen gab, zum Beispiel den beiden Holzhackern, das verweigerte er ihr. Da war ihm Unbildung lieber als Halbbildung – und das war der Dank, wenn man sich seinetwegen bildete, soweit es ging.

Katharina war auf der Hut und gratwanderte zwischen zu großer Abweichung und zu großer Anpassung an den Vater und bemühte sich, ohne sich dessen bewußt zu sein, dem Leben, das ihre Eltern führten, genau zuzuschauen, und zog den Schluß, daß es da recht verschiedene Arten gab. Was für ihre Großmutter Herzensbildung war und ein bißchen Französisch, das war für Ada das Wissen darüber, wer die ›Eroica‹ komponiert hatte und wer der Verfasser des Gedichts war vom Land, in dem die Zitronen blühen; für Alfret jedoch war Bildung eine Ehe zwischen jenem Wissen Adas, das er als selbstverständlich voraussetzte, und einem Darüberhinausdenken, auch Drüberhinwegsehen und Nichtachten, ja Verächtlichmachen, eine Absage an die Teilhaberschaft mit dem Herkömmlichen, und offensichtlich war Veränderung für ihn eine Lebensnotwendigkeit – zumindest im Kopf, denn als er sie nicht mehr denken konnte, da starb er.

Es war für Katharina schwer zu begreifen, daß das Leben für ihn morgen begann, der heute von der Hand in den Mund lebte, und zu lernen, daß das zweierlei war. Zu wissen, woher das Ei kam, oder es zu essen, ohne zu fragen, wenn es auf dem Küchentisch lag. Ihr Vater war geizig, in der Tat, und er zahlte nach der Scheidung zweihundert Schillinge pro Kind und fand es doch selbstverständlich, sie zu jeden Ferien wieder lebend vorzufinden.

Und als Alfret 1954 aufbrach in die DDR, da versiegten seine Zahlungen mitunter. Die beiden Töchter schienen für ihn eine Art Pflanzen zu sein, die im Wildwuchs gediehen, zwischen Karst und Geröll, und die sich von selbst das Nötigste aus dem Boden zogen. Er sagte es oft, daß er kein Verhältnis hatte zu Nähnadel und Schrubber und Hammer und Sichel, die er nur als Symbol guthieß, aber er bestand doch zu jeder Zeit auf seinem gepflegten Äußeren, das Ada zusammenhielt mit Nadel und Faden und Kernseife.

»Ein junges Mädchen schwebt immer zwischen Skylla (venerische Krankheit) und Charybdis (Schwängerung), beides bedeutet meist eine Schädigung fürs Leben – also aufpassen!« warnte Alfret, als Katharina, siebzehn Jahre alt, ihn mit geheimnisvollen Worten ihre Entjungferung erraten ließ, und als sie eine nachlässig eingeschobene Liebesgeschichte in einem recht törichten Brief bereute, bemerkte er: »reue ist etwas unmenschliches, von unmenschlichen kräften ins menschliche leben getragen, etwas illegitimes. wozu reue? man tötet die erinnerung, schwächt das gedächtnis, reue ist etwas unproduktives.«

Sie fragte sich, ob sie nach der mißlungenen Begegnung ihres Verlobten mit ihrem Vater Besseres hätte tun können, als von einem Mann in den anderen hineinzufallen und, zwanzig Jahre alt und hoffnungslos blind, ein zweitesmal einen, wie Alfret später schrieb, keineswegs zornigen jungen Mann anzuschleppen, 26, Jurist, Konformist, Bayer, und ihn im Ostberliner Häuschen im sogenannten Intelligenzviertel auf Alfret losgehen zu lassen mit jenen Allerweltsargumenten, mit denen man in der westlichen Presse Alfrets verschlungene Wege verurteilte: Pah, immer habe Alfret sein Mäntelchen nach dem Wind gehängt, erst hätte er sich mißbrauchen lassen im seltsamen Ornat des nationalsozialistischen Schreibers, doch den Lorbeerkranz, den hätten ihm auch die Faschisten nicht gegeben. Er habe ein Marxist sein wollen, zuvor und nun wieder, wo es doch nur der Brotkorb sei, nach dem er greife, weil man ihn ihm diesmal zu hoch gehängt hätte im Westen.

Es war im tiefen Kalten Krieg, und Katharina spürt die Spannung noch und sieht Alfret wie einen Tiger im Käfig auf und ab schreiten in seinem Zimmer, die Stimme krächzend vor Wut.

Sie schreien sich an, daß es immer solche sind wie jener, der gegenübersteht, die am lautesten von Freiheit reden, wenn es keine Freiheit gibt, Parteibonzen kämpfen gegen Bonner Borussen, Ulbricht gegen Franz Josef Strauß, und Alfret flüstert, daß jener Herr Schulz, so nannte sich Katharinas Liebster, noch nicht kapiert habe, wie wenig wichtig in der heutigen Welt Hamburg oder München seien gegenüber Peking, Neu Delhi oder Bandung, von Moskau ganz zu schweigen. »Ja, Moskau«, brüllt Herr Schulz, »da geben Sie mir das richtige Stichwort, gerade Sie in diesem Trabantennest.« Und schließlich, als Alfret den ganzen Marxismus herausgelassen hat, schreit Herr Schulz: »Wenn Ihnen alles andere nicht Beweis genug ist dafür, daß ich in dem besseren System lebe, dann fühlen Sie gefälligst mal, ob das nicht der bessere Stoff ist«, und Herr Schulz hält Alfret seinen Kammgarnkragen entgegen, und Alfret kontert mit seinem Jackett und krächzt zurück, daß es ihm nicht gefällt, daß sich seine Tochter mit einem jungen Anpaßler verquickt, an dem kein Faden reiner Wolle ist. Und Herr Schulz springt voll Zorn zum Gartenschlauch, um zu demonstrieren, daß westdeutsches Kammgarn selbst das übersteht, und Alfret tut es ihm nach, und beide stehen sich naß, jedoch nicht abgekühlt, gegenüber, und an beiden hängen die Jacketts herunter, denn auch Alfrets stammt aus dem Westen.

Das war 1959, und Alfret war nicht zu blöd, bei allem Freiheitsgeschwätz die Zahlungen für Katharina nicht zu vergessen, und sagte zu ihr: »Aus allen diesen Gründen werde ich den Versuch, dir weiterhin ein wenig zu helfen, davon abhängig machen müssen, daß du entweder hier bei mir studierst oder dich um Aufnahme in das Studentenheim bewirbst. Denn so wie die Dinge jetzt liegen, finanziere ich nur deine sturmfreie Bude mit, die weder deinem Körper noch deinem Geiste förderlich ist. Sollte aber Herr Schulz seiner Gefühle nicht Herr werden können, so möge er sich in die entsprechenden Lokalitäten bemühen.«

Doch Katharina wurde damals noch ein halbes Jahr von Herrn Schulz bewegt, und sie verließ den Vater mit Groll, weil er dessen Intelligenz so mißachtet hatte, und sie pflegte aus Liebe ihren Blick abzuschalten, wenn sie merkte, daß sie darauf aus war zu überprüfen, ob Herr Schulz diesmal Wolle oder Perlon trug, bevor er sich auszog.

Katharina erinnerte sich, wie sie ihren Vater kurz vor seinem Tod empfunden hatte – da war nichts mehr von dem übriggebliebe, was die Leute früher an ihm so entrüstet hatte, weder Arroganz noch Parvenütum. Das war ein erloschener, leiser, diskreter Mann, der den Unauffälligen spielte und so tat, als wäre er's nicht, ein Mann, der auf dem Altenteil saß und sein Gnadenbrot aß, den man nur widerwillig Kritiken, hauptsächlich aus Westberlin, schreiben ließ und dem man die Kleinschreibung und seine geliebten Trennstriche zwischen zusammengesetzten Wörtern boshaft herausredigierte – ein Mann, der sich verkauft hatte. Sie erinnerte sich anhand dieser Schulz-

Episode an die aufgestaute Angriffslust eines Menschen, der nicht sagen kann, was er sagen will, und der im Innersten daran zerbricht.

Katharina blätterte in seinen letzten Briefen, und da fand sie einen, den er ihr kurz nach der Publikation seiner DDR-Reisebriefe zugeschickt hatte.

du schreibst von der gefahr, daß wir uns gleichgültig werden
könnten
aber woran liegt es
wenn du mir deine männer-geschichten erzählst
so revanchiere ich mich mit dem wetter
als ich in meinen reportage-briefen
dich in eine diskussion einbezog
hast du nur mit einem nebensatz
darauf nicht reagiert
warum schreibst du mir nicht
was du darüber denkst
was dir gefällt
oder nicht gefällt
wirst du imstande sein
dir deine eigene zukunft zu bauen
oder wirst du auf den mann warten
der dir den platz im leben anweist?
also mußt du doch über sinn
und unsinn
recht und unrecht
in dieser (deiner) welt denken.
es könnte ja auch sein
daß du dir eines meiner bücher ansiehst
etwa ›niemand‹
wirst du imstande sein
nicht auf den nächsten herrn schulz zu warten
aber wenn du nicht anders kannst
erzähle mir weiterhin deine männer-geschichten
nicht nur die kinder
auch die greise
hören es gern

Katharina schämte sich zwei Jahrzehnte zu spät über die Briefe, die sie wohl an Alfret geschrieben haben mußte, und sie schlug die ›Deutsche Reise‹ auf, jene Entdeckungsfahrt durch die

DDR, überlegte, wie sie in das Theaterstück einzubauen sei; da sah sie ihre Kinderschrift, die unter den Titel ›sentimental journey‹ gekritzelt hatte; sie blätterte weiter und las, daß sie im ersten Brief des Mannes, der angeblich die DDR sorgfältig erkunden wollte, bereits in der zehnten Zeile angestrichen hatte: »ich bin hierhergekommen, um hier zu bleiben.«

Sie blätterte weiter, und da hatte sie jene Stellen angestrichen, wo er sich darin wiederholte: »aber ich will nicht neu beginnen ohne euch«, sie sah, daß sie darunter gekritzelt hatte: »Lieber Alfret, ich komme trotzdem nicht«, und als er schrieb »hier gilt die parole: glauben. folg ihr!«, da stand schlicht daneben ihr »Nein!!!«.

Sie hatte das gesamte Buch redigiert, mit Anmerkungen versehen, dem Vater sentimentale Stilbrüche angekreidet – aber sie hatte ihm nie geantwortet und dies alles bei sich behalten. Sie war feige gewesen und voll Mißtrauen, voll Widerwillen gegen seine Emphase. Und hatte sie nicht lange Zeit das getan, was die herkömmliche Literaturkritik mit ihm gemacht hatte: ihn als einen Niemand zu übergehen?

Katharina beschloß, Blumen auf Alfret Bebras Grab zu legen, weil sie ihm keine rote Nelke mehr ins Knopfloch stecken konnte. Sie wollte ihren geprügelten und verflixten Vater aus dem Grab holen und jene letzten zornigen alten Männer aufspüren, die es noch gab und die seine Zeit gelebt hatten. Nichts hinderte sie daran, am nächsten Tag aufzubrechen.

Achtes Kapitel
Abraum

Am nächsten Tag verabschiedete sich Katharina von Ada, stopfte Fotos Alfrets, Briefe, seine Bücher in eine Tasche und Jonas' Babysachen in eine andere, schulterte das Kind und ging den Tag darauf zum Zug. Zehn Stunden Fahrt nach Berlin. Der Zug fuhr langsam. Der Ort Bebra, Gerstungen, die Grenze. Immer hatte sie in ihrem Namen Grenzgängerisches empfunden – hier war es. Jonas trank dankbar den blaßrosa Malventee einer Rotkreuz-Frau. Die Sprache um sie herum hatte einen klagenden Singsang bekommen. Grenzübergang, die Formalitäten. Ein Mann ging durch die Abteile und nahm die Tageszeitungen an sich. Draußen standen Soldaten. Die Rentnerinnen hielten ängstlich ihre mit bundesdeutschem Ramsch gefüllten Pappkartons an sich gepreßt.

Katharina spürte eine Unsicherheit. Sie war die Strecke seit dem Ende ihrer Ehe nicht mehr gefahren. Sie blickte hinaus. Draußen war DDR. Um sie jener sächsische Singsang, der sie einlullte.

Bilder stiegen in ihr auf: Hartmann. Wie sie ihn zum erstenmal sah. So hatte sie noch nie einen Menschen gesehen. Das war es. Er stand vor ihr.

Es gibt etwas um einen Menschen, das soll man so stehen lassen und nicht beschreibend einfangen, und so etwas war um Hartmann, als Katharina auf ihn traf. Es war nach dem Ende des Studiums 1962. Die Neue betrat den Verlag, man hatte ihre Schrift graphologisch geprüft und ihren Titel in die Kartei geheftet, man hatte sie im Preis heruntergehandelt und sich über ihre Willfährigkeit die Hände gerieben. Katharina wußte wenig von der Praxis, sie hatte auf der Universität nichts gelernt, was hier verwendbar gewesen wäre. Doch da kam er in ihr Arbeitszimmer und sagte ihr, daß es ihr gemeinsames sei. Er war ein dreißigjähriger Mensch, fahl, übernächtigt, mit braunen, Wärme versprechenden Augen, schwarzem, glattem Haar, langer, gutgeformter Nase, seltsam zartem Mund, untersetztem, bärenhaft kraftvollem Körperbau. Seine Fäuste waren eisenhart. Sein Vater war Gießereiarbeiter. Hartmann hatte vorübergehend als Kernmacher gearbeitet. Jetzt hatte er mit russischer Literatur zu tun. Von ihm ging eine Kraft der Trauer und der Wut über diese Trauer aus. Die Zigarette in seiner Hand zitterte. Katharina ging auf ihn zu. Hartmann schlug seine Zähne in ihre Lippen. Er umfing sie und hielt sie fest. »Du lebst«, sagte er.

»Ja«, sagte sie.

»Du wirst noch mehr leben«, sagte er.

»Mit dir«, sagte sie.

»Deine Augen«, sagte er. »Der Teufel hat Hochzeit.«

Ihnen schwindelte, und er berührte sie, daß es eine Art hatte, und Katharina spürte, wie seine Wut zerfloß, als sie ihn zu sich nahm.

»Wir schaffen es«, sagte er.

»Wir machen uns stark«, sagte sie.

»In mir hast du einen, auf den kannst du bauen«, sagte er. »Deine Liebe ist auch meine Liebe.«

Hartmanns Arme verlängerten ihren Vater. Er kam vom anderen Ufer Deutschlands, zu dem Alfret übergesetzt hatte, war ein Bote aus jener anderen Welt. Doch erst, als er das Land verlassen hatte, in dem er zum Marxisten erzogen worden war, wurde er zum Marxisten: unter Kapitalisten.

Er kam zu Katharina mit einem Pappköfferchen aus der geschiedenen zweiten Ehe. Drei Kinder, zwei in der DDR bei seinen Eltern, eins in der BRD. Sein Koffer enthielt wenig: Gorki, Dostojewski, einen geklauten Schlafanzug und eine geklaute Garnitur Bettwäsche, fünf Langspielplatten, Katschaturjan, Prokofieff, Janáček, jüdische Wiegenlieder, russische Chöre, Zahnbürste, eine zweite Unterhose, eine Flasche Wodka, eine Schachtel Marlboro. Sie liebten sich am nächsten Baum, wenn es Mittag war. Mit ihm kamen Kraft, Glaube, Veränderung in ihr Leben. Sie vergaß die Zeit, die Erziehung. Sie las. Sie schrie. Ihr wurde das Zimmer gekündigt, weil sie soviel schrie. Jeder hörte, daß sie sich liebten. Sie lebte in der sanften, harten Welt der Russen. Sie hörte unablässig die russischen Chöre. Sie trank mit ihm. Wodka Zabrorskaja. Sie tranken auf seine Heimat.

»was ist eine alte stadt?« hatte Alfret ihr geschrieben. »eine stadt oder ein museum? sie ist ebensowenig ein museum, wie ein alter mann eine mumie ist. wenn der alte mann aber eines natürlichen todes oder eines unnatürlichen todes stirbt; wenn man ihn schminkt, konserviert, mumifiziert, so mag er schöner, größer, jünger aussehen, als er je gewesen; er wird nur einen fehler haben: er ist tot. dresden, altnürnberg, altfrankfurt, altwürzburg, sie wurden von amerikanischen fliegern ermordet. auch ich will diesen sinnlosen tod von etwas, das uns allen gehörte, nicht anerkennen, auch ich möchte mit allen kräften dieses herrlich-starke, dies berauschend-heimatliche wieder ins leben zurückrufen. aber ist das möglich?«

Katharina wuchs trotz allem ohne Irritationen in die Wunderwelt des Wiederaufbaus hinein. Sie hatte Alfrets Einladung zum Leben, dort, zum Glauben an den Kampf eines jungen Staats, abgelehnt.

»Ist es wahr, daß dein Land lebt?« fragte Katharina.

»Ja, es lebt«, antwortete Hartmann.

»Mehr als unseres?« fragte Katharina.

»Dies wird nie meines sein«, antwortete Hartmann.

»Warum bist du dann gegangen?« fragte Katharina.

»Es war falsch«, sagte Hartmann.

»Ich liebe dich«, sagte Katharina.

Der Zug ratterte. Bruchstücke einer Landschaft zogen vorbei, dazwischen ein wenig blasse Natur, verstaubt, vertreten; keine Reklamen, kaum Parolen. Jonas mußte aufs Klo. Vor ihnen schwankte eine weißhaarige Rentnerin auf dem Gang.

Katharinas und Hartmanns Leben wurde ein Leben der Grenzgängerei, verschwommener Zugehörigkeiten, sie waren zwei Heimat- und Vaterlose, die da durch Münchens Kulturschickeria schlichen, durch das Treiben von Leuten, die sich links nannten und es nicht waren, am Rande standen und tranken: »Nastarowje!«

»Nimm mich mit zu euch«, bettelte Katharina. Weihnachten in Altenbock, Sachsen, fünf Jahre lang Karpfen, die mit dumpfem Gesichtsausdruck in den Wannen schwimmen, und als sie endlich duschen könnte, da reisen sie ab. Hartmann trinkt mehr Wodka denn je und hält den Mittagsschlaf auf der Couch neben seiner Mutter, eng an ihren massigen Körper gepreßt. Der Vater spricht nicht mehr. Die Mutter hat ihn vom Schlosser zum Betriebsmonteur machen lassen, seitdem ist er still. Die Mutter zerpreßt die Kartoffeln für die Klöße stellvertretend für den Vater, der geduckt zuschaut, die Hände ineinander verschränkt. Die Mutter schlägt dem Karpfen den Kopf tot, weil der Vater nicht einmal dazu mehr gut ist.

Katharina und Hartmann sitzen in der Gastwirtschaft »Zur Eiche« und essen Rotkohl und Rotwurst. Die Eltern bekommen Tränen in die Augen, wenn das Wort Arbeiter fällt. Sie sehen Katharina schief an. Sie sind besser als andere Leute, weil sie ärmer sind. So wie sie angezogen ist, gehört sie nicht dazu. Trotzdem sind sie stets aus auf Geschenke. Ihre Wünsche sind teuer. Hartmann trinkt viel und spricht von Wurzellosigkeit hier wie dort.

»Gib es zu, du bist nicht aus politischen Gründen gegangen, sondern ihretwegen«, sagt Katharina, »sie haben dich nicht mit ihr leben lassen.« Hartmann schlägt mit der rechten Faust in den linken Handteller und tut stark. Er bleibt dabei: es war eine politische Tat, daß er rüber gemacht hatte, und die Geschichte mit seiner ersten Frau, die käme dazu, weil sie geklaut hatte und dann gefaßt worden wäre.

»Sie hat geklaut, damit du mit ihr abhaust, oder?«

Hartmann krümmt sich zusammen, er trinkt sich übervoll. »Du bist da fein raus«, sagt er, »verdammter elender Haufen.« Katharina geht durch die kleine Stadt, in die Schule. Es riecht nach Karbol, und der Geruch geht tagelang nicht aus den Kleidern. Geschirrklappern, Bratenzischen, Untermieterärger, Platznot. Die Mutter haut ihr fette Sauce über den Teller: iß, damit aus dir was wird, so dürr wie du bist. Sonntags, nach dem Mittagessen, bewegen sie sich zwei Kilometer lang zum Schrebergarten. An warmen Tagen brät der Vater dort die Würstchen. Die Mutter sitzt breitbeinig entspannt auf der zu kleinen Bank.

»Dieses Jahr gibt es schönen Kohl«, sagt sie. Es ist derselbe Garten, in den sie den kleinen Hartmann immer geschleppt hatte, wenn sie sich, früher, als es noch in ihr gärte, mit einer Schnur umbringen wollte. Seitdem sagt der Vater ja und amen zu allem. Muttel und Vatel. Katharina kriegt es nicht über die Lippen. Gefüllte Papiersäcke. Fünf Tauben, vier Hühner, manchmal ein Schwein. Eimer, eine Rosenhecke, Muttels ganzer Stolz.

Abends fernsehen, dazu Salzgebäck und Obstwein. Was der Schnitzler sagt, stimmt. Am Wochenende ein paar alte Filme. Katharina und Hartmann fahren nach Leipzig. Alte Freunde. Katharina spricht mit einer Kollegin, die die journalistische Fakultät besucht. Sie schreibt Artikel in der ›Leipziger Zeitung‹ über ›Unsere Beziehung zu China‹ und Reportagen über die Volkswahlen und die Hilfsbereitschaft des sozialistischen Menschen. Sie gibt Katharina einen Artikel zum Lesen. Katharina sagt, daß das nicht stimmt mit den Volkswahlen. Elisabeth sagt, sie habe noch kein einziges Wort geschrieben, das nicht die

Wahrheit sei, und das wäre das Rüstzeug, das sie an der Universität erhalte. Ihr Staat sei verantwortungsbewußt und überlasse es nicht journalistischen Privatinstituten, wie es im Westen geschehe, seine Menschen für die gemeinsame Zukunft zu erziehen.

Katharina ist enttäuscht, mit welcher Leichtigkeit den jungen Leuten die Worte über die Lippen kommen. Sie ist überrascht, wie schnell sie in jedem Gespräch als Heuchlerin deklariert wird. Sie lehnt sich dagegen auf, daß es so einfach sein soll und daß man ihren Staat einen faschistischen nennt. Sie kommt jedes Jahr wieder, voll Vertrauen und vorbereitet auf die bürokratischen Schikanen, für die Beleidigungen der Mutter, der Tante, aber sie kehrt immer wieder voller Zweifel zurück. Befragungen der Menschen über anderes als Festgelegtes ist dort schon Verletzung der Sitten. Sie ist erschrocken über die Unmengen Wodka, die die jungen Leute in sich hineingießen, und über ihren Zynismus. Der Beschwichtigungszauber erscheint ihr naiv, und die journalistischen Methoden, die sie kennenlernt, kommen ihr unzeitgemäß vor, entlehnt einer Zeit, der jener Staat so radikal abgeschworen hatte.

Seine Mutter hat die Witterung. Katharina hört sie nachts sprechen. »Sieh ein, daß du einen Fehler gemacht hast, Mannel«, sagt sie zu ihrem Sohn, und sie weiß, daß Katharina jeden Sinn durchhören kann, »das beste wäre, du würdest zu uns zurückkommen, wo du ein zweitesmal mit der Ehe Unglück gehabt hast, wo soll das hinführen, wenn du dich jetzt gleich wieder mit dieser einläßt, du wirst es ja erleben. Du bist ja in einem Alter, wo der Mann noch nicht auf eine Frau verzichten kann, aber du rennst auch mit verbundenen Augen von einem Unglück ins andere. Wir müßten dir jetzt notgedrungen für die beiden Kinder, die du uns so einfach überläßt, finanzielle Forderungen stellen. Das könnte der Neuen so passen, daß das Geld in sie einfließt wie bei der letzten, und da kannst du arbeiten, soviel du willst, du kommst auf keinen grünen Zweig. Nun sag doch auch einmal etwas, Vatel.«

Der Vatel stimmt zu: »Sie ist nicht unseresgleichen, und wenn man sich mit so einer abgibt, so führt das nur dahin, daß es mehr Geld kostet. Sie hat kein Ohr für Karl Marx. Man müßte deinen Kindern direkt verbieten, mit so einer das Wort zu wechseln. Wir sind Kommunisten und werden deine Kinder zu Kommunisten erziehen, in Staatstreue und für den Aufbau im Kampf gegen den Kapitalismus.«

»So lang hat dein Vatel noch nie gesprochen«, sagt die Muttel und greift ihm roh an die Schulter, »und dein Vater ist ein echter Sozialist, und alles, was er tut, soll deiner Zukunft dienen. Schlimm genug, daß du rübergemacht hast damals, aber es war ein Herr da, ein sehr feiner Herr, und der hat gesagt, Schwamm drüber, wenn er wieder seine Kraft einsetzen will. Du zweifelst, aber ich lege meine Hand dafür ins Feuer, daß er es wahr macht, wenn er es verspricht. Mannel, überlege es dir. Wir sind einfache, schlichte Leute, und wir können dir nicht viel anbieten, aber einen Platz bei uns, den kannst du haben.«

Katharina verstand Hartmann, der da drüben vor sich hinschluchzte, nicht nur vom Wodka, sie spürte die Erpressung: »Ich nehme die Kinder rüber«, sagte er heiser, »aber ihr müßt mich dabei unterstützen. Sonst komme ich nicht durch bei den Behörden.«

»Keineswegs werden wir die Kinder einem System der Korruption und des Verbrechens ausliefern«, sagte Muttel, »und ich werde es schon richten, daß deine neue Frau als Hure dasteht vor den Ämtern. Du kannst mit unserer Hilfe in dieser Hinsicht nicht rechnen. Wenn du dich tatsächlich zu den verlorenen Seelen zählen willst, so wollen wir wenigstens deine Kinder retten.«

Katharina spürte seinen Schmerz und weinte wie er nebenan, Katharinakind, dem man die Ehrfurcht eingeimpft hatte vor den waschechten Proletariern und das es nicht wagte zu denken, wie verlogen sie waren. Sie schlich ins Badezimmer und dachte, Hartmann und ich, wir haben uns gegen unseren Vater entschieden, und beidemal war es auch die DDR, aber sie litt gleichzeitig Höllenqualen der Ausgeschlossenheit, litt an ihrer Unfähigkeit, die Räume zu betreten, in denen jene Väter sich aufhielten, fühlte sich ausgesperrt, weil sie ein für allemal zur bürgerlichen Klasse gehörte und für ewig zur Kapitalistin degradiert war.

Und Hartmann, der in der DDR ebenso die Tarnkappe trug wie in der BRD, was sollte er tun, er glaubte der DDR kein Wort mehr, und von der BRD hatte er seit dem Lager und den Verhören und der Erfolglosigkeit auch genug. Wie sollte er sich immunisieren lassen gegen seine Träume? Er versteckte seine Gefühle und wendete den Wolfspelz, und was nach außen kam, das holte der Alkohol hervor in immer größeren Schüben, die Explosionen glichen. Immer lauter wurden die russischen Chöre, immer mehr Wut entlud sich gegen die Wände.

Hatte Katharina das Bild ihres Vaters im Sinn, wie er vor Herrn Schulz von links nach rechts und wieder nach links tapste wie in einem Käfig, so hatte sie in Hartmann sein westliches Spiegelbild, wenn er mit der Stirn nach Wänden schlug, die er nicht ausmachen konnte, und sich seinen Sozialismus nicht wegmachen lassen wollte von jenen Westdeutschen, die sich links nannten und es anders meinten. Wie viele Energien hast du aufgewandt, indem du um dich schlugst und tobtest: Ich schlag euch alle tot, wenn ihr mir nicht endlich die Wahrheit sagt; wie du ineinandergreifst mit den Händen, weil es dir das einzige scheint, was noch ineinandergreifen kann, hier, wie dein Gesicht immer brennender und heißer wird und du schreist: Ich will sie haben, die Wahrheit, und du schlägst uns, dich, greifst ins Leere. Wie du dich in dich selbst verbohrst, nachdem du dich ausgetobt hast.

»Du hast gesagt, in mir hast du einen, auf den kannst du bauen.«

»Das muß ein Irrtum sein.«

»Ich erschrecke vor dir.«

»Da tust du gut daran. Ihr sollt noch mehr erschrecken.«

»Ich habe geglaubt, daß ich mit dir ankomme, wo es anfängt.«

Katharina ist mit einemmal auch eine von jenen, die ihn bedrohen. Seine Krankheit nimmt zu. Er leidet wie alle jene, die Katharina für die Besten hält. Vielleicht tut sie falsch daran, wenn sie ihn anspornt. Er bricht zusammen unter der Bürde seiner Vergangenheit und Gegenwart, er kämpft gegen die Schalheit der Wortfabrizierer an mit Fäusten. Du haust deine ganze Kraft rein in den Aufstand. Du gehst über zur Wohlfahrtsarbeit. Du marschierst zu Ostern. Du nimmst sie alle auf, Exsträflinge und Geisteskranke und Tupamaros, und du setzt deine Stellung bei einer liberalen Zeitung aufs Spiel, gehst auf die Straße, schreibst dich hinaus ins Bodenlose. Du gibst Geld, das du nicht verdient hast. Und wenn du dich betäubt hast, dann kriegst du sie hin, diese Geschichte vom guten Vater Walter Ulbricht, wie er dich begrüßt hat mit Handschlag an der Leipziger Universität, und um dich her all diese frischen, jungen Revolutionäre mit den offenen Arbeitergesichtern, die studieren dürfen. Dann kriegst du es auch hin, zu reden von Ausbeutung und vom imperialistischen Verbrecherstaat, du sprichst dann wie mein Vater, bevor er starb. Du steigst aus aus der Zeitung und schreibst dir die Ekelgefühle vom Leibe, schreibst ein Buch gegen die Zeitung, doch du findest keinen Verleger, sondern kommst an solche, die zu dir sprechen: Wie soll ich ein Buch drucken gegen diese Zeitung, da ich sie doch brauche, damit sie mir meine Bücher gutheißt?

Du schlägst um dich mit Worten, die du niederhämmerst in die IBM, welch eine Wut ist in dir, an die ich glaube.

Katharina: blick nicht nach oben, vielleicht ist das Paradies auf dem Grunde des Meeres
Hartmann: es ist nirgendwo
Katharina: und es sind vielleicht die Schiffe, die die Engel sind
Hartmann: meine Engel sind verkommen, ich saufe sie mir kaputt und spucke sie an
Katharina: immer noch ist deine Liebe meine Liebe
Hartmann: wir leben in Zeiten, die eine solche Liebe wie die unsere gar nicht zuläßt
Katharina: so wie du das Wort führst, zwingst du mich, daß ich unsere Liebe abtöte
Hartmann: indem du mit anderen schläfst?
Katharina: hilf mir!

Hartmann fleischt sich ein in Fabeln, die jenen gleichen, die Alfret erzählte, als er zum Fabeldichter Äsop wurde. Katharina liest:

Zehnte Einübung in den Kapitalismus. Hilf dir selbst, dann hilft dir Gott – sagt *der Vater.* Gottes Wille geschehe, wie im Himmel also auch auf Erden – sagt *der Pfarrer.* Glück im Leben hat nur der Tüchtige – sagt *der Lehrer.* Der Teufel scheißt immer auf den großen Haufen – lehrt *das Leben.* Der Kleine Kapitalist ist in eine schwierige Lage geraten. Fünf kleine, deutlich als ärmer erkennbare Kinder sind gegen ihn angetreten. Sie wollen ihm die Hucke verhauen. Der Kleine Kapitalist hält eine Rede über die Ehre. Daraufhin sind es nur noch vier deutlich als ärmer erkennbare Kinder. Der Kleine Kapitalist hält eine zweite Rede über die Menschlichkeit. Daraufhin sind es nur noch drei deutlich als ärmer erkennbare Kinder. Der Kleine Kapitalist hält eine dritte Rede über die Strafe. Daraufhin sind es nur noch zwei deutlich als ärmer erkennbare Kinder. Der Kleine Kapitalist hält eine vierte Rede über die Dankbarkeit. Daraufhin ist es nur noch ein deutlich als ärmer erkennbares Kind. Der Kleine Kapitalist erspart sich eine fünfte Rede und haut dem einen deutlich als ärmer erkennbaren Kind die Hucke voll. *Der Vater, der Pfarrer, der Lehrer* sprechen ihn für das Leben frei.

Es geht auch anders, sagte Katharina, ich will Liebe und Leid mit dir teilen. Nein, sagte Hartmann, sieh hier meine Beulen und Messerspuren. In mir haben sie fünfe. Doch ich lasse es nicht zu, daß sie mich freisprechen, weil ich mich nicht freispreche.

Er ließ sie sich kommen, im Frühjahr 1968, schon ging er keinen Schritt mehr aus seinem Reich der Dämpfe und Schnapsschwaden. Er setzte sich vor sie hin und sprach: »Da seid ihr, die ihr die Bourgeoisie mit Schaufel und Besen zusammenkehren wollt, und um auf den langen Marsch zu gehen, werft ihr jetzt schon mit Cocktails. Ihr habt den Richtern der Bourgeoisie auf den Tisch geschissen, jetzt rennt ihr zu ihnen um euer Recht. Ihr habt euch die revolutionäre Spontaneität der Massen um die Ohren gehauen, bis heute kommt ihr nur vereinzelt vor. In zehn Jahren treten euch die Achtzehnjährigen in den Hintern, daß es raucht, wenn nicht ein paar von euch den Mut haben anzutreten. Ihr besudelt euch dann immer noch mit Velvet Underground und zeigt euren Kindern den großen Pimmel. Eines Tages sind aus euch gewöhnliche Kahlköpfe geworden, dann setzt ihr um der Revolution willen Perücken auf. Die einschlägige Industrie wartet bereits auf euch.«

Die Engel huschten nicht mehr vorbei. Er richtete seinen Zerstörungstrieb auf Katharina. Das Chaos begann. Katharina verstand die Welt, in der er lebte, immer weniger. Sie kämpfte gegen den Alkohol und für die Liebe und dachte, was hat er jahrelang durchstehen müssen, wovon ich jetzt erst weiß, wie schwerwiegend es ist, und du machst das erst die paar Jahre mit, die du ihn kennst, so schnell gebe ich nicht auf. Sie wollte ihn retten und hörte seine Schritte über ihrem Kopf vom Dachboden, wohin er flüchtete, in seinen Schnapstempel. Er war wie ein Wagen voller Teufel, wenn er herunterkam mit der großen Geste seines Körpers und um ihre Liebe kämpfte, die Liebe sein mußte, und wenn sie beide der Teufel holte, und ein elendiglicher Feigling, wenn er wieder hochfloh in die Zeitlupenwelt des Trinkers. Er vernachlässigte sich, weil es nicht Teil seines Bewußtseins war, sich mit Hygiene und Maßhalten zu befassen, manchmal verstand sie ihre Sehnsucht, ihn zu lieben, nicht mehr, so sah er aus, und sie war sich nicht im klaren, was er mit seinen wilden Verzeiflungsgesten vorhatte, und blieb eingerollt.

Eines Tages werde ich gehen, dachte sie vier Jahre zuvor, als sie vor ihm in die Dunkelheit floh, eines Tages werde ich gehen, sagt sie laut zwei Jahre später und hört sein Hohnlachen und spürt das Erschrecken, weil sie es längst getan hat, und es dauert nochmals zwei Jahre, bis sie geht, und dann tut sie es ohne Bewußtsein. Sie hatte es gesagt und getan, doch als sie gegangen war, da war sie doch heimlich geblieben, ohne es zu wissen, und schrie, so laßt mich doch zu ihm, und man schmiedete sie an therapeutische Ketten, obwohl jeder Muskel nach ihm zuckte.

Doch zuerst noch die Vorhölle. Die Heilsarmee ist hinter ihm her: Katharina, Susanna, Ada, Hella, Doris, Corinna und Marianne. Sie durchfilzten die Kneipen nach einem schwankenden Mann, Schaffellmantel im Winter, Lederjacke im Sommer, nach einem kettenrauchenden ungesunden Monster, das es immer seltener fertigbringt, wenigstens die unterste Treppe des sechsstöckigen Hauses zu erreichen. Telefonnetze werden ausgeworfen, wo war er zuletzt, was hat er gesagt, welche Kneipen sind offen. Seine Abwesenheit nutzen, um mit Routinegriffen die Wohnung zu durchsuchen. Große Flaschen riskiert er nicht mehr, es sind Einschluckfläschchen, schwer auffindbar. Wenn sie ihn ausmacht in den Kneipen, so erkennt sie ihn schon von weitem an seiner Überflüssigkeit. Seine Augen sind zugewachsen.

Katharina nachts auf den leeren Straßen, weinend, mutlos, angstvoll. Sie ist treulos und treu zugleich. Funkstreife, Notärzte. Die wenigen Augenblicke der Entspannung, wenn sie ihn findet, am Treppenhaus, im Vorgarten; sie streichelt, küßt den Bewußtlosen – das gefährliche Glück des Selbstmitleids. Die wahnwitzigen Versuche, den 75 Kilo schweren Körper die Treppen hochzuziehen, die Wut, mit der sie seinen Kopf gegen die Treppen schlägt, die Nachbarin, die sie zu Hilfe ruft. Am anderen Morgen vor seinem Bett: eine Tasse heißer Fleischbrühe, ein Keks, er weist es zurück; er öffnet die Arme, sie kann nicht anders, wirft sich hinein. Beide malen neue Hoffnungen an die Wände, doch Katharina spürt, wie es ihr von Mal zu Mal weniger gelingt, daran zu glauben. Je mehr er erblüht am Unmöglichen, desto größer ihre Erstarrung. Sie nimmt einen Anlauf, sich aufzuraffen, er zieht sie zu sich herunter. Wenn sie eingeschlafen ist vor Übermüdung, da steht er vor ihr, pflanzt sich auf, sie zuckt zusammen, er schlägt zu, weil er keine Worte mehr hat. Jene Morgen nach den Verzweiflungsnächten:

Er: lebst du denn noch
Sie: ich will noch lange leben
Er: hast du denn nie genug
Er schläft neben ihr, die Faust auf sie gepreßt, jede Bewegung fort von ihm läßt ihn auffahren.
Er: bleib, wir werden es schaffen
Sie: was
Er: uns
Sie: tun wir doch
Er: ich meine es anders
Sie: wie
Er: uns zueinander
Sie: uns auseinander
Er: wie
Sie: wie nicht
Er: wozu was
Sie: zu was nicht
Sie rebelliert: kommende Träume, sie sind meine Kinder, sie brauchen mich, ich brauche sie, ich werde sie hegen und pflegen, mehr als deine Traumgräber. Du wirst mir meine Träume nicht nehmen!
Zwei Irre, im Delirium zu zweit. Sie wirft sich vor ihn hin wie eine Katze, exponiert die sehnsüchtige Halsschlagader, er beißt zu, würgt, läßt los, um die Antwort auf seine Frage zu hören:
sag mir, daß du mich liebst
ich liebe dich
ich könnte dich vernichten, aber ich tue es nicht
Es war der Abschied. Der Abschied auch von ihrem Vater. Der Beginn der Suche. Die Loslösung von jeder Art von Mitläuferei, leben durch andere. Zeit, sich selbst zu modellieren. Der Abschied vom Traum, ein Leben lang nur diese eine Hand zu halten. Wer war sie denn noch ohne ihn? Was war das Leben ohne die Verrücktheiten mit ihm?
Der Abschied vom offenen Kampf bis aufs Messer. Fortan übten sie sich darin, einander nicht zu treffen.
Er sagte: liebe ist deine Liebe nicht
Sie sagte: dein Rausch, der hat dich zum sexuellen Krüppel gemacht, wie kannst du mich da noch lieben
Vorübergehend kooperierte er geduldig mit den Ärzten und spielte den vorbildlichen Patienten. Er machte sich zu. Sein Gesicht, diese Wunde, löste haltlosen Jammer in ihr aus. Sie

fand es nicht mehr. Es war wie bei ihrem Vater. Sie wirft ihm vor, daß er nicht mehr der ist, der er war. Er hebt sein zerflossenes Gesicht, das sie jahrelang nicht mehr zusammenbringen wird, ihr entgegen und sagt:

ich bins nicht mehr

Katharina sagt: das laß ich nicht zu

Hartmann sagt: wie kannst du je glücklich werden, wenn ich dich nicht mehr unglücklich machen darf

Sie: mein Eigensinn ist groß, daß es ein anderer werden wird, aber nicht du. Du gibst meinem Leben nur noch nachträglich eine Bedeutung. Ich brauche aber auch eine zukünftige

Er: ich habe nichts mehr, weil du mich hast verhungern lassen. Habe ich dir nicht alles gegeben, zuviel habe ich dir gegeben, du Törin. Ich leide

Sie: ich lasse dir deine Leidenswürde, leide, voller Kraft, wie nur du es kannst, sei böse und voller Rache, weil wir uns gegenseitig die Heimat genommen haben. Erhalte dir deinen kostbaren Schmerz, ich kann ihn mir nicht mehr leisten

Und so war es Mitleid, war Verrat, und in Zukunft wollte sie nicht mehr dort sein, wo er sich aufhielt, denn dort war der Tod.

Er: du kommst nicht weit

Sie: immerhin weg von dir

Er: du hast noch nicht genug

Sie: ich werde hinfallen, aber ich werde weiterlaufen

Er: du kommst nicht von der Stelle

Sie macht einen Schritt.

Er: eins lebt vom anderen

Sie: ich nicht mehr von dir

Er: die Arme werd' ich dir brechen

Und wenn Katharina später herabsah auf seine überfüllten Aschenbecher und angerissenen Geschichten, die in der IBM steckten, auf seine Pappbecher, Rechnungen und leeren Rotweinflaschen, auf seine Katzenstreu und Plastiktüten, dann hob er sein wundes Gesicht und schrie zu ihr hinaus: Ich werde verrecken hier, aber ich warte, bis du kommst. Und er schiß vor ihren Augen auf den rotsamtenen Teppich neben das überquellende Katzenklo und richtete seinen Urinstrahl gegen den Himmel: die Arme werd' ich dir brechen, die Luft werde ich dir nehmen, ich halte dich fest, du kommst mir nicht weit, ich hab dich.

Du hast mich nicht, sagte Katharina, und sie sieht durch die Dachluke, wie er sich selbst im Zimmer ausweicht und mit seinem Leiden schattenboxt, wie er seinem schweigenden Doppelgänger Eisenmuskeln zeigt und einen Schluck aus der Flasche nimmt: ich schieße sie mir ab! Und er zielt nach ihr und lacht stumm, weil er denkt, er hätte sie getroffen, er schlägt mit der Axt die Möbel zusammen, und er brüllt, ich saufe weiter, bis da eine kommt, die mich herausholt, und so kam es denn auch, weil er trotz der Reden des Kleinen Kapitalisten fünf geblieben war.

Jonas war eingeschlafen. Katharina durchzuckte die Erinnerung an Hartmann, während sie in der vorbeigleitenden Landschaft die versprengten Zeichen industrieller Anlagen und hie und da einmal verblichene, die Sinne prügelnde Parolen wahrnahm. Sie träumte: zuviel? zuwenig? Warum immer noch Hartmann? Ihr wurde kalt. Schrottlager. Noch ein Schrottlager. Schwärze. Der Schrott ihrer Liebe.

Es hatte Katharina die Liebe gekostet, von ihm wegzugehen. Sie senkte den Kopf, ging in die Knie, nahm einen Anlauf wie ein Sprinter in ein Leben ohne Liebe, aber sie fiel, blieb liegen, gekrümmt, leblos ohne das Gefühl, leer ohne die Gier und ohne die tägliche, nächtliche Ungeduld, ihn zu finden, und sei es in Kneipen. Sie übergab sich Haltlosigkeiten und Wildheiten, gegen die sie immun gewesen war während ihrer Liebe, doch sie tat es, um von ihm loszukommen, und fühlte sich doch noch einsamer denn je nach jeder Ausschweifung. Sie wollte dickfellig werden, bösartig, willensstark, Männer nicht tiefer als zwanzig Zentimeter in sich hereinlassen und nie mehr aus sich herausgehen.

Es kam die Zeit der Angst. Die Angst faßte sie eiskalt an und schob sie durch die Straßen wie der Wind ein trockenes Blatt, das er erst voranstößt und dann kreisen läßt auf der Stelle in einem Strudel von Staub, Kot und Fetzen. Sie wollte verrecken. Sie ging in der Silvesternacht hin und her, wie es die Nutten tun, und einer nahm sie mit, doch der bereitete ihr das Bett und gab ihr ein Stück Brot und ein Glas Wein und sagte: Schlaf nur, mein Kind, ruhe dich aus, ich will derweil wachen. Und als sie aufwachte, da hatte er ihre Kleider gereinigt und das Frühstück bereitet und ein Bündelchen mit Vorräten zurechtgelegt.

Katharina weinte voll Wut über diese Güte. Sie hockte an der Hausschwelle.

Sie war allein. Es kamen schwarze Tage, schwarze Jahre. Würde man ihr Leben nach Farben einteilen, so hatte es mit jener wahllosen Buntheit begonnen, die aus Care-Paketen stammte, und hatte sich dann fortgesetzt in den bleichen Jungmädchenfarben, die ihr die Mutter überstreifte, bis zur ersten Farbe ihrer Wahl: Schwarz. Schwarze Studienzeit, schwarze Wartezeit – die schläfrig Neugierige, die ihre Sehnsüchte formvoll verbirgt; dann Orange, Rostrot, schließlich Violett: die Zeit ihrer Liebe zu Hartmann. Als er verlangte, das war in ihrer ersten wilden Zeit, daß sie sich trennten, ging sie am Tage darauf in schwarzer Trauer; nun, da sie ihn verlassen hatte für immer, würde sie für immer eine Witwe bleiben.

Angst, weil sie keine Hände mehr hatte, die umhegen, pflegen, nähren durften. Angst vor der Mutter, die nicht abzuhalten war, die Pflegestelle zu übernehmen und Hartmann mitleidend zu füttern, der nicht einmal mehr die Gabel zum Munde brachte, und die ihr Vorwürfe machte, weil sie ihn verkommen ließ. Sie litt mit ihm, weil er so heruntergekommen war und die Demütigung nicht empfand, der er sich aussetzte, wenn Ada seine vollgepinkelten Weinflaschen ausleerte. Angst- und Schuldträume, in denen sie ihn sah, verquollen, vergilbt, mit seinen brutal-hilflosen Bewegungen, ohne ein Lachen, mit eingezogenem Blick. Angst vor der Erkenntnis, daß es nicht zu vereinigen gewesen war, wie sie es geträumt hatte: ein Leben ohne Zügel und ein Mensch, der zu ihr gehörte und ihr die Zügel anlegte, wenn sie es brauchte. So gern hätte sie mit ihm leben wollen, aber gegen seine Kraft, da half kein Anstemmen. Er hatte sie erdrückt. Heimweh, Heimweh nach ihm.

Es war zusammengeschlagen über ihnen.

Katharina liegt wochenlang im Bett und hält die Hände schützend über den Kopf, weil sie Angst hat, daß er sie erschlägt. Sein Körper, diese Maschine, ist über sie hinweggerollt. Jeder Laut läßt sie zusammenzucken. Er wird kommen, diesmal mit einem Messer. Fällt er ins Haus herein, ist er schon oben mit der Axt? Die Katze, die sie ihm nachwarf vom Balkon: so haut doch ab, Kumpels, und sauft euch die Hucke voll – ihr Geist schwebt über dem Dach, sie wird ihr die Augen auskratzen. Dann: wenn ich nur Flügel hätt', flög ich zu dir ... und wieder: er ist hinter ihr, sie rennt, atemlos, er drückt sie gegen die Wand, drückt ihr die Kehle zu, er schreit: so schaff mich

Krüppel doch ins Kackmeer, damit ich ersticke, seht ihr es denn nicht, es schlägt über mir zusammen, die Scheiße von den Engeln auf dem Thron.

Katharina fällt zusammen, ihre Nerven leiden unter jedem Laut, jedem Schatten, der sie streift, nachts brennt das Licht, und wenn sie aus dem Haus geht, ist es, als spränge sie von einem Turm herab ins Bassin der Straße, dort schwimmen die Menschen im Karree auf dem Trockenen, und es hilft nur eins: durchatmen, weiter, fort, da, dieser Crawler, ist er nicht mit lauerndem Blick und ausgreifendem Armausschlag hinter ihr her, jetzt holt er sie ein, das spürt sie im Rücken. Und immer wieder seine Telefonate, Warnungen, geröchelt, gebrüllt: Ich bin wie eine Lawine, ich werde dich mitreißen. Du liebst einen anderen, gib es zu. Seine Faust schlägt gegen den Hörer. Vergiß nicht, daß du mir gehörst, daß dein Fleisch immer mein eigen sein wird, deine Knochen werde ich dir zerschlagen, wenn du sie anderen hinbiegst, es ist mein Blut, das du für deines hältst.

Angst, auf all das nicht antworten zu können. In Gedanken sprach sie immerfort mit ihm, sprach sich los für ein Leben ohne ihn. Bis er kam, jener Tag, an dem er ihr die Scheidung schenkte, mit einemmal, ohne Vorwarnung. Die letzten Verzweiflungsenergien hat er gesammelt. Seine generöse Geste, sein weißes Hemd, ein neues Jackett. Dann das Abschiedsessen: er schlägt mit der Faust auf den Tisch, habe ich nun nicht alles getan, hier hast du sie, deine Scheidung, und damit das, was du wolltest, nun kannst du wieder zu mir zurück, nichts steht mehr zwischen uns, ich habe es getan. Katharina duckt sich unter ihm hinweg und rennt nach Hause, schließt sich ein, läßt sich festhalten von einem, der ihr zuläuft.

Es war wahr. Erst durch die Lostrennung schenkte er sich ihr wirklich.

Viel Gutes und viel Böses hatten sie einander angetan. Katharina begriff, daß Worte die eigentlichen Gewalttaten gewesen waren, die sie aneinander verübt hatten.

Sie sprach ein Jahr lang kaum.

Sie las ein Jahr lang kein Buch.

Zwickau. Karl-Marx-Stadt. Sie hatte den Umweg genommen, um sich zu erinnern. Hier in der Nähe wohnten Muttel und Vatel. Sächsische Kulisse. Der Fichtelberg, 1215 Meter, mit seinem meteorologischen Observatorium. Hotel »Aktivist«, Ferienheim eines Braunkohlenkombinats, der Mann neben ihr nahm dicke Wurstbrote aus der Plastiktüte. Eine Zeitlang schien der Zug auf der Stelle zu stehen, so wenig veränderte sich die Landschaft. Bald würde Leipzig kommen. Katharina sah sich um. »überall sind kräfte am werk, deren ziel eine allen menschen gemeinsame zukunft ist«, hatte Alfret ihr im Leipziger Brief geschrieben. Er hatte ihr von seiner Reise durch Leipzig mit dem Chefarchitekten Lukas berichtet: »leipzig ist die stadt auf der kohle. von allen seiten drängen die mächtigen braunkohlenflöze von borna, von dürrenberg, von bitterfeld gegen die stadt vor. da liegt am südrand von leipzig die stadt markleenberg, 25 000 einwohner, fast ganz auf dicker, hochkaloriger braunkohle. es mag wohl jahrzehnte dauern, bis sich die bagger, die abraumförderbrücken von böhlen, von espenhain an den ort herangeschoben haben werden. doch die kohle ist so mächtig, so wichtig, daß es sich rentiert, diese ganze stadt abzubauen und neu zu erbauen, ohne daß dies den preis der kohle für den staat wesentlich verteuern würde.«

Katharina fuhr in die von Alfret gewissermaßen ausradierte Stadt ein, weckte Jonas und stieg mit ihm um in den Zug nach Berlin.

Ihr gegenüber saß nun ein jüngerer Mann, Student wohl, Westjeans, Nieten, langes Haar. Er spielte mit Jonas. Katharina schlief ein.

Katharina träumte, daß der Vater aus dem Grab herausschrie mit jener Stimme, die er vor dem Kehlkopfdurchschuß gehabt haben mußte, denn sie war klar und jung und ungebrochen. Er schrie: »Ich bin allein, wer würde mich auch hören, wenn nicht du, es sei denn, daß du nichts Besseres zu tun hast als leere Wände zu belauern.«

Katharina stand vor der bronzenen Tür, hinter der er gewesen sein mußte, und sah einen Schatten, der rechts über die Fläche, die wie eine Bühne aussah, fiel.

»Ich suche die Spur, die zu dir führt!« rief Katharina, »befreie mich von dir, befreie uns von dir, hilf uns, weil wir den Schlüssel nicht finden. Wann endlich gehst du herunter von der Bühne?«

»Du träumst daher«, sagte der Vater, »und käust wieder, was sie dir vorsetzen über mich, wann endlich wirst du nicht nur das sehen, was der Mond sieht und alle anderen auch?«

Katharina hörte Laute, die wie Weinen klangen, und sah mit einemmal eine goldene Straße, die auf der Tür erschien wie ein

Film, die funkelte von behelmten Männern, geschmückten Huren und erzbeschlagenen Karossen, und zu ihren Füßen arbeiteten Tausende von Steinarbeitern und meißelten eine Schrift in die riesige Steinwand. Und sie las, während hie und da ein Arbeiter vom Steinbruch zu Tode fiel, was in der Schrift ihres Vaters die Hände auf die Felswand ritzten:

»ein bauer, auf dem felde alt geworden, wollte zum ende seines lebens seinen acker-sklaven die freiheit schenken. er hieß einen wagen anspannen, damit er in die stadt zum sklaven-amt führe. den söhnen paßte nicht, was der alte wollte. sie sagten: ›die gäule und die maultiere werden auf den feldern gebraucht. du kannst nur esel für den wagen haben.‹

so hofften sie, der alte würde nicht fahren.

der alte geriet in zorn, nahm die esel und fuhr trotzdem. die esel trotteten langsam, finsternis fiel ein, und ein sturm erhob sich. die esel irrten vom wege ab und schleuderten den alten in den abgrund. der stürzte sich zu tode, und im sterben klagte er: ›sinnlos muß ich zugrunde gehn, nicht durch grausame tiger, nicht durch jähzornige Menschen, sondern durch elende esel.‹«

Katharina fühlte, daß hinter diesen Zeilen ein ungeheuerlicher Zorn ihres Vaters stand, aber sie wußte nicht, warum.

Meiner Seel, dachte Katharina, als sie die mitgenommenen alten Fotos auf dem Coupésitz ausbreitete, das ist doch unwiderleglich festzustellen, daß ich diesen Menschen nicht kenne und nicht verstehe und daß der, den ich von meiner Kindheit her habe, eine Verwechslung ist. Meine Welt muß größer werden. Ich sehe Verwirrung kommen, aber ich darf sie nicht scheuen, meine Mütter, meine Schwestern und ich, und was sind uns die Hände gebunden, aneinander, ich muß gehen und mich lösen in unbestimmter Richtung.

»Ich muß fort«, sagte sie zu Ada, »und auch dein Weinen wird mich nicht abhalten. Es sei denn, du gibst mir, was du weißt, über meinen Vater.«

»Es ist zuwenig, um dich zu halten«, hatte Ada unter Tränen gesagt und breitete ihre Hände aus, »mit leeren Händen und leerem Herzen hat er mich zurückgelassen, und die Maske, die er trug, war aus Ton.«

»Und du hast nie versucht, sie zu zerschlagen?« fragte Katharina.

»Doch, aber als ich es tat, da wandte er sich ab von mir. Da sah ich ihn zum letztenmal.«

»Und was hast du gesehen?«

»Nur seinen Rücken, als er sich wegwandte.«

»Es ist dunkel geworden.« Katharina drehte den Schalter. »Wenn ich bei dir steckenbleibe, werden wir immer im Dunkel bleiben.«

»Ich kann's dir nicht versagen«, sagte Ada entsetzt, »auch wenn es mir das Herz bricht.«

Sie ging zur Kommode und zog ein sorgfältig verstecktes Bild hervor, eine alte Fotografie, die sah aus wie eine Aufnahme aus einem Theaterstück. Auf der pompös ausgestatteten und effektvoll beleuchteten Bühne, die Züge Wagnerischer Szenerien hatte, saßen zehn Männer in merkwürdigen Kleidungen, Rüstungen, Uniformen, einer trug einen Jagdfalken mit einer Schelle am Fuß in der Hand, einer hatte den Kopf mit einer schwarzen Kapuze, einer mit einem Minenhelm bedeckt und einer mit einem Pfauenhut; sie tranken den Maulbeertrank, den ein Knappe mit Tirolerhut ihnen reichte, einer trug ein langes, schwarzes Gewand, und sein Kopf funkelte im Scheinwerferlicht und schien von silbernen Adern in den Gehirnhälften durchzogen.

Vor dieser merkwürdigen Runde stand ein Mann mit Monokel in Verhörhaltung, der ihr Vater hätte sein können, wenn nicht unterm Seidenschal über dem Smoking ein Sacktuch mit grünrotblauem Narrenkranz hervorgesehen hätte, wären nicht unter den gutgeschnittenen Hosen zwei Bauernstiefel aus rauher Rindshaut zu sehen gewesen.

Rechts unterhalb im Zuschauerraum saß ein Mann, dessen Hinterkopf sich durch Anonymität auszeichnete, dessen Pose jedoch die eines Richters war, links oben in der Proszeniumsloge saß ein Mann, der gute Zeiten zu sehen schien und der Operndirektor hätte sein können, darauf wies auch die herrische Geste hin, mit der er Schauspieler wie den Zuschauer zurechtwies.

Links auf der Bühne schien ein unendliches, über den Bühnenraum hinaus sich erstreckendes Wasser zu sein, vielleicht das Meer, ein kleines Boot lag angekettet am Ufer. Über den Männerköpfen, allesamt Greisenhäupter, hingen an die hundert Lichterkronen, von den Wänden strahlten Kerzen, die auf der rechten Wand, dem Meer gegenüber, in strahlende Eiswände mit Stalaktiten übergingen, diese Seite wies ebenso endlos nach rechts wie gegenüber das Meer mit Nebelfetzen, die wie Rauch über die Männerrunde zogen. Die Greise saßen, mit je einer

Scheidewand dazwischen, am Tisch, und auf einem prächtigen Teppich standen Marmorherde, von denen Aloerauch hätte herkommen können. Jeder Greis hatte vor sich eine goldene Schale, in der Gewürze, Pfefferkörner, Siropel hätten sein können, und an der geöffneten Tür, die zu den oberen Gemächern führte, standen drei wunderschöne Huren, Rera, die Schwarze, Hilla, die Blonde, und Ira, die Rote, gehüllt in glänzende Gewänder. »Das ist das einzige Zeugnis, das ich von ihm habe«, sagte Ada, »vielleicht wirst du es entziffern. Ich kenne nur einen aus dieser Runde.«

»Wen?« rief Katharina atemlos, »wen?«

»Diesen«, Ada wies auf den Schwarzgekleideten mit den Silberadern im Kopf. »Sein Name ist Simon. Er arbeitet noch heute für den Sender, den er aufgebaut hat.«

Katharina hatte Abschied genommen von Ada, Susanna und Martha. Bei Ada wurde ihr schwarz vor den Augen und hell im Hirn, als sie dachte: Vielleicht hätte ich das schon längst tun sollen, etwas zwischen uns legen, der Aufsicht, die sie über den Vater noch im Tode hat, entfliehen, den Vater ansehen mit meinen eigenen Augen, nicht mit denen der Mutter, und damit die Mutter neu.

Neuntes Kapitel
Der Herr des Südmeers

Die hölzerne Reichsbahn fuhr in die Stadt ein, die nur aus Vergangenheit bestand, Katharina fühlte sich sofort davon eingehüllt. Es war ihre Geburtsstadt, von der Alfret gewünscht hatte, daß sie wieder ihre Heimatstadt werden sollte, heute Berlin-Ost. Sie fuhren mit dem Taxi die ehemalige Stalinallee entlang (»Hier kiekste nu raus und bereuste«, hatte Baal zum Architekten Henselmann gesagt, als er aus dem Fenster eines der Hochhäuser geblickt hatte), vorbei am Strausberger Platz, wo einst der Galgen des Hans Kohlhaase gestanden hatte, sahen die neueste schwedische Hotelpracht und die neuen Cafés.

Nach dieser kleinen Rundfahrt fuhren sie zurück und nahmen den Weg zum alten Hugenotten-Friedhof, auf den Bancart Baal, zu dem Katharinas Vater als armer Hund gezogen war, täglich heruntergeblickt hatte, wohl wissend, daß auch er als toter Mann von größerem Nutzen sein würde als lebend. Nun lagen sie sich einander gegenüber, der Herr des Südmeers und der Herr des Nordmeers, wie sie die »Schiache Mariann« genannt hatte, und konnten einander ewiglich ins steinerne Findlings-Antlitz blicken, die beiden Kinder, vom Schoß der DDR aufgenommen, gerettet vorm Kapitalismus. So wie sie lagen sie da alle, ins Leben gerufen als Tote und mundtot gemacht als Lebende, wenn sie das Falsche sagten, und berühmt auch anderswo, zum Beispiel in Österreich, wenn sie gefälligst über den Jordan gegangen waren.

Glücklich die toten Väter, dachte Katharina, und unglücklich die lebenden Mütter, die sind nicht so fein heraus. Sie spürte das Unfertige ihrer Trauer, den Vorwurf zugleich an die Mutter.

Sie stand vor dem Grab, auf dem zwischen hohem Gras die weißen wilden Lilien und roten Nelken wuchsen, zwischen die an gleich hohen Stöckchen Hammer und Sichel aus rotsilbernem Plastikzeug gesteckt waren. Jonas erklärte dies sofort zum Spielzeug und schulterte das Symbol des Baal-Grabs, sprang von Fichte zu Hegel und über Hufeland hinweg.

Sie nahmen die kleine Tram zum »Intelligenzviertel«, dem Getto, in dem Alfret Bebra ebenso wie im Schriftstellerheim am Scharnowsee seine letzten Tage zugebracht hatte. Sie besuchten das Ostberliner Haus, in dem Gisela allein wohnte, Gisela, die zwischen Österreich und der DDR hin und her pendelte und nach Gesetzen lebte, die Alfret ihr geschaffen hatte, deren Lebensaufgabe es war, sein Werk zu verwalten, und die nachts ebenso mit ihm sprach wie Katharinas Mutter und die erzählte, daß sie erst gestern seinen Schatten am Küchenfenster vorbeigleiten gesehen habe.

Katharina war froh, daß Jonas ein wenig im Garten spielen konnte, von Gisela lässig überwacht, die ungern Großmutter war, auch bei ihren eigenen Enkeln. Jonas, allgemeine Aufmerksamkeit gewohnt, wehrte sich längere Zeit gegen Giselas Nicht-Achtung und kam immer wieder auf Katharina zu, die jedoch so tat, als sähe sie es nicht.

Sie saß tagelang vor den Notizheften des Vaters, über seinen kaum zu entziffernden winzigkleinen Aufzeichnungen, und fand den Satz: »das tier, eine form, in der das wort ›ich‹ nicht vorkommt.« War das der Schlüssel zu seinem letzten Buch, in dem er die Gestalt eines Fabeldichters angenommen hatte, weil er zuviel »ich« gesagt hatte im Leben? Hatte er nicht auch ihr und Susanna die Warnung zukommen lassen zu einer Zeit, da sie das Zeichen nicht verstanden, sich vor diesem Fehler zu hüten? Hast du es uns damit gelehrt, indem du es dir wegschriebst, in deinen späten Briefen, anstatt uns auf deinem Schoß sitzen zu lassen, als wir Kinder waren, und uns von deinem Brei zu geben?

Katharina saß über den Briefen, die ihr Gisela mit der Bemerkung gab: »Es wundert mich in der Tat, daß ich mit ihm zurechtkam, es muß ein glücklicher Umstand meiner Natur sein, denn jeder Brief ist eine Klage.«

Sie liest von merkwürdigen Kohle-Aktionen, Ihr Vater, der 1951 ein als links verschrienes Wiener Theater mit leitete, kümmerte sich darum, daß man dort warm saß, während Gisela (die damals in einer Kohlenhandlung als Sekretärin arbeitete) eine wichtige Rolle in den Koksverhandlungen spielte und Prozente erzielte. Katharina liest mit Erstaunen ganz andere Briefe als jene glühenden Liebesbriefe, die sie von einem Mann, der soeben seine Familie dieser Frau wegen verlassen hatte, erwartete: »wir müssen die schüttelrutsche, den transport und außerdem noch die arbeiter bezahlen, wofür wir die bühnenarbeiter nicht verwenden dürfen, und außerdem ist in walz der koks regulär um 25 schillinge billiger als in wien.«

Er schreibt davon, wie hinderlich es ist, im Wintermantel die Schreibmaschine zu betätigen, und daß dies besser zu tun sei bei offenem Fenster, da es angenehmer sei, bei frischer Luft zu frieren; er schreibt – kennt sie das nicht schon? – von kalten Händen und Füßen, berichtet von Besuchen im Dorotheum, wo er einen Arbeitsstuhl preiswert erstand, spricht von Krisentagen erster Ordnung als solchen, wo man am besten einen Revolver genommen und sich still und säuberlich in die Schläfe geknallt hätte; sie liest die Bitte, eine Untergarnitur und ein Hemd für Weihnachten aufzuheben, damit er an diesem Festtage wechseln kann; er schreibt von »schweren politischen Erkrankungen« jenes Mannes, der ihn zu sich in den östlichen Staat rufen lassen will, und davon, daß Baal ihm abriet zu kommen; er schreibt von der Unausweichlichkeit der Friedensmarschiererei selbst bei Glatteis über die Ringstraße. Sie liest eine Aufstellung seiner Kosten aus dem Jahre 1953 aus Wien: Für Miete, Gas (ohne Heizung), Licht, Bedienung, Partei I, Partei II, Volksstimme, Krankenkasse, Tagebuch, Wäsche gab er monatlich 503,65 Schillinge aus, von seinem gesamten Einkommen verblieben ihm monatlich 815 Schillinge für Essen, Kleidung, Kulturbedürfnisse, Fahrten usw., und er errechnete, daß er ein monatlich feststehendes Defizit von 400 Schillingen einzurechnen habe. Katharina sah die säumigen Unterhaltszahlungen in anderem Licht. Schließlich kündigt er seine Überstellung nach Berlin an, die von ZK zu ZK ihren Gang ginge: »ich bin, nach allem, was ich erlebt habe, zu skeptisch, um irgend etwas zu glauben.«

Katharina sieht, welche Verzweiflungsenergien er gesammelt haben muß, um aus diesem weinerlichen Elend heraus seine Stirn einem neuen Wind darzubieten, der von Osten blies. Sie las immer wieder die Klagen darüber, wie wenig sie schrieben, Katharina und Susanna, wie wenig sie fragten nach ihm, der nun doch sein Leben protokolliert habe, auch für seine Kinder, und ob das wohl Ada sei, die sie davon abhielt, oder Desinteresse überhaupt für den Menschen, der ihr Vater war. »ich höre das schweigen«, schrieb ihr Vater, »und es trifft.«

Katharina traf es, das zu lesen, da sie nie daran gedacht hatte, daß der Vater sie gebraucht hätte, weil sie in der Tat zuwenig Neugierde aufgebracht hatte für ihn, zu spät dies alles, doch vielleicht nicht zu spät für die Mutter, mit der sie ähnlich umgegangen war, aus Gewohnheit und weil sie ja immer da war.

Katharina, abends, während Jonas schlief, saß da, in endlose Gespräche mit Gisela verwickelt. Auch Gisela sprach von der Maske, der Undurchdringlichkeit Alfrets, das hätte sie einfach akzeptieren müssen, er habe dies als Schutz gebraucht, er hätte sie gebraucht, um aufzuarbeiten, um ›Niemand‹ zu schreiben – Ada hätte ihn nie abschließen lassen. »Das ist halt nun mal so im Leben«, sagte Gisela, »jeder Mensch hat für den anderen eine bestimmte Funktion. Das muß man annehmen. Und die ist halt einmal zu Ende.« Gisela sprach mit Wärme und Ironie über Ada, aber auch mit Hochachtung, und erzählte Katharina, wie sehr Alfret doch Adas Kräfte bewundert hatte, wie sehr er sie gebraucht hatte. »Ich kann nur immer wieder sagen, sie hätte sich nicht scheiden lassen müssen«, sagte Gisela. »Sie hatten die schwersten Jahre miteinander gelebt, da hat Ada recht, und das band Alfret genauso an sie wie sie an ihn. Ich hätte mich meinetwegen nie scheiden lassen ...« Gisela lachte.

Katharina sah, während sie sich an Alfrets Version erinnerten, zugleich ein Jahrzehnt aus dem Leben ihrer Mutter ablaufen, das sie stark gemacht hatte, weil Alfret sie brauchte, und das aus stummem Beistehen, Möglichmachen bestanden hatte. Sie spürte hinter den Metamorphosen ihres Vaters, die ja nicht von heute auf morgen hatten stattfinden können, das atemlose Mitlaufen der am Ende Entkräfteten, ihre Suche nach Beständigkeit und Unwandelbarkeit, unter der Katharina heute litt, ihre Angst vor dem Riesenhirn des Mannes, der all seine Beschädigung von Kindheit an zur späteren Verwendung in den hintersten Winkel geschoben hatte.

Katharina ging mit Jonas durch die Straßen Ostberlins, klopfte an der Pforte der Zeitung, wo man ihm zuletzt das Gnadenbrot gewährt hatte und ihn im kleinen mürbe gemacht hatte, der im Leben schon so viel Prügel bekommen hatte; sie versuchte, einen Handlanger der Partei zu befragen, einen Schauspielleiter vom Theater des Nachttrommlers: War es Absprache oder nicht, jedenfalls verweigerten sie allesamt die Aussage, gaben vor, zuwenig, gar nichts von jenem Menschen zu wissen, der in seiner letzten Verkleidung dort Unterschlupf gesucht hatte. Auch der Chefpropagandist des DDR-Fernsehens legte keinen Ehrgeiz darein, Alfret Bebra seine Zeit zu widmen. Katharina hoffte, von jenem achtzigjährigen Gnom, der in Alfrets erstem Stück über die Bühne wütete und der nun bösbürgerlich in Berlin-West mit einer geschlechtslosen Haushälterin zusammenlebte, etwas zu erfahren, und es war ihrem jüdischen Restblut zu verdanken, daß sie ihm nicht anders kam als er ihr, als er fragte: »Was bieten Sie mir, wenn ich auspacke?« Und Katharina entgegnete: »Kann ich nicht eher sagen, als bis ich weiß, was

Sie zu bieten haben.« So ließen sie sich gegenseitig in der Luft hängen und tranken schweigend dicken Campari, und Katharina verabschiedete sich höflich. Dennoch blieb in Katharinas Erinnerung der Alte zurück als ein schwaches, ängstliches, überfreches Kind.

An einem tristen nächsten Morgen in Berlin, als sie, den frierenden Jonas unters Cape gesteckt, die Straße zum Sender in der Masurenallee einbog, erhob sich von einer Bank, einen schwarzen Schirm schwingend, ein Mann, der den Hut lüftete und Katharina zwei silbrige Schläfenadern sehen ließ. Sie erkannte sofort den Mann vom Foto, den Ada Simon genannt hatte, und erschrak.

»Was, Gnädigste, ist es, das Sie bewegt, den Spuren Ihres obskuren Vaters zu folgen?«

Katharina sah den Mann an, sein gezeichnetes Gesicht, das liebenswürdig dreinsah, seinen glitzernden Schädel, die Hand mit der Goldader, die wachen Augen.

»Ich will selber sehen, was da los war, weil ich aus all den Unklarheiten kein Bild gewinnen kann«, sagte sie.

»Kommen Sie«, sagte der Herr freundlich, und sie setzten sich auf die Bank. »Warum wollen Sie sich Ihr Leben verpatzen? Mich interessiert viel mehr, was Sie zu diesem Tun bringt, als das, was er tat.«

»So kann ich es nicht sehen«, antwortete Katharina ungeduldig. »Es ist mein Schicksal. Vielleicht bekommt mein Leben eine andere Richtung, je mehr ich weiß. Also was wissen Sie?«

»Ich mochte ihn nicht. Warum wollen Sie ihn rauspauken, diesen anarchistischen Scharlatan, diesen unpolitischen Hochstapler, der alles nur der Wirkung wegen tat? Er hat mich eigentlich nie interessiert, dazu bin ich wohl zu wenig romantisch und zu sehr Agnostiker.« Der hier sprach, war der letzte Überlebende einer großen Zeitschrift der Weimarer Republik, die immer links gestanden hatte. Der Mann nahm einen kleinen Drahtkorb an einer Schnur und hielt ihn vor seinen Mund.

»Entschuldigen Sie, aber meine Lebensgeister, die mir normalere Menschen, als Ihr Vater es war, im KZ austreiben wollten« – er wies lässig auf die Silberadern, deutete mit generöser Geste dergleichen mehr Geflechte in seinem Körper an – »die funktionieren immer besser, wenn ich in das Ding reinspreche, das zwingt mich zu präziserem Kampf im Äther. Tja, meine Liebe, wenn Sie mich so fragen, ich würde ihm überhaupt kein Etikett verleihen, diesem Monokelsnob, der sich mit diesem kleinen

Wotanzwerg zusammentat, während ich in Berlin Selbstschutz-Gruppen aufgebaut habe, und der das Monokel abnahm, als Hitler nicht siegte.«

»Glauben Sie ihm nicht seine Veränderungen?«

»Veränderungen?« Der Greis kicherte und zog seinen schwarzen Mantel eng um sich. »Er war Proteus, immer auf Wanderung, immer in Verkleidung, in seiner Unbeschreiblichkeit gut zu beschreiben, in seiner Ungenauigkeit dann immer wieder derselbe, in seiner Abenteuerlust nirgendwo zu fassen, und das war das Kontinuierliche in seinem Leben. Aber solche Leute sind nicht sehr sympathisch. Die Sache mit ihm hat einen großen Haken. Wissen Sie, wie Lackmuspapier, das man in eine Flüssigkeit hält, um festzustellen, ist das eine Säure oder eine Lauge – so konnte man sich A. B. getunkt in die Ereignisse der Zeit vorstellen, und je nachdem, wie er reagierte, konnte man auch die Ereignisse beurteilen.«

Murmelnd, mit einer eckigen Geste und flottem Schritt, entfernte sich der Schwarzgekleidete, und Katharina hörte ihn gewohnheitsmäßig Stichworte in sein Drahtkörbchen flüstern: »Aufpasser ... Provokateur ... Unsympath ... Mätzchen ... Webfehler ...«

»Halt!« rief Katharina, die über das Wort Proteus nachdachte, »halt! In welcher Gestalt haben Sie den Meergreis gesehen? Ich bitte Sie um diese letzte Auskunft!« Doch da war der Schwarze schon verschwunden, und Katharina sprang hinters Funkhaus, aber auch von dort aus war nichts mehr zu sehen.

Zwei Stunden später nahmen Katharina und der quengelige Jonas, der nicht mehr mit wollte und überhaupt nicht wußte, warum er nicht zu Hause in seiner gewohnten Ordnung bleiben durfte, einen Imbiß in einer Berliner Kneipe ein, und während sie ihre Wurst aßen, gesellte sich zu ihnen ein stiernackiger, teigteintiger, wohl an die zwei Zentner wiegender Mann um die Fünfzig, der aus zugewachsenen Augen scharf dreinsah und, ohne eine Miene zu verziehen, sagte: »›Deutsche Reise‹, das war eine Sauerei.« Wenn er der war, den Katharina in ihm vermutete, so war er wahrscheinlich sternhagelvoll, unbehaust in Westland, und er fuhr fort: »Kein guter Einstand, schlecht für uns, die damals Zwanzigjährigen, Zweifelnden in der DDR, die ihm glaubten, weil er vom Westen kam und schrieb, unseres sei das bessere Land. O wir Idioten!« Der große Dicke kippte einen neuen Schnaps hinunter. »Natürlich hat der Staat mit beiden Händen zugegriffen. Und der Kulturminister hat ihn noch gewarnt und gesagt: Nimm einmal in deinem Leben kein Vollbad, sondern nur ein Fußbad! Dieser Tor, der so voll Überzeugung in die jeweils falsche Richtung gelaufen ist und sein ganzes Leben so perfekt auf Zwischenton gekriegt hat wie kein Zweiter. Dafür war's geradezu erstaunlich, diese Eindeutigkeit der Liebeserklärung, aber heute nur ein Beweis dafür, wie sehr ihm das Wasser zum Hals kroch. Arme Sau, und wir, Arschlöcher allesamt, genasführt von einem, der seine ›Reise‹ durch die DDR in Fortsetzungen anbot, auf die wir warteten, übrigens, ich habe nie nachgesehen, ob da wirklich drunter stand: Fortsetzung folgt . . . Aber sie folgte und war brav, oh, er war brav, Ihr Vater, er hat sie nie über den Löffel balbiert, und manche sagen sogar, er hätte Spitzeldienste geleistet, die arme Sau . . .«

Katharina wurde rot, so sehr stieg die Wut in ihr hoch, denn sie glaubte ihm nicht. Der Dicke, auch er ein Gefolterter, dessen massiger Körper noch winzige Klumpen seiner Persönlichkeit enthielt, kippte beide Wodkas gegen die Wand und verließ das Lokal, was auch das beste war.

Katharina überlegte, wie heftig die Reaktionen auf ihren Vater waren – diese Wut, diese Betroffenheit, von welcher Seite auch immer. Den schlafenden Jonas auf dem Schoß, saß sie einen Tag später im Coupé der Österreichischen Bundesbahn. Die Reisenden waren mit ihr in bester Weinlaune, sie selbst beherrschte, kaum daß die Grenze überschritten war, wieder die in Deutschland verlernte Lebensform des Blödelns, wechselte ihren Ton und wunderte sich über ihre Zweisprachigkeit.

Ihre Unbeschwertheit schwand, als sie Gamsern erreichten, Katharina wurde nachdenklich: Was wußte sie schon von Gamsern, was hatte sie schon im Kopf außer ihren vagen Kindheitserinnerungen? Schon die Größenverhältnisse stimmten nicht mehr, wie winzig war die Bahnstation, an der sie immer gestanden hatten, wo die Züge hinausführten in die weite Welt! Katharina erinnerte sich, daß ihr Vater erzählt hatte, wie er in dieses Dorf gekommen war: auf einer Wiener Feuerwehrspritze thronend, die aufgrund undurchsichtiger Befehle nach Salzburg disloziert werden sollte und die man aus Angst, sie könne von größeren Gemeinden requiriert werden, auf den verschlungensten Wegen nach Salzburg gebracht hatte; erst das letzte Stück dann per Zug, der von Tieffliegern mit MG-Garben bedacht wurde, woraufhin Alfret Bebra zusammen mit anderen auf einen Misthaufen flüchtete.

Wie schmal war die Hauptstraße, wie kurz der Weg hinauf

Richtung Ödensee, dessen Bewohner eine zweihundertjährige Tradition im Dagegensein hatten. War es Anmaßung oder Sentimentalität, daß sie den Weg hinaufstieg zu den einsamen Gehöften, an denen niemals die Hakenkreuz-Fahnen gehangen hatten, die sie deshalb auch nicht erst abnehmen mußten, als Hitler seinen Traum von der Alpenfestung ausgeträumt hatte. Sie ging am Gemeindeamt vorbei, wo ihr Vater Bürgermeister gewesen war, begrüßte kurz den Gemeindediener, der jedoch nicht sprechen wollte über damals, da er immer noch Gemeindediener war und diesmal der eines Sozialisten mit SS-Vergangenheit. Fritz hatte noch das schöne schwarze Haar, und er machte einen Anlauf zum Sprechen, aber dann legte sich das Schweigen wie eine Schlinge um seinen Hals. Katharina sah sich das Amt an, den einfachen Bürgermeisterstuhl, den gleichen für den Besucher, den Tisch: Da hatte sich nichts verändert.

Katharina und Jonas keuchten an den verkommenen Keuschen vorbei, zwischen denen die Hütten des Schützenvereins standen. Der schönste Rauchfang weit und breit gehörte der Schnapsbrennereihütte. Sie sah den Hias an, den sie früher gefürchtet hatte wegen seiner Waschechtheit: Da saß er in seiner feuchtkalten Wohnung und sah aus wie ein Racker und trank den Schnaps, doch seine Augen machten ihr keine Angst, sie blickten genau. »Noch trägt der Schnee«, sagte der Hias und stieß mit ihr an, »wenn man in den Winter hinaufsteigt, der klar und trocken ist. Das wußte auch der Ernst Kaltenbrunner, der Leiter des Reichssicherheitsamtes des Deutschen Reiches, als er damals ins Tote Gebirge ging, um sein Sicherheitsamt in die Höhe zu verlegen und eine Art Über-SS um sich zu versammeln.«

Der Hias zeigte sich diesmal ohne seine österreichischen Tükken und fragte mit einem huschenden Lächeln gradeheraus: »Bist wegen deinem Vater hier?« Katharina nickte, ein wenig schuldbewußt, so daherzukommen nach dreißig Jahren und sich einzubilden, sie bräuchte nur zu fragen, und schon würde der Hias etwas erzählen. Doch der Hias nickte und sagte: »Die Frau hat ein Essen gerichtet. Trink noch einen Schnaps.«

Danach wandern sie ein Stück auf das Tote Gebirge zu, während Jonas bei der Frau schläft, ermüdet von der Höhenluft. »Früher, nach den Versammlungen, haben wir uns immer ins Zimmer geschlichen und die Maderln angschaut«, sagte der Hias lächelnd. »Du hast schon immer einen Zorn in dir gehabt, das weiß ich noch«, sagte Hias. »Die wird's mal nicht leicht haben, hat dein Vater gemeint.« Er schaut sie schweigend an, und Katharina braucht nichts zu erzählen.

»Damals, als die Amis das Ultimatum stellten, den Göschenpaß zu räumen, andernfalls würde Gamsern bombardiert, da wart ihr achtzig Widerständler gegen achthundert organisierte SS'ler, und doch habt ihr euch durchgesetzt. Die Amis zogen ab. Alfret schrieb später viel über diese Zeit, die ihm viel bedeutet hat. Er schrieb auch, er hätte viel von euch gelernt: er mochte noch soviel wissen, denken, formulieren – ihr wärt ihm immer überlegen gewesen, ihr, die Arbeiter. War das so, war seine Liebe zu den Arbeitern, für die er Worte findet, echt?«

Hias schaut sie an. Er war Alfrets Schüler gewesen, war ihm in die DDR gefolgt und lebte nun wieder in seiner Heimat. »Ein bißchen Koketterie war schon dabei«, sagt er abwägend. »Aber die Menschen aus unserer Gegend sagten ihm besonders zu wegen ihrer Gradlinigkeit, ihrer einfachen, klaren Argumentation, ihrem Hang zur Philosophie und nicht zuletzt wegen ihres Widerspruchsgeists.«

»Hier war seine Heimat«, sagt Katharina, »hier wäre er gern geblieben.«

»Du auch«, sagt Hias. »Ja, seine Heimat«, sagt er nachdenklich, »zu einer Zeit, wo niemand vertraute Erde unter den Füßen hatte. Wo alle Menschen Abfall waren, Abschiebegut. Von hierher hat er seine Sprache, hier in diesem Land ist er geboren. Aber seine Heimat wurde ihm zu früh genommen, deshalb war er immer ein Einzelner, Zerstörter, einer ohne Jugend. Berlin war nie seine Heimat. Als er die Gegend zum zweitenmal verließ, da war er wieder ausgesetzt.«

»Doch er glaubte mit 62 Jahren an einen möglichen Neubeginn, er hat aus eurem Schutz Kraft gezogen, um den Sprung in ein anderes Leben zu wagen, aus der Bestätigung, die er als Bürgermeister hier erfahren hat, aus dem Eintritt in die Partei.«

»Das mit dem Bürgermeister«, sagt Hias nüchtern, »das hatte für ihn eine größere Bedeutung als für die Gemeinde. Wir brauchten hier jemanden für die Amis, der perfekt englisch sprach. Und der Eintritt in die KP, der war für mich folgerichtig in seiner Entwicklung. Wir glaubten ihm den neuen Weg.«

»Und die KP-Zeitung, bei der du heute noch bist, da war er doch dein Chef, in Fahrn?«

»Er war als Fachmann von großem Interesse für die KP-Landesleitung«, sagte Hias, diesmal wie ein Angestellter, »seine Bestellung wurde vom Zentralkomitee der Partei in Wien abgesprochen, dessen Bildungsreferat ihn später auch an das Theater ›Gala‹ berief.«

»Wie habt ihr den Eintritt in die KP gewertet?« Katharina hofft, daß Hias nicht glaubt, sie sei eine von der anderen Seite.

»Ich sah bei ihm eine folgerichtige Entwicklung seit 45, er hat allen Versuchungen widerstanden, zurückzugehen ins bürgerliche Lager, obwohl er, wenn er es getan hätte, wirklich der verlorene Sohn gewesen wäre, dem sie ein goldenes Kalb geschlachtet hätten.« Die Augen funkeln: »So ein politischer Depp war dein Vater nicht, wie sie es gern sehen würden. Nein, das war schon ein politischer Kopf. Halt ein besonders seltsamer. Er brauchte das bißchen miefige Wärme, das die Partei ihm gab.«

»Was hat er in der Widerstandszeit getan?« Der Blick von Hias schweift ab auf die Hütten rundum, es wird allmählich dämmrig, und er weiß genau, worauf sie wartet. Er sagt lange nichts.

»Er hat uns an Bücher herankommen lassen.«

»Und als Bürgermeister?«

»Er hat positiv gearbeitet, Wehrmachtsgut beschlagnahmt und unseren Ort hier elektrifiziert.« Der Hias lächelt beinahe.

»Damit es einfacher war, wenn ihr euch getroffen habt!« lacht Katharina, »für eure Schützenfeste!«

Hias nickt. »Und deine Mutter hat als Frau Bürgermeisterin die ganze Milchlieferung für den Ort hier angekurbelt.«

»Und in Ostberlin, wie ging es ihm da wirklich?« Wenn er nichts sagte, so mußte sie sein Schweigen respektieren, denn worauf sollte es hinauslaufen? Er war ja schließlich kein Unbeteiligter, sondern gehörte zum ZK der KPÖ. Und er war selbst Alfret nach Ostberlin gefolgt. Oder sollte er ihr Theater vorspielen? Katharina stand auf, um zu zeigen, daß das Gespräch für sie damit zu Ende war.

»Komisch«, sagte Hias, »dein Vater hat immer eine merkwürdige Beziehung daraus hergeleitet, daß ihr am selben Tag geboren seid. Er war ja ein solcher Zahlenmystiker und ein Abergläubischer, der es mit jeder Bäuerin von hier hätte aufnehmen können. Er hat immer gesagt: sie wird mir nachfolgen, ich kann sie nicht davon abhalten, aber sie braucht Zeit.«

»Das hat er gesagt?« Katharina hat keinen Atem.

»Du hast Angst vor mir gehabt, warum?« fragt Hias plötzlich.

»Vor Kommunisten hatte ich immer Angst, weil sie mir zu

vollkommen vorkamen. Sie hatten Pflichten übernommen und einen Glauben, den ich nicht hatte.«

»Solche wie ich?« fragte Hias.

»Ja, du bist auch ein Waschechter«, sagte Katharina.

»Und dafür kein Mensch?«

»Früher nicht.«

»Auf die Gefahr hin, daß ich dir angst mache«, sagt Hias, »es ist in jedem Fall gut zu wissen, wohin man geht.«

»Vielleicht finde ich es heraus«, entgegnete Katharina.

»Dann zeig deine Zähne«, sagte Hias, »und hör auf, alles mit dir machen zu lassen.«

»Woher weißt du?«

»Das brauchst mir nicht zu sagen«, sagte Hias, »ich hab' doch Augen. Ich lese die Zeitungen, ich lese auch Bücher. Du warst immer dabei. Du meinst, du hast was getan, achtundsechzig, und hast dich ausgelebt. Ist dir die Hoffnung auf eine bessere Welt vergangen? Entwirf dir eine Zukunft. Hör auf, dich im Familienbetrieb zu verstricken. Du mußt auch einmal – und das klingt hart – Schluß machen mit deinem Vater. Das tust du jetzt. Du hast wenig, wenn du so dastehst vor mir, außer Fragen und sentimentalen Bindungen und einer Renitenz, die vielleicht deine Chance ist. Was willst du denn einmal deinem Sohn bieten? Denk an das, was zählt. Dafür hast du ein Beispiel in deinem Vater.«

Was zählt, was zählt. Der Gedanke geht Katharina nicht aus dem Kopf, als sie Hias verläßt, den schlafenden Jonas im Arm, und nach Gamsern hinuntergeht, in der Hand ein Buch, das Hias ihr gegeben hatte. Es war das Tagebuch ihres Großvaters, das Alfret Hias hinterlassen hatte mit dem Hinweis, er würde schon wissen, was damit zu tun sei.

Sie liegt lange wach. Wie ihr Bewußtsein ordnen?

Am nächsten Morgen steht sie mit Jonas vor dem Grab des Großvaters. Die Schrift ist fast unleserlich geworden. Ist er nun ihr Großvater oder nicht? Sind Auschwitz und Jerusalem die Heimat ihrer Vorfahren?

Schrie ihr Vater so gegen seinen Vater an mit jenem Stück, in dem er ihn zum erstenmal ermordete, weil er nicht mehr brüllen konnte? Warum hat er sich Ruhm geholt aus dem Tod des Vaters? Als er das Stück schrieb, war er ein kümmerlich lebender Bote im Kaufhaus Wertheim, verpackte Bücher, schrieb Wettzettel aus, holte die Brötchen.

Als er den Mord an seinem Vater schrieb, war das ein Signal

für andere junge Menschen, auf ihre Väter zuzuschlagen, und die Aufführung fiel in jene Tage, als Rathenau das Opfer des beginnenden Faschismus wurde. Alfret Bebra, Kriegsheimkehrer aus Italien, ließ sein Stück, an dem er seit seinem achtzehnten Lebensjahr gearbeitet hatte, im Ersten Weltkrieg spielen, diesen Haßgesang auf seinen jüdischen Vater, Gymnasialprofessor und Schriftsteller, der seine Erstwerke unter dem Pseudonym »Hamlet« (warum?), seine Stücke unter dem Namen des ersten Menschen veröffentlichte, war auch hier ein Vater-Rätsel, ungeheuerlich in seiner Wiederholung? Eines der Stücke des Großvaters – Katharina erhielt sie immerhin über Bibliotheken – hatte er von ›Der Antisemit‹ in ›Schmelz der Nibelunge‹ umgetauft, und zu Katharinas Erstaunen war es die Geschichte eines jüdischen Schülers gewesen, der von seinen Mitschülern verspottet wurde. War ihr Großvater deshalb zum Katholizismus übergetreten, weil man es ihn schon als Kind hatte merken lassen, daß er Jude war?

Katharina nahm das Tagebuch, setzte sich mit Jonas auf eine Bank und las. Das Tagebuch ihres Großvaters stammte aus den Jahren 1867 bis 1945. Sie empfand keine Verwunderung, als sie las, daß der Großvater jüdisch war, in Auschwitz geboren, daß sein Vater Hosea geheißen hatte und dessen Vater ein großer Rabbiner gewesen war, daß es der Urgroßvater vom Wildheger zum Holzsägereibesitzer gebracht hatte. Verblüffend war jedoch, daß es da nun schwarz auf weiß zu lesen stand, woher sie kam, daß der Großvater dem Urgroßvater seinerseits ähnliche Dinge vorwarf wie der Sohn dem Vater, wenn auch mit wohlgesetzteren, professoralen Worten: daß er von allzu großer Strenge, Enge, Rechtlichkeit und Humorlosigkeit gewesen sei bis zur Unerträglichkeit, und dies sei noch verbunden gewesen mit einer Neigung zu pathetischer Ausdrucksweise: eine merkwürdige Wiederkehr der Abneigung, wer weiß wie weit zurückführend. Sie las, wie der Großvater zum Primus heranwuchs, das Schulgeld wurde bestritten durch das Halten von drei Kostknaben, mit denen die drei Kinder zusammen das Zimmer teilten, während im niedrigen zweiten Zimmer der Wohnung nebenan die Eltern schliefen. Das Interieur: ein großer Tisch, mehrere Sessel und ein Kleiderkasten, das war's, eine richtige Armeleutewohnung, mit einem Jutefetzen statt Teppichen. Zu allem Übel verschwand noch der Vater für einige Jahre, weil er die Familie nicht ernähren konnte, und so wurde der junge »Adamus« August früh zum Oberhaupt der Familie. Er gehörte in der Schulzeit einer Art geheimer Burschenschaft an, schrieb als »Hamlet« seine ersten Aufsätze in einer geheimen Zeitschrift namens ›Gaudeamus‹; blieb, wie die meisten der jüdischen Mitschüler, deutsch-national gesonnen, während es nur eine winzige Gruppe wagte, liberal zu denken. Sein Werdegang hinterließ in Katharina für keinen Augenblick Zweifel, daß der Großvater in sich all jene ungeheuerlichen Eigenschaften entwickelt hatte, die ihn zur typischen, dem Sohn verhaßten autoritären Professorengestalt machten, und daß Alfrets Kindheit in der Tat entsetzlich gewesen war. Er betete schon früh seine Lehrer an, die die »Gabe des Lehrens mit der Freude an Wissensverbreitung« ausübten, plädierte für die strengste Auslese für Anwärter des Lehreramtes, das keinesfalls als Versorgungsamt angesehen werden dürfe; dann kam, eine kurze Zwischenphase, jene Zeit, in der Schillers Räuber, die gegen ihre weißlockigen Väter zu Recht rebellieren, sogleich sichtliches Fieber in Adam August auslösten, doch das ging vorüber; es folgte die längerfristige Phase einer Schwärmerei für das Drama ›Dankmar‹ und die Lyrik eines gewissen Fercher, aus dem er seitenlang zitiert:

Ich bin ein Dichter – trete keiner
Entheiligend in meinen Bann,
Ich bin ein Mann so gut als einer,
Der seine Waffe tragen kann.

»Dies waren Worte«, so schreibt der Großvater, »die den jungen Leuten aus dem Herzen gesprochen waren. Meist arme Teufel, die sich nichts leisten konnten, hingen wir mit leidenschaftlicher Liebe an unserem Volke, dessen politischer, nationaler und sozialer Zustand um so heftiger unsere Kritik herausforderte, je mehr wir unserer Ohnmacht uns bewußt waren.« So ließen sie ihre Auflehnung in »glutvollen Versen ausströmen« und schrien: »O Jammergeschick! O tantalisches Weh!« anstatt zu handeln. Dann folgte die Nietzsche-Phase, die August Bebra als richtungweisend für sein ganzes Leben betrachtete. Zu seinem Kreis zählte auch der Nietzsche-Verehrer Rudolf Steiner, und auch er verstand sich als der »große Zertrümmerer veralteter Idole und machtvolle Verkünder einer aus der Asche neu aufzubauenden Welt der Wahrheit und Schönheit«. Er dünkt sich in der Folge als »höherer Mensch«, womit seine »gegensätzliche Einstellung gegen die Sozialdemokratie und ihre Lehre von der absoluten Gleichheit der Menschen« verbunden war.

In der Studienzeit, in der er seine Dramen schrieb, sein Geld als Hauslehrer verdiente und von Wagner als einer Offenbarung schwärmte, kam er zuletzt nach Berlin, hat dort das große Erlebnis, das sich weitschweifig im Tagebuch niederschlägt: »Heute Bismarck gesehen!« Dann folgten, zwischen 1890 und 1900, die damals üblichen Wanderjahre, bis er schließlich die wohlanständige, sanfte und unbescholtene, später erblindende Großmutter heiratete, die ihren Sohn Alfret so sehr liebte, daß sie jede spätere Frage nach seiner Herkunft mit einem Wutausbruch beantwortete und höchstens zu dem Satz bereit war: für ihn würde ich alles tun.

Für Katharina wurde am Jugendmord Alfrets das psychische Lebensdilemma ihres Vaters deutlich, seine Kulisse, die er so sorgsam aufgerichtet hatte, um nur er sein zu können, nur er und sonst niemand, ein Mensch unbekannter Herkunft, ein einzelner Schreiender, einzelner Leidender, sich Rechtfertigender, Verhörter.

Katharina sah nun auch seine Lebensgeschichte, die sie so oft gelesen hatte, neu, als eine Art Verhör, vor der Öffentlichkeit oder vor einer Parteiinstanz, kein gefälschtes Protokoll eines unverbesserlichen Vertuschers, sondern ein theatralisiertes Leben, wo alles in der Schwebe bleibt, das Leben als Bühne oder Gerichtssaal, und er läßt sich immer wieder zur Ordnung rufen, läßt Einsprüche zu, ohne in seinem vorgefertigten, ehrlich gemeinten Lebenslauf innezuhalten.

Katharina empfand eine Parallele, wenn sie an Hartmann dachte, der ein ebensolcher, wenn auch nur im Privaten sichtbarer Theatraliker seines Lebens gewesen war und den sie deshalb früher besser verstanden hatte (auch wenn sie ihn fürchtete) als Walter, der jede Theatralisierung scheute, es sei denn, sie hätte mit seinem Beruf als Regisseur zu tun, und der deshalb auch der Meinung war, daß jede Inszenierung einer Beziehung zuviel war, und der dem Irrtum erlag, daß es die Liebe größer machte, wenn man sich auf gesellschaftliche Konventionen nicht einließ.

Katharina saß im Zug von Gamsern nach Walz und stellte sich vor, daß Jonas ein anderes Leben führen müsse, entweder eines, das nicht so mit der Gegenwart vermengt sei wie das Alfrets, oder eines, das einfach war und nachbarlicher, damit er die Menschen liebte, vielleicht würde es ihm helfen, wenn er seine Geschichte genau kannte, später einmal, damit er ein Ge-

gengift hatte, ein starkes inneres Leben, um den Ereignissen besser standzuhalten. Sie kann doch nicht damit fortfahren, mit ihm das Drama zu wiederholen. Sie muß sich auf ihre Intuition verlassen, und es ist ein Glück, daß sie kein Mann ist, sondern daß sie seine Wunden lecken und ihn so freihalten kann. Sie erinnert sich, was die Masseuse, die sie massiert – Martha, Ada, Katharina, Susanna –, über die Körper der vier Frauen gesagt hat, über ihre Spannungen, wie sie nachgefragt hatte, wo die wunden Punkte bei jeder lagen, und wie sie es ihnen durch den Trick der Fußsohlenpunktierung entlockt hatte, Körperteil für Körperteil, bis sie wußte, daß sich die Körper Marthas und Adas auf seltsame Weise verengt und verkürzt hatten. Welche Zusammenhänge bestanden zwischen Marthas und Adas gepreßter Stimme und ihrer Geschlechtlichkeit? Wie angespannt Susannas Körper war in dem Bemühen, sich zu entspannen, und wie groß war der Widerspruchsgeist Katharinas, die den linken Arm entspannte, wenn die Masseuse den rechten meinte.

Dennoch, wenn sie der Masseuse glauben durfte, so war eine neue Katharina im Entstehen, die sich erweiterte, die einen neuen Kreislauf in sich und ihrer Umgebung einleitete, in dem sie lebte, noch die fruchtbarste war. Die Masseuse, eine große, kräftige Frau, deren Lachen sie gerne vernahm, konnte den Menschen wieder zusammenfügen, und das war ein Abenteuer, um das Katharina sie beneidete: allein schon die Fähigkeit, Schmerzpunkte zu erkennen und Schmerzen wegzustreichen, zu kneten, wegzuformen, Verkümmerungen in ihren Ansätzen zu fördern und sie nicht als etwas Negatives zu betrachten, sondern als einen Grund, den Wurzeln nachzugehen und ihnen mehr Nahrung zu geben.

Da trat ein Mann ins Coupé: hohlwangig, mit ernstem Gesicht, tiefliegenden, seltsamen Augen, alt, aber noch kraftvoll, breit gewachsen, gesund wirkend, einen Hauch von schwarzweißrotem Geist verströmend, in der Hand ein schwarzes Aktenköfferchen. Leutselig, wie einer aus dem Volke, begann er mit ihr zu sprechen, streichelte den Kleinen, dessen »gutes Gesicht« und »schönen Hinterkopf« er lobte, erzählte, daß er Sohn eines Försters und einer Sängerin sei und eine frühe Vorliebe gehabt habe für Gesang, intonierte kurz ein Lied, das er ›Gesang an Ägir‹ nannte, und gab seinem Erstaunen Ausdruck, weil Katharina dieses Lieblingslied Wilhelms II. nicht kannte, plauderte informiert über die Gesellschaft »Freunde von Bayreuth«, Wagner, und daß er immer für die Jugend und ihre Heranbildung gewesen sei, die vom Musischen her kommen müsse, und die Urzelle, die läge nach wie vor im Volk, dessen Kunst nur gefördert und geweckt werden müßte.

In Katharina schlug etwas an, sie dachte dieses Gesicht fünfzig Jahre zurück, formte seinen Körper zurück ins Bäuerliche, wo er herkam. Als ahnte er ihre Gedanken, erhob sich der Mann, neigte sich leicht vor: »Roßbach«, sagte er, »noch nicht ganz abgetreten, noch nicht ganz auf meinen Lorbeeren ausruhend.«

Katharinas Herzschlag setzte aus: Da saß er ihr gegenüber, der Zeuge einer versunkenen Zeit, jener Mann, der ihren Vater so fasziniert hatte, daß er ein Buch über ihn schrieb. Auf ihre Frage, was er denn heute tue, entgegnete Roßbach, daß er lange Jahre als Vertreter von Iduna tätig gewesen sei und nun eine Art Ponyhof halte, wo er seiner Lieblingsbeschäftigung nachginge: »Ich versammle Jugend um mich, lehre sie singen, reiten, bringe ein wenig Festigkeit in ihr lasches Leben. Unglaublich, wie heute die Jugend auf dem Lande aufwächst: ländlich-dumpf, ohne Ideale, ohne Heimatsinn.«

Gerhard Roßbach intonierte leise ein Lied:

Mädchen mit dem Hakenkreuz
auf dem blauen Mieder
trag dein Zeichen treu und stolz
bis wir kommen wieder.

»Es war 1930, als das Buch erschien«, sagte Katharina, »Sie waren Freikorps-Führer. Was hat meinen Vater so an Ihnen interessiert?«

»Er wollte von mir wissen, ob ich zum Freikorps-Führer geworden war aus Beharrung heraus, weil ich nach meiner soldatischen Erziehung im Ersten Weltkrieg, nach vier Jahren Dienstausübung also, nicht wieder zurück ins bürgerliche Dasein finden konnte. Er fragte mich immer wieder, warum ich so unruhig lebte, warum ich nicht als Leutnant, sondern als Soldatenrat die Revolution überstand. Ihn interessierte es, glaube ich, am meisten, wie es kam, daß ich die Macht hatte, die Jugend so an mich heranzulocken, sie aus ihrem faulen Dasein herauszureißen, sie anzuspornen. Schließlich ist es eine ansehnliche Liste von Jugendgruppen, die ich zusammenhielt vom Freikorps über die ›Schill-Jugend‹, den ›Bund Ekkehard‹, die Führerschule der bündischen Jugend bis zum Kontaktkreis zur Förderung menschlicher Beziehungen in den Betrieben 1950.«

»Glauben Sie, daß Macht ihn so anzog?«

»Ja, er bewunderte und verabscheute zugleich diese zwielichtige Macht, Menschen um sich zu versammeln.«

»Sie haben Alfret Bebras Buch Texte vorangestellt«, sagte Katharina, »die aus den Akten des Freikorps Roßbach stammen, und da heißt es: Sturmtruppe, Freikorps, Sabotagetrupp, Landarbeiter-Gemeinschaft, schwarze Reichswehr, politische Kampf-Organisation, Bund, Spielschar: alles seien Truppen desselben Geistes, derselben Führung. Vorne stünden Sie, die Truppenkommandeure, und suchten die Entscheidung; dort, wo sie fallen müsse, wissend, daß sie fallen würde. Nach dem mißlungenen Hitler-Putsch, der Strandung nicht nur Ihrer, einer ganzen Generation, waren Sie allein, untergeschlüpft, verlassen, weil Sie sich gegenüber der NS-Partei reserviert verhielten, lebten getarnt als Filmregisseur Richter. Sie waren erschöpft.«

»Sie irren«, entgegnete Roßbach, »erschöpft vielleicht, aber nicht entmutigt. Ich habe nie aufgegeben. Das gerade hat Alfret Bebra so beschäftigt. Meine unermüdliche Fähigkeit, die Sehnsucht nach dem Guten, und meine Ehrlichkeit beim Einsatz dieser Sehnsucht. Sicher, er fand mich bieder, ruhig, soldatisch derb, jedenfalls schrieb er das, aber ich war nie ein Mordbrenner und Prügelheld oder gar Faschist, meine Ideale sind heute dieselben wie damals: menschliche Geradheit und Kraft. Ich mag junge Menschen, weil sie am Anfang stehen.«

»Was singen Sie heute?« fragte Katharina.

»›O du schöner Westerwald‹, das ist beliebt wie eh und je«, entgegnete Roßbach gutmütig lächelnd.

Eukalyptusbonbon, dachte Katharina, und wie sie das bei Walzer Schulausflügen immer dazwischengesungen hatten. Es war das Stichwort für ihre Einreise im Walzer Bahnhof, in jene Stadt, in der Katharina zur Schule gegangen war und wo alle ihre Mitschülerinnen selbstverständlich über das Liedgut ihrer Väter verfügten, auf Schulausflügen, Schikursen sangen und Sprüche klopften wie »Es geht immer weita Bruck an der Leita« und »Erstunken ist noch niemand, aber erfroren sind schon viele«, Sprüche, die ihre Väter in Kriegslagern von sich gegeben hatten; Walz, die Stadt, in der Katharina, als sie die ersten Bälle besuchte, bei Morgengrauen jene Juristen- und Ärzteväter betrunken in den weinroten Sesseln des Cafés Central hängen sah, und sie wird nie vergessen, wie der bärtige, zwei Meter lange Vater ihrer besten Freundin damals sein Auge aufschlug, sie erblickte und sprach: »Rabindranath Tagore: Ein leuchtender Tag und nicht traurig, daß er vorüber, sei glücklich, daß er gewesen« und wieder einschlief, oder wie sie murmelten, halbtrunken, von Isis und Osiris und Hesiod, Platon und der Mona Lisa und von den Weibern, denen jeglicher Kunstverstand abginge. Auch von den bösen Kräften der Frau war die Rede und von Die-Peitsche-Mitnehmen, davon, daß Frauen das innere Auge fehlte für die Schönheit nicht nur der Eingeweide, die sie den erjagten Tieren zu entnehmen und zu transformieren hatten, sondern auch der Kriegsnächte und Männerfreundschaften und Blutstropfen, geopfert auf schneebedeckten Feldern, für den Zeitgeist und seine Notwendigkeiten.

Manchmal war es Katharina so vorgekommen, als ob die Walzer Anwälte gar nicht so erleichtert waren, daß es nur noch Rudimente von Kratern und Bombengürteln gab und daß die Wachablösungen abends nur noch darin bestanden, daß man den im Café hingeschlagenen Kameraden vom Felde des Suffs holte, anrief und sprach: Steh auf und wandle, deine Frau wartet, Zapfenstreich, und daß die Märsche an der Front zu Märschen ins Ehebett verkommen waren. Es waren die Kameraden, die nächtlings wüste Witze rissen über die Walzer Attraktion, eine einbeinige Hure, und die noch immer die These hochhielten, der Krieg sei der Vater aller Dinge, vor allem aber der abenteuerlichen.

Das alles kam Katharina wieder in den Sinn, als sie in der einspännigen Tramway saßen mit dem Blödelschaffner, der, nur unmerklich gealtert, immer noch den Hans Moser von Walz spielte, wo sie in einem Hotel am Hauptplatz sich einlogierten, dessen Besitzer, nur scheinbar dem Theaterfundus entstammend, sie mit Lakaiengewand und Lakaiengestik empfing, fragte: »Die Herrschaften wohnen bereits hier?« Und als Katharina dies verneinte, entschieden entgegnete: »Dann werden Sie hier wohnen«; und er trug an den Schläfen lange Löckchen und trank dann mit ihr ein Glas Schampus auf die deutsch-österreichische Freundschaft.

In Walz hatten die sogenannten »kleinen Leute« für Katharina noch ihr Gesicht bewahrt, ebenso wie die in Gamsern oder die Menschen in der Toskana. Warum sprach man in Österreich reicher, komischer, warum österreichisierte man Fremdworte und machte sie sich somit zu eigen, warum gab's dort noch

Philosophen, die, ob beruflich oder privat, ohne Angst vor dem Wort über den Sinn des Lebens nachgrübelten, ohne daß man sie auslachte, warum bemerkte man die sogenannten Kleinigkeiten mehr und registrierte jede Veränderung, warum lachte man mehr, hatte dort ein anderes Verhältnis zu Wörtern wie »tragisch« oder »logisch« (beides am besten zusammen), warum gab es in Walz in der Tat mehr Verwachsene, Krumme, Krause als in Deutschland, wo sie sicherlich sofort eingegangen wären?

Warum gab es dort weniger Statisten und mehr Menschen, die sich in alles einmischten und dann wieder heraustraten und sagten: »Is eh alles relativ.« Warum gab es mehr Käuze und Sonderlinge, ja selbst die in Deutschland ausgestorbene Gattung des »Privatiers« und der »Privatiersgattin«? Warum wäre in Deutschland ein Mann wie dieser Portier, an dem ein karikaturhafter Zug nicht zu leugnen war, verkümmert wie ein Wacholder, den man vom steinigen Geröll umpflanzt in Muttererde? Warum ließen sich die Österreicher nicht so einschalten in die automatischen Abläufe der Arbeit oder des Krieges, von dem sie immer triumphierend erzählten, sie hätten allesamt nur im hintersten Glied gekämpft? Warum gab es weniger Vulgarität und mehr Selbstironie und manche, die einfach sagten: Davon versteh' ich nichts? Warum dann wieder diese unzweckmäßige Höflichkeit und Komplimentiererei und diese unzähligen Hofräte?

Katharina gedachte voller Trauer ihres verstorbenen alten Freundes, der die phantastischsten Toilettenpfühle besessen und ausschweifende Orgien im Südtirolischen gegeben hatte mit wirklichen Nymphen und Gnomen und Sklavinnen und der zudem Barockes in der Schublade gehabt hatte, was dann von einem angepaßten Redigierer, aller tropischen Wucherei entblößt, nach seinem Tode auf den Buchmarkt gebracht wurde. Doch immerhin – auch das gab es in Österreich unbedingter und brillanter als in Deutschland: wunderschön tiefempfundenen, lebenslänglichen Haß.

Katharina hob noch einmal das Glas auf die deutsch-österreichische Freundschaft, wofür sie der Portier mit einem Handkuß belohnte, um so mehr, als sie, auch auf dem Papier, Bürgerin beider Staaten war, und Katharina beobachtete, daß dieser Sonderling von den blutjungen Kellnern durchaus mit Respekt behandelt wurde. Warum blieben nur Österreicher kindlicher und schrulliger und konzilianter gegenüber

Sumpfgewächsen, Springinkerln und Wasserreitern, Schrumpf- und Wasserköpfen, Tagträumern und Nachtlichtern? Wahrhaftig, es war das Land auf der Rückseite des Mondes, und wer es verließ, um nach Deutschland zu gehen, fand dort alles verkehrt.

Walz hatte an diesem Tag ein ganz besonderes Gesicht, weil alle Menschen, die sie vom Hotelzimmer aus sah, bei diesem außergewöhnlichen Glatteis über die Trottoire glitten, als seien sie aufgezogen und jeder Eigenmächtigkeit beraubt. Katharina und Jonas gingen am nächsten Morgen zur Zweigstelle der Grazer Wechselseitigen Versicherung, von deren Namen für sie immer eine tiefe Beruhigung ausgegangen war, und besuchten einen Freund von früher, der am Bankschalter arbeitete und mit dem sie vor zwanzig Jahren die einzige Walzer Lokalität, wo man in aller Öffentlichkeit gegen den Strom schwimmen durfte, das Walzer Strombad, besucht hatte. »Mein Gott, du in Walz«, sagte der Werner verblüfft, »du nimmst dich hier aus wie dein Vater – ein Fremdkörper.«

»Ja, wie nahm er sich aus?« fragte Katharina.

»Alfret, an diesem Ort, wo alle, als der Ernst Fischer eine Rede hier am Hauptplatz hielt, schrien: Otto kumm! Und das waren grade jene, denen die Monarchie ohnehin die Glieder zerstessen hatte, naja, du kennst ja Walz. Hier haben s' ihn nie anders als schief angesehen und hinter ihm hergetuschelt, schau an, da geht er, erst war er links, dann Nazi, und jetzt nennt er sich Kommunist, bei dem geht das schnell.«

Später, als sie in der Herrengasse einen Wein tranken, da sagte der Werner bös: »Natürlich ist der aus der Rolle gefallen, als er der KP beitrat, weil das hier ja alle Nazis geblieben sind. Aber hätte dein Vater gesagt, folge mir, ich wäre ihm gefolgt bis ans Ende der Welt, statt dessen ...«, der Werner wurde weinerlich, und sie nahmen noch einen Kleinen Braunen im Café Traxelmayer, wo der Hofrat herübergrüßte wie eh und je, und der Werner schwärmte von der Besatzungszeit, weil es da die schönsten Besatzungsknaben gab in der Diesterwegschule: »Da hab ich mir damals einen Mississippi gegabelt« – und er erzählt am laufenden Band diese typischen Walzer Geschichten, von seinen Wirtsleuten, die eine Bäckerei hatten und wo die Frau zum Mann sagte, laß die Frau Weinstein endlich raus aus dem Backraum, da drin dampft 's so, und er hat geantwortet, laß sie doch gleich drin, oder was die beiden sagen, wenn sie hören, daß im Kampf zwischen Israelis und Ägyptern wieder neunzig

Israelis gefallen sind: Arbeiten sollen s', nicht kämpfen, sie haben Wüste genug ...

»Wie kann man nur«, sagte der Anwalt Darbujk, auch einer, der jeden Tag im Café Traxelmayer frühstückte und der irgendwoher aus dem Östlichen stammte, gebildeter Nietzscheaner und geübt in Gesprächen über die Kraft des schöpferischen Geistes, ein Mann, der nach dem Frühstück in seine Kanzlei ging und abends jeden Tag bei seinen Eltern das Abendessen einnahm, »wie kann man nur: erst Freund von Baal, dann Freund von Goebbels, und dann – in Österreich – den Kommunisten spielen, also ich nehm' ihm das nicht ab.« Katharina hatte noch Darbujks heftige Debatten mit Alfret im Ohr, dem er vorwarf, seine genialischen Energien sinnlos an politische Taglöhnerei zu vergeuden, und den er einmal ein »schwankendes Rohr« genannt hatte, was Alfret ihm nie verziehen hatte.

Sie waren nun schon fast eine Runde geworden, denn nun gesellte sich noch der weißhaarige Philosoph zu ihnen, der an diesem Tag in der Stadt zu einem Vortrag eingeladen war, vielleicht war er schon neunzig und blind, jedenfalls trug er starke, dunkle, undurchsichtige Gläser, und es war etwas Zwingendes um ihn, etwas Einfaches und Hochkompliziertes zugleich, etwas Mönchisches und zugleich Sinnliches.

»Alfret Bebra war ein Wachträumer«, sagte er, »und einer, der seine Utopien aus dem dunklen Grund des Meeres heraufholen wollte. Dort unten war seine Heimat. Doch sein Leben war zu kurz, um es zu schaffen, dorthin vorzudringen. Wir alle, die wir ihn noch nachträglich nach seinem, unserem Schicksal fragen, können ihn nicht erfassen, denn wir suchen ihn in der Vergangenheit.«

Katharina hatte den Philosophen immer bewundert, weil er der einzige war, der so einfache Fragen, wie sie jedem im Kopf herumgingen, »was ist das eigentlich, das Nichts?«, noch zu stellen wagte, als er längst als Weiser anerkannt war.

»Wann haben Sie ihn das letztemal gesehen?« fragte sie.

»In Leipzig«, entgegnete er, »als seine Radikalität erschöpft war und er seine Wurzeln nicht fand, damals, als er dieses Buch, das eine Lüge war, dieses Märchen vom anderen Deutschland, schrieb, damals, als er keine Ähnlichkeit mehr hatte mit Kohlhaas, da kam er zu mir und stellte mir seine gelenkten Fragen. Als er fort war, dachte ich lange über ihn nach und fragte mich: Das soll der Bebra der zwanziger Jahre gewesen sein, der gerufen hatte: hoppla, jetzt komm' ich; jener Mann, der da kommt und will nichts falsch machen, der in gewissem Sinne sogar etwas Serviles hatte.«

Katharina wußte nach dieser Begegnung endgültig, daß sie der Weg zum Meer führen würde. In ihrem Kopf spukten die Orte, wo ihr Vater sich, als Fabeldichter Äsop getarnt, zuletzt aufgehalten hatte: Memphis, Smyrna, Delphi, das Kythnos-Riff, der Gipfel Hyampeia.

Am nächsten Tag nahmen Katharina und Jonas den Zug nach Wien und von dort ein Flugzeug ans Tyrrhenische Meer. Jonas, der zum erstenmal flog, genoß die Sensation des Fliegens wie sie: unter ihnen das stets wechselnde Gewölk, dann endlich die See, nur als schimmernde Fläche durch Wolkenlöcher erkennbar, schließlich die zerreißenden Schleier darüber und der heftige Goldglanz der Meerflut, die ersten Schiffe, dann die Felsklötze der Küste und dazwischen der fast weiße Sandstrand. Das Meer ist heller, als Katharina es sonst kannte, die Sonne geht auf und überstrahlt das Kühlgelb der Küste mit dem ersten kraftvollen Bernsteinton.

Jonas hat überhaupt nicht geschlafen und klettert übermüdet vom Flugzeug zur Erde, er schwankt, und Katharina muß ihn festhalten. Walters Haus in den Bergen ist nur zwei Autostunden entfernt. Doch Katharina will allein sein. Auf dieser Reise braucht sie Walter nicht, und sie will ihn auch nicht bei seiner Arbeit stören.

Ein Passagier, mit dem sie ins Gespräch gekommen war, will auch sofort an den Strand und nimmt sie im Leihwagen mit; es gelingt mühelos, ihn abzustreifen. Jonas und Katharina lassen sich bei den riesigen Felsklippen nieder, sie macht Jonas aus ihren Kleidern ein Bett, und er schläft endlich, nackt, im Schatten, im Ohr das Gemurmel des Meeres. Katharina hat zu tun: Sie badet, wäscht sich, näßt das Haar, damit es sich wieder kräuselt. Sie atmet die Luft ein, sie fühlt sich ausgeglichen, entfernt von allem, was sie in Spannung hielt. Sie fühlt sich dem Vater nah. Auch sie schläft ein und erwacht erst, als Jonas nach ihr ruft; sie badet ihn, auch Jonas wirkt erfrischt von Luft und Wasser, sein blasses Gesicht färbt sich leicht. Dann nehmen sie ihr Bündel und suchen die Küste ab, wandern zwei Kilometer weiter und weiter, Jonas wird müde, Katharina kommen Zweifel, ob sie auf dem richtigen Wege sind.

Katharina nimmt Jonas auf die Schultern, sie kann nicht mehr, läßt sich nieder und findet einen Kalkstein, in dem Splitter eingelassen sind, als hätte es ein Künstler gemacht. Das scheint ihr ein Zeichen zu sein, und sie gehen voran, bis sie an einen Felsüberhang kommen. Sie machen sich darunter eine Wohnung zurecht. Rundum ist menschenleeres, grünes Wasser, graue Felsen und weiße Weite. Katharina und Jonas betrachten die vielfarbigen Muscheln, Seetiere, Käfer, Schwämme, Quallen, Seerosen, Seeigel, Schnecken, Krabben, die Gräser, Kräuter und Möwen.

Jonas bringt triumphierend eine ansehnliche rosa Muschel an, die Katharinas Muschelfunde in den Schatten stellt, und sie freut sich, weil in den letzten Wochen so wenig nach seinem Kopf gegangen war und er ihr manchmal geradezu ein lästiges Anhängsel gewesen war. Als es Nacht wird, bereitet sie sich ihr Lager unter dem Felsen.

Katharina war es, als erwache sie bei fahlem Mondlicht. Sie erhob sich leise, der Seestrand leuchtete auf der einen Seite, während auf der anderen die Marmorklippen aufstiegen, die sie magisch anzogen. Sie erkletterte sie, quetschte sich durch die Engen, als sie eine Grotte sah, aus der ein spärliches Licht schimmerte. Neugierig, ängstlich kletterte sie näher, da sah sie, in einer fast armseligen Felsbehausung, in der nur ein Lumpenbett war und ein Sack, der Strandgut zu sein schien, einen alten Mann sitzen, von gerader Haltung mit weißglänzendem Haar, einem Stahlblick im Gesicht, das er im Profil hielt, als wüßte er, daß er sich so besonders gut ausnahm. Als er sich erhob, um eine Art Reliquienschrein zu öffnen, sah Katharina, daß er von hohem Wuchs war. Er ging vor seinem Schrein in die Knie, und Katharina, die ganz flach atmete, sah, je näher sie schlich, daß der Schrein die seltsamsten Meerestiere enthielt, die sie je gesehen hatte, alle säuberlich aufgespießt und in Glaskästchen mit geschliffenen Kanten geordnet nach einem beschrifteten System. Gerade nahm der schöne neunzigjährige Weiße einen regenbogenfarbenen Pfauenstachelrochen, den er an diesem Tag im Moment seiner gefährlichen Entfaltung frisch erlegt haben mußte, in die Hand, besah ihn mit entzückter Miene von allen Seiten und begann vorsichtig, eine kleine Öffnung in ihn hineinzuschneiden und mit einer Pinzette seine Innereien herauszuholen. Die Instrumente entnahm er einem kleinen Medizinköfferchen, das, wie Katharina vermutete, alles Zubehör zur Sezierung und Mumifizierung enthielt.

»Ich werde die letzten Einheiten entdecken, die sich meinem Auge entziehen wollen, ich werde mich selbst überwinden, indem ich das Kleinste aussondere, seziere, denn nur das Kleinste wird zum zeitlosen inneren Erlebnis, nur im Detail entfaltet sich das System. Spät seid Ihr, ich habe Euch eine Stunde früher erwartet.«

Katharina, die nichts von ihrer Verfehlung wußte, entschuldigte sich verwundert.

»Ich war einer, der das Erlebnis im Blute suchte, im warmen Blute, heute berühre ich nichts, was solches Blut hat«, sagte der Klausner und führte eine grüne Frucht zum Munde, »teilt mein Mahl aus Farn und Wasser und Algensproß.«

Katharina zog es wie Frost durchs Innere, eine solche Kälte ging von diesem Menschen aus.

»Ich begrüß' Euch hier bei meinem Altar«, sagte der Mann, und Katharina sah, daß er auf seiner mit Sackleinen bedeckten Brust den Kriegsorden Pour le Mérite trug, »und freue mich, daß Ihr zu mir gefunden habt. Unwägbar sind die Wege Eures Vaters gewesen, zeitlos sein Wesen, das sich in verborgene Schlupfwinkel zurückgezogen hatte, in deren Zwielicht es lauernd verharrte. Er war wie eine Muschel, die ihr Inneres nicht preisgibt, und schweigend wie ein Stein. Ihr werdet bald die Linie übertreten, die Euch von ihm trennt.«

Katharina dankte für die Begrüßung, wobei sie sich zu ihrer eigenen Verwunderung verneigte, als stünde sie vor einem Fürsten, und sagte: »Ich habe ein Dokument Alfret Bebras von 1939 gefunden:

auf den marmorklippen sitzet ihr
auf den marmorklippen wird dieses decennulum zerschellen
das niemals zum saeculum geraten wird,

also dachte ich, Euch hier zu finden.«

Sie aß von dem Algensalat und trank, sie hörte seine Erinnerungen, während er von einem Porphyrsockel aus über die glänzende, gebrochene Fläche blickte wie über seine Ländereien.

Er nahm ein Buch und wies ihr eine Zahl: »Dies ist der Tag, an dem Ihr geboren seid, und dies jener, an dem Alfret Bebras Irren begann, dort und da, und von dem an er nichts als Streiten suchte, bis er, hier ist es bezeichnet, die Räume der Täuschungen mied und sich mauserte zum Narren, der wartete.«

»Ihr wart sein Freund, was wißt Ihr von ihm?«

»Wir lernten uns kennen, als wir beide irrten, nun, wer irrte damals nicht, überließ sich nicht dem Rausch des Faschismus. Ein kurzer, verhängnisvoller Rausch, der mich wegführte von den Menschen, ihrem Pathos, ihrer Kurzsichtigkeit. Mein Pathos ist das der Pflanzen und Muscheln und Käfer, meine Einsiedelei ist mein Schutz, denn ich habe mich überlebt. Alfret Bebra und ich – das war noch möglich damals, obwohl ich kein Mensch bin für Freundschaften, denn Menschen sind nicht kennenzulernen und zu sezieren. Damals, da gab's noch Originalität und Exklusivität, die Maschinenwelt heute ist nur durchlässig für das, was durch die Maschinen geht, die Rechtschreibung hat ihr Eigenes verloren, der Konjunktiv ist zum Tode verurteilt, der Umlaut nicht mehr schreibbar, die Bäume wachsen nur noch für Holz, die Rosen haben keinen Eros mehr, die Sonne wird zum Heizkörper, und auch das Meer wird nur noch Nährkörper sein für die verhungernde Menschheit, die Väter sind tot, die toten Männer ihrer Schönheit beraubt, ihre Köpfe blicken von Eisenspitzen herab, es sind Schrumpfköpfe geworden, ohne jene höchste sublime Anmut unserer toten Großväter. Herren können heute nicht mehr entdeckt werden, weil die Maschinen sie nicht durchlassen, an ihre Stelle sind Unpersonen getreten, Star-Puppen ohne Intellekt, die aber mit jenen Sonnentempeln des Himmels wenig zu tun haben, und sie fallen nicht herab, weil sie sich nie hochwagten zu jenem Schastel marveile, das uns alle vom Zauber erlöst.«

Der Weiße verharrte gebeugt in seiner Träumerei, zog den Salzgeruch des Meeres ein und bückte sich schließlich nach einer grauschimmernden Perle. »Nur Eingeweihte sehen die getarnten Strahlkörper, die an den Rändern der Heeresstraße liegen«, sagte er, »Ihr Vater hatte einen Blick, nicht für die Natur, jedoch für die Kraft des Technischen, Menschenmöglichen. Ich erinnere mich an unsere ersten Autofahrten mit seinem Sportwagen und wie er provozierend an die anderen heranfuhr, sie beinahe streifte, die Kräfte messend; ich entsinne mich, wie er sich bekreuzigte bei Brücken und Gottesmälern, entsinne mich seines Glaubens an die Möglichkeit der Steuerung von Worten, obwohl er nur scheinbar Ungesteuertes, Unartikuliertes über die Bühne ließ; seine Existenz auf antagonistischer Basis; seine Abstraktheit als Mensch. Er war wie ein Insekt, das zugleich zittert und sticht. Wir alle waren Statisten für seine Lebens-Inszenierungen, Menschen, die er zusammenbrachte, damit sie sich entluden und erregten, daraus wuchs ihm sein Material. Ach, er war am falschen Platz in jenem Deutschland, dieser schöne schlanke Monokelmensch mit seinem abgehackten Snobismus und seiner knappen Version von Frauen. Alfret Bebra hätte zu den italienischen Faschisten gehört und an die Seite von

Dichtern wie d'Annunzio, vielleicht auch an die Front der italienischen KP, später, jedenfalls niemals an die Seite einer Kutscherfigur wie Goebbels. Gepriesen, daß er das Heute nicht erleben muß, dieses Staatswrack, das zu schwach ist, um mit den spärlichen Terroristen fertig zu werden.«

»Was wußten Sie über Goebbels, seine Beziehung zu Vera, Alfrets erster Frau?«

»Vera, die schöne Hure, die ihre Röcke hochhob und sich mir zeigte und fragte, wie finden Sie mich, Durchlaucht; dieser fehlerhaft zündende Weibskörper, diese Frau, die mit Goebbels durchbrannte in ihrer und Alfrets Hochzeitsnacht, die Kosakin und Königin der Weißen Mäuse, die sie mit Alfret losließ, als Remarques ›Im Westen nichts Neues‹ auf die Bühne kam, genial übrigens, weiße Mäuse zu nehmen, denn graue hätte man nicht gesehen – Vera, die erblondete, grelles Symbol der Unfruchtbarkeit jener Zeit, die sich ebenso aufs Spiel setzte wie Alfret – beide haben sich vertan, um der Empfindung von Leben auf die Wurzel zu kommen, Vera starb daran; sie brachte sich um, warum, das wird immer im Dunkel bleiben, ob deshalb, weil sie Goebbels Informationen zusteckte oder weil sie auch die Linken mit Informationen von rechts bedachte, oder ob sie sich schon ausgelebt hatte, aus Unfähigkeit zum Genuß und zur Erotik, diese wahnsinnig Schöne und schöne Wahnsinnige. Sie war wie eine Blüte ohne Geruch, die nie Verlangen erweckte, sie forderte heraus und weckte gleichzeitig Vergessen. Was haben sie nicht alles inszeniert, diese beiden Zeitgespenster, die Störmanöver bei Thomas Manns deutscher Rede, diese billigen Skandälchen und Achtlosigkeiten. Sie war wie ein Desperado, der keine Zeit hat, der jetzt und heute alles aussaugen muß, eine fleischfressende Pflanze. Über den beiden waltete ein Unstern, bis Ihre Mutter kam, Ada, die schönste Blondine in Berlin, die Frau, von der er Zärtlichkeit erfuhr.«

»Was ist es, das Sie so an ihm beschäftigt, daß Sie nicht fertig sind mit ihm?« fragte Katharina.

»Auch ich suchte Sinnenglück und Sinnenschuld, auch ich wollte die Zügel in die Hand nehmen wie er. Doch ich weiß jetzt, daß jedes Verhalten des Menschen Schuld wird.«

Katharina erwachte eine Stunde vor der Morgendämmerung, ging zu Jonas, der die Augen öffnete, als die Sonne aufging. Katharina war wie benommen. Sie trug einen neuen, unbekannten Vater in sich, mit dem sie sorgsam umzugehen hatte, damit er nicht entzweibrach, bevor er geboren wurde. Es war ein Vater, der so chaotisch gewesen war wie seine Zeit und der deshalb nie so eindeutig hatte sein können, wie sie es von ihm gefordert hatte. Sie war durch ein Gerümpel von Vergangenheit gefahren; wie ein Hund, der aus dem Wasser kommt, versuchte sie die Reste eines ihr fremden Elements von sich abzuschütteln. Sie fühlte die Welt wieder gegenwärtig und fand, daß es nun an der Zeit sei, sich Walter zu nähern. Sie empfand sich frei für ihn und spürte den Mangel. Sie konnte Jonas nur zustimmen, der schon einen Strauß Wildblumen für Walter gepflückt hatte und damit wedelnd nach Walter verlangte. Sie starrte Jonas nachdenklich an, als hätte sie ihn lange nicht mehr gesehen (und eigentlich war es ja auch so gewesen) und entdeckte in seinen Augen den Blick ihres Vaters.

Sie mieteten ein Auto, und Jonas schwätzte in einem fort, erleichtert, daß diese strapazierliche Reiserei nun beendet war, dieses blödsinnige Hinundhergelaufe, Warten und Herumstehen, dieses viele Gerede mit alten Männern, die für Kinder nichts übrig hatten.

Sie fuhren durch die Maremma den Bergen entgegen, vorbei an den gelben Feldern der Toskana mit lila Distelblüten, an zerbröckelnden, von Unkraut gesäumten Steinmauern.

Da, endlich, das Haus. Sie hören Stimmen, Katharina sieht von weitem: Dort sind Leute, zwei Freundinnen sind da, die sie kennt. Sie hält Jonas zurück, will zuerst die Szenerie beschauen. Walters Auto fehlt: Vor Enttäuschung krampft sich ihr Magen zusammen. Der Schmerz weicht einem Gefühl von Flauheit und Ekel, als sie die beiden Frauen betrachtet, an die Walter wohl das Haus wie sonst vermietet hatte. Sie gurren, drehen, spreizen sich. Auffällig der Nippes, den sie angelegt haben, Weinflaschen, Korken, Zigarettenstummel auf den Terrassen, die Natur ist aufgeputzt, Glitzerkringel an den Bäumen, Lampions in der Pergola, ihr Weihnachtsschmuck auf der Pinie, Kerzen auf den Wiesen, ein Zweig der Pendula steckt in einer Vase, der alte Tisch ist voller Kippen und Essensreste, dazu Radiolärm, Getanze. Da wälzt sich aus der Hängematte – zuerst sieht sie nur seine Faunsmaske – Frantz Schrmützl, in einen ihrer Musselin-Tschadors lässig gehüllt, darunter nackte Bräune; er sprengt die Frauenleiber auseinander, beschäftigt sich mit den Brüsten der Blonden, ein blöder Schattenriß von einem Mann. Katharina kann dieses Posieren, dieses beflissene Balzen, diese Entstellung des Ortes nicht mitansehen.

Sie wendet das Auto, bevor der Zorn in ihr aufwallen kann. Sie fahren nach Hause. Jonas kratzt wütend ihren Rücken, er tobt und fühlt sich zu Recht betrogen, und Katharina singt den Heimweg über neun Stunden lang an die achtzigmal auf seinen Wunsch »O du schöner Westerwald Eukalyptusbonbon«. Als sie ankommen, beherrscht Jonas ein Wort mehr: »Lyptusbombom«.

IV

Zehntes Kapitel
Marthas Geburtstag

Nach dieser Reise, die zwei Monate gedauert hatte, war es für Katharina, vielleicht auch für Jonas, schwierig, sich wieder in die Bürgerkriegs-Atmosphäre der Frauenfamilie zu begeben. Katharina befürchtete, daß sich gleich lauter Zeug an sie heftete, das sie in der Zwischenzeit beinahe vergessen hatte. Doch der Anlaß der Zusammenkunft war gewichtig: Marthas neunzigster Geburtstag war zu feiern und damit all das durchzumachen, was in Marthas und Adas Vorstellung zur ästhetischen Vollkommenheit einer solchen Feier gehörte: vom Klagelaut, den Martha vor jedem Handgriff auszustoßen pflegte, weil sie eben neunzig war und leider vollkommen gesund, bis zum obligaten Tränenguß beim Auswickeln der Geschenke und beim Anstoßen mit der Erdbeerbowle.

Katharina war für sich noch nicht zurückgekehrt von ihrer Reise in das Leben eines Menschen, der sich immer wieder an der Wurzel gefaßt hatte und der mehr Kraft aufgebracht hatte, sich in Frage zu stellen, als ihre Mutter – von Martha, der das fernlag, zu schweigen –, die ihr Leben lang darin aufgegangen war, mit den Umständen eben dieses Lebens fertig zu werden. Vielleicht war damit ihre seltsame Humorlosigkeit zu erklären, und wenn dies eine Erkenntnis aus der Reise war, so war es schon etwas wert. Katharina sah die Chance, aus Alfret Bebras Leben zu lernen, denn irgendwo – sie konnte den Punkt noch nicht bezeichnen – lag trotz aller Destruktivität, und obwohl er so übel an sich zugrunde gegangen war, etwas Konstruktives. Einmal war Schreiben für ihn kein Lebensersatz gewesen – das war also möglich; zum anderen war es der Sgraffito-Satz aus einem seiner Bücher, der ihr nachts immerfort erschien und mahnte wie ein Menetekel: »ich liebte nicht den menschen.« Diese Klage war geschrieben worden, immerhin, vielleicht zu spät geschrieben, zu spät gewußt die Schuld: Lag hier eine neue Richtung, die ihr Leben nehmen mußte?

Es läutete, Susanna kam, ungeplagt vom Dämon der Erinnerung. Wie sie den Blick abschaltete, als der Lyriker auf dem

Treppenabsatz ihre Schönheit bewundernd grüßte – ganz die Arroganz der Bebra-Tochter. Diese Stirne, die hat sie vom Vater, dachte Katharina, die bereits mit den Vorbereitungen für das kalte Büfett beschäftigt war, um Martha zu entlasten. Susanna zog ein Foto aus ihrer Tasche, reichte es Katharina. Dieses Gesicht, das sich immer des Rechts bewußt zeigte, gekränkt kränkelnd zu sein! Was ist dazu zu sagen, außer daß dieser Ernst blödsinnig sinnlos ist – ich jedenfalls werde nicht so dreinschaun, will nicht in dreißig Jahren noch verbittert sein, weil meine Ehe mißlang, dachte Katharina. Nein, man kann das lernen, man leidet mit jedem Mal weniger oder an etwas anderem und dann anders.

Susanna blickte zu ihr herüber: »So sieh's doch einmal genau an!«

»Ich hab's gesehen«, sagte Katharina und wiegte den Kerbel, »das Bild, das ich von ihr habe, das wird sich verändern.«

Susanna zog das Foto abrupt zurück, ließ es in ihre Tasche fallen. »Das war ich«, sagte sie, »ein Rollenfoto: die Gräfin von Ladore. Ich bin's, die Rolle geht durch von Zwanzig bis Siebzig.«

»Sei nicht gekränkt«, sagte Katharina und wußte, wie falsch es war, nun noch in der Wunde herumzustochern. »Ich war so beschäftigt, entschuldige ... Außerdem, vielleicht sollten wir ganz froh sein über diese biologische Verläßlichkeit, die einen nicht ganz so verloren erscheinen läßt in der Vielfalt.« Katharina nahm das ausgelöste Huhn, würfelte es und schichtete es mit Champagner und geblätterten Champignons und Pistazienkernen zu einem Phantasiegebilde von Salat.

»Eben erst dachte ich noch, deine Stirn sei ganz Alfret.« Katharina lachte, und Susanna wurde gelöster. »Außerdem war unsere Mutter, so sagte mir ein Freund unseres Vaters, die schönste Blondine von Berlin.«

»Wie war sie denn, diese Reise hinter einem abgestandenen Mythos her?« fragte Susanna. »Ich halte nichts von Kollektivschuld, wie du weißt.«

»Darum ging's nicht«, entgegnete Katharina. »Ich habe einfach ein paar Dinge wiedergefunden. Und damit fange ich an, ein bißchen vorauszudenken. Für mich, für Jonas. Was habe ich Jonas zu geben? Soll es genug sein, wenn ich Beiträge abführe fürs Rote Kreuz, für Amnesty International und für den Verband Alleinstehender Mütter? Warum gehöre ich keiner Partei an? Warum bin ich keine Kommunistin? Warum machte ich immer meine Eltern dafür verantwortlich, weil ich mich nicht engagieren konnte? Warum habe ich so lange nichts getan, um mein Bild von Ada und Alfret zu überprüfen? Warum bin ich immer dabei geblieben, in ihr ein Kreuz zu sehen, das ich zu tragen hatte? Warum habe ich es gar nicht versucht, mit ihr etwas anderes als dieses ewige Zerstörungsspiel zu spielen?«

Katharina schwieg. Erleichtert nahm sie Susannas schwesterliche Beschwichtigung entgegen, die sie einander immer gewährten, weil sie sich vor der Wahrheit fürchteten. So war wie mit einer Klappe die Szene beendet, und Katharina fügte sich, wechselte das Thema, fragte nach dem Film, in dem Susanna eine Hauptrolle spielte, dem Tricktisch-Produkt, dessen Zustandekommen für Katharina immer ein Rätsel bleiben würde, gefertigt von Menschen, die nicht dazu gemacht waren, miteinander zu arbeiten, ein Erzeugnis, das zwischen Redaktion, Produktion und Programmleitung ausgehandelt, ausgefiltert wurde.

Susannas Stirnfalten verrieten den Grad der Anpassung, dem sie sich widerwillig hatte unterwerfen müssen, und sie erzählte von der Abänderung einiger ungenauer Sätze, die sie durchgesetzt hatte, sowie von den Regisseuren, die dreimal während des Films gewechselt hatten, und davon, daß die ohne Zweifel gutherzige Maskenbildnerin ihr eine stereotype Altersmaske aufgesetzt hatte, ungekonnt, kunstlos, kurz: provinziell. Und wer darauf aus war, ihr Spiel zu begutachten, würde selbstverständlich zu dem Resultat kommen, daß sie die alte Gräfin schlecht gemimt habe.

»Wie man da mit Menschen umgeht«, sagte Susanna, »am besten kommen diese lidklappenden Weibchen zurecht.«

»Ich bewundere es ohnehin, wie du dich bei unserer angeborenen Anmaßung da unterordnen kannst.«

»Ich könnte besser sein, wenn ich geschickter wäre, und wenn ich mich selbst so hoch einschätzen könnte, wie es die anderen spielend fertigbringen.«

Katharina kannte das, denn auch in ihrem, in jedem Beruf waren die Frauen besser dran, die mit dem Lid klappten.

»Das Jahrhundert der dummen Frauen ist angebrochen«, sagte Katharina, »wir haben keine Chance, was Männer, heutzutage Partner genannt, betrifft. In uns sitzt der Geier, der den Männern das Herz frißt.«

Katharina dachte an ihre Minderwertigkeitsgefühle Männern gegenüber, obwohl sie schon Tanzstunden-Trophäen mit ihrem

Literatenwissen erschreckt hatte, das sie auf fünfzig Meter gegen den Wind ausdünstete, weshalb sie es vorzog, ihr Licht unter den Scheffel zu stellen.

»Also zurück zur Horizontalen«, sagte Susanna, »vielen Dank. Jetzt geht es nur noch um Haut und Haar.«

»Ja, die Zweitfrauen sind allesamt ein wenig tiefer angesetzt, während die Männer ihr Niveau immerfort erhöhen«, sagte Katharina, »das ist die Kehrseite: zurück zum Busen der Jane Russel und dem Po der Bardot. Die jüngeren Frauen wissen das. Uns kann nur noch unser Humor helfen. Die Männer verlassen die Reihen der Emanzipation. Diese Deserteure!«

Sie wechselten einen Blick voller Widerwillen.

»Also streuen wir Salz in unsere Wunden, Mensch«, sagte Susanna, »denn die Flucht nach vorn, oder besser nach oben, nämlich zum Kopf, die hat noch jeder die Einsamkeit gebracht. Hier helfen nur noch List und Tücke, oder wir ziehen Leine.«

Sie waren wieder die Schwestern, die gemeinsam aus dem Kinderheim ausgerissen waren, in jenen Tagen, als Ada Alfret aus dem Gefängnis heraustrickste. Aber sie waren nicht weit gekommen: Die Klosterschwester holte sie schon auf der Traunbrücke ein, und sie mußten noch zehn Tage lang die härenen Hemden anziehen zum Waschen, vor allem »da unten«, damit sie nicht nackt dastanden.

»Da ist die Rechnung, die ich mir aufgemacht habe«, sagte Katharina und nahm von Jonas einen Knopf entgegen, der gerade bester Laune aus seinem Zimmer kam und sofort wieder zurückflitzte:

»Intellektueller Mann + dumme Frau = geht
intellektuelle Frau + noch intellektuellerer Mann = geht
intellektuelle Frau + dummer Mann = geht nicht.

Und wenn du noch in Betracht ziehst, daß die Frauen besser werden, und je besser sie werden, desto schlechter einen Mann finden, dann kannst du dich nur noch aufs Alleinsein einrichten, Abschiednehmen vom Hand-in-Hand-alt-Werden, es sei denn, du begibst dich ins Ödland-Blödland.«

Sie lachten, die Tür zum Kinderzimmer stand offen, sie blödelten befreit, daß es nur die Alternative gab: entweder einen Jüngeren (und die werden bekanntlich ab einem bestimmten Alter immer jünger, meinte Susanna) oder einen Älteren, Enttäuschten, vielleicht einen Junggesellenhaften, vielleicht einen

Walzer Anwalt, ja, aus Walz müßte er sein. *Wo sind sie geblieben, sag mir, wo die Männer sind,* die zu uns gehören, dem Alter nach, intonierte Katharina: »Es ist wie im Krieg: Intelligenz zwischen vierzig und fünfzig raustreten! Fixlaudern, sie sind auf den Schlachtfeldern der Karrieren und Ehen, sie hausen in den Neonräumen der Krankenhäuser, in den Computerkojen der Forschung, in den Porzellanschränken für Linguisten, in den Forschungsstationen für zwischenmenschlichen Verkehr in der Zukunft.«

Vor Katharinas Auge tauchte Gisela auf, und sie plauderten, während ihnen die Angst an die Gurgel ging, über die tapferkomisch Alternde, die ihnen ihre Schenkel hinhielt und sagte: Da schaut's her, so wird's, und überall kann man nicht liften, wo kämen wir denn da hin, und außerdem, selbst im Gesicht hab' ich eine zu zarte Haut und dafür zuwenig Haar, man muß viel Haar haben, um die Narben zu verstecken, und die Gleichaltrigen, zu denen kannst du als aktive Frau mit 56 nur noch sagen: laßt's eure Impotenz woanders aus, nicht bei mir, und bei denen flutscht's ja bei einer Jüngeren. Und einen Älteren als ich? Das wäre ja noch schöner, denn alt bin ich selbst, also bleibt's hie und da bei einem, der einen Mutterkomplex hat zum Auskurieren, und auch das hört sich allmählich auf.

Sie lachten, aber mit Schmerz in den Eingeweiden, ließen die Mücken tanzen im Schatten des Scheffels, zitierten Alfret: Wer dich liebt, lacht trotzdem, wer dich nicht liebt, hat ohnehin nichts zu lachen ... Alleinsein – das war die Stimmung, die sie einhüllte wie modrige Puderschwaden, als sie auf ihren Rädern vollbepackt durch die Straßen zu Martha fuhren.

Martha, das Familienoberhaupt, saß vor ihren zauberhaften kolorierten Kinderfotos und den verklärenden Chamois-matt-Fotos der Vaterfabrik. Sie schien, eine Träne der Erinnerung im Auge, in sich hineinzublicken, in ihre heimeligen Träume und in die dünnen Silberrahmen, die von ihrem Ulanenmann zurückgeblieben waren. Sie hielt das Tagebuch des Großvaters in der Hand, Träume von Soldaten- und Dichtertum. Von Uslar, der die Sterne suchte mit der Laterne, wenn er besoffen war, und Lyrik schrieb, bevor ihn die Schüttellähmung überkam; es muß wohl irgendein Schock vom Zweiten Weltkrieg gewesen sein, meinte Martha. Neben ihr stand die alte grüne Hutschachtel, in der sie Reliquien aus ihrer Vergangenheit aufbewahrte; sie schlug mit befeuchtetem Zeigefinger die raschelnden, schimmernden, verschossenen Kalenderblätter ihrer Stoffreste um: hier, der Brusteinsatz ihres Hochzeitskleides, hier, der Totenschleier des Großvaters, der das Hymen wieder verschloß; hier, Adas Taufkleidchen (vergessen, längst vergessen, wie Ada entstand), hier, die Spitzen der Kommunionskleider der Enkelkinder und Opas Ulanenlitze, hier ein Stück vom Sterbekleid ihrer Schwester, der Johanniterin; der Krepp, die graue und schwarze Seide, der Samt des Jagdkleids.

Die Berührung erregt festliche Gefühle in Martha, die heute, zur Feier des Tages, eine uralte pfauenblaue Seidenbluse mit cremefarbenem Spitzenjabot angezogen hatte.

Nur trug sie nicht die echten Perlen an Ohr und Hals, leider, die hatte sie im Krieg versetzen müssen, damit die »Kinder« zu essen bekamen.

Sie hatte gerade lange mit ihrem Gott gehadert, weil ihr bislang jeder Schachzug mißlungen war, Jonas, das Heidenkind, endlich taufen zu lassen, weil er ihr nicht half, das Kind der Partei des Widersachers zu entreißen, trotz der vielen Ablässe. Aber sie war nicht mehr verbittert, weil sie sich ausgehadert hatte, und zeigte den Willen zur Liebe, der ihre Liebe war.

Wie Schülerinnen saßen Katharina und Susanna da, horchten auf Martha, während Jonas das Biedermeierkommödchen zu erklettern versuchte; vor ihnen, auf dem niedrigen Tischchen, stand das zierliche Kaffeegeschirr. Sie waren ganz in ihrer Rolle als Enkelinnen und fragten: Wie war es, Großmutter, damals im ersten Krieg, du wolltest doch Krankenschwester bleiben und hieltest es für Berufung wie deine Schwester Helene, die Johanniterin, erzähle doch, erzähle.

Martha lehnte sich zurück und zog die Schwesternhaube aus der Hutschachtel.

»Seht, Kinder, die trugen wir damals, und dazu ein weißblaues Waschkleid mit weiter Trägerschürze, so sah ich aus, kein Haar durfte unter der Haube herausschauen, und dennoch, sie nannten mich die Weiße Fürstin.

Ich war kaum fertig mit der Ausbildung beim Roten Kreuz, Kinder, da fragte ich den Arzt, ob ich nicht in die Etappe könnte, das war 1916, und er sagte ja. So kam ich nach Verdun zum Stabsarzt und lernte es, die Narkose zu machen, mit Äther oder bei kleinen Geschichten mit Beeisung. Ja, damals habe ich es besser ertragen als im Zweiten Weltkrieg, wenn ich einen Verwundeten sah, denn damals hatte man noch Hoffnung. Der Tod war einem ja noch etwas sehr Fremdes.

Sie haben es ertragen, fabelhaft, einige hatten schrecklich gekämpft, einer, der hieß Koschmieder, dem haben sie erst ein Bein amputiert, und dann ist er doch gestorben, und es war ein hartes Leben bis dorthin. Mein zweiter Bruder kam schon mit Siebzehn an die Front, und ich konnte ihn bei Amiens besuchen, da lag er mit seinem Maschinengewehr im Schützengraben, und drei Tage später bekam er einen Beinschuß und durfte in der Landwirtschaft arbeiten. Der andere Bruder war im Kadettenkorps, weil er etwas weicher war, der wollte nicht gleich zur Artillerie.

Einmal hat mich einer angefallen, aber sonst hatten sie immer eine gewisse Ehrfurcht und waren sehr höflich. Natürlich, bei den Offizieren war das etwas anderes. Ich habe mich immer gesträubt, Offiziere zu pflegen, und behauptet, ich käme vom Land und könnte mit denen nicht umgehen. Nur im Operationsraum, da war es gleichgültig, da konnten sie mir ja nicht zu nahetreten. Man kam ja schnell in schlechten Ruf, und es gab Schwestern, die sich mit ihnen einließen. Ich erinnere mich, daß wir einmal auf der einen Seite der Straße gingen, Afra und ich, und da zogen auf der anderen die Soldaten vorbei und schrien mit erhobenen Fäusten: ›Offiziersmatratzen‹ – das konnte doch nur die Afra sein.«

»Und Helene?« fragte Susanna.

»Ja, Helene: die war immer schon etwas fanatisch. Sie hat mich einmal bei der bayerischen Armee besucht. Ich machte gerade einem Soldaten das Bett, und ein anderer hat mir Strümpfe gestopft, da sagte sie zu mir: In welchem Verhältnis stehst du zu den Soldaten? Du mußt sie doch auf den Tod vorbereiten und kannst nicht einfach mit ihnen scherzen und ihnen Hoffnungen machen! Da sagte ich: Das tue ich nicht, man soll ihnen die Hoffnung lassen. Sie hat sich dann in einen Arzt verliebt, und als er wegkam, da lag sie im Bett und behauptete, sie hätte ein steifes Genick, aber einmal kam eine Schwester herein, und da steht sie da und holt sich ein Buch aus dem Regal.

Doch eines Tages wurde es unheilbar, sie schrie furchtbar und verlangte, man solle aus dem Zimmer gehen, wenn sie schrie. Da wurde sie von einer anderen Johanniterschwester, zu der sie eine starke Liebe hatte, getrennt, es war eine Liebe, die unnatürlich war, sie lag ganz steif und behauptete, sie wäre von der Hüfte an abwärts gelähmt, sie fuhr im Rollstuhl und wurde von vielen Ärzten behandelt. Dann verliebte sie sich in einen jungen

Arzt, der entzog ihr das Morphium und kam eines Tages zu uns und sagte: Wundern Sie sich nicht, aber Ihre Schwester ist nicht krank, sie wird eines Tages wieder laufen. Und so war es auch. Es war Weihnachten, da konnte sie wieder aufstehen, ich glaube, es war 1917. Ach, was mußte sie nicht alles auf sich nehmen – diese Schreikrämpfe! Doch dann verliebte sie sich in einen katholischen Pfarrer – sie mußte immer etwas haben, das sie vollkommen ausfüllte. Dabei war sie spröde, aber schön, und sie hatte so viel Kraft, bis sie dann im Altersheim gestorben ist.«

Katharina und Susanna kannten und bestaunten Marthas Geschicklichkeit in Krankheitsdingen, in Spital- und Todesgeschichten, aber die Flottheit, mit der sie daran gegangen war, ihre Toten – die Schwester, ihren Vater, den Großvater – zu verwalten und alles, vom Erbschein bis zur Festlichkeit, zu organisieren, hatte sie eher abgestoßen.

Martha lebte in einer Welt, in der sie immer noch die Witwe des Generals von Uslar war, und verfaßte nach wie vor Briefe an ehemalige Offiziere, die in seinem Regiment gedient hatten und deren Adressen sie ausgrub. Ihr Telefonbüchlein glich einem Friedhof, denn es gab kaum mehr einen Namen, hinter dem sie nicht inzwischen ein schwarzes Kreuz gemacht hatte. Manchmal war Martha sogar so hastig gewesen, einen noch nicht Dahingeschiedenen bereits mit einem Bleistift-Kreuzchen vorzutöten, bis sie endlich, mit einer gewissen Befriedigung angesichts der Zuverlässigkeit ihrer Vorahnung, das Kreuz mit Tinte nachziehen konnte. Ihr Adressenbüchlein, das sie jeweils zum Jahreswechsel neu anlegte, wies dennoch immer noch Feldpostnummern und Lazarettadressen auf, als ob sie sich weigerte, die Toten endgültig zu verlassen.

»Ada, wo bleibt Ada?« Martha sah auf die Uhr und lächelte ein nachsichtig-verzeihendes Lächeln, als es läutete. Die Generalin empfing – und so sah es auch aus: Martha hatte ihre Wohnung bereitet, um die Familie um sich zu versammeln, sie hatte sogar »sicherheitshalber« selbst etwas zu essen vorbereitet.

»Übrigens, die haben wieder einen oben«, sagte sie noch zu Katharina und wies auf ihr winziges Radio, und erst Nachfragen ergaben, daß es um »die Russen« ging, die wieder einmal einen Kosmonauten ins All geschickt hatten: »Ein Frevel an Gott«, sagte Martha, und übergangslos: »Eure Männer sind auch wieder einmal da, wo sie nicht hingehören, fern von uns.«

»Vorsicht, der Kaffee«, schrie Martha schrill, als Ada mit dem Glückwunschgesicht der Tochter auf sie zuging.

Ada prallte sofort zurück. »Du hast eine Art, mein Gott, einen zu erschrecken, als wäre man schon verbrüht«, sagte sie vorwurfsvoll und hauchte den Kuß aus zehn Zentimetern Entfernung gegen Martha.

Martha gab Ada einen Blick, der hätte heißen können: Was hast du denn jetzt schon wieder, und nahm mit der alten Lust, an Festtagen ein wenig über die Stränge zu schlagen, Adas Geschenk, ein Mixgerät, in Empfang: »Das tausche ich um, trotzdem herzlichen Dank, aber der Zauberstab ist besser.«

Das saß, und Ada wandte sich sofort klagend an die Kinder – wieder einmal war sie die einzige, die hier zu leiden hatte.

»Warum habt ihr nicht bei mit geläutet? Wir hätten zusammen herfahren können. Wieder mal keine Zeit für eure alte Mutter.« Katharina und Susanna warfen Ada einen beschwichtigenden Blick zu (so ist Martha nun einmal, aber laß es nicht an uns aus), und Adas Blick antwortete, erleichtert über die Kumpanei: Gut, ausnahmsweise, weil sie heute Geburtstag hat.

»Wie findet ihr das Tischchen dort?« fragte Martha. Angespannte Mienen, schuldbewußte Reaktion der drei: Niemand hatte bemerkt, daß Martha »umgestellt« hatte, oh, wieviel besser hier als dort, wo es war, ja, warum nicht gleich, das habe ich dir doch schon immer gesagt (Ada), dort kommen ja seine zartgeschwungenen Beine erst recht zur Geltung. Jonas räumte das Tischchen kurzerhand ab und besetzte es mit seiner Autogalerie.

»Unser Sonnenschein«, sagt Martha und drückt die zerdrückten Blumen ans Herz, die Jonas überreicht hatte. Ein Fortschritt, dachte Katharina, daß Jonas so mit den Antiquitäten umgehen darf. Dennoch, es kam keine Wärme auf. Es war schwer, sich dem ansteckenden Gefühl des Alleinseins zu entziehen, das sich in jeder der Frauen ausbreitete, und um so spürbarer, je mehr sie waren und je enger sie sich zusammenrotteten. Aus einem unerklärlichen Grund wirkten sie ungesellig, auch wenn sie wild entschlossen gewesen waren, sich zu einer Geselligkeit einzufinden. Katharina und Susanna kündigten an, daß ihre »Männer« noch »auf einen Sprung« vorbeikämen, später, vielleicht.

»Der Fehler unserer Erziehung war, daß wir euch offensichtlich nicht dazu erzogen haben, die richtigen Männer zu heiraten«, sagte Martha, einen ergiebigen Themenkreis eröffnend. »Ich habe euch immer gepredigt wie einem lahmen Gaul: Heiratet reich, damit er euch ernähren kann, aber ihr wart ja immer dumme Kühe, allesamt. Denn was tut Ada? Sie heiratet einen Schriftsteller, der sich exponiert wie kein Zweiter und der sich nicht lassen kann vor Indiskretionen, dieser Alleszerstörer, ich habe ihn nie gemocht und er mich auch nicht. Was tut Katharina? Sie heiratet einen Bolschewiken, der säuft und dazu schreibt, aber höflich war er immer, der Hartmann, natürlich, aber *Herren* waren sie allesamt nicht. In unserer Familie hat man halt früher immer *Herren* geheiratet. Und deiner, Susanna, ist ein Stoffel, und dein heutiger, Katharina, hat nicht einmal den Anstand zu heiraten.« Martha sah mit ihrem leicht gebräunten Teint und dem Knoten aus wie ein alter Indianerhäuptling, und Katharina ergänzte in Gedanken: »Hugh!«

»Dabei seid ihr allesamt hübsch, habt gute Manieren mitbekommen und Verstand«, fuhr Martha fort, »aber ihr seid ja so blöde und wollt selbständig sein. Verdienen! Das Ergebnis: Ada ist seit ihrer Scheidung ein Wrack. So gib es doch endlich zu, Ada! Du, Katharina, übernimmst dich und wärst schon ganz aufgelöst ohne die Hilfe deiner Mutter, und du, Susanna, du hast einen abgespannten Zug, der macht dich nicht gerade schöner.«

Ada griff das Stichwort auf: »Gott sei Dank kommt es heute nicht mehr so aufs Aussehen an wie zu deiner Zeit, und Gott sei Dank sind meine Töchter in der Lage, sich zu ernähren. Ich habe dafür gesorgt, daß sie einen Beruf haben. Ich war allein mit zwei Kindern und mußte von heute auf morgen wieder beginnen zu arbeiten, nach fünfundzwanzig Jahren Unterbrechung.«

»Ja, das waren harte Zeiten«, sagte Martha, »und das soll dir mal einer nachmachen, was du geleistet hast. Aber ich hätte halt an deiner Stelle eine Versorgungsehe gewählt, statt mich abzurackern, schließlich gab es Bewerber.« Martha machte sich ganz schmal auf ihrem Sofa, als wollte sie Platz sparen.

»Dazu wäre ich zu stolz – einen Mann deshalb zu heiraten«, entgegnete Ada, »und auch der Kinder wegen hätte ich das nie getan.« Katharina merkte, daß sie alle indes einen abweisenden Blick hatten, und sagte: »Schließlich ist jede von uns einmal geschieden.«

Damit hatte Katharina auf der abgeklapperten Klaviatur den bislang höchsten Ton angeschlagen, denn Marthas Scheidung war bislang sozusagen ein Familiengeheimnis. Martha jedoch überhörte den Satz, sie hielt nur den Bilderrahmen fester in den Händen.

»Eins jedenfalls möchte ich nicht«, sagte Katharina und

kratzte sich am Ohr, »daß mein Kind eines Tages zum Psychiater kommt und sagt: Meine Mutter hat heiraten müssen, und deshalb bin ich hier.«

»Und leicht ist es bei Gott nicht, einen Mann zu finden, der Verantwortung übernimmt«, sagte Susanna aufgebracht. »Heute fühlen die sich ja schon gefangen, wenn man sich nur mal bei ihnen im Arm einhängt.«

»Ph«, kam ein Ekellaut von Martha, »und wie sie aussehen, heutzutage, da ist ja keiner mehr gepflegt, Büffel allesamt, Schwächlinge, das sind doch keine Männer mehr. Ich will euch mal was erzählen«, Marthas Miene wurde schelmisch, wie immer, wenn sie sich anschickte, ihre Pfaffenwitze zu erzählen, »ihr kennt doch meine Freundin Johanna aus Krems. Sie ist vor ein paar Jahren gestorben, an Krebs, die Ärmste, und kurz vor ihrem Tod trafen wir uns in Wien. Ihr Mann war nur ein paar Jahre älter. Weißt du, Martha, sagte sie damals zu mir, was ich immer zu Max sage, wenn er will, aber nicht kann? Da kannst du machen, was du willst, wir sind die Stärkeren, sage ich: denn ein Loch kann nicht umfallen.«

Katharina und Susanna lachten, und Ada sagte: »Aber Mutti.«

»Und die Frauen«, fuhr Martha, in Fahrt gekommen, fort, »die laufen ja herum, das hätte es früher nicht gegeben, lauter Flitterkram am Leibe. Das Leben ist kein Karneval: Auch die wandern mal mitsamt ihrem Fummel in die Grube. Ich schau' sie mir alle an, wenn sie über die Straße flanieren, und denke ...«

Katharina unterbrach sie: »Aber wir Frauen haben die Männer zu dem gemacht, was sie heute sind. Und an uns liegt es, ich meine uns vier, aus Jonas einen Menschen zu machen, der anders ist.«

»Der Junge soll vor allem endlich eine Kirche von innen sehen«, sagte Martha, »und was Anständiges lernen, damit er später mal die Rentner ernährt.«

»Er soll lieber ein gütiger Mann werden«, sagte Ada.

»Fickifacki«, ließ sich Jonas in diesem Augenblick vernehmen und ließ seine zwei Püppchen aufeinander schaukeln.

Entsetztes Schweigen. Ada tut, als hätte sie nichts gehört (sie bewahrt es auf für später), Martha schluckt: »Wo hat das Kind das her?« Es kommt im Verhörton, als stünde Katharina vor Gott dem Leibhaftigen.

Der Glorienschein der Mutterschaft, den Martha – allen ihren

Pfaffenwitzen zum Trotz – jeglicher sexuellen Beziehung zwischen Mann und Frau aufgesetzt hatte, war sichtlich verrutscht.

»Dieses Zeitalter hat sich selbst zum Tode verurteilt«, predigte sie. »Heute kann doch jeder jede haben, wo liegt denn da der Reiz!«

Ihr Versuch, auf ein geschmackvolleres Terrain zu wechseln, fand bei Ada Anklang. »Das ist wahr, und was den Mangel an Verantwortung betrifft, so hat Susanna recht.«

Katharina bemerkte, wie zerbrechlich ihre Mutter aussieht, die sich ängstlich an der Stuhllehne festhält.

Martha hingegen hatte den Chenille-Schal um ihre Schultern geschlungen, als wollte sie eine zerfallende Welt mit ihren gichtigen Händen zusammenhalten.

»Ich jedenfalls bin auf nichts mehr neugierig im Leben«, sagte Martha kategorisch, »man sollte sich nur noch um den eigenen Dreck kümmern, außerdem verreckt man ohnehin, ohne daß es einer merkt.«

»Das einzige, was mich interessiert, ist Jonas, aber sonst – das Leben ist doch derart künstlich geworden, da stimmt ja nichts mehr, da muß man ja Spezialist sein, um alles zu begreifen«, sagt Ada.

»Zum Wohl«, Martha hob das Glas mit der Erdbeerbowle, alle schlossen sich an, und Katharina wollte gerade das Notwendigste zu Marthas neunzigstem Geburtstag sagen, als Martha hervorstieß: »Auf meinen baldigen Tod! Ich habe genug!« und das Glas auf einen Zug leerte.

»Halt!« schrie Katharina, und alle setzten erschrocken ihr Glas ab, »das kannst du doch nicht machen! Wir brauchen dich doch noch!« Martha sah schnippisch in die Runde wie ein Kind, dem ein übler Streich gelungen ist. »Naja, ist doch wahr«, schloß sie etwas kleinlaut.

»Denk an das, was deine Kirche lehrt«, sagte Ada. Martha warf ihr einen argwöhnischen Blick zu.

»Trotzdem, ich werde nicht mehr lange leben«, beharrte Martha, die darauf bestand, daß sie jedes Jahr eine Treppenstufe näher an den Himmel brachte, »und meinen Platz im Altersheim werde ich nicht beanspruchen, sondern vorher sterben, bevor mich irgendein schlaffer Lümmel von Wehrdienstverweigerer als Krankengut behandelt und mir die Schüssel unter den Hintern schieben muß.«

Nun, hier war ein Hohlsaum zwischen den Generationen, und Martha hielt ihren Blick eisern auf dieses Lebensstickwerk geheftet, sah nur die Nadel, die das Werk zu Ende führte. Sie lebte nicht mehr mit ihnen, wenn sie so sprach. Sonderbar, wie gut Katharina es ertrug und wußte, daß es da um Marthas Selbständigkeit ging, auch beim Sterben, und daß sie das möglichst ohne Hilfe zuwege bringen wollte wie bislang alles andere auch.

Von Ada dagegen hatten Katharina und Susanna immer befürchtet, daß sie sich älter und kränker machen würde, als sie war, und dann wäre es allerdings schlimm bestellt um sie alle, denn es gab immer noch zu viele verletzbare Stellen. Katharina spürte, daß Susannas Gedanken ganz dicht daran waren, und sie verständigten sich mit einem Blick – muß es sein, es muß sein, wer denn, ich war gerade dran (»Bebra, zur Tafel und beuge das Wort ... in den Wesfall«), jetzt bist du dran, und Susanna begann beiläufig: »Ist ein solcher Altersheimplatz Eigentum?«

Sie konnten es fühlen, spürten förmlich, wie sich etwas Dikkes, Erdrückendes über Ada stülpte, die die Frage begriffen hatte.

»Das ist ja wohl noch weit hin«, sagte Ada, bevor Martha etwas entgegnen konnte.

Katharina stockte der Atem. »Bei allem – und obwohl wir uns näherkommen – kann ich mir schwer vorstellen«, sagte sie mit Mühe, »daß ich und du, Ada, uns miteinander einmal so fröhlich fühlen werden, daß es uns guttäte, miteinander zu leben.«

»Aber Susanna«, sagte Martha, »Susanna hat doch schon als kleines Mädchen gesagt: wenn ich groß bin ...«

»Ich weiß«, sagte Susanna, »aber was ich nicht weiß, ist, wie ich in den nächsten Jahren leben werde, das Sicherste wäre ...«

»Vertagen wir das unleidliche Thema«, sagte Ada und tat, als wolle sie einen Streit zwischen Martha und den Enkelkindern vermeiden, dennoch, dachte Katharina, wird sie sich von Tag zu Tag ein wenig mehr an den Gedanken gewöhnen: »Noch bin ich weder alt noch krank.« Noch.

Katharina und Susanna blickten einander betroffen an. Sie fühlten sich schuldig. Es war ein Gefühl, wohl an die dreißig Jahre, vielleicht Jahrtausende alt. Diese Schuldliebe zur Mutter, gegen die war schwer aufzukommen, und die Aufrichtigkeit war grausam und die Lüge dennoch nicht gut. Katharina sah Ada an und sah die panische Angst in ihrem Gesicht – wo wird sie einmal hingehen, für sie gibt es keine Treppe zu Gott und keine Flügeltüren, die sich ihr einmal auftun. Katharina wußte selbst kein Mittel gegen die Wahrheit, außer dem, das sie schon als Kind angewandt hatte: den Gedanken einzuüben. Doch was sie wußte und was sie empfand, das war zweierlei und würde wohl immer so bleiben.

Die Worte hingen in der Luft, hingeschlagen wie Ohrfeigen.

Katharina suchte die Spur, die sie verloren hatte. Sie waren doch auf dem Weg gewesen, da waren sie auch schon wieder überrollt worden. Es war wie eine schwere Krankheit mit schrecklichen Nachtstunden und Rückfällen.

Ada spielte mit den Fingerspitzen in Marthas Gläsern. Sie folgte Jonas mit den Augen – dem einzigen, der noch niemandem wehtat – und sammelte neue Verzweiflungsenergien. Susanna und Katharina versuchten, sich mit Blicken wieder stark zu machen, und Martha klopfte ein wenig das Filetkissen, als klopfe sie ihre Gefühle ab (es staubte nicht), und sah mit Erleichterung, wie Jonas auf Ada zuging und ihr ein vorgestelltes Stück Kuchen zuwarf, nach dem Ada schnappte wie ein Mischwesen aus Mensch und Wolf, was ihn ergötzte.

Katharina nahm einen Anlauf, ging auf Ada zu, gab ihr einen Kuß.

»Wollt ihr mich verhungern lassen?« fragte Martha.

Das löste die Starre, und es gab endlich Essen und Lob für Katharinas und Susannas Küche.

»Da war ich neulich bei der Nachbarin zum Fernsehen, Papsttod, zum zweitenmal hintereinander, entsetzlich, und es ist allerhand«, Martha geht sofort aggressiv ins neue Gespräch hinein, heute ist ihr Geburtstag, »da kommt so ein Neger auf dem Fernseher, und der Schmidt schüttelt ihm die Hand und erläßt ihm vierzig Milliarden. Ja haben wir denn das Geld zum Fenster hinauszuschmeißen oder ist das Politik, frage ich mich. Was ist das für eine Welt!« Martha langte kräftig zu und trank den zweiten Kognak in einem Zug. »Die Terroristen mieten sich unsere Hubschrauber und fliegen über uns daher und fotografieren herunter, und man läßt das alles zu, anstatt sie einfach abzuknallen.«

Niemand entgegnete etwas, die drei warfen sich nur Blicke zu, denn das Gelände war abgegrast, die Fronten waren geklärt, Martha verschoß ihre Patronen umsonst: Martha, Ada, Katharina und Susanna hatten seit nunmehr zehn Jahren über diesen Sprengstoff bis aufs Messer diskutiert und seit zwanzig über andere mehr; das Ergebnis war immer 3:1 gegen Abknallen, Vergasen, An-die-Wand-Stellen und dergleichen mehr; es stand unverändert 3:1 gegen den armen iranischen Herrscher und die verlassene Soraya und gegen jeden Monarchen überhaupt; es stand 3:1 gegen Berufsverbot und Marthas Befürchtung einer »proletarischen Revolution« oder »Kommunisteninvasion«; es stand 2:2, was die Ehe betraf und damit Marthas Forderung, daß Katharina »endlich mehr Terrain« gewinnen müsse; aber sie sprangen einander nicht mehr an, wenn es um den Fortschritt ging. Niemand erhob mehr einen Einwand, wenn Martha vortrug:

1. Jeder Mensch widmet seinem Auto vier Stunden am Tag, ist es da nicht besser, er geht in die Kirche?
2. Die Leute lassen sich von der Medizin krank machen und gehen dann zum Arzt.
3. Mit dem Motor ging's los, der war Teufelswerk (einziger Einwand: Jonas).
4. Es ist alles nichts mehr.
   a) Die Natur ist keine Natur mehr.
   b) Die Familie ist keine Familie mehr.
   c) Auch Rühmann ist privat ein Ekel.
5. Sie sind alle selber schuld, wenn sie sich kaputtmachen.

»Was gibt es heute auch für Vorbilder für die Jugend«, klagte Martha. »Und wer ehrt heute das Alter? Wir sind doch auf deutsch einen Scheißdreck wert, und niemand hört auf uns. Zeit, daß wir verschwinden. Jetzt haben wir einen Papst, der *basta* sagt, wenn er sich verabschiedet, naja, jede Zeit hat den Papst, den sie verdient. Der letzte war zu gut für die Welt, drum haben sie ihn ja auch umgebracht. Oder glaubt etwa eine von euch, daß der eines natürlichen Todes gestorben ist? Auf keinen Fall, da lügt doch der Vatikan!«

»Das sind deine Leute«, sagte Susanna, »beschwere dich bei denen.«

»Es war sicher eine Frau bei Seiner Heiligkeit, darum wird alles vertuscht«, sagte Ada.

»Der Verwaltungsstreß macht heute auch vor den Päpsten nicht halt«, sagte Susanna, »die arbeiten auch mit Computern, und von der alten Methode der Apostel (die übrigens kommunistisch war, liebe Oma), alles in einen Topf zu werfen, hat die Kirche wenig beibehalten.«

»Vielleicht war es die Mafia«, sagte Katharina, »es ist undenkbar, daß sie nicht auch da ihre Finger drin hat.«

»Das Volk der Gläubigen hat kein Vertrauen mehr«, sagte Martha, »man hätte auf uns hören und eine Autopsie vornehmen lassen müssen.«

»Man hat sich an die Tradition gehalten und es so gemacht, wie es sich gehört«, sagte Katharina, »der *Camerlengo* ging mit dem silbernen Hammer ans Bett des Papstes, schlug ihm dreimal aufs Hirn und rief: Albino, Albino, Albino, bist du gestorben? Und entweder war er schon tot, oder er starb in diesem Augenblick.«

»Und Schwester Benvenuta, was ist mit ihr? Und was las er, als er starb? Waren es nicht wichtige Personalunterlagen? Umbesetzungen einiger Bischofsstühle?« fragte Ada.

»Wie auch immer«, sagte Susanna, »ob Giftmord oder Mafia-Kardinäle oder Herzinfarkt infolge Geschlechtsverkehrs oder Führungsstreß, eins steht fest: deine Partei, Martha, kämpft mit ebenso fragwürdigen Mitteln wie jede andere.«

»Soll doch der Weltenbrand leuchten über der Hundescheiße!« rief Martha erbittert, »und wenn ich mit draufgehe!«

»Aber du hast doch drei Polizeiautos«, rief Jonas und wies auf das vulgäre Spielzeug, das die Biedermeierwohnung verunzierte. Martha strich ihm liebevoll übers Haar.

Jonas schleicht auf Urgroßmutters plüschige Couch, liegt da, die komischen Beine angezogen, ein Stück Kuchen unterm Barockstoffkissen versteckt. Unser Schlawiner, sagen die Mütter, er ist müde, doch kaum ist das konstatiert, da flitzt er schon durchs antike Mobiliar.

Ada überwältigt ihn beinahe, Katharina vollführt einen fliegenden Kopfsprung und zieht Jonas zu Boden. Ada besteht darauf, daß er ein wenig ausruhe, wenn er schon so massive Zeichen von Ermüdung gegeben habe, und will ihn erneut betten.

»Helft mir doch«, ruft sie Katharina und Susanna zu, die inzwischen in einem ledergebundenen alten Makrobiotik-Bändchen Hufelands blättern und sich nur unwillig bequemen. Aber lieber das als sich gleich auf die bevorstehende Abwasch-Zeremonie einzulassen (Reihenfolge: Gläser, Kaffeegeschirr, Fettloses, Fettes, Besteck zuletzt abbrühen und nicht mehr mit den Händen berühren).

Katharina beginnt ein Spiel, legt sich zu Jonas, spielt das Baby, strampelt, schreit, Susanna desgleichen, sechs stramme Beinchen strampeln durch die Luft, sechs Fäustchen erheben sich gegen Ada, drei gräßliche Kinder quäken, und Ada, mit den Gesten der Liebe, versucht alle drei zu bändigen und streichelt sie und hält Händchen und spricht im Märchenton.

Wird so ein Berg versetzt? Katharina läßt sich gehen und hat

Kindergefühle, während sie sich streicheln läßt. Sie denkt über Susanna und sich zurück, achtunddreißig, vierzig Jahre zurück, und wie Ada sie nährte und herzte und pflegte. Sie überläßt sich Adas Armen, die sie vierzig Jahre lang trotz aller Abwehr umschlossen hatten, und sie fühlt, daß sie doch jeder eine Verläßlichkeit und einen Schutz im anderen haben könnten, wenn sie nur wollen.

Da schnellt der Lebensfilm wieder nach vorn. Telefon- und Türgeklingel zur gleichen Zeit: Martha nimmt die Absage des Schwiegersohns (in Form eines Blumenboten) und die telefonische Auskunft Walters (der ohnehin, »Überlängen« vorwegnehmend, sein Blumenpräsent Katharina bereits mitgegeben hatte), daß er noch mit der Cutterin Gesichter zu verblenden habe, freundlich entgegen (Gesichtsausdruck: es war nicht anders zu erwarten).

»Nun reißt euch mal zusammen, ihr da drüben.« Die Szene ist Martha peinlich und ohnehin per Schnitt beendet. Katharina und Susanna erheben sich wie zwei Erwachsene, Ada wird abgeschüttelt, abgeworfen, abgestoßen und hinkt in ihre Fluchtecke zu den trockenen Rosenblättern zurück, in ihrer gewohnten Haltung, die besagt: ich mache immer alles falsch.

»Dein Knie ist ja wieder ganz schlimm«, stellt Martha nüchtern fest, »ich mach' dir einen Aufguß.« (Sie weiß noch, wie Wärme entsteht.) Auch Jonas, dem dergleichen Unbill und Leiden weder peinlich noch ärgerlich, sondern nur allzu bekannt sind, geht auf Ada zu, kniet vor ihrem Knie und leckt es ab, er tut es fest und feucht, er ruft Katharina hinzu, hilf doch, Mamai, hilf. Ein Wink? Und solche Angst? Katharina denkt, so leicht ist das, man muß es nur wörtlich nehmen und es tun, dann wird sie aufhören zu klagen. Und sie robbt, diskret, verschämt, hinzu, leckt kurz das Knie: Ada ist geheilt.

Elftes Kapitel
Das Brot der Frauen

Eines Tages geschah es, daß Katharina über einem alten Foto der Mutter saß, was sie in letzter Zeit immer häufiger tat, und mit dem Bild so verfuhr wie mit ihren eigenen Bildern. Sie blickte lange darauf, bis ihr die Augen brannten und das Bild wie in heißer Luft zu zittern begann.

Katharina sah Ada wie eine Fata Morgana regenbogenfarben am Horizont der Wüste auftauchen, und die Mutter hielt ein Glas Granatapfelsaft in der Hand und reichte es lächelnd Katharina.

Katharina legte Eimer und Lumpen und Feder und Schreibmaschine in die Ecke und fühlte endlich ihr Herz, das entsetzlich lang aussetzte, weil es so schmerzhaft das Verkennen und noch schmerzhafter das erste Erkennen spürte.

Ada ging mit blühendem Herzen durch eine Stadt, die heute niemand mehr kennt. Berlin, eine bunte Transfiguration. Ein Atem in dieser Stadt, unvorstellbar heute. Es war die Zeit, als noch die duftenden Brötchenbeutel und Bolles Milchflaschen vor den Türen standen, als man noch ins Romanische Café und zu Kranzler ging und unter sich war, als es in Berlin noch nach Kohlenfeuer roch und nach ein wenig Benzin, als Berlin noch der Tummelplatz der Jungen war und kein Stapelplatz für alte Leute, als um die Stadt noch die gelbe öde Heide mit ihrem scharfen Staub unbewohnt brachlag; grau und verwahrlost auch Teile der Stadt, und in manchen Vierteln stand es noch an den Türklinken: Eingang nur für Herrschaften.

Es waren wunderbare Tage, viel zu wunderbar für das, was sich in ihnen vorbereitete, und Ada genoß sie und den norddeutschen Wind, der über ihr lockiges Weizenhaar strich, und sie liebte Alfret, liebte ihn bis zur Weißglut. Sie tanzte in den Nächten und hatte die schönsten Beine von Berlin, wie es die expressionistischen Halbgreise, unter denen Katharina aufwuchs, noch jahrzehntelang beteuerten. Adas Gesicht sprühte vor Lebensfreude und Nimmermüdigkeit, und es war Zufall, daß sie gerade der blond-blauäugige Typ war, schlank, biegsam, so ein richtiges Sinnbild. Sie ging vorbei an den verstaubten Souterrainfenstern, wenn sie sich müde getanzt hatte, im Dunkel und ohne Furcht, sie summte vor sich hin, loses Zeug wie

»Warum denn weinen, wenn man auseinandergeht«. Im Sommer lag sie mit tausend anderen am Wannsee oder im Sand der Ostsee, noch war sie Sekretärin, aber eines Tages würde sie eine berühmte Sängerin sein und auftreten, und so brachte sie jedes ersparte Geld zur Gesangslehrerin.

Sie trug hochhackige Schuhe und taillenenge weiße oder schwarze seidene Kostüme und abends zum Tanzen geblümte Flatterkleider, die um sie herumwirbelten; sie war umgeben von einem hellen Lachen, das Katharina jetzt zum erstenmal hörte, lauter Sonntag war in diesem Gesicht, in diesem Körper Sehnsucht, zarte Sinnlichkeit. Nachts lag sie, Mund an Mund gepreßt, neben Alfret. Es würde alles möglich sein, was sie erträumte: Mann, Kinder und ein Heim und ein Beruf als Künstlerin.

Katharina, das Kind, lernt an der Hand der Mutter gehen. Wie Jonas vor zwei Jahren bewegt sie sich zum erstenmal auf zaghaften Beinchen neben ihr, will schier umfallen vor Erstaunen. Ada führt sie weiter durch die Straßen, in denen plötzlich die Hölle ausgebrochen ist, es kracht, dröhnt, birst, brennt, und die Menschen sind zu einer einzigen Wasserkette geworden, um ein Spukschloß zu löschen. Doch Ada trägt bei Sirenentönen ein Körbchen mit Gänseblümchen in der Hand, und sie läuten lange an den Türen halbverfallener Häuser. Da sind keine Klingelschilder mehr angebracht, aber Ada weiß, wer da jeweils verborgen wohnt, und sie machen verstohlene Besuche bei Menschen, die nicht öffnen wollen, und wenn sie es tun, so hört Katharina Ada Entschuldigungen murmeln für etwas, das Katharina bis heute nicht versteht, und sie umarmt die weinenden Freunde und gibt ihnen ein Sträußchen. Ada hat sie alle bis auf einen einzigen nie wiedergesehen.

Ada hatte immer gesagt, daß sie unpolitisch war, und war doch ihren Instinkten, ihrem Mitgefühl treu geblieben, hatte sich ebenso auf ihre Freude wie auf die Bodenlosigkeiten des Alltags eingelassen. Narrenmänner-Männernarren, dachte sie 1933, als sie den Jubel vernahm – oder bin ich überheblich? Denn auch die Frauen jubelten.

Was haben die meisten von uns an Wechselhaftem bekommen, austauschbar die Blutfarbe, die besonderen Kennzeichen, die Farbe der Augen, die Körpergröße, austauschbar die Väter. Was für ein Wirrwarr. Und wie sie Menschen zu welchen machten, die nichts gelten, indem sie ihnen etwas anheften, dabei tragen wir alle ein Zeichen, nur sind wir zu menschenblind und menschenblöde geworden, zu blöde, um es zu sehen. Es wird kommen, dieses Heulen und Zähneklappern, später, wenn es zu spät ist, wir Narren. Grauen, es steigt fröstelnd in mir auf, wirr gemengt mit einem Schaudern vor Schuld, und ich weiß, daß da noch viel kommen wird aus dem Schoß dieser Gesellschaft, eine Mißgeburt wird hier ausgekeimt, ich laufe hier herum, halb Kind, halb Frau, halb schon eine Gestörte, ich muß achtgeben auf Alfret, Alfret ist gefährdet, und wir sind es auch.

Aber noch tanzt sie an den Schlangen der Arbeitslosen vorbei, tanzt sich das Grauen ab, diese Schatten, sie sind weg, wenn sie, eine Schleife im Haar, sich in die Tanzcafés stürzt, mit Alfrets schnittigem Sportwagen in der Masurenallee vorfährt, umschwärmte Königin des Reichsfunks, und er hat sie sich ausgesucht, der Berühmteste, Eleganteste, der Reichs-Fernseh-Dramaturg und Dichter, und täglich diese Rosen, Aufmerksamkeiten, diese wunderschönen Schuhe aus Straußenleder von Salamander, der Straßgürtel, diese wunderbaren Ohrgehänge, das elegante schwarzseidene Kleid von Kuhnen, die feinen Diners, diese herrliche Bummelei über den Kudamm, Arm in Arm, flirtend, und dann ein Kaffee und ins Kino, und später, nachts, nach einer zauberischen Revue in der »Scala« oder im »Metropol« wird sie sich singend hinter dem ein wenig durchsichtigen Wandschirm entkleiden und eines der herrlichen Seidennachthemden anziehen, damit er es ihr auszieht, wenn sie, erregt und errötend, sich ihm hingibt, diesem wunderbaren ersten Liebhaber, der jede haben könnte in ganz Berlin, aber sie will er, nur sie. Seine ausgetüftelten Billett-Aufschriften, jeden Morgen, wenn sie erwacht, mit glühendem Puls, weil er neben ihr liegt, der Berühmte, wie es sie durchdringt, das Gefühl, sie wird geliebt, geliebt!

Sie geht zum Rennen mit großen Hüten. Martha, von Alfret die Uslowa genannt, geht, wenn sie zu Besuch bei ihr ist, neben ihr. Zwei vollendet schöne Frauen, die man für Schwestern hält. Sie hat Ärger mit dem Dienstmädchen, der Tilli, über die täglich zu klagen ist, weil sie sich mit jedem einläßt und nachts aushäusig wird – was fängt da mit den Frauen an, daß sie so würdelos werden, Tilli ist ja nicht die einzige, nichts im Kopf, außer sich was im Ka-De-We zu kaufen. Dennoch, auch sie läßt in berlinerisch schnoddrigen Bemerkungen ihr Mitleid mit den Männern verlauten, und wenn Ada eine neue Skandalnotiz über Alfret liest, so wagt es doch diese Person, zu sagen: Der Ihrije treecht aba ooch det Chaos in sich, wenn Se bitte entschuldijen!

Ada ist schön und fühlt sich mächtig, und jedes Begehren anderer Männer mehrt ihre Kräfte, es ist ihre Hoch-Zeit, sie ist witzig, schlagfertig, kokett, gebildet, voll Charme. Keine hat so feingliedrig geformte Hände wie sie, ein unerklärlicher Reiz ist um diese Frau, so eine gewisse Wehmut trotz allem, ein Wissen, ein Gespür; sie ist leichtblütig, doch nicht leichtsinnig, denn nur ihm wird sie treu sein ein Leben lang. Der Himmel ist nicht mehr über ihr, sondern in ihr, und jeder Mauersegler, der hoch über die Müllkästen hinwegfliegt, scheint sie zu grüßen, jeder Altwarenhändler nickt ihr lächelnd zu, wenn sie mit dem im Ostmeerwind flatternden Schal an ihm vorübergeht oder, ihre kleine Krokodillederhandtasche im Arm, vor seiner Auslage steht.

Sie hält alles für möglich, auch daß ihre Liebeskraft diesen Zornigen, der ihr Geliebter ist und der gerade Wege nicht schätzt, auf den geraden bringen wird; sie traut es sich zu, diese österreichische Brüchigkeit zu heilen, den Chitinpanzer, der diese Brüchigkeit umgibt, zu durchstoßen, wie es ihr in den Liebesnächten gelingt. Sie sieht ihre Bestimmung darin, dem Taumelnden, dessen Haut bereist brennt, am Rande des Vulkans die Hand zu reichen.

Doch Alfret, nervös, anfällig, verdreht alles ins Zynische, wenn er weitergibt, was sein Freund sagt: Da Hitler den Massen vom Speisezettel aus nahekomme, indem er an die gemeinsamen Erbsen, den Speck, das Gulasch appelliere, ergebe sich aus dem gemeinsamen Fraß der gemeinsame Rülpser, in dem sich Tausende zum Schluß von ihrer Erdenqual befreiten.

Ada fand dies einen schlechten Scherz und sagte, da kommt mehr heraus als ein gemeinsamer – ich will nicht wiederholen, was du da gesagt hast, das geht einem doch jetzt schon an die Nieren, und was geschieht mit unseren Freunden, was wird mit dir geschehen? Dein Vater ist Jude, und da ist doch etwas Unheimliches, Grauenhaftes im Gang, oder sind es etwa grundlose Anfälle von Angst, wenn Hilde von Arnim von einem Tag auf den anderen verschwindet? Sehe ich nicht recht, wenn ich den Wahn in den Gesichtern der Menschen erblicke, habe ich eine Erscheinung? Wie ist deine Gesäßform? Gehört sie der niederen Rasse an oder der höheren?

Hinzu kam, daß in den ersten, den kriegslosen Tagen ihrer jungen Liebe, 1935, Vera, Alfrets Frau, sich das Leben nahm –

ein undurchschaubarer, belastender Tod für Ada, die in Vera zunächst nur ein leichtsinniges Luderchen gesehen hatte, doch was wurde da eigentlich gespielt?

Marthas Warnungen: »In dem hast du einen, der seine Frauen unter die Erde bringt, denn die war ja nicht die erste, der hat ja schon zwei andere auf dem Gewissen!« verstärkten nur Adas Trotz. Nein, das war nicht seine Schuld, das ist er nicht, sie kennt ihn anders. War mit der Mutter etwa zu reden von der übermächtigen Sinnenkraft, die von Alfret ausging und der sie sicher nicht als einzige erlegen war? War mit Martha, die ihren Halt in der Religion suchte, zu reden über die Wonnen der Haltlosigkeit? Ada berichtete Martha nicht, daß auch andere sie vor Alfret warnten. Nein, nichts zu machen, sie gehörte zu ihm. Sie tröstete ihn nach dem Tod seiner Frau, die sich mit Gas getötet hatte.

Immer wieder, später auch zur schwerhörigen Katharina, wird sie von ihren Schuldgefühlen Vera gegenüber sprechen und daß es ein böses Omen gewesen sei, wie alles begann, und daß auch er es als böses Omen ansah. Und immer, die ganzen Ehejahre hindurch, Veras Bild auf seinem Schreibtisch, Rohstoff – wozu? Ihr kam es manchmal vor, als stamme das Bild aus jenen ersten Horrorfilmen, die damals aufkamen, sie träumte davon, zarte Brücken zu Vera zu schlagen, die dann rissen.

Ada kann sich an viele Brückenträume erinnern, merkwürdige, zum Beispiel einen – den hat sie Katharina und Susanna erzählt, nicht Martha –, da stand eine Unmenge von Menschen vor einem breiten Fluß, und einer von ihnen krümmt seinen Körper wie eine Feder und springt ab, fliegt auf die andere Seite. Eine Frau bückt sich, krallt sich auf der Seite des Flusses, wo sie alle stehen, ins Ufer, ihr langes schwarzes Haar fällt herab, ihre Arme schwellen an, sie scheint tausend Finger zu haben, mit denen sie sich pflanzenhaft einwurzelt. Und auf ihren Rücken springt der nächste, auf dessen Rücken der übernächste und so fort, und so bilden sie eine wachsende Menschenbrücke von Leibern, die sich ineinander verflechten. Immer größer werden die Sprünge, immer höher, immer weiter, immer stärker werden die zitternden Muskeln der ersten, immer weiter der Anlauf der Springenden, mein Gott, wird es ihnen gelingen, schon ist das Menschenseil einen Kilometer lang, schafft es denn dieser Kurzbeinige, ja, auch er, nun eine Schwangere, auch sie, da, endlich, die Brücke ist gebaut. Nun heißt es sich festhalten bis zur Bewußtlosigkeit, denn jetzt schreiten Tausende über sie, einer nach dem anderen, schwindelfrei und leichtfüßig, und sie kommen alle ans andere Ufer. Aber was nun? Was geschieht mit den Brückenpfeilern und Gliedern? Da, es ist unglaublich, die Langmähnige löst sich aus ihrer Verwurzelung, die Last liegt nun allein in den Händen des Ufermenschen gegenüber, sie schlägt einen Salto rückwärts, und dann springt, fliegt sie ans andere Ufer. Der nächste tut es ihr nach, und so fort. Sie sind gerettet. Und das Monstrum, vor dem sie flohen, kommt erst jetzt, atemlos, die Zähne fletschend, es brüllt, droht, schäumt, wütet, läßt jene hinter sich, die es nicht mehr schaffen.

Ada hatte eine Freundin, schon aus der Zeit vor Alfret, und behielt sie, obwohl er sie eine schiache Person nannte, weil er ihre andere Sprache nicht mochte – die war scharf, kühn, angriffslustig und klar. Elfriede konnte Tacheles mit Alfret reden, weil sie ihn nicht liebte, aber sie redete Ada nicht herein, seit Ada einmal gesagt hatte: Sei still, es tut mir weh. Sie gingen weiterhin zusammen durch Berlin, sie besuchten gemeinsam ihre jüdischen Freunde, und Elfriede strahlte etwas Starkes, Flammendes aus, das Ada mochte. Sie wäre gern so durchsetzungsfähig und intellektuell gewesen wie Elfriede und dafür weniger hübsch. Für Elfriede waren Menschen menschlich und Worte wörtlich zu nehmen, und als einmal ein Soldat vor dem Bahnhof Zoo sagte: Mädchen, zeigt mir mal eure Beine, ihr zwee Hübschen, da tat es Elfriede und nicht Ada, die die schöneren Beine gehabt hätte. Auf dem Heimweg schalt Ada mit Elfriede und sagte, wie kannst du nur, und Elfriede sagte still: Ich hab' zwar keine schönen Beine, aber jedenfalls hab' ich welche, und der hat lange keine mehr gesehen, warum also nicht? Sie war es auch, Jahre später, die auf der Straße ein Flugblatt entgegennahm, mit den letzten Worten der Geschwister Scholl, und Elfriede ging sogar noch einmal zurück, wobei Ada vor Angst beinahe erstickte, und holte noch welche und sagte zu dem Mann: Die muß man doch weitergeben, alle sollen das lesen.

Ada vertraute sich Elfriede nicht an, was Alfret und seine Wirrungen betraf, und Elfriede hielt sich heraus. Das solltest du nicht tun, war Elfriedes einzige Antwort gewesen, als Ada von ihrer bevorstehenden Hochzeit sprach.

Sie heirateten, und es war ein rauschendes Fest. Der Verleger war da, als einziger von Alfrets Leuten, Adas Eltern, Martha, bereit, gute Miene zur Mesalliance zu machen, von Uslar voll echt empfundener Väterlichkeit und Anteilnahme, auch für Alfret, Adas jüdische Freunde, nur Elfriede war verreist. Sie ließen das Grammophon spielen und sangen und tanzten bis tief in die Nacht hinein, und Ada war glücklich: »Nie und nichts wird uns je trennen«, hatte Alfret (der Sprachstürmer) ans Hochzeitsbukett geheftet, dabei war er damals, wenn sie's recht besah, schon die ganze Zeit nicht da.

Sie wurde schwanger. Sie baute ein Zelt über sich und das Kind, und rundum sind grüne Wiesen und Weidenbäume und keine Bombenkrater und krachende Wolkenblöcke. Man hatte ihr die Stelle beim Reichsfunk gekündigt, weil Alfret eine »bolschewistische Äußerung« getan hatte. Aber was tat das jetzt, wichtig war vor allem das Kind, und noch dazu war es irgendwie hinzukriegen, daß es an seinem Geburtstag geboren wurde.

Ada stellte sich mit jeder Faser ihres Körpers auf diesen Geburtstag ein, übertrug ein paar Tage, nur damit Alfret sein Geschenk nicht zu früh bekam und er später sagen konnte, wenn Katharina spuckte und erbrach, als er fort war und der Krieg und später das Leben sie trennten: Das Kind muß die Krisen im Leben des Vaters durchmachen, mit dem es durch den gleichen Geburts-Tag magisch verbunden ist.

Du hast also mitgemacht, stellte Katharina eines Tages fest. *Inwiefern warst du denn anders als die anderen?* Sie hatte auf ihr Fingergetrommel gehört, bis Ada sagte: Willst du noch ein Stück Fleisch, das gibt es ja heute anstandslos.

Was sollte ich tun, als ihm zu helfen, soweit ich es verantworten konnte? Er wurde ja schon 1932 öffentlich als jüdischer Abkömmling angeprangert, ich mußte ihm doch helfen. Er hat mir zugeredet, die Stelle beim obersten Verwaltungsrat im Reichsfunk, die man mir anbot, anzunehmen und von der Programmabteilung wegzugehen. Aber dazu gab ich mich nicht her. Ich war nicht so eine wie Vera, die mit Goebbels schlief. Und der Herr Nazi hatte gleich zur Bedingung gemacht, daß ich mit ihm auszugehen hätte. Dabei hatten wir Schulden, Vera hatte gelebt, in Saus und Braus, so habe ich nie gelebt, aber für sie zusammen mit Alfret abbezahlt. Und er war wie krank von ihrem Tod, steckte voll Todessehnsucht wie dieses ganze verwesende Land, verneinte, war voller Düsternis, lebte ohne Ziel, zerrissen und angefressen. Diese Verhöre nach Veras Gastod hatten ihn erschöpft. Und reinrassig war sie ja auch nicht gewesen, trotz ihrer Blondierung 1933. Auf einmal fing er an zu beten, weil er wußte oder glaubte, daß sie nicht hatte sterben wollen, sondern ihn gerufen, mit ihm gerechnet hatte. Alfret brauchte meine Hilfe. Er empfand nur noch Negatives am Leben, schon galt er als Kulturbolschewist, dazu kam meine Kündigung mit dem Argument, daß mein Stiefvater ebenfalls verdiente. Ich erhielt eine neue Stelle beim amtlichen preußischen Kulturausschuß.

Ja, Mutter, was hast du da getan?

Die Aufgabe der Dienststelle war »Arisierung« und Verteilung der Zuschüsse, mehr weiß ich nicht. Ich war dort nur kurze Zeit, denn der Kulturausschuß wurde langsam aufgelöst und ging über ins preußische Staatsministerium, das seit 1933 Göring unterstand. Ich bekam eine Stelle als Pressereferentin.

Alfrets Todesgedanken griffen auch auf mich über, und es gab für uns beide gar kein Mittel mehr, unseren Lebenshunger zu stillen. Er wurde ein Parasit am Rande dieses paralytischen Landes, und er fuhr, während ich arbeitete, einfach fort: andere Menschen, andere Sterne – Madeira, Teneriffa, Tanger, Tunis.

Ich arbeitete also, Katharina, machte täglich den Weg dorthin und sorgte dafür, daß die Herren in der Pressestelle ein schönes Leben hatten. Abends saßen sie in den Künstlerlokalen herum, tratschten und intrigierten, tagsüber fraßen sie Kaviar im Feinschmeckerlokal und soffen wie alle Journalisten, während ich das Haus hütete, die telefonischen Meldungen entgegennahm und tippte – die perfekte Sekretärin.

Mutter, was waren das für Meldungen?

Kunst-, Kultur-, Finanzmeldungen. Das waren sowohl gefärbte hochoffizielle Meldungen wie ganz ungefärbte. Die gingen durch meine Hände wie jener Erlaß, in dem Göring sagen ließ: Zu seinem Bedauern habe er feststellen müssen, daß die Verordnungen des Herrn Reichspräsidenten zum Schutze des deutschen Volkes vom 4. Februar 1933 gegen Ausschreitungen der Presse nicht mit der Strenge angewandt würden, wie es sich angesichts der sich täglich steigernden Hetze in periodischen Druckschriften, Flugblättern und Plakaten der regierungsfeindlichen Parteien als erforderlich erweise. Das war der Ruf nach mehr Pressepolizei, ich habe es auswendig gelernt und wußte es früher als alle anderen.

Mutter, was hast du mit diesem Wissen angefangen?

Ich habe Alfret natürlich immer alles sofort berichtet. Seinetwegen war ich ja dort, damit er es zur rechten Zeit erfuhr, denn er suchte nach einer Haltung, mit der er sich ausbalancieren konnte in der Zeit zwischen Blutsonntag und Walhallasirenen, er war ein Laviergenie und floh zunächst einmal in die Historie, bearbeitete einen alten Stoff. Die Herren hatten auch Fotos in ihren Schreibtischläden, von beschlagnahmten Autoren, Künstlern, ich erinnere mich an das Bild Otto Zoffs, weil es mich so besonders traf, denn wir waren ja gut bekannt.

Mutter, was hast du mit deinem Wissen sonst noch angefangen?

(Die Mutter schweigt. Dieser innere Widerstand Adas, die nicht in die Rechtfertigungsarien einstimmen will, wenn sie da abends, bei Bier und Gebäck, vor dem Fernseher mehr Selbstmitleid als Skrupel entwickeln. Sie haßt diese zu spät gekommene Abrechnung mit Greisen und dieses An-die-Brust-Schlagen im wohlständischen Heute, mea culpa, warum sollte sie ihnen das noch nachliefern? Sie hatte es erlebt und wußte, daß nichts, was zum Ersten Weltkrieg geführt hatte, durch diesen Krieg überwunden worden war, sonst hätte es ja nicht den Zweiten gegeben, und so würde die Geschichte eben weitergehen, jetzt schrie ja bereits dieser Bayer, als hätte er ihn auch satt, den dreißigjährigen kalten Frieden.)

Also?

Wenn ich mir meine Tochter so ansehe, wie sie mich fragt, knapp, arrogant, ohne den Arm um mich zu legen – so dürfte sie mir eine solche Frage nicht stellen! Was für eine Fremdheit zwischen ihr und mir, ihnen und uns! Diese Freiheit, die sie meinen – wie schlecht käme es an, wenn ich ihnen die Wahrheit sagte!

Katharina, ich wollte nur eines, einen Mann, die Kinder, ein Auskommen, Ruhe. Ich wollte, daß ihr nicht so elend ausgesehen hättet, mit eurem Keuchhusten im Luftschutzkeller. Ich habe nur an euch gedacht und an ihn und daß wir irgendwie durchkommen. Er hatte ja nur für sich zu sorgen, und das tat er, ich aber für euch und mich.

Die Kinder bewegen sich wie Blinde in meiner Vergangenheit, sie tasten herum, sie sollten mir leid tun mit ihren allerweltsklugen 68er-Mienen und -Worten, die nichts beschwören können. Elfriede, weißt du noch, wie wir über die verbrannte Erde schritten, wie wir Daniel und Judith suchten und fanden, wie die *eine* Nachricht zwei Menschen half? Wie wir sie fanden und ihnen, die schon weit über allem draußen waren, sagten, daß sie nicht auf den Schindanger gekarrt würden, wo sie doch schon an ihrem Sterbekleid nähten und es mit lauter Sternen verzierten? Ich habe noch ein Stück Stoff aufgehoben. Weißt du noch, wie wir die Deckadresse von Moira F. nicht mehr fanden? Und siehst du noch die beiden Alten, Philemon und Baucis, auf dem Dach ihres Hauses, die nicht bereit waren, ins ausgebreitete Tuch zu springen? Bei dem Wort Freiheit, wie du es verstehst, Katharina, muß ich weinen. Lang zu, Katharina, das Fleisch wird kalt. Du bist immer so abgehetzt und abgespannt. Ich weiß sehr wohl, was ich dir wert bin, denn wie könntest du deine Freiheit, deine Freiheiten haben ohne mich.

Du hattest zuviel Herz und zuwenig Verstand, Mutter.

Ja, wo lag damals der gerade Weg in einer krummen Welt? Ich weiß, es ist falsch, wenn du nur die Angst hast um die eigene Familie, und ich kenne deine Ansicht, Katharina, daß es häufiger geschieht, daß Kinder zu Tode geliebt als zu Tode vernachlässigt werden, aber du kannst einen auch ganz schön in Beschlag nehmen, weißt du das eigentlich? Weißt du eigentlich, daß du nur mit mir sprichst, damit etwas herauskommt für dich? Wovon soll ich dich entlasten? Von deiner intellektuellen Gewissenlosigkeit? Harte Worte, ich weiß. Aber ich denke sie nur, ich spreche sie nicht aus. Ich, Katharina, ich habe nie mehr von jemandem genommen, als ich gab.

Ich bin immer für dich da, Katharina, und sorge für dein Kind. Ich war da, als du die Tage deines Kindes im Krankenhaus, wo es um Luft und Leben rang, nicht ertrugst. An deiner Stelle habe ich es ertragen, während du dich mit Schlafmitteln betäubtest, und ich trat ab, als das Kind wieder gesund war. Mach mir keinen Vorwurf, sondern höre auch zu, wenn ich Jonas die Märchen erzähle, die euch zu erzählen ich damals nicht die Zeit hatte. Du hast kein Recht, mir meine Freude an Jonas zu verweigern. Was seid ihr jung und grausam und schon vierzig Jahre alt dabei! Mein Leben lang konnte ich nicht spielen – erst jetzt, mit Jonas. Also nimm die Spieldose, nimm das Bärchen, das Kasperltheater, die alten Blechfigürchen, laß es zu, daß ich das Kinderzimmer schmücke, nimm den goldenen Ring und den Armreifen, laß mich putzen, wenn du es nicht schaffst, und laß den Dank, laß den Kuß, wenn dir danach die Lippen schmerzen. Schlag nur zu mit deinen Worten, wenn du mit dir nicht fertig wirst. Ich habe mich entschlossen, die zu sein, die ich heute bin, eine alte Frau, zum Glück nicht nutzlos, eine Lückenbüßerin, ein Mensch, den man nach Gutdünken sieht und übersieht. Ich werde darauf verzichten, daß du mir ein wenig Wärme gibst. Ich habe sie auch von Martha nicht erhalten, von Alfret nicht, von euch nicht. Die Wärme, die ich bekam, war nur ein Brennen von Tritten.

Du hast den Abstand zu mir immer gesucht, von klein auf, schon damals in Gamsern. Du hast von Alfret gelernt, wie man das macht, du hast dich in deine Buschburg im nahen Wald zurückgezogen und deine Hauptverteidigungslinie gegen deine Eltern gerichtet, vor allem gegen mich. Wenn du ihm nachplappertest mit deinen sechs Jahren, daß die Amis bald mit den Panzern über den Göschenpaß kämen, so fürchtetest du für deinen Unterstand, hattest Angst, den Rückzug zur Familie antreten zu müssen. Und du hattest das Gespür dafür, daß Alfret und ich uns nicht verstanden und daß der Krieg aus war, doch nicht zwischen uns. Genaugenommen warst du mit Alfret gegen mich, auch das habe ich gemerkt. Damals modellierte sich etwas in dir, von dem ich wußte, daß es später Gestalt annehmen würde.

Erzähl mir, Mutter, mehr vom Vater und vom Vaterland.

Es ist immer noch ein Gräberland, in dem du lebst, ein Aasloch, verbrämt mit dem Feigenblatt des Fortschritts, und der Gestank, der es erfüllt, ist ein Industrieprodukt. Nichts anderes ist heute zu sagen als 1931: »Ich bin ein Deutscher, kennst du meine I. G. Farben?« Ich ging mit Jonas neulich zum Friedhof, an Opas Todestag, vorbei an dem Bunker, in dem die Gastarbeiter wohnen. Jonas' Hand war ein wenig feucht wie damals eure Händchen, wenn ihr Angst vor dem Bunkerdunkel hattet. Plötzlich ein Sirenenton, Probealarm, der mich ins Herz traf, der Boden wankte, Angst, dann Entsetzen, als ein Flugzeug die Schallmauer durchbrach. Und Jonas? Als wäre er dabeigewesen damals, als wir den Leibesübungen eines zum Pimpf ernannten deutschen Jungen zusahen und uns auf seinen Pfiff hin zu Boden warfen – Jonas warf sich hin. Vor Schreck? Instinkt? Was weißt du schon, was da alles hochkommt! Da tragen die Menschen auf einmal wieder Gasmasken, und du hast die Litanei des Pimpfs im Ohr: »Diese Schutzvorrichtung besteht aus einem Maskenkörper – Stoffteil plus Anschluß, Augenfenstern, Kopfbändern, Tragband, dem Filtereinsatz, ein Paar Klarscheiben in den Augenfenstern, einem Paar Sprengringen. Zubehör: eine Tragbüchse mit Schultergurt. Lernen Sie das sorgfältige Anpassen, es ist unerläßlich!«

Ein Paar Klarscheiben! Wofür? Es gab keinen Fluchtweg. Damals zog ich aus, das Fürchten zu lernen, und ich beherrschte es bald: Furcht vor Hunger, Erniedrigung, Einsamkeit. Furcht vor Tarnfarben, Furcht vor Halluzinationen. Es fing damit an, daß ich Freunde in der Haakestraße hatte, und immer dachte ich: Hakenstraße, und andere, die konnten später das Wort Gasträume nicht mehr richtig trennen, und Elfriede, die erzählte, wie ein Mann vor einer Gezeichneten aufstand und sagte: Setz dich, bevor du wieder raufmußt, olle Sternschnuppe!

Es war einen Monat nach unserem ersten Krach – ich hatte mich geweigert, mich von Alfret zur Mai-Parade aufs Tempelhofer Feld schleifen zu lassen –, als Alfret den Blauen Brief des Reichsrundfunks erhielt und ich abermals gekündigt wurde. Wir wurden Taucher. Merkwürdig, welch ein Leben sich da in den Abwässern abspielte. Man unterstützte uns unter der Hand. Alfret bekam ein Salär und fuhr in die Kur. Ich war ohne Einkünfte. Ich schlug mich durch, Martha half, und Alfret hielt bei ihr brieflich um meine Hand an: »bewußt meiner verantwortung für leben, zukunft und glück ihrer tochter . . .« Er trug nicht mehr Trauer, und trotzdem schrieb er aus Leba, wo er weiterhin blieb: »noch ist mein bedarf an alleinsein nicht aufgebraucht. du mußt mich ja so weit kennen, daß ich zwischen den polen heftigster geselligkeit und vollkommener einsamkeit mich bewege.«

Ich empfand sein intellektuelles Eingekreistsein grausamer als mein Getroffensein im Herzen, denn ich merkte, wie es ihn feiger machte, er war viel mehr auf dem Rückzug als ich, und so waren die Jahre hinfort Zeiten der Flucht in die Krankheit seines Magens. Ein Arzt hat mir einmal gesagt: Der Magen ist der Uterus des Mannes, sieh ihn dir daraufhin an. Wie ein Geier fraß die Angst in ihm, und Geier waren über ihm, dem Judensohn, der damals in Leba über das Meereis zu fliehen suchte und die Eiswellen überkletterte, die im Sturm gefroren waren – aber es half ihm nichts, dahinter lag doch wieder das Wasser. Und es half ihm auch nichts, als er anfing, das Fischerleben zu verklären, und meinte, so den Menschen zuzuwachsen, sich im kreatürlichen Zusammenhang zu sehen, wenn er Butter bekam oder nicht: »ganz leba kriegt täglich siebzig pfund butter«, so schrieb er, »fangen die fischer was, dann ist das natürlich zuwenig. ist viel sturm, so fangen sie nix, haben also kein geld für butter, und es bleibt etwas übrig.« Gut, so kam er mitunter zu Butter, aber wenn Martha ihm damals magenschonende Sachen schickte, so war seine Antwort an mich: »du verlangst dank an sie. altruismus ist nur eine kurz-sichtige form des egoismus.«

Das ist auch eine Art, Katharina, Geschenke entgegenzunehmen – verwandt dem Geist seines wiederholten Angebots, frei über uns zu entscheiden, sofern es mir nichts ausmache, gemeinsam mit ihm zu sterben. An wen dachte er dabei? An den Schriftsteller, der wußte, daß er unters Blutschutzgesetz fiel, oder dachte er an mich? Er sprach vom Tod, ich vom Leben, aber vielleicht meinten wir beide dasselbe, denn so viel Unterschied war da nicht – unsere Seelen waren tot.

Damals begann es. Ich wollte es nicht verstehen, was rundum begann, der endlose Fackelzug, das feurige Gemälde des Mannes, der den Müttern Kreuze anheftete, damit noch sichtbarer wurde, woran sie trugen. Diese Fähnelei und Wimpelei überall, diese verqueren Kreuze. Und ich, immer ganz allein, mit dir im Bauch, als der Olympiataumel abebbte, ich ein »Lebensborn« und vor mir der Tod. Alfret erhielt den Auftrag, ein Exposé über die Rolle des Fernsehens im A-Fall zu schreiben; er saß gelähmt herum bei einem seiner Kurzbesuche und grübelte, was das wohl sei. Ich sagte es ihm: A-Fall ist Kriegsfall, das wußte ich von der Pressestelle, das Fernsehen braucht Aktion, das Fernsehen ist ein Bestandteil der Rüstung.

Er schrieb das Exposé, da wurde der nächste Schritt fällig: sein Eintritt in die Partei. Er lehnte ab, doch wer sollte es tun an seiner Statt? Ich, die treue Kameradin. Ja, meine Tochter, du würdest sagen, es war in der Tat eine merkwürdige Form der Prostitution, die er mir mit dem Trauschein angeboten hatte. Natürlich lehnte ich ab, wie später den Eintritt in die KPÖ, lehnte es ab, strammzustehen. Ich hatte immer etwas gegen Abzeichen und Orden und mag sie bis heute nicht. Zweiter Krach. Er schleuderte eine Vase gegen meinen Bauch, gegen dich.

Alfret wurde aus der Reichsschrifttumskammer ausgeschlossen. Aber er arbeitete weiter, schuf für andere unter deren Namen, eine Demütigung für diesen gebrochenen Stolzen. Dann schickte ihn Goebbels – vielleicht die Rache des Liebhabers der toten Vera – auf Zirkus-Tournee: Alfret wurde Direktor einer Wanderausstellung, die für das neue Rüstzeug Funk und Fernsehen Reklame machte. Wieder war ich allein, und als ich schrieb, Alfret, ich habe Angst, da antwortete er: »keine angst, keine angst, rosmarie«, und dann: »du mußt dir allen ernstes sicher sein, daß du in deinem gegenwärtigen zustand keinerlei anforderungen an mich stellen kannst. erst muß ich die krise überstanden haben, wofür, trotz gelegentlicher besserungen, noch keine anzeichen vorliegen.«

Ich kam um vor Angst, lebte allein in dem winzigen Haus an der Havel. Man mied mich, weil ich seine Frau war, nur Elfriede war da. Ich mußte mich schonen, der Arzt warnte, und so war ich lange Zeit auf Besuche angewiesen. Ich hatte eine lächerliche Angst, das Haus zu verlassen, aber Elfriede schleppte mich schließlich doch zu befreundeten Malern, in kalte Atelierzimmer voller Selbstbildnisse entarteter Künstler und ungemalter Bilder. Aufmunterung war das nicht, ebensowenig wie der unglückselige Besuch eines weitläufig verwandten »Niedersachsenmädels«, das mir von der Weihe des Untergauwimpels in Marthas Heimatstadt berichtete: »Wie glücklich sind wir jungen Mädel heute«, strahlte das rotbäckige Geschöpf, »da wir mittendrin stehen und schaffen dürfen.« Sie sprach davon, wie sehr ihr der »besinnliche Humor und die Feinsinnigkeit« der Lulu von Strauß und Torney geholfen habe, die den Nationalsozialismus als Antwort auf die Machenschaften der anderen Staaten deutlich gemacht habe. So klar habe sie es noch nicht begriffen bisher, welch eine Hetze da gegen Deutschland im Gange war.

Ebensowenig half der gutgemeinte Versuch einer Nachbarin, mich in »elegante« Modegeschäfte zu schleppen, wo ich, die Unförmige, nur Unförmiges sah und, um auf dem laufenden zu sein und mir die Zeit zu vertreiben, die ausgelegten Illustrierten las, in denen nicht nur das ›Lied der Mütter‹ stand:

Ihr geht den lauten Weg hinaus,
umdröhnt vom Lärm der Werktagsschmiede,
uns hält die Pflicht im stillen Haus,
in unsern Händen ruht sein Friede.

Euch ruft der hundert Trommeln Klang
zu Wehr und Kampf an harten Tagen,
wir müssen viele Nächte lang
für euch und uns den Glauben tragen.

Euch krönt nach Werk und Sieg der Ruhm,
wenn aufrecht ihr gelebt, gestritten.
Die Welt weiß euer Heldentum –
und weiß doch nie, was wir gelitten.

Wenn unsre Lippe zuckt in Qual,
wollt ihr besorgt euch zu uns neigen,
ihr ahnt ein Opfer manches Mal –
wir aber lächeln dann – und schweigen.

Ich blätterte weiter, und je mehr ich las, desto mehr wurde mir klar, daß die Mode nun auch nichts mehr für romantische Dienstmädchen brachte, so heftig war die Absage gegen das »Armutszeugnis tonangebender Modeblätter der Nachkriegsmode«, zu penetrant der Ruf nach einer Selbstbesinnung der deutschen Frauen, die sich von wesensfremden Einflüssen freizumachen und eine neue Kleidungsform zu schaffen hätten, die der »Weltanschauung« entsprach: »Es ist die Aufgabe einer jeden Frau, Schönheit durch gesundes Leben und inneren Wert zu bestimmen und nicht vergebens mit viel Aufwand und Talmi etwas vorzutäuschen.« Das Magazin veröffentlichte Verlautbarungen des »Schwarzen Korps«, das wußte: »Der Schönheitswert einer Frau wandelt sich nicht saisongemäß, er wandelt sich im natürlichen Prozeß des Reifens, Erfüllens und Vergehens.« Wir sollten unser Leben neu gestalten, indem wir auch mit unserer Kleidung diesem Ziel dienten, und das hieß: »Entfernen wir aus unserem Ohr den spießbürgerlichen, altjüngferlichen Klang, den das Wort Handarbeit für uns heute noch hat; sie ist es, die oft den Kulturwillen eines ganzen Volkes wiedergab, also: zurück zum schöpferischen Willen und zur Freude an Form und Artschönem, dem Volke dienend.«

Ja, Katharina, es blieb mir nichts anderes übrig, als meine Sehnsucht nach schönen Dingen – und ich war immer eitel – zu unterdrücken. Ich habe gestrickt, gewebt, genäht, zwanzig Jahre lang, um euch zu kleiden. Ich trug jahrelang Strähnenhaar, wie alle anderen, und der Chic, der war dahin.

1937. Hausdurchsuchung in Kladow, Alfret noch auf Urlaub, meine Furcht vor den Stiefelmenschen. Dann Alfrets überstürzter Besuch – ein Kollege hatte es ihm zugeflüstert: »Hitler will Braunau erobern.« Brüllende Lautsprecher, Glockengeläute den ganzen Tag. Alfret krümmte sich zusammen vor Magenschmerzen, wenn er nicht hin und her lief in seinem Arbeitszimmer über mir: Sein Mauseloch Österreich war verloren, wir saßen in der Falle.

Erst jetzt begriff er meine Angst. Kurze Tage der Nähe, wir saßen Hand in Hand vor dem kleinen Empfänger. Tilli, die sich selten empörte, sagte: es ist eine Scheußlichkeit, als sie die Täuschungsberichte über das Martyrium geschändeter volksdeutscher Mütter im Sudetengau vernahm. Musikalische Kriegsvorbereitung aus dem Lautsprecher: »Wir fahren gegen Engelland«, »Panzer rollen in Afrika vor«, pathetische Lieder und die Fanfaren, immer wieder die Fanfaren aus ›Les Préludes‹ von

Liszt. Wir haben es geschafft: Der Zweite Weltkrieg ist erreicht, es lebe der Krieg, es lebe der Tod. Du, Katharina, strampeltest in meinem Bauch. Ich war allein, als ich dich gebar. Alfret arbeitete an der Weiterentwicklung des Fernsehens, das damals flimmerfrei gemacht wurde. Die neuen Fernsehbilder in den Apparaten glichen, Zeilensprung-Verfahren, fünfzig Halbbilder in der Sekunde, qualitativ bereits den Wochenschaubildern, die den Haß schürten. Alfret begann, einen Werbefilm für die Kriegsvorbereitung zu kurbeln, als er zusammenbrach: Magengeschwüre, Krankenurlaub, abermals Leba, Kolberg, Henkenhagen, Kur.

Ich und du, wir waren die einzigen in dem winzigen Haus nahe den neuen Militäranlagen in Kladow. Du schriest viel, ich kam mit dir nicht zurecht, Angst nahm mir die nötigen Fähigkeiten, und Marthas Briefe, »laß sie schreien, das kräftigt die Lungen«, halfen mir wenig. Du hattest Angst vor dem Dunkel und den verhängten Fenstern wie später deine Schwester. Und dicker konnte das Dunkel nicht sein. Dennoch, ich war selig, nicht allein zu sein, ich weinte mit dir, wenn ich deine Säuglingstränen trocknete. Das waren die wenigen Augenblicke der Erleichterung, denn Alfrets Briefe aus seinen Entschlackungskuren bedrückten mich zu einer Zeit, wo uns allen übel war vor Angst.

»mein tag beginnt mit einem geriebenen apfel, dann folgt ½ l leicht gewärmte milch, 2. frühstück: zwei ausgedrückte mohrrüben (3 eßlöffel), mittags etwas haferflocken und apfelmus, abends desgleichen.« Er schrieb, daß sein Stuhl untersucht würde nach Okkultem, er bat immer wieder um etwas anderes, um eine warme Decke, Heizkissen, Magenzusatzkost.

In jedem Brief neue Bitten, neue Klagen, neue Aufträge vom Rande der Sickergrube: »schaffe bitte gute beziehungen zu von ruchenberg, damit er mir eine ordentliche position zwischen 1500 und 2000 mark verschafft, vielleicht bei seinen zeitungen. abgesehen, daß ich ein zuverlässiger nazi bin, kann ich doch englisch, italienisch, französisch, russisch perfekt und zudem noch chinesisch, tschechisch, polnisch, rumänisch, finnisch so weit, daß ich mich verständigen kann. sondiere ihn einmal deswegen und mach dich hübsch.«

Wenn er meine Niedergeschlagenheit spürte, wußte er mich aufzumuntern: »da ich weiß, daß du ein tapferes mädchen bist, brauche ich dich nicht lange zu trösten.«

Und immer wieder Vor-Rechnungen über die Einteilung des Haushaltsgeldes:

»102,40 für 1. september-hälfte
27,– für das mädchen tilli
10,– für katharinas gasmaske
10,– für vorräte (20,– hast du doch erhalten)
7,– für telefon, das andere muß in der sparkasse sein, also:
rm 43,50 erwarte ich bei eventueller rückkehr.«

Aus Henkenhagen, in Behandlung bei einem »Wunderdoktor«, schrieb er mir am zweiten Kriegstag einen Brief, der mich in tiefe Melancholie stürzte und fürchten ließ, er werde sich in eine Laufbahn begeben, die etwas von der Großartigkeit rundum mitbekommen sollte: »wir sind hier nahezu kriegsgebiet, weil das nächste lager schon direkt zum front-abschnitt gehört. ich muß aber sagen, daß es ein herrlicher anblick war, als sie freitag früh gegen fünf loszogen, direkt über uns, und ebenso, wie sie heimkamen, schöner als bei allen paraden, wunderbar ausgerichtet, und nicht einer fehlte. sie haben gdingen kurz und klein gehackt.«

Wo lag da der Unterschied zu von Uslars Aufzeichnungen, der, zuerst zu seinem Schreck, dann zu seiner Genugtuung noch einmal eingesetzt wurde? Alfret schrieb aus Kolberg: »daß ich die sache in polen nicht mitmachen kann, tut mir offengestanden sehr leid, gerade diese burschen hätte ich mir gerne von nahem angesehen.« Marthas unerschütterlich feste Welt war ins Wanken geraten, denn mit der Einberufung von Uslars hatte sie nicht gerechnet, doch dann gelang es ihr, abermals stolz auf ihn zu sein (bis er zerstört, entsetzensgeschüttelt, zurückkam).

Die historischen Tage des Dritten Reichs verbrachte dein Vater im Bett, Katharina. Am Tag nach der Kristallnacht schrieb er: »ich bin noch zu schwach, um aufbrechen zu können.« Und als Goebbels den totalen Krieg erklärte: »ich liege im bett, ein verkrüppelt armselig häuflein mensch.« Als 1941 Reichsminister Rudolf Heß mit dem Fallschirm über Großbritannien absprang: »ich brauche ohrentropfen und eine neue brille.« Und wenn er einmal nicht jammerte, dann klang es so: »meine zirkulation nähert sich nunmehr einigermaßen der zufriedenheit.«

Nach Susannas Geburt bewarb ich mich beim Fliegerhorst in Gatow und erhielt ein günstiges Angebot als Sekretärin. Alfret schrieb: »es ist natürlich denkbar, daß man den vorschlag unter umständen annehmen muß, solange es aber irgendwie geht, gehört die mutter zu ihren kindern. (was meine zähne betrifft: zu machen ist das nur mit diesen herausnehmbaren kunst-zahnprothesen. kostet 3000 mark. es ist nicht schön, zahnlos herumzulaufen, aber 3000 mark sind auch nicht schön.)«

Als ich schrieb, es geht aber nicht, *es geht nicht*, und vorschlug, zu arbeiten und die Kinder in Marthas Obhut zu geben, womit sie sich einverstanden erklärt hatte, antwortete er: »martha ist ja eben auch wie die meisten frauen durch den krieg verwöhnt und hat seit jahren nicht mehr richtig haushalt geführt. groß-mutter-kinder werden nie das richtige. daß die finanzfrage immer prekärer wird, weiß ich auch. nichts gegen die groß-mutter, aber mir liegt vor allem daran, daß meine kinder kühne und mutige geschöpfe werden, das werden sie unter groß-mütterlicher behütung niemals. du hast, wenn ich nicht da bin, eine große und heilige pflicht.«

Und als ich ihm von eurer Angst vor Dunkelheit und Wasser berichtete, empfahl er: »kinder ruhig im dunkel lassen und ins wasser stecken, ich hab' auch geschrien und mich daran gewöhnen müssen.«

Seine Maximen der Kindererziehung, seine zweifelhafte Sorge um euch Töchter – das mußte für vieles herhalten in seinem moralischen Haushalt. Als unsere Lage nicht nur mehr schwer war, sondern gefährlich zu werden begann und ich ihm mitteilte, ich hätte die zuverlässige Nachricht erhalten, daß Hilde von Arnim – die einst ihre Stimme für Hitler gegeben hatte, in der sinnlosen Hoffnung, damit werde er sich um so schneller von selbst erledigen – in Theresienstadt ermordet worden sei, da schrieb er: »ich komme. ich werde bei diesem sympathischen ober-regierungsrat, der meinem fall relativ günstig gegenübersteht, einen antrag auf unehelichkeitserklärung stellen und bekomme dann einen hoffentlich positiven abstammungsbescheid. für die mutter und den alten in wien ist das zwar nicht angenehm, nach 45 jahren. aber schließlich gehen ja unsere kinder vor.«

Du weißt, Katharina, ich stand auch in dieser Geschichte zu ihm, und schließlich hatte es noch nie so viele Fehltritte, noch nie so viele Kindsunterschiebungen gegeben wie damals. Ich fand es also verständlich, obwohl ich der Mutter kaum noch in die Augen sehen konnte. Die beiden Alten ließen diese pseudowissenschaftlichen Untersuchungen ebenso über sich ergehen wie Alfret. Man nahm an ihnen alle möglichen Arten von Messungen vor, man maß den Stirnwinkel, die Nasenproportionen, prüfte Ohransatz und Kinnform, untersuchte Kopf- und Körperhaar, weil man überzeugt war, daß das jüdische Haar im

Querschnitt anders aussah als das arische. Seine Mutter sagte nichts, außer, daß sie Angst um den anderen Sohn, Dieter, habe – das war für mich Auskunft genug. Alfret hat, wie er sich später rühmte, mit seinem »Fall« die ganze Abstammungstheorie der Nationalsozialisten ad absurdum geführt, dennoch, mit welchen Opfern anderer geschah das, mit welchem Mißtrauen hatte er von nun an zu rechnen!

Er blieb eine Zeitlang bei uns, die Angst fesselte ihn an die Familie. Da saßen wir vor dem Volksempfänger, richteten den Bunker unseres kleinen Hauses einigermaßen gemütlich ein und feierten dort die Weihnachtsfeste, während draußen die »Christbäume« am Himmel standen.

Einmal war ich mit euch allein unterwegs, nach einem Besuch bei Elfriede, da kam Fliegeralarm, und wir flohen in einen öffentlichen Bunker, eingekeilt in der zitternden Menge. Ihr weintet vor Angst, als ihr die Gespensterversammlung saht, die Gestalten mit den Gasmasken noch vor dem Gesicht, manche Kranke hatte man auf der Bahre hereingeschleppt, auch sie vorschriftsmäßig mit Gasmaske und der Luftschutztasche über der Schulter. Alle schwiegen, keiner traute dem anderen, der Luftschutzwart spitzte die Ohren. Nach der Entwarnung sah ich draußen eine Mutter mit vier Kindern an die Wand neben dem Bunkereingang gepreßt. Und alle vier Kinder, die sie noch im Arm hielt, waren tot, der Luftdruck einer niedergegangenen Bombe in der Nebenstraße hatte sie getötet. Der Luftschutzwart hatte sie nicht hineingelassen, weil der Keller überfüllt war. Dieses Bild habe ich nicht vergessen, das gleiche hätte mir auch passieren können.

Ich war erschöpft, kraftlos. Susanna schrie, sobald sie nur das einem Brutkasten ähnliche Gerät erblickte, in das ich sie bei Bombenalarm stecken sollte, um sie vor dem Luftdruck zu schützen. Auch mich erfüllte das Ding mit Entsetzen, seit meine Hand bei einer Übung vor Schreck erlahmt war und ich Susanna mit der eingearbeiteten Gummihand keine Luft mehr zupumpen konnte. Und dann diese Hiobsbotschaften und Gerüchte: In Hamburg, hörten wir, seien die Menschen wie brennende Fackeln in die Kanäle gesprungen, und als nächstes komme der Gaskrieg.

In Mode waren damals die Kraft und die Freude, und ich war weder kräftig noch freudig. In Mode waren Mord und eine Sprache des Mordes, gegen die alle Menschen rundum unempfindlich schienen. Die Liebe zwischen Alfret und mir geriet zum Irrlicht, dem ich nachlief, um der Dunkelheit zu entfliehen. War das einzige, das uns verband, unsere gemeinsame Verlorenheit? Ich hatte Träume gehabt von Braut- und Reiseschleiern, vom warmen Stall, in dem die Familie Unterschlupf fand, von heimeligem Kerzenlicht und tiefer Ruhe. Und Alfret war weich, war von einer Weichheit, die sich auf die Härte der Welt nicht einließ – es mag ja alles nachträglich wie Flucht aussehen, aber er war nicht der Mann für jene Taten, die damals verlangt wurden. Er brauchte mich als Dienende, als Nachgiebige, Unterliegende; denn nur so konnte er sich ein wenig als stark empfinden. Vielleicht hätte auch ich mich sicherer gefühlt, wenn ich mehr so gewesen wäre, wie er mich wollte? Sein Leben hinter den Weißdornmauern reizte mich, und manchmal empfand ich, daß ich kein Recht hatte, ihn zu kennen. Lust und Weh, Leben und Sterben, wir waren Mann und Frau – aber vielleicht nicht berufen, einander zu verstehen. Ach, ich gebe zu, daß sein Bild ein wenig nachgedunkelt ist, aber das ist auch meinem Selbstbild geschehen, manchmal verstehe ich mich selbst damals nicht mehr.

Hast du in jenen Zeiten nicht gelernt, dennoch zu lachen, dennoch nach den Sternen zu greifen?

Spring aus dem Fenster und greif nach den Sternen, ich erinnere mich an deine Worte, Katharina, doch du kennst meine Kindheit. Es war nur ein kurzes aufblitzendes Lachen meiner Hoch-Zeit, das dann kam und das man mir gründlich wieder austrieb. (Und welche Ängste sind es, die du betäubst mit deinen Schlafmitteln?)

Hätte ich je lernen können, von einem Tag auf den anderen, zu leben, wie ihr es manchmal zu tun scheint? Warum habe ich mich nie von der Vorratswirtschaft der Gefühle lösen können? Du hast recht, ich hätte aus jener Zeit, in der nichts vorausschaubar, vorausplanbar war, in der der Horizont unsichtbar blieb und jeder Tag ein Geschenk war, das Gegenteilige lernen können, hier und jetzt zu denken, nicht weiter zu fragen, das Kommende zu sehen wie die Kinder – nämlich gar nicht.

Aber ich habe immer nur trostlos nach vorn gestarrt. Es wäre etwas Schönes, in die Zukunft zu blicken, brächte sie nicht bald den Abschied für immer und vorher das Übliche, Krankheit, Leiden, Kleinkram mit den Zähnen, den Därmen, den Invaliditätsschein, Verkalkung. Laß mich ein wenig von Jonas lernen, denn ich bin siebzig und habe es eilig, noch zu lernen von ihm, der die Worte morgen gestern heute wechselhaft anwendet und trotzdem den Begriffen vertraut. Vielleicht gelingt es ihm, die Zeitworte in meinem Kopf durcheinander zu wirbeln, die Uhrenschläge über die Zwölf hinaus weitertönen zu lassen oder die Zeiger wegzuzaubern.

Zu dumm, dieses Denken an die Gräber der Ermordeten, zu dumm, dieser Glaube an ihre Auferstehung, zu dumm, jene letzten blinden Schritte in die Vergangenheit, wie sie die Sterbenden tun, zu dumm, dieses kratzige Gefühl der Angst vor dem Morgen, zu dumm, diese müde Angst vor dem großen Intervall. Ach, wie beneide ich Martha (und ich glaube, du tust es auch) um ihre lichtvolle Aussicht, wie sie die Prachtstraße der Hoffnung beschreiten wird, das offene weiße Haar bis zur Taille, die Arme ausgebreitet.

Könntest du nicht noch lernen zu hoffen?

Ist Hoffnung lernbar? Wo gibt es diese Schule? Welche Hoffnungen soll ich haben? Daß der Mensch ein anderer sei?

Wie merkwürdig flackernd wird unser Blick, wenn wir davon sprechen. Ein dumpfes Rauschen in uns, nicht wahr, weil wir wissen, daß wir alle ein bißchen töten können. Wie ist anzukommen gegen diesen Schmerz? Vielleicht verstehe ich die Terroristen besser als du, obwohl ich dir das niemals zugeben würde. Alle alten Menschen hier in Deutschland sind Terroristen, doch wir halten unsere Besessenheit im Zaum, kehren unsere Empörung zusammen, wenn ihr uns barbarisch verstoßt und in Gettos steckt, nur weil wir alt sind und ihr die Frischhaltefolie noch nicht gefunden habt. Nichts kann mich so tief aufwühlen wie der Anblick rechtschaffener Jugend, die uns an den Rand der Grube stellt. Vorher müssen wir unsere Habe abgeben, es wird alles korrekt von der Heimleitung verrechnet, und unser Essen, unser Besuch werden rationiert, Zuwendungen unter den Eingeschlossenen, sofern sie »zu weit gehen«, sind verboten.

So treibt uns das Alter in die Anarchie. Denk an Martha, die, wenn sie von Tierversuchen liest, verlangt: Macht das nicht mit der wehrlosen Kreatur, nehmt Kriminelle dazu her. Also ist sie auch eine, die schießt. Und du? Was ist das, wenn du schreibst? Vivisektion, Raub, Mord? Hoffnung lernen – Quatsch! Dazu sage ich nein.

Das einzige, was ich bejahe, ist Jonas. Kennst du das Märchen vom kleinen Muck? Der war ausgezogen, sein Glück zu suchen, und wenn er einen Scherben auf der Erde im Sonnenlicht glänzen sah, so steckte er ihn in die Tasche und dachte sich nah am

Glück, und wenn er in der Ferne einen Spiegel blinken sah, so lief er darauf zu, denn er glaubte, das wäre sein Zauberland. Aber das Bild verschwand, sobald er näherkam, und erst sein knurrender Magen erinnerte ihn daran, daß er nach wie vor in der Welt lebte. Das wird auch Jonas' Zukunft sein, wenn es uns nicht gelingt, ihm seine Phantasie zu erhalten *und* das Brot zu geben! Ich werde ihn zum Märchenkind machen, solange ich lebe, und will ihn vor jeder Enttäuschung schützen, will eine Großmutter aus dem Bilderbuch sein, eine Oma, die das darf, wenn du mich läßt, mein Kind. Laß mir den Traum, ihn das Träumen statt das Fürchten zu lehren, ich, die enttäuschte Alte, die Wegwerffrau.

Du hast noch eine Hoffnung, Mutter.

Wenn du das sagst, meine Tochter, so pinselst du mir den Himmel wieder blau, und ich stelle mich hinten an und mogle ein bißchen, damit ich mich nicht zu früh in die Kiste schleppe.

Zwölftes Kapitel
Wo einer hingeht

Katharina wagte sich weiter vor und erbrach ein nächstes Schloß, das eine der Türen öffnete, die sie selbst sich vor Unzeiten verschlossen hatte. Dahinter sah sie ihre Mutter mutterseelenallein, die Tränen liefen der Frau übers Gesicht und hinein in einen Brunnen, über den sie gebeugt stand, und ihre Hände streckten sich nach unten aus wie die einer Blinden. Ada neigte ihren Kopf, um die Stimme besser zu vernehmen, die aus dem Brunnen kam:

»Liebe Seeleute zu Lande und zur See, in Nord und Süd, in Ost und West. Dieses Jahr hat es wieder Unfälle und Unglücke gegeben, und wir gedenken jener, die in den Stiefeln starben, und jener, die ihrer gedacht und auf sie gewartet haben. Liebe Seeleute, wir gedenken der Toten, der Seemannswitwen und Seemannswaisen, derer, die in der Erde geblieben sind, und der toten Seelen auf dem Meeresgrund.« Nun brachte der Sender im Brunnen das Chorlied ›Rolling home‹, dann fuhr der Vizeadmiral fort: »Hallo, ihr Seefahrer, euch allen ein Ahoi! Wieder einmal hat ein Jahr seine Lichtsignale verschickt, wir aber grüßen euch vom Kap der unvernünftigen Hoffnungen.« Der Vizeadmiral endete, und Ada beugte sich weiter herab, näher an ihr weißgesichtiges Spiegelbild, und Katharina, die Angst hatte, die Stimme würde die Mutter hineinziehen, vernahm das Verhallen einer weinenden weiblichen Stimme: »Hallo, Offiziersbewerber Holger, hier spricht deine Mutter, dein Vater ist man auch auf Land gekommen, und er läßt dir sagen: Vorsicht in der Navigation und gute Weihnacht!«

Katharina erkannte die Stimmen aus dem Überseesender wieder, den Ada jedes Jahr zu Weihnachten im Radio suchte, und hatte plötzlich Angst, ihre Mutter würde diesen Stimmen folgen, und schrie: Mutter, geh nicht in den Brunnen, Mutter, tu nicht, was der Vater getan hat, bleib!

Als hätte sie Katharinas Stimme vernommen, schüttelte Ada sich und nahm den Faden des Garns wieder auf, der kilometerlang silbern im Dämmerlicht schimmerte, und tastete sich, Katharina zugewandt, an ihm zurück, vorbei an einer abrupt sich öffnenden Schlucht, quer über eine Brücke, die ein Baumstamm bildete, vorbei an einem windseligen Kornfeld, in dem eine

Vitrine mit einer Galerie reizenden alten Spielzeugs stand, auf ein fernes Licht zu und das Stampfen und lockende Tuten der alten Lokomotive, die von der Durchgangsstation Westindien herkam. Zerzaust vom Wind stieg sie ein, während sich die Maschine rückwärts entfernte, Katharina sah bis zuletzt Adas flatternden hellen Schal – Ada, die einzige Passagierin an Bord, die aussah wie eine Seefahrerin im Sturm.

Katharina sah zu, wie sie in Berlin ausstieg, zurückstieg in diesen zerfleischten, zerfressenen Körper, dessen Eingeweide heraushingen, in dessen nackten Zähnen die Metallsplitter steckten, zurück in den Stadtkörper, der seine rußgeschwärzten Schlotarme verzweifelt um sich hielt, um die frei herumlaufenden, dem brennenden Zoo entkommenen Tiger und Panther abzuwehren.

Ada geht in Richtung Kladow, springt beiseite, als eine Sprengbombe kurz vor ihr in den Boden schlägt, schüttelt den Staub ab, schreitet im Schein des Brandfeuers an der modrig duftenden Havel vorbei, fällt um vor Schwäche, erhebt sich wieder, erreicht das Haus. Der Himmel dröhnt. Steglitz, Friedenau, Zehlendorf: ganze Viertel verschwunden. Sirenengeheul Tag und Nacht. Der Entwarnungston ist unglaubwürdig geworden für die meisten, die lieber gleich im Keller hocken bleiben.

Alfret ist vom A. A. eingesetzt. Die Alternative heißt: Schreiben – oder KZ. Gut schreiben – oder an die russische Front. Es kommt die Vorladung der Gestapo, Androhung von Schutzhaft, durch einen Trick erreicht er vierundzwanzig Stunden Aufschub. Vorladung für den nächsten Tag.

Der Tag der Flucht, der Tag der kirchlichen Trauung in Gatow, längst angesetzt, Adas und Alfrets Verzweiflungsschritt. Damals haben sie gebetet, sie glaubten, der Glaube gebe Kraft, führe sie heraus aus diesem Hundeleben, dieser Lebensangst, dieser Todesangst. Ada hat ein weißes Sommerkleid an, hinterm Ohr steckt keß eine weiße Stoffblume, die sie noch gefunden hat, es ist ein schöner, sehr heißer Sommertag mit 28 Grad im Schatten.

Alfret sagt: Bevor sie mich holen, müssen wir fort. Ich habe gestern zur Sicherheit schon die Sonderausweise geholt, die wir brauchen, um Berlin zu verlassen. Ich gehe in die Stadt, ich rufe dich an.

Er ruft an: Im Rheinland sitzen die Menschen in nasse Tücher gehüllt in den Kellern, da ist keiner mehr, der Helm und

Schutzbrille abnimmt, Angst vor dem Phosphor, in Hamburg bleiben die Menschen mit ihren Schuhen im flüssigen Asphalt stecken, Berlin ist als nächstes dran, wollen wir das erleben? Fort, nur fort, ich halte es nicht mehr aus. Heraus aus dieser stinkenden Stadt der Häscher, ich kann den Pestgeruch nicht mehr ertragen, diesen Geruch der Angst, täglich dieses Erwachen mit Knirschen und Fletschen, ich bin schon in ihren Klauen, ich kann nicht mehr, fort.

Schlangen vor den Kartenschaltern. Alle Bahnhöfe sind überfüllt, die sofortige »Räumung« Berlins von Kindern und Kranken ist befohlen, alle Schulen sind geschlossen, Alfret sieht Züge voller Bahren, Gespensterzüge. Der Bahnhof ein Heerlager.

Ada hat gepackt, zusammengeschmissen in der Eile, nur Sommersachen, alles, was sie nur schleppen können, zwei Koffer für jeden, dazu einen Rucksack, und jeder ein Kind. Da kommt das Telegramm seiner Mutter: Habe Zimmer in Gamsern. Das gibt Alfret in seiner Schicksalsgläubigkeit den letzten Stoß. Er weiß, das ist der Zeitpunkt. Sie schleppen, Ada will die Kinder nichts merken lassen und singt: Nun leb wohl, du mein lieb Heimatland, lieb Heimatland, ade. Den Hund hatte sie unter Tränen bei der Nachbarin abgegeben.

Sie sind auf dem Weg zum Schiff an der Havel, ein absurdes Bild: Sie sind mit Mänteln behängt, während ihnen sommerlich gekleidete Berliner des humorigen Typs entgegenströmen, die dem Westufer zustreben, um sich badend zu vergnügen. Ada blickt zurück, sie sieht vom Schiff aus die Föhrenwälder, sie sieht den geliebten Sand darunter, sie sieht ihr spitzgiebeliges Winzighaus. Sie reißt den Blick los.

Weiter mit der S-Bahn, vorbei an den fensterlosen Brandmauern, Ada lehnt ihr Gesicht an die Scheiben, sie sieht das abblätternde Berlin mit seinen Dunstküchen, in denen es auch blättert, mit seinen leeren Schaufenstern, mit den stinkigen Gullys, den Kleinkinos und den wenigen Autos.

Ada weint, denn sie läßt einen Teil von sich zurück. Wie lernt man es, sich von der Heimat leichtfüßig zu trennen? Auf dem Schoß hat sie die Mädchen, die unbedingt müssen, aber es geht nicht, und sie sind bis zum Anhalter-Bahnhof damit beschäftigt, sich mit angestrengtem Gesichtsausdruck zurückzuhalten.

Sie erwischen den D-Zug nach Wien um vier Uhr, hastend, um Platz kämpfend, der Zug fährt an, Ada reißt es noch einmal vom Sitz: Aber es geht nicht, vor ihr Menschen, Bäuche, Koffer, wie hysterisch schreit sie: Ich will es noch einmal sehen.

Alfret wirft sie wieder auf den Sitz zurück, streicht ihr übers strähnig verschwitzte Haar.

Die Fahrt ist ein Alptraum. Die Kinder wimmern vor Hitze und Durst. Sie können nicht aufs Klo, die Abteile und Gänge sind verstopft. Der Zug hält auf irgendeinem Bahnhof. Alfret will Wasser holen, kämpft sich auf den Bahnstein hinaus und wird zurückgestoßen von den Hineindrängenden, als er wieder in den Wagen will. Er bleibt zurück, ohne Geld, ohne Papiere.

Ada weint, wie sie nie sonst weinen würde bei so etwas. Es ist zuviel. Während sie sich ans Fenster drängt, um nach Alfret zu sehen, wird ihr der Rucksack gestohlen. Ihr Weinen geht über in wildes Gelächter, sie ist wie außer sich, sie zetert, sie schreit. Sie heult nach Martha, der das nie passiert wäre, die Kinder heulen mit.

Sie weint herzzerreißend, als sie in Österreich einfahren, sie könnte jeden dieser zusteigenden blödelnden Ausflügler ohrfeigen, die ihre Witze machen, die von der Rasse reden wie einst im Mai und damit protzen, daß der aus Braunau ist. Die Sorglosigkeit dieser Menschen, ihr gutes unangekränkeltes Aussehen, das reine Gewissen. Die Kinder, die schreien: Wir wollen nach Hause, wir wollen nach Hause! Auf welchen Stern der Waisen wollt ihr? Ada malt sich die Heimkehr aus: Es ist ja alles nur vorübergehend, sie fährt im Sportwagen durch das unversehrte Berlin, Alfret ist voll stürmischer Würde, er hat sich, sie haben sich wieder gefunden.

Da klopft der Träumenden einer der Gutgelaunten auf die Schulter, sagt: Na, wie war's? Raus aus dem Hexenkessel! Was? So haben Sie doch eine Freude! Schauen Sie, unser Land ist das schönste auf der Welt, hier gibt es alles, blaue Seen und saftige Wiesen und Berge, und schauen Sie, da sieht man schon den Dachstein!

Doch Ada sieht nur die Häuser mit den riesigen Hakenkreuzfahnen. Sie sieht die gleichen Verblendeten wie überall, nicht zu heilen von der Dummheit. Sie sieht Ausflügler eines Taubstummenheims einsteigen, die in die Berge wollen. Gespenstisch, dieser Wagen voll fröhlich Gestikulierender, aber die haben gut reden, weil niemand versteht, was sie sagen.

Ada wird ihre Hoffnungen überprüfen, korrigieren müssen. Dennoch hat sie das Gefühl, dem verhexten Scherbenwald entkommen zu sein, wenn auch mit blutenden Füßen und blutendem Herzen. Ob auch hier die Mörderhirne weiterdachten? Ob es auch hier einen Stacheldraht gab um die Wiesen? Sie dachte nicht an Mauthausen, an Ebensee. KZs, die gab es doch wohl nur in Deutschland, dies hier war ja ein anderes Land.

Als sie in Gamsern aussteigen, denkt Ada: Ich habe keinen Ort mehr, ich habe keine Nachbarschaft mehr. Ist das hier Alfrets Ort? Alfrets Land? Was wird er hier schreiben? Vom Krieg? Wird er etwas aufbauen? Was wird er aufbauen? Wir stehen auf dem Nullpunkt. Der Krieg ist noch lange nicht zu Ende, nicht auf der Erde, nicht in den Köpfen, wir sind nur ein wenig südlicher, das ist alles.

Vorbei die Zeit der Flirts, der Bälle, der schönen Kleider, der Frisuren. Auf! Ran an den Waschtrog im Eisbach. Hinein ins verhaßte Dirndl, damit du nicht so auffällst unter den Eingesessenen. Hinein in den Kirchenchor, wegen der Religion, die man hier trägt, und damit du wenigstens ein bißchen Kunst hast. Hinein ins Sauerampferfeld, damit die Kinder was Grünes zu essen haben. Hinauf jeden Tag in die im Winter verschneiten Dörfer zum Pilzbauern wegen der Milch. Raus aus dem Bett um drei Uhr früh und auf den Göschenpaß, um in der ersten Morgensonne Blaubeeren zu pflücken, damit du wieder zurück bist, wenn die Kinder wach werden. Aufs Rad geschwungen um vier Uhr, damit du beim Gärtner die Erste bist, denn Gamsern ist voll von Lazaretten und Flüchtlingen – und meiner Seel, bleib fidel, sonst bist du hier verloren!

Ada sitzt abends allein vor dem Bild Alfrets. Der ist Österreicher und hat die Sprache, die einen hier eingemeindet. Das Salzkammergut ist zum Reichs-Luftschutzkeller geworden, und nach und nach finden sich viele Schriftsteller, Maler, Schauspieler ein, die er kennt. Er reist herum, er hat ja seine Kunstträume, bald bleibt für die Kunst nur die Schublade, und die Träume haben sich auf die Dramatisierung des ›Däumlings‹ für einen Märchenfilmer reduziert (»sie haben wohl recht, daß es besser ist für den däumling, erst nach dem end-sieg zu starten. die errungene freiheit wird ihm besser zu gesicht stehen«) oder auf eine Inszenierung des ›Waldschulmeisters‹ von Rosegger (»es handelt sich ja um einen ewigen, unverlierbaren stoff, dessen haupt-held die natur ist«) oder um ›Schneewittchen‹ (»die idee hat mich nicht so begeistert wie sie. zweifellos ist manches schöne daran, so der marsch der zwerge ...«). Er lehnt es ab, den ›Hans im Glück‹ zu bearbeiten (»ich kann mir denken, daß bei den politischen veränderungen, die kommen werden und die ich nicht so optimistisch sehe wie sie, ein stoff wie dieser schon wieder ein ›verzage nicht im unglück‹-programm enthält«).

Alfret wird vom A. A. nach Berlin gerufen, dann nach Estland geschickt, doch weder er noch das A. A. wissen etwas mit seinen Notizen anzufangen. Er schreibt Ada vom totalen Trümmerhaufen Berlin, und Ada starrt blicklos ins Weite, dreht das Foto vom Winzighaus in den Händen, bis es ganz zerknittert ist. Alfret soll eine Broschüre zugunsten der SS-Generäle verfassen, denn Himmler will das der Schutzstaffel von der Sowjet-Armee zugefügte »Manko«, die den gefangenen höheren SS-Kommandos den Prozeß gemacht hat, wieder wettmachen.

Alfret tritt einer Widerstandsgruppe bei und schwärmt von Arbeitern und Bauern, Ada hingegen spürt die Unmenschlichkeit der Gamserer, die von den Fremden, denen sie in Friedenszeiten den offenen Kampf ansagen würden, nichts wissen wollen, weil sie immer Angst haben, man würde ihnen etwas wegnehmen, und seien es die angeschimmelten Pflaumen, die Ada einweicht und zu Mus macht, ein köstlicher Brotaufstrich für die Kinder. Sie verachten Ada, und sie muß sich hüten, als gebildete Frau zu erscheinen. Es ist die Feindseligkeit einer ganzen Klasse, die sich gegen Ada wendet, die zu den Händlern betteln gehen muß, zu den anmaßenden Kartoffelbauern, zu den Kohlenhändlern. Die Demütigungen, die sie von ihnen erfährt, nehmen ihr den letzten Mut.

1944 wird Alfret vom österreichischen Wehrbezirk in Munden einberufen, er steht unter 1200 Stück menschlichen Schlachtviehs, ein Mann namens Reiner denunziert ihn. Aus dem Untersuchungsgefängnis in Steyr, dann in Wien schreibt er flehentliche Briefe an Ada: »hilf mir bitte, wer fällt dir ein, fasse vertrauen, du meine sonne, ich schwöre dir beim leben unserer kinder, daß ich den mir zur last gelegten ausspruch nicht getan habe. du weißt ja auch, wie ablehnend ich immer über kommunismus und bolschewismus gesprochen habe. sieh mal meine bücher durch, möglicherweise versteht nicht jeder, daß ich als bolschewiken-spezialist auch solche bücher lesen muß, die ich sonst nicht kaufen würde. sieh auch in der waschkammer nach und mach dort ordnung.«

Ada läuft herum, sammelt Indizien gegen jenen Reiner, obwohl sie weiß: auch der wollte nur heim zu seiner Familie, sonst nichts. Es ist Katharinas erster Schultag, sie sind fünfundsiebzig Kinder in der Klasse, Katharina spuckt und bringt keinen Bissen herunter vor Angst um den Vater. Ada sammelt Negatives – gelernt ist gelernt – und schickt ein regelrechtes Dossier ins Gefängnis: Der Klaushofwärter Putz hat gesagt, R. habe keinen guten Charakter, wolle nicht arbeiten, Deserteur im Ersten Weltkrieg, unbeliebt. Gisela Gamserer: R. sei grob zu seiner Frau, schlage sie. Gemeindesekretär Pausberger, Parteigenosse: R. sei mit Vorsicht zu genießen, unglaubwürdig, er habe Einbrechern Unterschlupf gewährt, sei Wilderer, habe die Glocke auf der Simonykuppel des Dachsteins gestohlen; Josef Wallner: R. habe einen schlechten Ruf, sei arbeitsscheu, sieben oder acht ledige Kinder. Britta Kraus: R. habe einen Haufen uneheliche Kinder; danach gefragt, habe er geantwortet, er wisse nichts davon, er habe sie im Schlaf bekommen.

Martha, für solche Situationen gerüstet und mit Freude zur Stelle, schreibt staunenswert gut formulierte Briefe an die höchsten Instanzen, vor nichts und niemand schreckt sie zurück. Sie beruft sich teils auf von Uslars Widerstand, teils auf seine Loyalität gegenüber dem Regime. Sie kennt die Generäle und Obersten beider Seiten von Rang und Würden, sie arbeitet mit dem Adelsregister und dem Stammbaum mit den verzweigten Beziehungen der von Uslars. Sie tut dies alles weniger für Alfret als aus Sensationslust und aus dem aufregenden Gefühl heraus, plötzlich gebraucht zu werden – und natürlich für Ada, die zu solchem nicht fähig ist. Ihre Kniffe und Schliche haben Erfolg: Ein Brief nach dem anderen trifft im Gefängnis ein, die Flut der Eingaben macht die Wärter allmählich weich. Natürlich trifft auch ein von Martha selbst ausgetüfteltes Dokument in Steyr ein, das sie in beglaubigter handschriftlicher Abschrift Ada zugehen läßt:

»Die Absurdität dieser Unterstellung ist geradezu erschütternd. Ich muß daran denken, wie mein Schwiegersohn damals hier ankam: eine ganze Bibliothek militärwissenschaftlicher Literatur im Koffer, begeistert für die anhebende Zeit, die seiner imperialistischen Einstellung so sehr entspricht. In ungezählten abendlichen Diskussionen schlug er jeden etwa laut werdenden Zweifel an der Unbesiegbarkeit der neugeschaffenen Wehrmacht mit begründeten Argumenten des Verstandes und Gefühls aus dem Felde. Es ist für mich der Gipfel, daß gerade von ihm ein übel beleumundeter Denunziant behauptet, er habe ausgerechnet Wehrmachtszersetzung ausgeübt. Wenn es Ihnen nur irgendwie richtig erscheint, so verfügen Sie über mich und meine Aussage.«

Ada erhält verschlüsselte Botschaften von Alfret: »hole die wäsche in aussee« (= dort ist eine Botschaft für dich). »es ist aber jetzt ein anderer an der säge« (= die Widerstands-Informationen nimmt ein anderer entgegen). Hie und da ein Trost: »du bist eine seelenstarke frau, und ich bewundere dich.« Wunschlisten: Zigaretten, Mantel, Butter, Marmelade, Äpfel, weiche Bleistifte, Medikamente: »bleib du nur frisch und obenauf und überdenk alles genau, was du tust.«

Adas einzige Freundin ist Martha; in ihren Briefen geht es um die merkwürdige Station »Westindien«, wo der Kohlenwagen Halt macht, es geht um Pakete, denen ein schlecht ausgewählter Mittelsmann etwas entnahm, um Kakao, den die Tante aus Amerika schickte und von dem nun auch Martha etwas abbekommen soll, was diese ablehnt. »Mein liebes Mütterchen«, schreibt Ada, »das Mehl geht zu Ende, wir haben keinen Grieß, und den ganzen Monat erhalten wir 30 g Nudeln, hilf! Liebe Mutti, es ist kalt, ich weiß keinen Weg, an Kohlen zu kommen, und da kann mir niemand helfen. Liebste Mutti, ich fühle mich elend, dieser ewige Druck im Hals, als ob ich ständig weinen müßte, dieser ewige Kopfschmerz, die doppeldeutigen Angebote der Soldaten, wenn ich unterwegs bin nach Simbach, manchmal mit den Kindern. Nie werde ich mich hier unter diesen schwarzen Bergen zu Hause fühlen. Anbei das Schuhmaß der Kinder. Ich bin so nervös, und die Kinder müssen darunter leiden. Ich bin zerfahren und einfach schrecklich, dazu der ekelhafte alte Opa, der mich bei meiner täglichen Pflege alles entgelten läßt, was Alfret ihm antat. Ich bin der Prellbock. Liebste Mutti, es war eine Hausdurchsuchung kurz nach meiner Rückreise von Simbach, hast Du nicht auch etwas abgenommen, oder täuschte mich der zu weite Blick über den Inn? Es gelang mir, für ihn etwas Nützliches zu sein, gottlob, sonst wäre alles aus gewesen. Ich habe solch grauenhafte Träume, daß sie ihm einen Genickschuß geben. Jetzt ist er in Einzelhaft, Warten, dieses Warten, liebste Mutti. Die Kinderstrümpfe sind nicht mehr zum Stopfen, und wir hatten die letzten vierzehn Tage ein derart schlechtes feuchtes Brot, das roch ganz faulig, das Mehl war verdorben, und niemand von uns hat es vertragen, also gabs keins. Ich bin nur Haut und Knochen, jegliche Rundung ist dahin. Ich könnte Wollreste gut gebrauchen. Die Kinder sind elend und haben abwechselnd Darmkatarrh. Bitte schau, daß Alfret auch von Dir ein Päckchen kriegt, der Arme hat solche Magenbeschwerden, wir verzichten dafür gern auf eines. Liebste Mutti, ich muß wahrscheinlich doch die Schilddrüse operieren lassen und habe solche Angst davor, vielleicht finde ich in zwei Jahren dazu Zeit. Ich kann Dir gar nicht sagen, wie bei uns die Not ist. Die Kinder grasen schon auf der Wiese, Katharina hat neulich eine Birne vom Nachbarn genommen und wurde dafür geschlagen. Dieser Vitamin- und Gemüsehunger. Ach Mütterchen, ich kann mich unter diesen Menschen nicht zu Hause fühlen, ich bleibe immer eine Städterin, und politisch tue ich mich mit Alfret immer schwerer. Ach, wie auch immer, ich weiß, es ist grauenhaft, die zerstörte Stadt zu sehen, aber ich möchte zurück nach Berlin, zurück nach Berlin!«

Alfret schreibt von »seh-störungen, die solcherart sind, daß ich minutenlang nur ein graues netz-werk sehe, und alles bildhaft zerstört ist«. Er, Ada und Katharina, die damals einen Augentic entwickelt, haben Angst, blind zu werden wie Alfrets Mutter. Ada nimmt seine Mutter auf, und Katharina erzählt der alten Frau, was zu sehen ist rundum an Gutem. Und weil sie glaubt, daß die Oma blind ist, weil sie nichts Böses sehen will, führt sie sie durch die Wiesen.

Die Kinder schicken Alfret zu seinem Geburtstag ein Geschenk, und er schreibt: »es ist etwas seltsam eingewickeltes, undefinierbares, ich lasse es unausgepackt als geheimnis.« Kaum eine Frage, wie es Ada geht. Es geht ihr schlecht, sie schafft es nicht. Martha, der es gelingt, jeden Soldaten zum Kofferträger und jeden Bauern zur Leibgarde, jede Bauersfrau zur Bediensteten abzukommandieren, wäre da anders dran. Ada kommt nicht mehr hoch. Susanna ist stundenlang vermißt, sie hat sich hinten an einer Schlange angestellt, weil sie hörte, es gäbe Fisch (den sie nicht mag). Ada schreibt an Martha: »Wie sollen wir Frauen das bloß schaffen, mir wird angst und bang.«

Alfret kehrt mit einem gefälschten Urlaubsschein zurück, versteckt sich, angeblich krank. Ada mobilisiert einen ihr bekannten Militärarzt, der es amtlich macht.

Kriegsende, Alfret wird Bürgermeister, Ada Frau Bürgermeister. Ada organisiert die Milch-Beschaffung für den Ort, versorgt Kranke aus dem KZ. Alfret baut auf die Arbeiter. Alfret ist fünfzig, Ada ist sechsunddreißig.

Ins Gefängnis hatte sie ihm geschrieben: »Das meiste von dem, was ich bin und weiß, verdanke ich Dir.« Drei Jahre später wird Alfret im Zug nach Walz Gisela kennenlernen.

Ada wird in diesen zwei Jahren nur einen Menschen haben,

auf den sie sich verlassen kann: ihre Mutter. Doch über die tiefsten Schatten ihres Daseins wird sie nicht mit ihr sprechen, über Alfrets Rückzug. Sie spürt es instinktiv, vielleicht früher als er: Sie hat ausgedient, sie ist aufgebraucht, und das wird an den Tag treten, je älter sie wird. Sie ist ein zu großes Mahnmal für ihn, Zeugin und Zeugnis seiner Wandlungen. Sie war blond, schlank, arisch, schön; das ist jetzt unerheblich, entbehrlich. Sie fühlt ganz tief das Anwachsen des Alleinseins mit einem, der allein sein will, der politisch das Neue sucht und hinfort den graden Weg einschlagen will, weg vom Karneval seiner Verirrungen, der ein Leben ohne Maske führen will. Wie war das Zusammenzuleben mit einer, die ihn unter jeder Maske erkannte? Ada versucht, in äußerer und innerer Ordnung auszuharren, zu leben und die Nervensignale zu übersehen, damit die Kinder nichts verspüren. Die Haut ihrer Töchter ist dünn, läßt mehr durch, als ihr lieb ist.

Ada hat auch nicht den rechten Glauben, als das Kriegsende ausgerufen wird und die Gipfeltreffen sich ablösen. Hitler ist in diesem Land nicht tot, und sie fühlt sich nach wie vor unbehaust, sie begreift nicht, was Frieden ist, dazu fehlt ihr die Ruhe.

Sie kann ohne Umwege an Martha schreiben, es geht wieder eine Post nach Deutschland, aber noch sind es die gleichen Briefe: Das Jahr 1946 bringt einen trockenen, staubigen Sommmer, die Wiesen tragen nicht, und es kommt ein harter Winter. Alfrets Mutter muß sie ins Pflegeheim geben, da die alte Frau gar nichts mehr sieht. Die aus dem KZ Ebensee entlassenen Häftlinge laufen noch in ihrer gestreiften Kleidung umher, Ada pflegt sie – voller Angst, die Kinder mit der offenen Tbc anzustecken – und erhält dafür Parteizuschüsse. Noch gibt es keine Reiseerleichterungen, an einen Besuch Adas bei Martha ist also nicht zu denken. Martha schreibt empört von ihrer Cousine, die sich mit einem *Ami* eingelassen habe, wie neuerdings auch deren Schwester. Die Schande macht nicht halt vor der Familie, dafür tragen sie nun Nylons.

Alfret ist in Walz und arbeitet an einer KP-Zeitung. Er kann nicht kommen, sucht Ausflüchte. Die Züge sind zu voll, er hat Platzangst. Ada hört die neuen Töne: »es ist dein leben, das du lebst, vertrau auf deine kraft.«

Ada gibt sich einen Ruck und beginnt neu. Sie schreibt für die KP-Zeitung Artikel über den Aufbau auf dem Land, über eine Gewerbeschau, über die Stickerei Kalchgruber und den Bergschuster Steflitsch, über die Lage der Flüchtlinge. Auf dem Lande ist es merkwürdig gleich geblieben, es gibt immer noch die Besitzenden, die Land, Tiere, Wälder, also Essen und Wärme besitzen, und die Besitzlosen, die nichts anderes tun können, als das zu kaufen, was es auf Marken gibt. Die Kinder müssen geimpft, geröntgt werden. Einmal ist Ada in Fahrn auf Besuch, wo der Sitz der Zeitung ist, und da hat sie auf dem Markt das Gemüse offen liegen sehen: ein ungewohnter Anblick, doch Fahrn gehört ja auch zur russisch besetzten Zone.

Katharina erhält eine Milchzulage von vierzehn Litern im Monat, Ada kann ihre Fleischration – denn Katharina verweigert Fleisch – umtauschen und erhält dafür ein halbes Pfund Butter. Dafür fallen die Rotkreuzpakete aus, da Alfret nur zu kurze Zeit »eingesessen« ist.

Ada verbringt die einsamen Abende am Radio und strickt. Die Mädchen sind nun acht und sechs Jahre alt, sie wachsen und wachsen. Ihre Artikel schreibt sie bei Kerzenlicht, denn der Strom ist rationiert. Ada fühlt sich eingesperrt. Warum kommt Alfret so selten? Alfret hat das Jahr 47 mit einer neuen Frau begonnen, aber Ada weiß es noch nicht, sie schreibt an Martha:

»Diese Landschaft ist hier auf die Dauer so unlebendig, weil sie nicht fruchtbar ist, halt nur schön, aber eine Schönheit ohne Seele. Jedenfalls empfinde ich es so, andere fühlen anders, auch Alfret. Ich träume mich oft über die Berge hinweg ins verbotene Land ...«

Ada fühlt sich amputiert. Sie verliert den Glauben an Alfret, und das ist das Schlimmste, denn das macht sie auch gegen sich selbst und ihre Kraft ungläubig. Nach und nach bemerkt sie kleine, bescheidene Veränderungen an Alfret, die unbedeutend zu sein scheinen. Aber sie sind es nicht. Es sind Pfeilspitzen.

Ada wird ausgetauscht.

Ich sehe das heute anders als damals, Katharina, wo ich so tief ins Herz getroffen war. Das Schlimmste für ihn war wohl mein trauriges Gewissen, das sich nicht so leicht beschwichtigen ließ. Er wollte sich ungestört erinnern ohne Unwertgefühle, die selbst mein Schweigen in ihm auslösten. Und was sollte ein Mann, dessen Leben und Schreiben so eng miteinander verknüpft waren, anderes tun, als aufzuarbeiten und alles Hinderliche abzustreifen?

Und als man also versuchen konnte, wieder in Ruhe zu leben, zu essen, zu planen, da lernte er Gisela kennen. Die nahm ihn, den 52jährigen, so hin als Gegebenheit, als Glücksfall, der ihr, der 25jährigen, in der Provinzstadt widerfuhr. Und er nahm sie hin, weil er da nichts erklären mußte, weil sie es als normal ansah, daß da keiner kommen würde, der unbefleckt herumlief. Ich aber erwartete eine Art Wiedergutmachung für die Rollen, die er mich hatte spielen lassen.

Er hatte Angst, ausgeschlossen zu werden. Denn zu jenen Schriftstellern, die damals neu anfingen und jedes Wort prüften und wogen, zählte er nicht. Sie nahmen ihn nicht in ihre Reihen auf. Er war zu leichtfertig umgegangen mit dem Leben und seinen Wörtern, außerdem hatte er wie viele andere nach dem Krieg keine Möglichkeit zu publizieren.

Ich sagte: Warte noch ein paar Jahre, dann werden sie dich auch in Westdeutschland wieder brauchen. Aber er hatte Angst vor der neuen Entwicklung, der neuen Sache, während er in dem neuen östlichen deutschen Staat wohl nahtloser an den emphatischen Ausdruck der eben vergangenen Epoche anschließen zu können glaubte. Er glaubte, er könne nochmals eine Aufbausprache aufbringen als die karge Sprache der Inventur und dies mit Privilegien, die er in Österreich oder Westdeutschland nicht bekommen würde. Ein neues Land, eine neue Frau, ein neues Kind. Aufbau! Wie schön, zu vergessen, sich zu trennen. Die Abrechnung mit Sündenböcken wurde in der DDR in einer Blitzaktion abgetan, erledigt, ein für allemal. Er schwor uns ab. Wir und sein Land waren nach seinem Vater die nächsten Opfer. Der Eiserne Vorhang senkte sich zwischen uns, als Deutschland in Ost und West aufgeteilt wurde. 1950 zogen wir von Gamsern nach Walz. Ich wollte zurück nach Deutschland, doch Alfret, der Gisela ohne Bedenken auch im Status der Geliebten belassen hätte, fand noch immer nicht, daß dies eine Zumutung nicht nur für mich war, sondern auch für sie sei: »du glaubst, daß unser verhältnis reine fassade sei? ich glaube, daß sich auch in den räumen hinter der fassade noch wohnen läßt.«

In diesen Räumen aber war es zumindest kalt. Wir stritten um die Kohlen. Alfret in einem Brief: »du begreifst nicht, daß mein zimmer geheizt werden muß, und wenn es 500 schillinge kosten sollte, und deines nicht. du begreifst nicht, daß das geld, das du für das filmkritisieren erhältst, eine art taschengeld ist, das du mit meiner hilfe und nur durch meine hilfe erhältst.«

Ich wollte abermals weg, wollte die Scheidung. Alfret: »ich müßte zusehen, wie meine kinder darben, ohne es ändern zu können, da das gasthaus-essen meine lebenskosten um das zwei- bis dreifache steigern würde.« Dazu war ich da; um mittels selbstverfertigter Mehlspeisen seine Lebenskosten niedrig zu halten. Ich versetzte meinen Schmuck, den ich durch den Krieg hatte bringen können. Ich suchte eine neue Stelle, stieß aber auf Ablehnung: In Walz war ich eben seine Frau, so wie ihr seine Kinder wart (der Hofrat eurer Schule teilte mir mit: »Es ist eine starke Stimmung gegen die Bebras, weil sie immer Extrawürste haben wollen« – ihr konntet nämlich nicht mithalten mit den anderen, nicht an Schikursen und Ausflügen teilnehmen, weil kein Geld da war). Verzweifelt schrieb ich abermals um die Scheidung: »Deine ständigen Vorhaltungen, daß es Dein Geld sei, von dem wir leben, erzeugt in mir eine solche Verbitterung, eine solche Angst und an jedem Tag, der beginnt, eine solche innere Unzufriedenheit, ein derartiges Verloreneinfühlen, daß ich in Ekel vor mir selbst verfalle, wenn es so weitergeht. Ich bitte Dich, mir da herauszuhelfen, indem wir uns trennen.«

Das Jahr darauf bringt Ada endlich die Scheidung. Ein neues Leben. Die Heldenpose der Geschiedenen gibt es damals noch nicht, eine geschiedene Ehe ist ein Makel im stockkonservativen Walz, wo Ada, endlich, eine Stelle am Theater erhält. Und die Geldsorgen bleiben.

»Ich bin jetzt los von Alfret«, schreibt Ada an Martha, »los von der Zeitung, meine Wohnung hat erst jetzt ihren richtigen Wert, die Arbeit am Theater ist ungeheuer vielseitig – wie trostlos war damals die Lage, als ich auf jede Gnade angewiesen war! Ich würde mich so gern mal hübsch anziehen, massieren lassen, ein bißchen verwöhnen lassen. Aber ich muß schuften, schuften, schuften und noch einmal schuften und mir die kleinen Wünsche, die eine Frau nun mal hat, immer wieder versagen, ein spezielles Parfüm etwa, ein Kleid; ich würde auch gerne mal essen gehen, was ich überhaupt nicht mehr kenne, aber abends bin ich abgekämpft, sehe müde aus, die Zotteln hängen mir ins Gesicht, ich trage geschenkte Sachen, habe unter dem Lack dreckige Fingernägel und zerrissene Wäsche auf dem Leib.«

Die Kinder machen Schwierigkeiten, besonders Katharina. Sie wird um so verschlossener, je älter sie wird. »Sie war ja immer schon ein eigener und schwer zu behandelnder Charakter, sie handelt sehr selbständig und meint immer, das Richtige zu tun, macht aber vieles falsch: Ich stehe mit Katharina gelegentlich auf kühlem Fuß und mache gar kein Hehl daraus, daß ich weiß, wie eilig es ihr ist, von hier wegzukommen. Möglicherweise weiß Alfret gar nicht, daß er vielleicht Schaden angerichtet hat, indem er die Familie zerstört hat. Sie ist in allen Dingen immer leicht überbetont, besonders bei Männern, und ich bin in Sorge um ihre Seelenruhe, da muß sich noch vieles abschleifen, und sie zeigt so eine Maßlosigkeit, die mir angst macht, und ich hoffe, daß es nicht Alfrets Erbe ist.«

Als Katharina ihren ersten Freund hat und die Mutter als Vertraute ablehnt, wächst Adas Angst, daß sie vereinsamt und die Kinder ihr entgleiten. Sie sitzt abends allein im Theater, wo sie im Büro Dienst hat, hat einen Flirt, eine Kurzliebe. Ihre Furcht vor dem Alter wächst, sie fürchtet, die Kräfte zu verlieren: »Wenn Du hierher kommst«, schreibt sie an Martha, »laß Deinen Panzer zu Hause, umgib dich mit Weichheit. Ich sehne mich danach, mal nicht immer stark sein zu müssen. Wie gern würde ich einmal alle Verantwortung einem anderen aufbürden oder sie teilen. Wie schön wäre es, wenn Du so teilnahmsvoll, liebevoll und feinfühlig sein würdest wie in Deinen Briefen . . .«

Doch Martha kommt, und es ist wie immer: ein einziges Gezeter über die Unordnung, Kommandos, Anweisungen, wie man's richtig macht. Ach, wenn Martha sie doch nur in den Arm genommen hätte! Wenn die Kinder ein wenig begriffen hätten von Adas Einsamkeit! Wenn sie nur ein bißchen mehr über sie nachgedacht hätten!

Ada bricht die Zelte ab und folgt den Töchtern nach Deutschland und fängt mit zweiundfünfzig Jahren neu in einem Beruf an, damit die Rente voll wird: »Ach Mutti, wie fröhlich kommen mir die Zeiten vor, als ich mich im Krieg für die Meinen abstrampeln mußte«, schreibt sie an Martha.

Dreizehntes Kapitel
Der Schleier

Zu einer Zeit, da das Wünschen noch geholfen hat, wünschte sich Katharina, die schon schmerzhaft an ihrer puppenhaften Verkleidung zerrte, jene Schmetterlingsflügel herbei, die sie über sich hinausbrächten. Sie sah aus dem Fenster auf den blaugrauen Himmel und dachte: Es ist derselbe, der über uns allen hängt, über Martha, Ada, Susanna und mir, vier Frauen, die die Gesetzestafeln absurder Gebote hochhalten und so tun, als wären sie füreinander da, wenn sie Dinge tun, die sich gegen den anderen richten, wenn sie gemeinsam die Muttertage feiern. Wie können wir von diesem schlauen gegenseitigen Mißbrauch ablassen, wie können wir daraus, daß uns ein neues, dazu so liebenswürdiges, anmutiges, beispielgebendes Glied nachgewachsen ist, etwas machen? Wir werden uns eines Tages wieder ins Gesicht blicken und uns achten mit jedem gesprochenen Wort, wir sind schon dabei, einander Gutes zu tun und nicht mehr zu fürchten.

Da reden wir, Susanna und ich, immer von neuen Frauen, und andere, die gehen in Frauengruppen, und wenn man bedenkt, daß in Zukunft das Wort Familie immer mehr in Frauenfamilie abzuändern sein wird – das wäre ja eine blamable Angelegenheit, wenn wir uns so wenig aus einander machten. Wie sollen denn je Frauen aufwachsen wie Schwestern, wenn schon die Schwestern aufwachsen als Konkurrenten, und später zu den Müttern hintreten und sagen, seht, das habt ihr aus uns gemacht, und die Mütter antworten, schaut erst einmal uns an! Menschenpflicht, Frauenpflicht: wir sollten mit den leichteren Übungen anfangen, gemeinsam etwas kochen, gemeinsam etwas auskochen, gemeinsam essen, einander Kraft geben, solange es noch nicht Liebe sein kann, lernen, uns vom Trennenden zu trennen, zusammenfügen, zusammenhalten. Trotzdem Freiheit lassen, unabhängig genug sein, um auch einmal abhängig sein zu können, zufrieden sein mit dem, was uns gegeben werden kann. Freundlich sein, freundlich sprechen. Freundschaft: warum nicht Freundschaft? Und Klugheit. Einsicht. Vor allem hinnehmen, daß die Mütter Beschützerinnen sein wollen mit aller Kraft. Sie tun lassen. Zusehen. Aufmerksam.

Katharina spürt es körperlich, zum erstenmal in ihrem Leben:

Ich habe eine Familie, Ich habe eine Familie, ein Kind, eine Mutter, eine Großmutter, eine Schwester, auch einen Mann. Katharina schnitt eine Grimasse und fand den Gedanken lustig. Und jeder ist etwas in seiner Art Einmaliges, und es ist gar nicht so, daß wir nichts voneinander wissen wollen. Es wäre ja schrecklich, wenn in Zukunft die Frauen die Bürgerkriege untereinander auskeimten wie früher die Männer. Wir waren jahrhundertelang ein Spiegel der Unduldsamkeit, die die Männer an uns ausließen. Damit ist Schluß, ich habe diesen Sinn in mir dafür, daß da etwas Neues angefangen hat: Ich habe eine Familie! Katharina sprang ein wenig herum, ging wieder auf die Helle der Balkontür zu, sah hinaus.

Es roch nach Schnee. Das Jahr der Unruhe ging zu Ende.

Katharina gab ihrem Rad die Sporen, und es fuhr zum »Trösterlein«, wo Ada sich mit Jonas aufhielt. Sie stellte das Rad in einiger Entfernung ab und schlich sich an das Haus von der anderen Straßenseite heran.

Hinter einer Litfaßsäule hielt sie inne, als sie Ada und Jonas vor dem Goldgrund des vorweihnachtlich erleuchteten Puppenladens erblickte. Sie hörte den silbernen Klang einer buntbemalten Blechspieldose, die eine Ada – dreißig Jahre jünger, strahlend, ausgelassen, mit gar nicht steifen Händen – drehte, Ada, die dazu laut und ohne Rücksicht auf die Passanten wunderliche Laute uralter Herkunft ausstieß, umkreist vom bombastisch ausbrechenden Jonas, der wie ein wahnsinnig gewordener kleiner seraphischer Buschschwarzer auf dem Trottoir herumsprang, der mit den Händchen wie ein Tanzbär ruderte und die Beine in winzigen Bocksprüngen hochwarf. Da traf ein Autobus ein, der vorübergehend Katharina das verwirrend schöne Bild entzog, und als er es wieder freigab – Katharina traute ihren Augen nicht –, da war die kleine verwegene Bockstanzgesellschaft um die offenbar dem Bus entschwebte Martha erweitert – eine tänzerische Nachbildung eines recht abstrusen Kupferstichs. Die Alte, wie immer mit Hütchen und Täschchen behaftet, wirkte kein wenig welk oder gar, als stehe sie schon mit einem Fuß im Grabe, wie sie da ihre absonderlich abknikkenden Beinchen in dem von Jonas herrisch skandierten Urwaldrhythmus warf. Schon sammelte sich ein Kreis neugieriger Passanten um die drei ausgelassenen mythischen Kreaturen, und in Marthas auf dem Pflaster abgestelltes Körbchen rollten die Markstücke. Ada tat, als sähe sie es nicht, und wirbelte ihre schönen Beine herum und warf nur hie und da mal einen abbittenden, auf das Kind verweisenden Blick in die Runde, der aber Katharina nicht täuschen konnte: Ihr Gesicht, spitzbübisch-strahlend, sah aus, als hätte sie endlich aus dem tiefen Brunnen der Hoffnung geschöpft. Martha zirpte – nicht anders war es zu nennen, wenn sie sang –, reichte Jonas und Ada die Hand und beendete die Sache mit einem fröhlichen Ringelreihn.

Katharina war immer noch eng an den von einer schwarzen Banderole – auf der »NUR AB 18!« zu lesen stand – umwundenen Hintern einer Striptease-Tänzerin gepreßt, für deren Auftritte man auf der Litfaßsäule warb. Wie hatte sie nur auf die Idee kommen können, daß ihre Mütter schwach, matt und freudlos seien? Sie zerdrückte eine reuige Träne und wischte ein wenig Rotz an den Frauenkörper. Es war wohl nur eine Stippvisite der Urgroßmutter gewesen, denn der nächste Bus nahm sie fort, und Katharina beschloß, ihm zu folgen, um so mehr, als Ada und Jonas nun ins Lädchen gingen und die Türe hinter sich schlossen. Das Körbchen mit dem Geld hatte Martha ohne viel Federlesens mitgenommen.

Katharina verließ die benäßte Stripperin, schwang sich aufs Rad, raste mit eingezogenem Kopf hinter dem Bus her, der ihr seine Abgase in die Nüstern schleuderte. Vor sich, hinter der Scheibe, hatte sie den grauen Kopf Marthas, die in der letzten Reihe steif und würdig Platz genommen hatte, als hätte es die kleine öffentliche Darbietung nie gegeben.

Sie hatte am Tag zuvor Katharina wissen lassen, daß heute der Tag des traditionellen Kaffeekränzchens sei, deshalb werde sie leider den ganzen Tag unterwegs sein. Katharina sprang vom Rad, als sie Martha aussteigen sah, folgte ihr in ein Kaufhaus, blieb ihr gefährlich dicht auf den Fersen, um sie im Gedränge nicht zu verlieren. Martha hatte Gelüste und schwang sich die Rolltreppe hinunter ins dampfige Tiefgeschoß, wo sie am Stehimbiß eine Bratwurst mit Brezel und Bier verzehrte und neugierige Blicke über den *Mob* schweifen ließ, der das gleiche tat. Dann verließ Martha das Kaufhaus und ging zur U-Bahn. Katharina stieg in einen anderen Wagen desselben Zuges ein, fuhr mit ihr drei Stationen und betrat hinter ihr das Café Odeon, wo sie als Kinder so häufig an dem unbeliebten Kaffeekränzchen der alten Damen hatten teilnehmen müssen. Katharina ließ sich hinter einer Galerie von Grünpflanzen nieder, so daß sie von Martha nicht gesehen werden konnte.

Martha saß allein am Tisch und bestellte »dasselbe wie immer«. Der Ober begrüßte sie wie einen altvertrauten Gast, brachte sofort mit der Miene eines Verschwörers Kaffee und eine Sahnetorte, die Martha gleich zu essen begann. Katharina wunderte sich darüber, daß sie nicht auf die zwei verbliebenen Damen des Kaffeekränzchens wartete. Sie betrachtete ihre Großmutter eingehender als sonst. In ihrem Äußeren lag etwas eigentümlich anderes, es stand nicht nur der Ausdruck »ich gehe aus« auf ihrem Gesicht, der Katharina wohlbekannt war, nein, es war etwas in ihren beweglichen Äuglein, die das Rundum »studierten«, wie Martha das nannte, und sie war ja in der Tat ein Genie darin, auf solche Weise wie auch direkt im Gespräch aus den Menschen etwas »herauszuholen«. Der Kellner, ein weißhaariger Sechzigjähriger, brachte, was Katharina auf alte Gewohnheiten schließen ließ, kaum, daß Martha zu essen aufgehört hatte, einen doppelten Kognak. Katharina kam es vor, ohne daß sie es hätte beweisen können, als ob hier zwei Schauspieler vollendet eine Art Schattenspiel darstellten, und der Kellner wiederum beobachtete in gebührendem Abstand Martha, und es lag etwas von Bewunderung in seinem Blick, als er sah, mit welch kennerischer Sorgfalt Martha das Glas zum Munde führte, den ersten Schluck nahm und es wieder abstellte, wobei sie ein paar Krümel vom Tisch in die offene Hand kehrte und dann dem großen Aschenbecher übergab: Hier saß jemand, der noch Achtung besaß vor seiner Arbeit und sie ihm nicht unnötig erschwerte, der Kenner war zudem und auch noch jemand, der bessere Zeiten gesehen hatte und sich vom heutigen Volk, das achtlos seinen Kaffee oder was immer hineingoß, unterschied. Daran konnten auch die dreißig Pfennig Trinkgeld, die Martha gab, während heute jedermann es nicht unter einer Mark tat, nichts ändern.

Gerade scheuchte Martha einen jungen Stoffel, der ungefragt an ihrem Tisch Platz nehmen wollte, davon, der begleitende Zischlaut war gar nicht notwendig, denn schon stand der Kellner bei Fuß, um den Gast an einen anderen Tisch zu komplimentieren. Katharina fühlte sich in ihrer Annahme bestätigt, daß Martha weitere Damen erwartete, doch konnte sie sich Marthas Ruhe nicht erklären: kein einziger Blick zum dichtwattierten dunkelroten Filzvorhag vor der Tür, keiner jener Nebenbeiblicke zum Fenster hinaus, nicht das geringste Symptom der Ungeduld, das Martha sonst beim Warten zur Schau trug, kein Zeichen von Mißbilligung oder Enttäuschung auf ihrem pfiffigen Lärvchen, denn Martha haßte Unpünktlichkeit und fühlte sich durch sie mißachtet, ja erniedrigt.

Nein, Martha trank gelassen ihren Kognak, dann den folgenden Einfachen, tauschte einen Blick des Einverständnisses mit dem Kellner, der eine Unterhaltung am Nebentisch mit einem Amerikaner hatte führen müssen, der unbedingt auf Hamburgers aus war und den er höflich bestimmt an die entsprechenden Lokalitäten verwies. »Keine Rede von Eßkultur«, sagte Martha, »ich mag mir denken, wie ungern Sie Ihre gepflegten Gerichte unters Volk bringen, denn niemand weiß es mehr zu schätzen, wenn der Kuchen nichts Vorgefertigtes, ob nun Cookfix oder Quarkfix, enthält, und schon allein die Art, wie sie gar nicht daran denken, sich vorher anzusehen, was sie essen, und wie sie's dann zwischen die Zähne schieben, die kleinen Kunstwerke – was muß Sie das verletzen!« Der Kellner nickte, er fühlte sich verstanden in seiner Rolle als Märtyrer einer vergehenden Eßkultur.

Katharina sah Martha bezahlen und sich erheben, mit größter Selbstverständlichkeit reichte sie dem Kellner die Hand, ließ sich zur Tür geleiten und ging. An ihrem trippeligen Schlenderschritt sah Katharina, die ihr durchs Fenster nachblickte, daß Martha noch ein wenig flanieren wollte.

Katharina erhob sich verblüfft. Sie war einen Augenblick unschlüssig, dann ging sie auf den Kellner zu, der sich ihr sofort mit dienstbereitem Gesichtsausdruck zuwandte, der ein Ausdruck nicht seines Berufes, sondern seines Herzens war (er war Österreicher, wie sie gleich hörte): »Ich bin die Enkeltochter von Frau von Uslar«, sagte Katharina, »Katharina Bebra.«

Der Kellner verneigte sich freundlich, und sie spürte, wie sehr er sich für sie interessierte. »Meine Großmutter kommt alle vier Wochen hierher zum Kaffeekränzchen.«

Sie wartete ab. Der Kellner errötete und sagte, wobei seine Stimme einen etwas empfindlichen Klang bekam: »Ich muß Ihnen gestehen, daß die Dame das letzte Überbleibsel des Kränzchens ist.«

»So sind nun auch die beiden anderen Damen gestorben?« fragte Katharina fassungslos.

»Nun«, erwiderte der Kellner mit großer persönlicher Würde, »dazu ist zu sagen, gnädige Frau, daß Frau von Wetzlar vor vier, Frau Liebich bereits vor fünf Jahren verstorben ist. Ihre Frau Großmutter kommt seit vier Jahren allein hierher, an denselben Tisch.

Katharina wußte kein Wort zu sagen, und sie dachte, daß jedes Verlangen nach weiterer Auskunft den Kellner verletzen würde, also dankte sie und ging.

Es war unnötig, diesen Mann der Würde, der Marthas taftene Träume achtete, um Diskretion zu bitten. Die Großmutter erschien Katharina wie ein neckischer Satyr, der da zwischen Zeit und Raum von Baum zu Baum hüpfte. Unerschütterlich würde sie sich weiterhin zu ihrem retuschierten Kränzchen begeben, bis es Zeit war zum letzten Stelldichein. Was tat Martha jetzt? Erklomm sie einen Baum? Löste sie das Billett für eine Reise auf den Popocatepetl? Traf sie heimlich Terroristen? Hatte sie einen Geliebten? Katharina stand vor dem schwindelnden Abgrund erregender Möglichkeiten, als ein knallroter Sportwagen vor der wartenden Martha hielt. Martha stieg mit größter Nonchalance ein. Katharina winkte ein Taxi heran, setzte den Fahrer auf die Fährte, fiebrig nach Entdeckungen, voller Zweifel und Fragen. Es gelang ihnen, mit dem verrückten Flitzer, der ihre Großmutter entführte, Schritt zu halten, und erst als der Taxifahrer plötzlich scharf bremsen mußte, um nicht in den Ämdschi, wie Jonas ihn genannt hätte, hineinzufahren, sah sie aufs Nummernschild: es war, sofern es sich nicht um eine Attrappe handelte, Walters Autonummer, also sein Auto.

Die kokettierende Neunzigjährige in seinem Auto!

Jetzt gab er ihr Feuer, er grinste. Es wurde wärmer, wärmer, immer heißer, heiß: der Wagen hielt vor einem großen Möbelkaufhaus.

Katharina lernte, daß sie noch manche Überraschung in sich würde hineinlassen müssen, als die beiden die Bettenabteilung betraten. Beide bewegten sich vollkommen souverän unter der Bettenvielfalt, schritten von Pfühl zu Pfühl, schwangen sich kennerisch darauf, begrapschten, betapsten die Matratzen, untersuchten den Lattenrost: Wozu sollte das Bett gut sein? Zu welcher Art Ausschweifung war es gedacht? Nahmen sie am Ende das mit den Lilien zu Köpfen oder zu Füßen oder dieses mit den spanischen Goldknäufen oder jenes mit dem himmelbettartigen Gewölk?

Die beiden gingen zur Kaufhausbar und tranken einen Schnaps – Walter trank sonst nie Schnaps –, Martha zog ein Scheckheft hervor, Walter seinen Taschencomputer, sie verhandelten, feilschten, gingen zurück zu einem recht stattlichen massiven Bett, französisch, nickten dem Verkäufer entschlossen zu. Martha zückte den Scheck. Katharina warf sich in ein Taxi, als Walter losfuhr. Er brachte Martha nach Hause, fuhr dann in seine Wohnung, die er kurz darauf verließ.

Außer Atem ging Katharina in seine Wohnung, sie hatte die Schlüssel, forschte nach den Grundlagen des Bettkaufs. Ihr ging eine ganz andere Geschichte auf, als sie auf einem Schreibtisch eine Skizze sah, unter der geschrieben stand: Bett Jonas.

Katharina wurde es heiß ums Herz, die Zauberwelt war wieder da, wie viele Hände wuchsen ihr noch an diesem Tag?

Zusehen, nur zusehen mußte sie. Aufmerksam sein. Es sieht nur so aus. Es ist alles viel schöner. Wo sind die Berge? Versetzt. Wo sind die Wände? Eingestürzt. Rühr nicht an diesen Augenblick. Sei still. Störe nicht. Sie ist ohne Zeit. Sie nimmt einen anderen Zettel, der auf dem Schreibtisch liegt, vorsichtig in die Hand und liest:

> Katharina. Katerina. Catharina. Kathi. Katinka. Katrinchen. Jekaterina. Katha-Katha-katha-ri-ri-ri-riiiiiiinaaaaa, liiiiiiiebe Kathariiiiina----

das Zickzack-Wortgestammel eines Liebenden, krauses Gekritzel, wundervoll irres Geschreibsel, kostbarer als jeder wohlgesetzte, auf Wunsch verfertigte Liebesbrief, hingemalt von einem, der nicht merkte, wie er an sie dachte, vielleicht während eines langen beruflichen Telefongesprächs. Das, was er nicht erwähnt, lebt in ihm.

Katharina erlebt aufs neue den Roman mit jenem Mann, der ihr vor vier Jahren, kurz nach ihrer Verabredung, wonach sie zu ihm kommen sollte, entgegengeeilt war auf die Mitte der Straße; war sie jene Frau gewesen, die er gebraucht hatte, die ihn stark gemacht hatte? Sie berührte den Zettel wie eine Reliquie, nur ein wenig, als hätte sie Angst, daß er zu Staub zerfiele, sie will ihn, muß ihn nicht haben, und sie denkt: Wie ich mich jeden Tag mehr an sein Haus gewöhne, so wird auch er allmählich mein Zuhause. Auch er träumt wie ich.

Katharina spürte, wie sie gegen die Wand krachte, und hörte, wie das Band von ihrem Herzen sprang das erstemal, und als sie auf dem Rad fuhr, da krachte es hinter ihr zum zweitenmal, und als sie ihre Wohnung betrat, wo ihre neue Familie bereits auf sie wartete mit dem Überraschungsbett, da krachte es zum drittenmal, und es waren alle drei Reifen aus Eisen von ihr abgesprungen, und sie fühlte sich so sonderbar weit und gleichmäßig.

Als Katharina sich dem Bett ihres Kindes näherte, da sah sie lauter schöne Blumen, die es einhüllten wie eine Hecke, und sie ging beruhigt wieder aus dem Zimmer; sie ging auf Zehenspitzen durch das Haus, und da schliefen die Fliegen an der Wand, die Kerze war heruntergebrannt, und vor dem Fenster auf dem Dach saßen die Tauben und hatten die Köpfchen unter die Flügel gesteckt, die Schallplatte drehte sich stumm verkehrt herum, und Katharina summte dazu:

Heute hur' ich, morgen lieb' ich
übermorgen wiege ich mein Kind.

Und sie nahm das Goldstück, das unter ihrem Kissen lag, und legte die goldene Lilie bereit und all das, was niemand von ihr brauchte: den weh-losen goldenen Ring, den Himmelsmantel mit dem Wolkenfutter, und sie ordnete die Mappe mit den Traumpapieren: die hoffnungsvoll weißschimmernden, die nie verglimmen würden und auf phosphoreszierendes Bütten geschrieben waren, und jene unheilvoll graudüsteren, auf dickschichtige Papierlagen mit schwarzem Griffel geritzten; und jene präzis trivialen Pläne zur Verlegung der Hauptstraße. Jede schmerzhafte Grimasse war aus ihrem Körper gewichen, sie wurde durchsichtig und bewegte sich schon anderswo, angezogen von den Quellen. Sie nahm den Schleier über ihr entblößtes Gesicht und den nackten Körper und wurde zur Säulenfrau, sie tarnte sich mit den zwei Flügeln aus gesponnenem Gold. Sie wand sich wie eine Schlange durch das Stiegenhaus, fiel aus der Türe, auf die Straße, unter die Menschen, bewegte sich angstlos zu ihrem Wagen, dem die vier Pferde vorgespannt waren. Doch als sie die Kutsche besteigen wollte, da liefen die Pferde fort. Sie lief ihnen nicht nach und dachte: Sie kommen von selber wieder, wenn ich es nicht tue.

Sie ging weiter, während in ihr dieses wollüstige Gift der Unruhe vom Schoß aufwärts stieg, sie raffte unwillkürlich den Schleier dichter an sich, als ein hochgewachsener Mann sie musterte, aber sie wußte sich unerkannt, denn heutzutage gibt es keine Kinder mehr, die es sehen, wenn man keine Kleider trägt. Heute war Nacktheit der Schutz und Verschleierung die bessere Tarnung als ein graues Kittelchen. Sie blieb mit dem mit Seide und Silber bestickten Pantöffelchen in einem Abwassergitter stecken, und niemand achtete auf sie, als sie sich danach bückte.

Um schneller ans Ziel zu kommen, nahm sie den Bus. Sie sah die anderen Frauen, die da fuhren, und fand, daß es zuwenig Freude und zuviel Verzicht war, die sie zu Markte trugen; ihre Taschen hingen von beiden Seiten schwer, gefüllt mit schwarzem Pech, herunter, wie leicht wogen dagegen ihre Träume!

Da stellte sich ihr eine Frau in den Weg und trat ihr auf den Fuß und sah ihr dabei unruhig ins Auge, als wollte sie ihr die Halbmaske herunterreißen. Katharina zog den Pumps unter ihrem ledernen Schuh hervor und stellte ihn auf den Fuß der Frau und sagte: Was mich mehrt, das nimmt dir nichts, also laß mich weitergehen; und die andere Frau verwandelte sich mit einemmal in einen Gockelhahn und schrie: Kikeriki, kikeriki, unsere schmutzige Jungfrau ist wieder hie, doch niemand vernahm sie, und Katharina folgte ihr, die vorausflog. Es war eine Mondnacht im Mondmonat, und der Vogel zog einen matten Schatten über den moosigen Waldpfad, der zum verfallenen Wasserschloß führte, aber sein Schatten hatte keine Flügel, denn die waren festgebunden, als sollte er gebraten werden. Katharina begann zu zittern, die Schleierhaare voller Nacht, als sie den Ort ihrer Sehnsüchte vor sich sah. Der Vogel zerschnitt mit dem Schnabel das Seil, das die Barke hielt, und Katherina ließ sich auf das Schloß zutreiben. Sie schicken uns auf den wogenden Strich der Gefühle, dachte sie, denn sie haben uns in sich abgeschafft, die Männer; und sie fuhr dahin, bis auch diese Gedanken verebbten. Ein plötzlich aufsteigender Trotz ließ sie beinahe umkehren, da sah sie, wie sie den Türklopfer dreimal betätigte, und hörte die lockende Musik, die drang ihr tief in den Schoß, und die Schlange der Unrast züngelte aufwärts, vermählte sich mit dem haltlosen Jammer, daß es diese Träume waren, die sie den einen verlieren ließen, wenn sie ihnen nachgab. Oh, sie schickten Mumien den Rhein hinunter, und diese Mumien waren mit Sicherheit Frauen, gebunden in ihre Träume, anstatt daß sie darauf kamen, die Binden zu lösen.

Katharina hob die Flügel, vergaß das Kind, vergaß die Arbeit und flog ihm entgegen, der keinen Schutzmantel trug und der es liebte, wenn er ihre Sehnsucht sah, und er nahm sie bei der Hand ins Morgentauland ohne Tränen. Schon sein erster Blick war ein Sprung in sie hinein, in ihr Verlangen. Seine Hände bedeuteten eine große Strecke: weit warst du weg, weit, von weit kommst du her, nun bist du hier.

Katharinas stummer Mund antwortete: Manchmal gehe ich ins Kloster und manchmal in die Moschee, aber du bist es, den ich suche von Tempel zu Tempel.

Er führte ihre Hand an seine Lippen und berührte den Schleier mit seiner Zunge, führte das Rosenblatt ans Herz des Parfümverkäufers: Diese Hand, sie gehört mir. Er verschloß die Doppeltür mit dem goldenen Schloß und entzündete die Lampe. Katharina bäumte sich auf und fühlte die Kraft ihrer neun erotischen Gefilde, die ihr durstig rücksichtsloser Sittenlehrer ohne eine Berührung erweckte. An der Ostseite des Raumes hatte er einen Altar mit Geschenken aufgebaut: eine Handvoll Flitter, ein wenig Goldstaub, wehender Hutputz, der vergilbte Hochzeitsschleier einer Zigeunerin, eine goldene Liebeskugel.

Dunkelrote Nebel zogen sich wie ein Vorhang vor ihrem Inneren, Katharina ließ sich nieder auf der Opferstätte, den Körper ausgeklügelt vergittert, und führte mit einem leichten Seufzen die Liebeskugel ein.

Sie überließ sich ihrer Scham, die nur auftrat im Dienste dieser Beschränkung, ohne Worte, ohne Berührung, nur hervorgerufen durch das Unbestimmte seines Blicks, in dem eine Ungeduld lag und jene längstvergessene Frage, die die Männer vor Jahrhunderten gestellt haben sollen: Was denkst du? Wer bist du? Es war die Sehnsucht mehr als alles andere, benannt zu werden, die sie zu ihm trieb, gesucht zu werden mit jener Hingabe, die er für sie bereit hatte, erforscht zu werden von seinem merkwürdigen, harten, stoßenden Blick. Er hörte ihren Ruf und legte den Ring auf den Silberteller und schob ihn ihr kniend entgegen. Katharina legte den Ring an und spürte die Kraft, die von ihm ausging. Dann trug er ihr den zerfetzten Schleier entgegen, und Katharina hüllte ihn über ihr Haar und tauchte in die Tiefe seines Blicks ein wie ein Segelschiff. Der einzige Umwandler und Alchimist, der alles zu Gold machte, war jener Mann, der den Zauber beließ, der ihr das Geheimnis nicht nahm. Etwas traumhaft Sichgehenlassendes kam über Katharina, jenes süchtige Suchen nach Sünde, das ihr die Welt ihrer Kindheit wieder heraufbeschwor und von dem besser abzulassen war in einer Welt, die alles gestattete, weil das Lassen mehr Wollust versprach.

Durch den Zickzack-Riß an der zerborstenen Kassettendecke sah sie zwischen den Goldornamenten einen silbernen Stern, und der Zauberer, der ihrem Blick gefolgt war, nahm einen Marmorsockel, stellte sich darauf und wollte abheben, um ihn herunterzuholen. Doch Katharina winkte ab mit ihrer Hand, die der Schleier freigab, und lächelte und legte einen Finger an den Mund. Der Zauberer nickte und stieg wieder herab und setzte sich an den schwarzglänzenden Sarg des Flügels und formte mit seinen Händen Blumentöne. Ihr Stern würde für immer am Himmel bleiben und wie getriebenes Silber durch den Mauerriß sichtbar bleiben für Sekunden, die das Leben waren.

Und Katharina schnallte ihre Flügelgespinste ab und legte sie neben sich, denn es war doch die größte und schönste Bodenlosigkeit, nicht abzuheben, wenn man hätte fliegen können, und der Himmel, der war ihr zu billig zu haben.

Sie ging zurück durch die spiegelnde Welt, betrat ihre Wohnung und hob den schlafenden Jonas aus seinem Bett, um ihn zu sich zu nehmen. Da sah sie Walter im hellen Mondlicht in ihrem Bett, und sie roch den Duft einer Frau, die neben ihm lag. Katharina erschrak über ihr Eindringen und mußte lächeln, als sie sah, daß die andere Frau sie selber war, nur jünger und lustiger. Sie nahm den zerfetzten Schleier, breitete ihn über Jonas, Walter, die jüngere Frau und sich und schlief ein, mit Wünschen, die tausend Jahre alt wurden. Dann sprang noch der Frosch auf ihren Bauch, den sie und Jonas gekauft hatten, weil sie an das Märchen vom verzauberten Prinzen glaubten.

Was ›frau‹ zu sagen hat:

Marion Miller:
Der Komplimentfaden
dtv 6328

Françoise Dorin:
Geh zu Mama,
Papa hat zu tun
dtv 1683

Füruzan:
Frau ohne Schleier
dtv 1655

Gabriele Wohmann:
Heiratskandidaten
dtv 6324

Romane, Erzählungen, Hörspiele . . . und

Das Emma-Buch
dtv 1700